I0660306

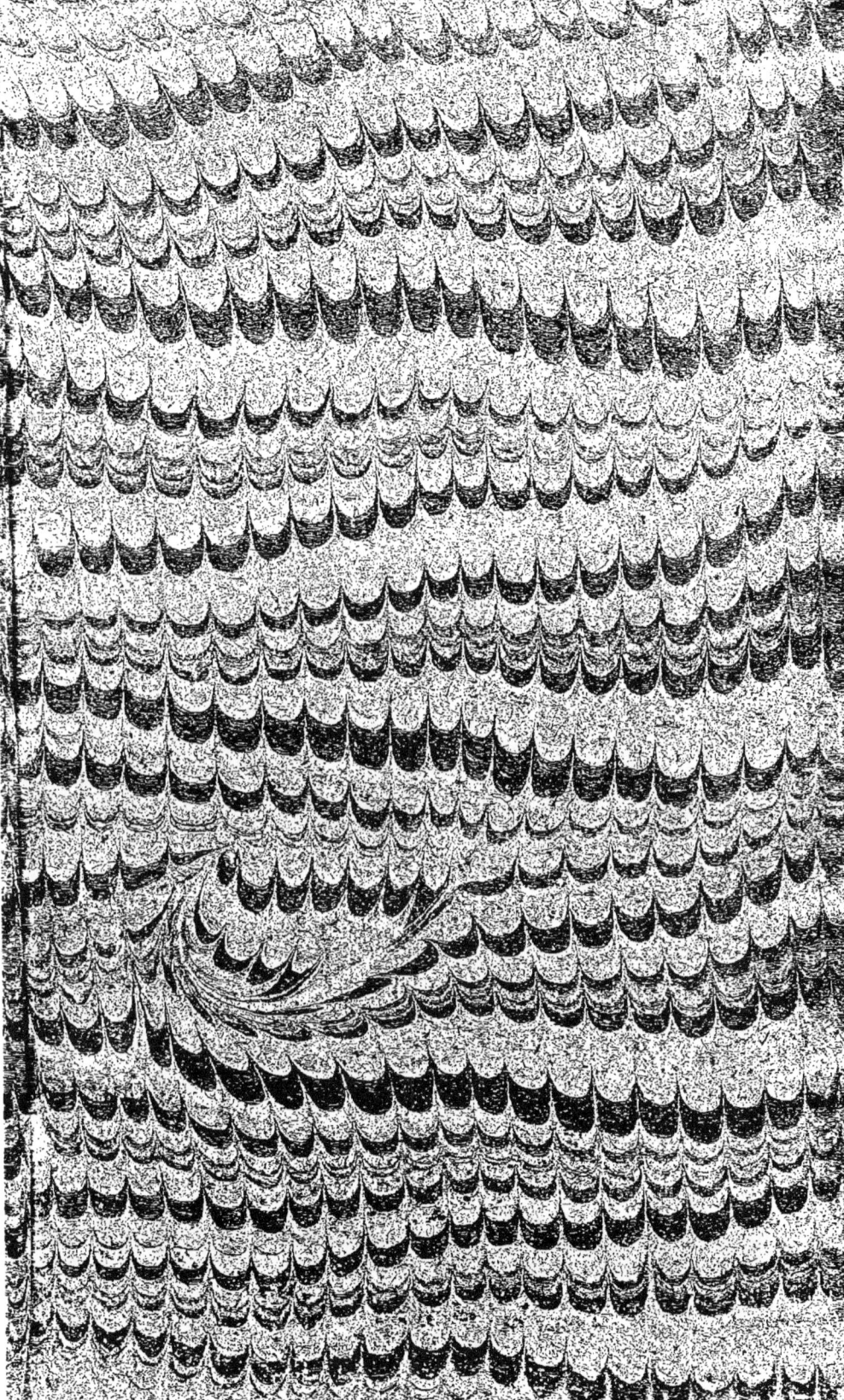

OEUVRES
DE
Mr. DE VOLTAIRE

NOUVELLE EDITION

REVUE, CORRIGÉE

ET CONSIDERABLEMENT AUGMENTÉE

PAR L'AUTEUR

ENRICHIE DE FIGURES EN TAILLE-DOUCE.

TOME SEPTIEME.

À DRESDE 1748.

CHEZ GEORGE CONRAD WALTHER

LIBRAIRE DU ROI.

AVEC PRIVILEGE.

TABLE
DES PIECES

contenues dans le Tome VII.

Preface de cette Edition de l'hiftoire de Charles XII.

Difcours fur l'hiftoire de Charles XII.

Hiftoire de Charles XII.

'Table des maticres, contenues dans l'hiftoire de Charles XII.

PRE-

PREFACE

DE CETTE EDITION
de 1748.

*L'*incredulité, dit Ariftote, eft le fondement de toute fageffe.   Cette maxime eft fort bonne pour qui lit l'hiftoire, & furtout l'hiftoire ancienne.

Que de faits abfurdes, quel amas de fables, qui choquent le fens commun! eh bien, n'en croyez rien.

Il y a eu des Rois à Rome, des Confuls, des Decemvirs. Le peuple Romain a detruit Cartage, Céfar a vaincu Pompée ; tout cela eft vrai. Mais quand on vous dit, que Caftor & Pollux ont combattu pour ce peuple, qu'une Veftale avec fa ceinture a mis à flot un vaiffeau engravé, qu'un goufre s'eft refermé quand Curtius s'y eft jetté ; n'en croyez rien. Vous lifez partout des prodiges, des prédictions accomplies, des guerifons miraculeufes operées dans les temples d'Efculape, n'en croyez rien ; mais cent témoins ont figné le procés verbal de ces miracles fur des tables d'airain ; mais les temples étoient remplis d'ex voto, qui attestoient les guerifons.   Croyez, qu'il y a eu des imbeciles & des fripons, qui ont attefté ce qu'ils n'ont point vû. Croyez, qu'il y a eu des devots, qui ont fait des préfens aux Prêtres d'Ef-culape, quand leurs enfans ont été gueris d'un rhu-me ; mais pour les miracles d'Efculape, n'en croyez rien.

Mais les Prêtres Egyptiens étoient tous forciers, & Herodote admire la fcience profonde, qu'ils a-voient de la diablerie ! ne croyez rien de ce que vous dit Herodote.

Je me défierai de tout ce qui eft prodige ; mais dois-je porter l'incredulité jufqu'aux faits, qui étant dans l'ordre ordinaire des chofes humaines, manquent pourtant d'une vraifemblance morale ?

Par exemple, Plutarque affure, que Céfar tout armé fe jetta dans la mer d'Alexandrie tenant d'u-ne main en l'air des papiers, qu'il ne vouloit pas mouiller, & nageant de l'autre main.

Ne croyez pas un mot de ce conte, que vous fait Plutarque. Croyez plûtôt Céfar, qui n'en dit mot dans fes commentaires, & foyez bien fur que quand

on

on se jette dans la mer, & qu'on tient des papiers à la main, on les mouille.

Vous trouverez dans *Quinte-Curce*, qu'*Alexandre* & ses Généraux furent tout étonnés, quand ils virent le flux & le reflux de l'Océan auquel ils ne s'attendoient pas, n'en croyez rien.

Il est bien vraisemblable, qu'*Alexandre* étant yvre, ait tué *Clitus*, qu'il ait aimé *Epheſtion* comme *Socrate* aimoit *Alcibiade*; mais il ne l'est point du tout que le diſciple d'*Ariſtote* ignorât le flux & le reflux de l'Océan; il y avoit des Philoſophes dans ſon armée; c'étoit aſſez d'avoir été ſur l'*Euphrate*, qui a des marées à ſon embouchure pour être inſtruit de ce Phénomene. *Alexandre* avoit voyagé en *Afrique*, dont les côtés ſont baignées par l'Océan. Son Amiral *Néarque* pouvoit-il être aſſez ignorant pour ne pas ſavoir ce que ſavoient tous les enfans ſur le rivage du fleuve *Indus*? De pareilles ſottiſes repetées dans tant d'Auteurs décréditent trop les Hiſtoriens.

Le Pere *Maimbourg* vous redit après cent autres, que deux Juifs promirent l'empire à *Leon* l'*Iſaurien* à condition que quand il ſeroit Empereur, il abatroit les images. Quel interêt, je vous prie, avoient ces deux Juifs à empêcher que les Chrétiens euſſent des tableaux? Comment ces deux miſerables pouvoient-ils promettre l'empire? N'eſt-ce pas inſulter à ſon lecteur, que de lui préſenter de telles fables?

PRÉFACE.

Il faut avouër, que Mezeray dans son stile dur, bas, inégal mêle aux faits mal digerés qu'il rapporte bien des absurdités pareilles ; tantôt c'est Henry V, Roi d'Angleterre couronné Roi de France à Paris, qui meurt des hémoroides pour s'être, dit-il, assis sur le throne de nos Rois ; tantôt c'est Saint Michel, qui apparoit à Jeanne d'Arc.

Je ne crois pas même les témoins oculaires, quand ils me disent des choses que le sens commun desavouë. Le Sire de Joinville, ou plûtôt celui qui a traduit son histoire Gauloise en ancien Français, a beau m'assurer, que les Emirs d'Egypte, après avoir assassiné leur Soudan offrirent la Couronne à St. Louis leur prisonnier. J'aimerois autant, qu'on me dit, que nous avons offert la Couronne de France à un Turc. Quelle apparence, que des Mahométans ayent pensé à faire leur Souverain d'un homme, qu'ils ne pouvoient regarder que comme un Chef de Barbares, qu'ils avoient pris dans une bataille, qui ne connaissoit ni leurs loix ni leur langue, qui étoit l'ennemi capital de leur réligion ?

Je n'ai pas plus de foi au Sire de Joinville, quand il me fait ce conte, que quand il me dit, que le Nil se déborde à la St. Remy au commencement d'Octobre. Je révoquerai aussi hardiment en doute l'histoire du vieux de la Montagne, qui sur le bruit de la Croisade de St. Louis depêche deux assassins à Paris pour le tuer, tuër, & sur le bruit de sa vertu fait partir le lendemain deux couriers pour contremander les autres. Ce trait a trop l'air d'un conte Arabe.

Rien n'est assurement plus vraisemblable que les crimes ; mais il faut dumoins qu'ils soyent constatés. Vous voyez chez Mézeray plus de soixante Princes à qui on a donné le boucon ; mais il le dit sans preuve, & un bruit populaire ne doit se rapporter, que comme un bruit.

Je ne croirai pas même Tite Live, quand il me dit, que le Médecin de Pirrus offrit aux Romains d'empoisonner son Maître moyennant une récompense. A peine les Romains avoient-ils alors de l'argent monoyé, & Pirrus avoit de quoi acheter la republique, si elle avoit voulu se vendre ; la place de premier Médecin de Pirrus étoit plus lucrative probablement, que celle de Consul. Je n'ajouterai foi à un tel conte, que quand on me prouvera que quelque premier Médecin d'un de nos Rois aura proposé à un Canton Suisse de le payer pour empoisonner son malade.

Défions nous aussi de tout ce qui paraît exageré. Une Armée innombrable de Perses arrêtée par trois cens Spartiates au passage des Termopiles ne me révolte point ; l'assiette du terrain rend l'avanture croyable. Charles XII, avec huit mille hommes a-

guer-

guerris défait à *Narva* environ quatre vingt mille païfans Mofcovites mal armés ; je l'admire & je le crois. Mais quand je lis, que *Simon de Montfort* batit cent mille hommes avec neuf cens Soldats divifés en trois corps : Je répete alors, je n'en crois rien. On me dit, que c'est un miracle ~~&c&c&c&c&c&c&c&c~~ ~~&c&c&c&c&c&c&c&c&c&c&c&c~~, *mais eft il bien vrai que Dieu ait fait ce miracle pour Simon de Montfort ?*

Je révoquerois en doute le combat de *Charles XII* à *Bender*, s'il ne m'avoit été attesté par plufieurs témoins oculaires, & fi le caractére de *Charles XII* ne rendoit vraifemblable cette héroïque extravagance. Cette défiance qu'il faut avoir fur les faits particuliers ayons la encore fur les mœurs des peuples étrangers ; réfufons notre créance à tout hiftorien ancien & moderne, qui nous rapporte des chofes contraires à la nature, & à la trempe du cœur humain.

Toutes les premieres rélations de l'*Amérique* ne parloient que d'*Antropofages* ; il fembloit à les entendre, que les *Américains* mangeaffent des hommes auffi communément que nous mangeons des moutons. Le fait mieux éclairci fe réduit à un petit nombre de prifonniers, qui ont été mangés par leurs vainqueurs au-lieu d'être mangés des vers.

Les anciens & leurs innombrables & crédules compilateurs nous repetent fans ceffe qu'à *Babylone*

la

la ville de l'Univers la mieux policée toutes les femmes & les filles se proſtituoient dans le temple de Vénus une fois l'an. Je n'ai pas de peine à penſer, qu'à Babylone, comme ailleurs, on avoit quelque fois du plaiſir pour de l'argent ; mais je ne me perſuaderai jamais que dans la ville la mieux policée, qui fut alors dans l'Univers, tous les peres & tous les maris envoyaſſent leurs filles & leurs femmes à un marché de proſtitution publique, & que les Légiſlateurs ordonnaſſent ce beau trafic. On imprime tous les jours cent ſottiſes ſemblables ſur les coutumes des Orientaux ; & pour un voyageur comme Chardin, que de voyageurs comme Paul Lucas ?

Il n'en eſt pas ainſi de l'hiſtoire de Charles XII : je peux aſſurer, que ſi jamais hiſtoire a mérité la créance du Lecteur c'eſt celle-ci ; je la compoſai d'abord, comme on fait, ſur les mémoires de Monſieur Fabrice, de Monſieur de Villelongue & de Fierville, & ſur le rapport de beaucoup de témoins oculaires ; mais comme les témoins ne voyent pas tout & qu'ils voyent quelques fois mal, je tombai dans plus d'une erreur, non ſur les faits eſſentiels , mais ſur quelques anecdotes, qui ſont aſſez indifférentes en elles mêmes ; mais ſur leſquelles les petits Critiques triomphent.

J'ai depuis réformé cette hiſtoire ſur le journal militaire de Mr. Adlerfeld, qui eſt très exact,

&

PRE'FACE.

& qui a fervi à rectifier quelques faits & quelques dattes.

J'ai même fait ufage de l'hiftoire écrite par Nordberg, Chapelain & Confeffeur de Charles XII. Il eft vrai, que c'eft un ouvrage bien-mal digeré, & bien-mal écrit, dans lequel on trouve trop de petits faits étrangers à fon fujet, & où les grands évenemens deviennent petits; tant ils font mal rapportés. C'eft un tiffu de refcrits, de déclarations, de publications, qui fe font d'ordinaire au nom des Rois, quand ils font en guerre; elles ne fervent jamais à faire connaître le fond des évenemens; elles font inutiles au militaire & au politique, & font ennuyeufes pour le Lecteur; Un écrivain peut feulement les confulter quelques fois dans le befoin pour en tirer quelque lumiere, ainfi qu'un architecte employe des décombres dans un édifice.

Parmi les pieces publiques, dont Nordberg a furchargé fa malheureufe hiftoire. il s'en trouve même de fauffes & d'abfurdes, comme la Lettre d'Achmet, Empereur des Turcs, que cet Hiftorien appelle Sultan Baffa, par la Grace de Dieu *.

Ce même Nordberg fait dire au Roi de Suéde ce que ce Monarque n'a jamais dit ni pu dire au fujet du Roi Stanislas. Il prétend que Charles XII,

en

* Voyez la Lettre de Mr. de Voltaire à Mr. de Nordberg au 2 Volume.

en répondant aux objections du Primat, lui dit, que Stanislas avoit acquis beaucoup d'amis dans son voyage d'Italie. Cependant il est très-certain, que jamais Stanislas n'a été en Italie ainsi que ce Monarque me l'a confirmé lui-même.

Nordberg n'avoit ni lumieres ni esprit ni connaissance des affaires du monde, & c'est peut-être ce qui détermina Charles XII à le choisir pour son Confesseur ; je ne sai, s'il a fait de ce Prince un bon Chrétien, mais assurément, il n'en a pas fait un Héros, & Charles XII seroit ignoré, s'il n'étoit connu que par Nordberg.

Il est bon d'avertir ici, que l'on a imprimé il y a quelques années une petite Brochure intitulée : Remarques Historiques & Critiques sur l'histoire de Charles XII par Monsieur de Voltaire. Ce petit ouvrage est du Comte Poniatovski ; ce sont des réponses, qu'il avoit faites à des nouvelles questions de ma part dans son dernier voyage à Paris ; mais son Secretaire en ayant fait une double Copie, elle tomba entre les mains d'un Libraire, qui ne manqua pas de l'imprimer, & un Correcteur d'imprimerie de Hollande intitula Critique cette instruction de Mr. de Poniatovski, pour la mieux débiter. C'est un des moindres brigandages, qui s'exerce dans la Librairie.

La

La Motraye, domestique de Mr. Fabrice, avoit aussi imprimé quelques remarques sur cette histoire. Parmi les erreurs & les petitesses, dont cette Critique de la Motraye est remplie, il ne laisse pas de se trouver quelque chose de vrai & d'utile, & j'ai eu soin d'en faire usage dans les dernieres Editions & surtout dans celle de 1739; car en fait d'histoire rien n'est à negliger, & il faut consulter si l'on peut les Rois & les Valets de Chambre.

DISCOURS

DISCOURS

SUR L'HISTOIRE

DE

CHARLES XII.

Il y a bien peu de Souverains dont on dût écrire une Histoire particuliére. En vain la malignité ou la flatterie s'eſt exercée ſur preſque tous les Princes: il n'y en a qu'un très-petit nombre dont la mémoire ſe conſerve ; & ce nombre ſeroit encore plus petit, ſi l'on ne ſe ſouvenoit que de ceux qui ont été juſtes.

Les Princes qui ont le plus de droit à l'immortalité, ſont ceux qui ont fait quelque bien aux hommes. Ainſi tant que la France ſubſiſtera, on s'y ſouviendra de la tendreſſe que Louïs XII avoit pour ſon Peuple ; on excuſera les grandes fautes de François I, en faveur des Arts & des Sciences dont il a été le Pere ; on benira la mémoire de Henri IV, qui conquit ſon héritage à force de vaincre & de pardonner ; on louera la magnificence de Louïs XIV, qui a protégé les Arts que François I avoit fait naître.

Par une raiſon contraire, on garde le ſouvenir des mauvais Princes, comme on ſe ſouvient des inondations, des incendies & des peſtes.

Entre

Entre les Tyrans & les bons Rois font les Conquérans, mais plus approchant des premiers: ceux-ci ont une réputation éclatante; on eſt avide de connaître les moindres particularités de leur vie. Telle eſt la miſérable faibleſſe des hommes, qu'ils regardent avec admiration ceux qui ont fait du mal d'une maniére brillante, & qu'ils parleront ſouvent plus volontiers du deſtructeur d'un Empire que de celui qui l'a fondé.

Pour tous les autres Princes, qui n'ont été illuſtres ni en paix ni en guerre, & qui n'ont été connus ni par de grands vices ni par de grandes vertus; comme leur vie ne fournit aucun exemple ni à imiter ni à fuir, elle n'eſt pas digne qu'on s'en ſouvienne. De tant d'Empereurs de Rome, de Grece, d'Allemagne, de Moſcovie, de tant de Sultans, de Califes, de Papes, de Rois, combien y en a-t-il, dont le nom mérite de ſe trouver ailleurs que dans les Tables chronologiques, où ils ne ſont que pour ſervir d'Epoques?

Il y a un vulgaire parmi les Princes, comme parmi les autres hommes; cependant la fureur d'écrire eſt venuë au point, qu'à peine un Souverain ceſſe de vivre, que le Public eſt inondé de Volumes ſous le nom de Mémoires, d'Hiſtoire de ſa Vie, d'Anecdotes de ſa Cour. Par-là les livres ſe multiplient de telle ſorte, qu'un homme qui vivroit cent ans, & qui les employeroit à lire, n'auroit pas le tems de parcourir ce qui s'eſt imprimé ſur l'Hiſtoire ſeule, depuis deux Siécles, en Europe.

Cette

Cette demangeaiſon de tranſmettre à la Poſtérité des détails inutiles , & d'arrêter les yeux
des Siècles à venir ſur des événemens communs,
vient d'une faibleſſe très - ordinaire à ceux qui ont
vêcu dans quelque Cour, & qui ont eu le malheur
d'avoir quelque part aux affaires publiques. Ils
regardent la Cour où ils ont vécu, comme la plus
belle qui ait jamais été : le Roi qu'ils ont vû,
comme le plus grand Monarque ; les affaires dont
ils ſe font mêlés , comme ce qui a jamais été de
plus important dans le Monde. Ils s'imaginent
que la Poſtérité verra tout cela avec les mêmes
yeux.

Qu'un Prince entreprenne une guerre , que
ſa Cour ſoit troublée d'intrigues, qu'il achete l'a-
mitié d'un de ſes voiſins, & qu'il vende la ſienne
à un autre , qu'il faſſe enfin la paix avec ſes ennemis après quelques victoires & quelques défaites,
ſes ſujets échauffés par la vivacité de ces événemens préſens , penſent être nés dans l'époque la
plus ſinguliére depuis la création. Qu'arrive-t-il?
ce Prince meurt, on prend après lui des meſures
toutes différentes , on oublie & les intrigues de
ſa Cour, & ſes Maîtreſſes, & ſes Miniſtres, & ſes
Généraux , & ſes Guerres, & lui-même.

Depuis le tems que les Princes Chrétiens tâ-
chent de ſe tromper les uns les autres, & font des
guerres & des alliances, on a ſigné des milliers de
Traités, & donné autant de batailles ; & les belles ou infâmes actions font innombrables. Quand
toute cette foule d'événemens & de détails ſe pré-
ſente

fente devant la Poſtérité, ils ſont preſque tous anéantis les uns par les autres; les ſeuls qui reſtent ſont ceux qui ont produit de grandes révolutions, ou ceux qui, ayant été décrits par quelque Ecrivain excellent, ſe ſauvent de la foule, comme des Portraits d'hommes obſcurs peints par de grands Maîtres.

On ſe ſeroit donc bien donné de garde d'ajouter cette Hiſtoire particuliére de Charles XII, Roi de Suède, à la multitude des livres dont le Public eſt accablé, ſi ce Prince & ſon Rival Pierre Alexiowits, beaucoup plus grand homme que lui, n'avoient été du conſentement de toute la Terre les Perſonnages les plus ſinguliers qui euſſent paru depuis plus de vingt ſiécles; mais on n'a pas été déterminé ſeulement à donner cette Vie, par la petite ſatisfaction d'écrire des faits extraordinaires; on a penſé que cette lecture pourroit être utile à quelques Princes, ſi ce livre leur tombe par hazard entre les mains. Certainement il n'y a point de Souverain qui, en liſant la Vie de Charles XII, ne doive être guéri de la folie des Conquêtes. Car où eſt le Souverain qui pût dire : J'ai plus de courage & de vertus, une ame plus forte, un corps plus robuſte ; j'entens mieux la guerre, j'ai de meilleures troupes que Charles XII ? Que ſi avec tous ces avantages, & après tant de victoires, ce Roi a été ſi malheureux, que devroient eſpérer les autres Princes qui auroient la même ambition avec moins de talens & de reſſources ?

On

On a compofé cette Hiftoire fur des recits de perfonnes connuës, qui ont paffé plufieurs années auprès de Charles XII & de Pierre le Grand, Empereur de Mofcovie ; & qui s'étant retirés dans un Païs libre long-tems après la mort de ces Princes, n'avoient aucun interêt de déguifer la vérité. Mr. Fabrice, qui a vêcu fept années dans la familiarité de Charles XII, Mr. de Fierville, Envoyé de France, Mr. de Villelongue, Colonel au fervice de Suéde, Mr. de Poniatowski même ont fourni les Mémoires.

On n'a pas avancé un feul fait fur lequel on n'ait confulté des témoins oculaires & irréprochables. C'eft pourquoi on trouvera cette Hiftoire fort différente des Gazettes qui ont paru jufqu'ici fous le nom de la Vie de Charles XII. Si l'on a omis plufieurs petits combats donnés entre les Officiers Suédois & Mofcovites, c'eft qu'on n'a point prétendu écrire l'Hiftoire de ces Officiers, mais feulement celle du Roi de Suéde ; même parmi les événemens de fa vie, on n'a choifi que les plus intereffans. On eft perfuadé que l'Hiftoire d'un Prince n'eft pas tout ce qu'il a fait ; mais ce qu'il a fait de digne d'être tranfmis à la Poftérité.

On eft obligé d'avertir que plufieurs chofes qui étoient vrayes lorfqu'on écrivit cette Hiftoire en 1728, ceffent déja de l'être aujourd'hui en 1739. Le Commerce commence, par exemple, à être moins négligé en Suéde. L'Infanterie Polonoife eft mieux difciplinée, & a des habits d'ordon-

nance

nance qu'elle n'avoit pas alors. Il faut toujours,
lorsqu'on lit une Histoire , songer au tems où
l'Auteur a écrit. Un homme qui ne liroit que
le Cardinal de Rets, prendroit les Français pour
des forcenés qui ne respirent que la guerre civile,
la faction & la folie. Celui qui ne liroit que l'Histoire des belles années de Louis XIV diroit: Les
Français sont nés pour obéir , pour vaincre &
pour cultiver les Arts. Un autre qui verroit les
Mémoires des premiéres années de Louïs XV, ne
remarqueroit dans notre Nation que de la mollesse,
une avidité extrême de s'enrichir & trop d'indifférence pour tout le reste. Les Espagnols d'aujourd'hui ne sont plus les Espagnols de Charles-
Quint , & peuvent l'être dans quelques années.
Les Anglais ne ressemblent pas plus aux Fanatiques
de Cromwel, que les Moines & les Monsignori
dont Rome est peuplée, ressemblent aux Scipions.
Je ne sai si les Suédois pourroient avoir tout d'un
coup des troupes aussi formidables que celles de
Charles XII. On dit d'un homme: Il étoit brave un tel jour ; il faudroit dire en parlant d'une
Nation, elle paraissoit telle sous un tel Gouvernement, & en telle année.

  Si quelque Prince & quelque Ministre trouvoient dans cet Ouvrage des vérités desagréables;
qu'ils se souviennent qu'étant hommes publics,
ils doivent compte au public de leurs actions: que
c'est à ce prix qu'ils achetent leur grandeur : que
l'Histoire est un témoin & non un flatteur: & que
le seul moyen d'obliger les hommes à dire du
bien de nous , c'est d'en faire.

HI-

HISTOIRE

DE

CHARLES XII,

ROI DE SUEDE.

HISTOIRE

DE

CHARLES XII,

ROI DE SUEDE.

LIVRE PREMIER.

ARGUMENT.

Histoire abregée de la Suéde jusqu'à Charles XII: son éducation, ses En-
nemis. Caractère du Czar Pierre Alexiowits. Particularités très-
curieuses sur ce Prince & sur la Nation Russe. La Moscovie, la Pologne
& le Dannemark se réunissent contre Charles XII.

La Suéde & la Finlande composent un Royaume
un tiers plus grand que la France, mais bien
moins fertile, & aujourd'hui moins peuplé.
Ce Païs, large de deux cens de nos lieuës, &
long de trois cens, s'étend du Midi au Nord, depuis le
cinquante-cinquiéme degré, ou environ, jusqu'au soixante
& dixiéme, sous un climat rigoureux, qui n'a presque
ni Printems, ni Automne. L'Hyver y régne neuf mois
de l'année : les chaleurs de l'Eté succédent tout-à-coup à
un froid excessif; & il y géle dès le mois d'Octobre, sans

au-

aucune de ces gradations infenfibles, qui aménent ailleurs les faifons, & en rendent le changement plus doux.   La Nature en récompenfe a donné à ce climat rude, un Ciel ferain, un air pur.   L'Eté, prefque toujours échauffé par le Soleil, y produit les fleurs & les fruits en peu de tems.   Les longues nuits de l'Hyver y font adoucies par des aurores & des crépufcles qui durent, à proportion que le Soleil s'éloigne plus de la Suéde; & la lumiére de la Lune qui n'y eft obfcurcie par aucun nuage, augmen- tée encore par le reflet de la neige qui couvre la terre, & très-fouvent par des feux femblables à la lumiére zodia- cale, fait qu'on voyage en Suéde la nuit comme le jour. Les Beftiaux y font plus petits que dans les Païs méridio- naux de l'Europe, faute de paturages.   Les hommes y font plus grands.   La férénité du Ciel les rend fains, la rigueur du climat les fortifie; ils vivent même plus long- tems que les autres hommes, quand ils ne s'affaibliffent pas par l'ufage immodéré des liqueurs fortes & des vins, que les Nations feptentrionales femblent aimer d'autant plus que la Nature les leur a refufés.

Les Suédois font bien faits, robuftes, agiles, capa- bles de foutenir les plus grands travaux, la faim & la mi- fére; nés guerriers, pleins de fierté, plus braves qu'indu- ftrieux, ayant long-tems négligé & cultivant mal aujour- d'hui le Commerce, qui feul pourroit leur donner ce qui manque à leur Païs.   C'eft principalement de la Suéde, dont une partie fe nomme encore Gothie, que fe débor- dérent ces multitudes de Goths qui inondérent l'Europe, & l'arrachérent à l'Empire Romain, qui en avoit été cinq cens années l'ufurpateur & le tyran.

Les Païs feptentrionaux étoient alors beaucoup plus peuplés qu'ils ne le font de nos jours, parceque la Reli- gion laiffoit aux habitans la liberté de donner plus de ci- toyens à l'Etat, par la pluralité de leurs femmes: que ces femmes elles-mêmes ne connaiffoient d'opprobre que la

ftéri-

ftérilité & l'oifiveté; & qu'auffi laborieufes & auffi robuftes que les hommes, elles en étoient plûtôt & plus long-
tems fécondes.

La Suéde fut toujours libre jufqu'au milieu du qua-
torziéme Siécle. Dans ce long efpace de tems le Gouvernement changea plus d'une fois; mais toutes les inno-
vations furent en faveur de la Liberté. Leur premier Magiftrat eut le nom de Roi, titre qui en différens Païs fe
donne à des Puiffances bien différentes; car en France,
en Efpagne, il fignifie un homme abfolu; & en Pologne,
en Suéde, en Angleterre, l'homme de la République.
Ce Roi ne pouvoit rien fans le Sénat; & le Sénat dépendoit des Etats-Généraux, que l'on convoquoit fouvent.
Les Repréfentans de la Nation dans ces grandes Affemblées, étoient les Gentils-hommes, les Evêques, les Députés
des Villes; avec le tems on y admit les Païfans mêmes,
portion du Peuple injuftement méprifée ailleurs, & efclave
dans prefque tout le Nord.

Environ l'an 1492 cette Nation fi jaloufe de fa liberté, & qui eft encore fiére aujourd'hui d'avoir fubjugué Rome, il y a treize Siécles, fut mife fous le joug par une
femme, & par un Peuple moins puiffant que les Suédois.

Marguerite de Valdemar, la Sémiramis du Nord,
Reine de Dannemark & de Norwege, conquit la Suéde
par force & par adreffe, & fit un feul Royaume de ces
trois vaftes Etats. Après fa mort, la Suéde fut déchirée
par des guerres civiles: elle fecoua le joug des Danois:
elle le reprit: elle eut des Rois; elle eut des Adminiftra-
teurs. Deux Tyrans l'opprimérent d'une maniére horrible vers l'an 1520. L'un étoit Chriftiern II, Roi de
Dannemark, monftre formé de vices, fans aucune vertu;
l'autre un Archevêque d'Upfal, Primat du Royaume, auffi
barbare que Chriftiern. Tous deux de concert firent faifir un jour les Confuls, les Magiftrats de Stockolm, avec
quatre-vingt-quatorze Sénateurs, & les firent maffacrer par

A 3 des

des bourreaux, fous prétexte qu'ils étoient excommuniés par le Pape; pour avoir défendu les droits de l'Etat contre l'Archevêque. Enfuite ils abandonnérent Stockolm au pillage, & tout y fut égorgé fans diftinction d'âge ni de fexe.

Tandis que ces deux hommes ligués pour opprimer, defunis quand il falloit partager les dépouilles, exerçoient ce que le Defpotifme a de plus tyrannique, & ce que la vengeance a de plus cruel, un nouvel événement changea la face du Nord.

Guftave Vaza, jeune homme defcendu des anciens Rois du Païs, fortit du fond des Foréts de la Dalecarlie, où il étoit caché, & vint délivrer la Suéde. C'étoit une de ces grandes ames que la Nature forme fi rarement, avec toutes les qualités néceffaires pour commander aux hommes : fa taille avantageufe & fon grand air lui faifoient des partifans dès qu'il fe montroit. Son éloquence, à qui fa bonne mine donnoit de la force, étoit d'autant plus perfuafive, qu'elle étoit fans art : fon génie formoit de ces entreprifes que le vulgaire croit téméraires, & qui ne font que hardies aux yeux des grands hommes; fon courage infatigable les faifoit réüffir. Il étoit intrépide avec prudence, d'un naturel doux dans un Siécle féroce, vertueux enfin, à ce que l'on dit, autant qu'un Chef de parti peut l'être.

Guftave Vaza avoit été otage de Chriftiern, & retenu prifonnier contre le Droit des Gens. Echappé de fa prifon il avoit erré, déguifé en Païfan, dans les Montagnes & dans les Bois de la Dalecarlie. Là il s'étoit vû réduit à la néceffité de travailler aux Mines de cuivre pour vivre & pour fe cacher. Enféveli dans ces fouterrains, il ofa fonger à détrôner le Tyran. Il fe découvrit aux Païfans, il leur parut un homme d'une nature fupérieure, pour qui les hommes ordinaires croyent fentir une foumiffion naturelle. Il fit en peu de tems de ces fauvages

des

des Soldats aguerris. Il attaqua Chriſtiern & l'Archevêque, les vainquit ſouvent, les chaſſa tous deux de la Suéde, & fut élu avec juſtice par les Etats, Roi du Païs dont il étoit le libérateur.

A peine affermi ſur le trône, il tenta une entrepriſe plus difficile que des conquêtes. Les véritables tyrans de l'Etat étoient les Evêques, qui, ayant preſque toutes les richeſſes de la Suéde, s'en ſervoient pour opprimer les ſujets, & pour faire la guerre aux Rois. Cette puiſſance étoit d'autant plus terrible, que l'ignorance des peuples l'avoit renduë ſacrée. Il punit la Religion Catholique des attentats de ſes Miniſtres. En moins de deux ans, il rendit la Suéde Luthérienne par la ſupériorité de ſa politique, plus encore que par autorité. Ayant ainſi conquis ce Royaume, comme il le diſoit, ſur les Danois & ſur le Clergé, il régna heureux & abſolu juſqu'à l'âge de ſoixante & dix ans; & mourut plein de gloire, laiſſant ſur le Trône ſa famille & ſa religion.

L'un de ſes deſcendans fut ce Guſtave-Adolphe, qu'on nomme le grand Guſtave. Ce Roi conquit l'Ingrie, la Livonie, Brême, Verden, Viſmar, la Poméranie, ſans compter plus de cent places en Allemagne, renduës par la Suéde après ſa mort. Il ébranla le Trône de Ferdinand II. Il protégea les Luthériens en Allemagne, ſecondé en cela par les intrigues de Rome même, qui craignoit encore plus la puiſſance de l'Empereur que celle de l'Héréſie. Ce fut lui qui par ſes victoires contribua alors en effet à l'abaiſſement de la Maiſon d'Autriche; entrepriſe dont on attribuë toute la gloire au Cardinal de Richelieu, qui ſavoit l'art de ſe faire une réputation, tandis que Guſtave ſe bornoit à faire de grandes choſes. Il alloit porter la guerre au-delà du Danube; & peut-être détroner l'Empereur, lorſqu'il fut tué à l'âge de trente-ſept ans dans la bataille de Lutzen, qu'il gagna contre Val-

ſtein.

ftein, emportant dans le tombeau le nom de *Grand*, les regrets du Nord, & l'eftime de fes Ennemis.

Sa fille Chriftine, née avec un génie rare, aima mieux converfer avec des Savans, que de régner fur un Peuple qui ne connaiffoit que les armes. Elle fe rendit auffi illuftre en quittant le Trône, que fes Ancêtres l'étoient pour l'avoir conquis ou affermi. Les Proteftans l'ont déchirée, comme fi on ne pouvoit pas avoir de grandes vertus fans croire à Luther, & les Papes triomphérent trop de la converfion d'une femme, qui n'étoit que Philofophe. Elle fe retira à Rome, où elle paffa le refte de fes jours dans le centre des Arts qu'elle aimoit, & pour lefquels elle avoit renoncé à un Empire à l'âge de vingt-fept ans.

Avant d'abdiquer, elle engagea les Etats de la Suéde à élire en fa place fon Coufin Charles - Guftave X, de ce nom, fils du Comte Palatin, Duc de Deux - Ponts. Ce Roi ajouta de nouvelles conquêtes à celles de Guftave-Adolphe : il porta d'abord fes armes en Pologne, où il gagna la célèbre bataille de Varfovie qui dura trois jours : il fit long-tems la guerre heureufement contre les Danois : affiégea leur Capitale : réünit la Scanie à la Suéde ; & fit affûrer, du moins pour un tems, la poffeffion de Slefwic au Duc de Holftein. Enfuite ayant éprouvé des revers, & fait la paix avec fes ennemis, il tourna fon ambition contre fes fujets. Il conçut le deffein d'établir en Suéde la puiffance arbitraire ; mais il mourut à l'âge de trente-fept ans comme le grand Guftave, avant d'avoir pu achever cet ouvrage du Defpotifme, que fon Fils Charles XI éleva jufqu'au comble.

Charles XI guerrier comme tous fes Ancêtres, fut plus abfolu qu'eux. Il abolit l'autorité du Sénat, qui fut déclaré le Sénat du Roi, & non du Royaume. Il étoit frugal, vigilant, laborieux, tel qu'on l'eût aimé, fi fon defpotifme n'eût réduit les fentimens de fes fujets pour lui, à celui de la crainte.

Il

Il époufa en 1680 Ulrike Eléonor, fille de Fréderic III, Roi de Dannemark, Princeffe vertueufe, & digne
de plus de confiance que fon Epoux ne lui en témoigna.
De ce mariage nâquit le 27 de Juin 1682 le Roi Charles
XII, l'homme le plus extraordinaire peut-être, qui ait jamais été fur la Terre ; qui a réuni en lui toutes les grandes qualités de fes Ayeux, & qui n'a eu d'autre défaut, ni
d'autre malheur, que de les avoir toutes outrées. C'eft
lui dont on fe propofe ici d'écrire ce qu'on a appris de
certain, touchant fa perfonne & fes actions.

Le premier livre, qu'on lui fit lire, fut l'ouvrage de
Samuel Puffendorf, afin qu'il pût connaître de bonne
heure fes Etats & ceux de fes voifins. Il apprit d'abord
l'Allemand, qu'il parla toujours depuis auffi-bien que fa
langue maternelle. A l'âge de fept ans il favoit manier
un cheval. Les exercices violens où il fe plaifoit, & qui
découvroient fes inclinations martiales, lui formérent de
bonne heure une conftitution vigoureufe, capable de foutenir les fatigues, où le portoit fon tempérament.

Quoique doux dans fon enfance, il avoit une opiniâtreté infurmontable : le feul moyen de le plier étoit
de le piquer d'honneur ; avec le mot de gloire, on ob-
tenoit tout de lui. Il avoit de l'averfion pour le Latin ;
mais dès qu'on lui eut dit que le Roi de Pologne & le
Roi de Dannemarck l'entendoient, il l'apprit bien vîte, &
en retint affez pour le parler le refte de fa vie. On s'y
prit de la même maniére pour l'engager à entendre le
Français ; mais il s'obftina, tant qu'il vécut, à ne jamais
s'en fervir, même avec des Ambaffadeurs Français, qui
ne favoient point d'autre langue.

Dès qu'il eut quelque connaiffance de la Langue
Latine, on lui fit traduire Quinte-Curce : il prit pour
ce livre un goût que le fujet lui infpiroit beaucoup plus
encore que le ftile. Celui qui lui expliquoit cet Auteur
lui ayant demandé ce qu'il penfoit d'Aléxandre ? *Je penfe*,

A 5   dit

dit le Prince, *que je voudrois lui reſſembler.*   Mais, lui
dit-on, il n'a vêcu que trente-deux ans.   *Ah ! reprit-
il, n'eſt-ce pas aſſez quand on a conquis des Royaumes ?*
On ne manqua pas de rapporter ces réponſes au Roi ſon
Pere, qui s'écria : Voilà un enfant qui vaudra mieux que
moi, & qui ira plus loin que le grand Guſtave.   Un jour
il s'amuſoit dans l'Apartement du Roi à regarder deux
Cartes géographiques, l'une d'une Ville de Hongrie,
priſe par les Turcs ſur l'Empereur, & l'autre de Riga
Capitale de la Livonie, Province conquiſe par les Suédois
depuis un Siècle.   Au bas de la Carte de la Ville Hon-
groiſe il y avoit ces mots tirés du Livre de Job : *Dieu me
l'a donnée, Dieu me l'a ôtée, le nom du Seigneur ſoit beni.*   Le jeune Prince ayant lu ces paroles, prit ſur le
champ un crayon, & écrivit au bas de la Carte de Riga:
Dieu me l'a donnée, le Diable ne me l'ôtera pas (*).   Ainſi
dans les actions les plus indifférentes de ſon enfance, ce
naturel indomptable laiſſoit ſouvent échaper des traits qui
marquoient ce qu'il devoit être un jour.

Il avoit onze ans lorſqu'il perdit ſa Mere.   Cette
Princeſſe mourut en 1693 le 5 Août, d'une maladie cauſée
par les chagrins que lui donnoit ſon Mari, & par les efforts qu'elle faiſoit pour les diſſimuler.   Charles XI avoit
dépouillé de leurs biens un grand nombre de ſes ſujets par
le moyen d'une eſpéce du Cour de Juſtice, nommée la
Chambre des Liquidations, établie de ſon autorité ſeule.
Une foule de Citoyens ruïnés par cette Chambre, Nobles,
Marchands, Fermiers, Veuves, Orphelins, rempliſſoient
les ruës de Stockolm, & venoient tous les jours à la
porte du Palais pouſſer des cris inutiles.   La Reine ſecou-
rut ces malheureux de tout ce qu'elle avoit.   Elle leur
donna ſon argent, ſes pierreries, ſes meubles, ſes habits
mêmes.   Quand elle n'eut plus rien à leur donner, elle
ſe jetta en larmes aux pieds de ſon Mari, pour le prier
d'avoir

_____

(*) Deux Ambaſſadeurs de France en Suéde m'ont conté ce fait.

d'avoir compaffion de fes fujets. Le Roi lui répondit gravement : *Madame, nous vous avons prife pour nous donner des enfans, & non pour nous donner des avis.* Depuis ce tems il la traita, dit-on, avec une dureté qui avança fes jours.

Il mourut quatre ans après elle, le quinze d'Avril 1697, dans la quarante-deuxième année de fon âge, & dans la trente-feptième de fon régne, lorfque l'Empire, l'Efpagne, la Hollande d'un côté, & la France de l'autre, venoient de remettre la décifion de leurs querelles à fa médiation, & qu'il avoit déja entamé l'ouvrage de la paix entre ces Puiffances.

Il laiffa à fon fils, âgé de quinze ans, un Trône affermi & refpecté au dehors, des fujets pauvres, mais belliqueux & foumis, avec des finances en bon ordre, ménagées par des Miniftres habiles.

Charles XII à fon avénement, non feulement fe trouva maître abfolu & paifible de la Suéde, & de la Finlande ; mais il régnoit encore fur la Livonie, la Carelie, l'Ingrie ; il poffédoit Vifmar, Vibourg, les Isles de Rugen, d'Oefel, & la plus belle partie de la Poméranie, le Duché de Brême & de Verden ; toutes conquêtes de fes Ancêtres, affurées à fa Couronne par une longue poffeffion, & par la foi des Traités folemnels de Munfter & d'Oliva, foutenus de la terreur des armes Suédoifes. La paix de Ryfwick commencée fous les aufpices du Pere, fut concluë fous ceux du Fils ; il fut le Médiateur de l'Europe dès qu'il commença à régner.

Les Loix Suédoifes fixent la majorité des Rois à quinze ans. Mais Charles XI abfolu en tout, retarda par fon Teftament celle de fon fils jufqu'à dix-huit. Il favorifoit par cette difpofition les vûës ambitieufes de fa mere Edwige-Eléonor de Holftein, Veuve de Charles X. Cette Princeffe fut déclarée par le Roi fon fils tutrice

trice du jeune Roi son petit-fils , & Régente du Royaume, conjointement avec un Conseil de cinq personnes.

La Régente avoit eu part aux affaires sous le régne
du Roi son fils.   Elle étoit avancée en âge ; mais son
ambition plus grande que ses forces & que son génie,
lui faisoit espérer de jouïr long-tems des douceurs de
l'autorité, sous le Roi son petit-fils.   Elle l'éloignoit
autant qu'elle pouvoit des affaires.   Le jeune Prince passoit son tems à la chasse, ou s'occupoit à faire la revûë
des Troupes : il faisoit même quelquesfois l'exercice
avec elles ; ces amusemens ne sembloient que l'effet naturel de la vivacité de son âge.   Il ne paraissoit dans sa
conduite aucun dégoût qui pût allarmer la Régente ; &
cette Princesse se flattoit que les dissipations de ces exercices le rendroient incapable d'application , & qu'elle en
gouverneroit plus long-tems.

Un jour , au mois de Novembre , la même année
de la mort de son Pere , il venoit de faire la revûë de
plusieurs Régimens : le Conseiller d'Etat Piper étoit auprès de lui ; le Roi paraissoit abîmé dans une rêverie profonde.   Puis-je prendre la liberté, lui dit Piper , de demander à Votre Majesté à quoi Elle songe si sérieuse-
ment ? *Je songe*, répondit le Prince, *que je me sens digne
de commander à ces braves gens ; & je voudrois que ni eux
ni moi ne reçussions l'ordre d'une femme.* Piper saisit dans
le moment l'occasion de faire une grande fortune.   Il
n'avoit pas assez de crédit pour oser se charger lui-même
de l'entreprise dangereuse d'ôter la Régence à la Reine,
& d'avancer la majorité du Roi : il proposa cette négociation au Comte Axel Sparre , homme ardent , & qui
cherchoit à se donner de la considération : il le flatta de
la confiance du Roi ; Sparre le crut, se chargea de tout,
& ne travailla que pour Piper.   Les Conseillers de la Régence furent bien-tôt persuadés.   C'étoit à qui précipi-
teroit l'exécution de ce dessein , pour s'en faire un mérite auprès du Roi.   Ils

Ils allérent en Corps en faire la propofition à la Reine, qui ne s'attendoit pas à une pareille déclaration. Les Etats-Généraux étoient affemblés alors. Les Confeillers de la Régence y propoférent l'affaire : il n'y eut pas une voix contre : la chofe fut emportée d'une rapidité que rien ne pouvoit arrêter ; de forte que Charles XII fouhaita de régner, & en trois jours les Etats lui déférérent le Gouvernement. Le pouvoir de la Reine & fon crédit tombérent en un inftant. Elle mena depuis une vie privée, plus fortable à fon âge, quoique moins à fon humeur. Le Roi fut couronné le 24 Décembre fuivant. Il fit fon entrée dans Stockolm fur un Cheval alezan, ferré d'argent, ayant le Sceptre à la main & la Couronne en tête, aux acclamations de tout un Peuple, idolâtre de ce qui eft nouveau ; & concevant toujours de grandes efpérances d'un jeune Prince.

L'Archevêque d'Upfal eft en poffeffion de faire la cérémonie du Sacre & du Couronnement : c'eft de tant de droits que fes Prédéceffeurs s'étoient arrogés, prefque le feul qui lui refte. Après avoir, felon l'ufage, donné l'onction au Prince, il tenoit entre fes mains la Couronne pour la lui remettre fur la tête ; Charles l'arracha des mains de l'Archevêque fe couronna lui-même, en regardant fiérement le Prélat. La multitude, à qui tout air de grandeur impofe toujours, applaudit à l'action du Roi. Ceux même qui avoient le plus gémi fous le Defpotifme du Pere, fe laifférent entraîner à louer dans le Fils cette fierté, qui étoit l'augure de leur fervitude.

Dès que Charles fut maître, il donna fa confiance & le maniement des affaires au Confeiller Piper, qui fut bien-tôt fon Premier Miniftre, fans en avoir le nom. Peu de jours après il le fit Comte, ce qui eft une qualité éminente en Suéde, & non un vain titre qu'on puiffe prendre fans conféquence, comme en France.

Les

Les premiers tems de l'administration du Roi ne donnérent point de lui des idées favorables: il parut qu'il avoit été plus impatient que digne de régner. Il n'avoit à la vérité aucune passion dangereuse ; mais on ne voyoit dans sa conduite que des emportemens de jeunesse, & de l'opiniâtreté. Il paraissoit inapliqué & hautain. Les Ambassadeurs qui étoient à sa Cour, le prirent même pour un génie médiocre, & le peignirent tel à leurs Maîtres*. La Suéde avoit de lui la même opinion, personne ne connaissoit son caractère ; il l'ignoroit lui-même, lorsque des orages, formés tout-à-coup dans le Nord, donnérent à ses talens cachés occasion de se déployer.

Trois puissans Princes voulant se prévaloir de son extrême jeunesse, conspirérent sa ruïne presque en même tems. Le premier fut Frideric IV, Roi de Dannemark son Cousin : le second, Auguste, Electeur de Saxe, Roi de Pologne ; Pierre le Grand, Czar de Moscovie, étoit le troisième, & le plus dangereux. Il faut développer l'origine de ces guerres qui ont produit de si grands évenemens, & commencer par le Dannemark.

De deux sœurs qu'avoit Charles XII l'aînée avoit épousée le Duc de Holstein, jeune Prince plein de bravoure & de douceur. Le Duc, opprimé par le Roi de Dannemark, vint à Stockolm avec son Epouse, se jetter entre les bras du Roi, & lui demander du secours ; non seulement comme à son Beau-frere, mais comme au Roi d'une Nation qui a pour les Danois une haine irréconciliable.

L'ancienne Maison de Holstein, fonduë dans celle d'Oldenbourg, étoit montée sur le Trône de Dannemark par élection en 1449. Tous les Royaumes du Nord étoient alors électifs. Celui de Dannemark, devint bien-tôt héréditaire. Un de ses Rois nommé Christiern III eut pour son Frere Adolphe une tendresse ou

des

---

* Les Lettres originales en font foi.

des ménagemens , dont on ne trouve guère d'exemples chez les Princes. Il ne vouloit point le laiffer fans Souveraineté ; mais il ne pouvoit démembrer fes propres Etats. Il partagea avec lui par un accord bizarre les Duchés de Holftein-Gottorp & de Slefwich : établiffant que les Defcendans d'Adolphe gouverneroient deformais le Holftein, conjointement avec les Rois de Dannemark : que ces deux Duchés leur apartiendroient en commun ; & que le Roi de Dannemark ne pourroit rien innover dans le Holftein fans le Duc, ni le Duc fans le Roi. Une union fi étrange , dont pourtant il y avoit déja eu un exemple dans la même Maifon , pendant quelques années , étoit depuis près de quatre-vingt ans une fource de querelles entre la Branche de Dannemark & celle de Holftein-Gottorp ; les Rois cherchant toujours à opprimer les Ducs, & les Ducs à être indépendans. Il en avoit coûté la liberté & la Souveraineté au dernier Duc. Il avoit recouvré l'une & l'autre aux Conférences d'Altona en 1689 par l'entremife de la Suéde, de l'Angleterre & de la Hollande , garans de l'exécution du Traité. Mais comme un Traité entre les Souverains n'eft fouvent qu'une foumiffion à la néceffité, jufqu'à ce que le plus fort puiffe accabler le plus faible, la querelle renaiffoit plus envenimée que jamais entre le nouveau Roi de Dannemark & le jeune Duc. Tandis que le Duc étoit à Stockolm, les Danois faifoient déja des actes d'hoftilité dans le Païs de Holftein', & fe liguoient fecrettement avec le Roi de Pologne, pour accabler le Roi de Suéde lui-même.

Fridéric-Augufte, Electeur de Saxe, que ni l'éloquence & les négociations de l'Abbé de Polignac , ni les grandes qualités du Prince de Conti fon Concurrent au Trône, n'avoient pu empêcher d'être élu depuis deux ans Roi de Pologne, étoit un Prince moins connu encore par fa force de corps incroyable , que par fa bravoure

&

& la galanterie de son esprit.   Sa Cour étoit la plus brillante de l'Europe, après celle de Louïs XIV.   Jamais
Prince ne fut plus généreux, ne donna plus, & n'accompagna ses dons de tant de grace.   Il avoit acheté la
moitié des suffrages de la Noblesse Polonoise, & forcé
l'autre par l'approche d'une Armée Saxonne.   Il crut
avoir besoin de ses Troupes pour se mieux affermir sur le
Trône ; mais il falloit un prétexte pour les retenir en
Pologne.   Il les destina attaquer le Roi de Suéde en Livonie, à l'occasion que l'on va rapporter.

La Livonie, la plus belle & la plus fertile Province
du Nord, avoit appartenu autrefois aux Chevaliers de
l'Ordre Teutonique.   Les Moscovites, les Polonois &
les Suédois s'en étoient disputés la possession.   La Suéde l'avoit enlevée depuis près de cent années ; & elle lui
avoit été enfin cédée solemnellement par la Paix d'Oliva.

Le feu Roi Charles XI, dans ses sévérités pour ses
sujets, n'avoit pas épargné les Livoniens.   Il les avoit
dépouillés de leurs privilèges, & d'une partie de leurs pa-
trimoines.   Patkul, malheureusement célébre depuis par
sa mort tragique, fut député de la Noblesse Livonienne
pour porter au Trône les plaintes de la Province.   Il fit à
son Maître une harangue respectueuse, mais forte, &
pleine de cette éloquence mâle que donne la calamité
quand elle est jointe à la hardiesse.   Mais les Rois ne regardent trop souvent ces Harangues publiques, que comme des cérémonies vaines qu'il est d'usage de souffrir,
sans y faire attention.   Toutefois Charles XI dissimulé,
quand il ne se livroit pas aux emportemens de sa colére,
frappa doucement sur l'épaule de Patkul.   *Vous avez*
parlé pour votre Patrie en brave homme, lui dit-il, *je*
vous en estime, continuez.   Mais peu de jours après il le
fit déclarer coupable de leze-Majesté, &, comme tel,
condamner à la mort.   Patkul, qui s'étoit caché, prit
la fuite.   Il porta dans la Pologne ses ressentimens.   Il fut
admis

admis depuis devant le Roi Augufte. Charles XI étoit mort ; mais la Sentence de Patkul & fon indignation fubfiftoient. Il repréfenta au Monarque Polonais la facilité de la conquête de la Livonie ; des Peuples defefpérés ; prêts à fecouer le joug de la Suéde ; un Roi enfant, incapable de fe défendre. Ces follicitations furent bien reçues d'un Prince déja tenté de cette conquête. Augufte à fon couronnement avoit promis de faire fes efforts pour recouvrer les provinces que la Pologne avoit perduës. Il crut par fon irruption en Livonie plaire à la Republique & affermir fon pouvoir; mais il fe trompa dans ces deux idées qui paraiffoient fi vraifemblables. Tout fut prêt bien-tot pour une invafion foudaine, fans même daigner recourir d'abord à la vaine formalité des Déclarations de guerre, & des Manifeftes. Le nuage groffiffoit en même tems du côté de la Mofcovie. Le Monarque qui la gouvernoit mérite l'attention de la poftérité.

Pierre Alexiowits, Czar de Ruffie, s'étoit déja rendu redoutable par la bataille qu'il avoit gagnée fur les Turcs en 1697 & par la prife d'Azoph qui lui ouvroit l'Empire de la Mer Noire. Mais c'étoit par des actions plus étonnantes que des victoires qu'ils cherchoit le nom de *Grand.* La Mofcovie ou Ruffie embraffe le Nord de l'Afie & celui de l'Europe, & depuis les frontiéres de la Chine s'étend l'efpace de quinze cens lieuës jufqu'aux confins de la Pologne & de la Suéde. Mais ce Païs immenfe étoit à peine connu de l'Europe avant le Czar Pierre. Les Mofcovites étoient moins civilifés que les Méxicains, quand ils furent découverts par Cortez ; nés tous efclaves de Maîtres auffi barbares qu'eux, ils croupiffoient dans l'ignorance, dans le befoin de tous les Arts, & dans l'infenfiblité de ces befoins qui étouffoit toute induftrie. Une ancienne Loi facrée parmi eux leur défendoit, fous peine de mort, de fortir de leur Païs fans la permiffion de leur Patriarche. Cette Loi faite pour leur ôter les occasions de connaître leur joug, plaisoit à une Nation qui, dans l'abîme de son ignorance & de sa misére, dédaignoit tout commerce avec les Nations étrangeres.

L'Ere des Moscovites commençoit à la création du Monde; ils comptoient 7207 ans au commencement du Siécle passé, sans pouvoir rendre raison de cette date. Le premier jour de leur année venoit au treize de notre mois de Septembre. Ils alléguoient pour raison de cet établissement, qu'il étoit vraisemblable que Dieu avoit créé le Monde en Automne, dans la Saison où les fruits de la terre sont dans leur maturité. Ainsi les seules apparences de connaissances qu'ils eussent, étoient des erreurs grossiéres; personne ne se doutoit parmi eux que l'Automne de Moscovie pût être le Printems d'un autre Païs dans les climats opposés. Il n'y avoit pas long-tems que le Peuple avoit voulu brûler à Moscow le Secrétaire d'un Ambassadeur de Perse, qui avoit prédit une Eclipse de Soleil. Ils ignoroient jusqu'à l'usage des chiffres; ils se servoient pour leurs calculs de petites boules enfilées dans des fils d'archal. Il n'y avoit pas d'autre maniére de compter dans tous les Bureaux de Recettes, & dans le Trésor du Czar.

Leur Religion étoit & est encore celle des Chrétiens Grecs, mais mêlée de superstitions auxquelles ils étoient d'autant plus fortement attachés, qu'elles étoient plus extravagantes, & que le joug en étoit plus gênant. Peu de Moscovites osoient manger du Pigeon, parce que le Saint-Esprit est peint en forme de Colombe. Ils observoient réguliérement quatre Carêmes par an; & dans ces tems d'abstinence, ils n'osoient se nourrir ni d'œufs, ni de lait. Dieu & saint Nicolas étoient les objets de leur Culte, & immédiatement après eux, le Czar & le Patriarche. L'autorité de ce dernier étoit sans bornes comme leur ignorance. Il rendoit des Arrêts de mort, & infli-

infligeoit les supplices les plus cruels, sans qu'on pût appeller de son Tribunal. Il se promenoit à cheval deux fois l'an, suivi de tout son Clergé en cérémonie. Le Czar à pied tenoit la bride du Cheval, & le Peuple se prosternoit dans les ruës comme les Tartares devant leur Grand Lama. La Confession étoit pratiquée; mais ce n'étoit que dans le cas des plus grands crimes. Alors l'absolution leur paraissoit nécessaire; mais non le repentir. Ils se croyoient purs devant Dieu avec la bénédiction de leurs Papas. Ainsi ils passoient sans remords, de la Confession au vol & à l'homicide; & ce qui est un frein pour d'autres Chrétiens, étoit chez eux un encouragement à l'iniquité. Ils faisoient scrupule de boire du lait un jour de Jeûne; mais les Peres de famille, les Prêtres, les Femmes, les Filles, s'enyvroient d'Eau-de-Vie les jours de Fêtes. On disputoit cependant sur la Religion en ce Païs comme ailleurs; la plus grande querelle étoit si les Laïques devoient faire le signe de la Croix avec deux doigts ou avec trois. Un certain Jacob Nursuff, sous le précédent régne, avoit excité une sédition dans Astracan au sujet de cette dispute. Il y avoit même des fanatiques, comme parmi ces Nations policées chez qui tout le monde est théologien; & Pierre, qui poussa toujours la justice jusqu'à la cruauté, fit périr par le feu quelques-uns de ces misérables qu'on nommoit *Vosko-Jésuites*.

Le Czar dans son vaste Empire avoit beaucoup d'autres sujets qui n'étoient pas Chrétiens. Les Tartares qui habitent le bord occidental de la Mer Caspienne & des Palus Méotides, sont Mahométans. Les Sibériens, les Ostiaques, les Samoyedes qui sont vers la Mer Glaciale, étoient des Sauvages, dont les uns étoient idolâtres, les autres n'avoient pas même la connaissance d'un Dieu; & cependant les Suédois envoyés prisonniers parmi eux, ont été plus contens de leurs mœurs que de celles des anciens Moscovites.

B 2

Pierre

Pierre Alexiowits avoit reçu une éducation qui tendoit à augmenter encore la barbarie de cette partie du Monde. Son naturel lui fit d'abord aimer les Etrangers, avant qu'il fût à quel point ils pouvoient lui être utiles. Un jeune Génevois, nommé *le Fort*, d'une ancienne famille de Géneve, fils d'un Marchand Droguifte, fut le premier inftrument dont il fe fervit pour changer depuis la face de la Mofcovie. Ce jeune homme envoyé par fon pere pour être Facteur à Coppenhague, quitta fon commerce & fuivit un Ambaffadeur Danois à Mofcow, par cette inquiétude d'efprit qu'éprouvent toujours ceux qui fe fentent au-deffus de leur état. Il lui prit envie d'apprendre la Langue Ruffienne. Les progrès rapides qu'il y fit excitérent la curiofité du Czar encore jeune. Il en fut connu : il s'infinua dans fa familiarité ; & paffa bien-tôt à fon fervice. Il lui parloit fouvent des avantages du Commerce & de la Navigation ; il lui difoit comment la Hollande, qui n'eût pas été la centième partie des Etats de Mofcovie, faifoit, par le moyen du Commerce feul, une auffi grande figure dans l'Europe que les Efpagnes, dont elle avoit été autrefois une petite Province inutile & méprifée. Il l'entretenoit de la politique rafinée des Princes de l'Europe, de la difcipline de leurs Troupes, de la police de leurs Villes, du nombre infini de Manufactures, des Arts & des Sciences, qui rendent les Européens puiffans & heureux. Ces difcours éveillérent le jeune Empereur, comme d'une profonde léthargie ; fon puiffant génie, qu'une éducation barbare avoit retenu & n'avoit pu détruire, fe développa prefque tout-à-coup. Il réfolut d'être homme, de commander à des hommes, & de créer une Nation nouvelle. Plufieurs Princes avoient avant lui renoncé à des Couronnes, par dégoût pour le poids des affaires ; mais aucun n'avoit ceffé d'être Roi pour apprendre mieux à régner ; c'eft ce que fit Pierre le Grand.

Il

Il quitta la Moſcovie en 1698 n'ayant encore régné que deux années, & alla en Hollande, déguiſé ſous un nom vulgaire, comme s'il avoit été un domeſtique de ce même Mr. *le Fort*, qu'il envoyoit Ambaſſadeur-Extra-ordinaire auprès des Etats-Généraux. Arrivé à Amſter-dam, il ſe fit inſcrire dans le rôle des Charpentiers de l'Amirauté des Indes, ſous le nom de Pierre Michaëlof; mais communément on l'appelloit Peter-Bas, ou Maître-Pierre. Il travailloit dans le Chantier comme les autres Charpentiers. Dans les intervalles de ſon travail il appre-noit les parties des Mathématiques qui peuvent être utiles à un Prince, les Fortifications, la Navigation, l'Art de lever des Plans. Il entroit dans les Boutiques des Ouvriers, examinoit toutes les Manufactures, rien n'échapoit à ſes obſervations. Delà il paſſa en Angleterre, où il ſe per-fectionna dans la ſcience de la conſtruction des Vaiſſeaux: il repaſſa en Hollande, vit tout ce qui pouvoit tourner à l'avantage de ſon Païs. Enfin, après deux ans de voya-ges & de travaux, auxquels nul autre homme que lui n'eût voulu ſe ſoumettre, il reparut en Moſcovie, ame-nant avec lui les Arts de l'Europe. Des Artiſans de toute eſpèce l'y ſuivirent en foule. On vit pour la première fois de grands Vaiſſeaux Moſcovites ſur la Mer Noire, dans la Baltique & dans l'Océan. Des Bâtimens d'une Architecture régulière & noble furent élevés au milieu des Hutes Ruſſiennes. Il établit des Colléges, des Aca-démies, des Imprimeries, des Bibliothéques: les Villes furent policées, les habillemens, les coutumes changé-rent peu à peu, quoiqu'avec difficulté. Les Moſcovites connurent par degrés ce que c'eſt que la ſocieté. Les ſuperſtitions même furent abolies: la dignité de Patriar-che fut éteinte; le Czar ſe déclara le Chef de la Reli-gion: & cette dernière entrepriſe qui auroit coûté le Trône & la vie à un Prince moins abſolu, réüſſit preſque ſans contradiction, & lui aſſûra le ſuccès de toutes les autres nouveautés.

B 3

Après

Après avoir abaiſſé un Clergé ignorant & barbare, il oſa eſſayer de l'inſtruire, & par-là même il riſqua de le rendre redoutable; mais il ſe croyoit aſſez puiſſant pour ne le pas craindre.   Il a fait enſeigner dans le peu de Cloîtres qui reſtent la Philoſophie & la Théologie.   Il eſt vrai que cette Théologie tient encore de ce tems ſauvage dont Pierre Alexiowits a retiré l'Humanité.   Un homme digne de foi m'a aſſûré qu'il avoit aſſiſté à une Thèſe publique, où il s'agiſſoit de ſavoir ſi l'uſage du tabac à fumer étoit un péché.   Le Répondant prétendoit qu'il étoit permis de s'enyvrer d'Eau-de-Vie, mais non de fumer; parce que la très-Sainte Ecriture dit, que ce qui ſort de la bouche de l'homme le ſouille, & que ce qui y entre ne le ſouille point.

Les Moines ne furent pas contens de la reforme; à peine le Czar eut-il établi des Imprimeries qu'ils s'en ſervirent pour le décrier; ils imprimerent qu'il étoit l'Antichriſt; leurs preuves étoient qu'il ôtoit la barbe aux vivans & qu'on faiſoit dans ſon Académie des diſſections de quelques morts.   Mais un autre Moine qui vouloit faire fortune réfuta ce livre & démontra que Pierre n'étoit point l'Antichriſt parceque le nombre 666 n'étoit pas dans ſon nom.   L'Auteur du libelle fut roué & celui de la refutation fut fait Evêque de Rèzan.

Le Réformateur de la Moſcovie a ſur-tout porté une Loi ſage, qui fait honte à beaucoup d'Etats policés; c'eſt qu'il n'eſt permis à aucun homme au ſervice de l'Etat, ni à un Bourgeois établi, ni ſur-tout à un Mineur de paſſer dans un Cloître.

Ce Prince comprit combien il importe de ne point conſacrer à l'oiſiveté des ſujets qui peuvent être utiles, & de ne point permettre qu'on diſpoſe à jamais de ſa liberté dans un âge où l'on ne peut diſpoſer de la moindre partie de ſa fortune.   Cependant l'induſtrie des Moines élude

élude tous les jours cette Loi faite pour le bien de l'Humanité, comme si les Moines gagnoient en effet à peupler les Cloîtres aux dépens de la Patrie.

Le Czar n'a pas assujeti seulement l'Eglise à l'Etat, à l'exemple des Sultans Turcs ; mais plus grand politique, il a détruit une Milice semblable à celle des Janissaires ; & ce que les Ottomans ont vainement tenté, il l'a exécuté en peu de tems; il a dissipé les Janissaires Moscovites, nommés Strelits, qui tenoient les Czars en tutelle. Cette Milice, plus formidable à ses Maîtres qu'à ses voisins, étoit composée d'environ trente mille hommes de pied, dont la moitié restoit à Moscow, & l'autre étoit répanduë sur les frontiéres. Un Strelits n'avoit que quatre roubles par an de paye ; mais des privilèges, ou des abus, le dédommageoient amplement.

Pierre forma d'abord une Compagnie d'Etrangers dans laquelle il s'enrôla lui-même, & ne dédaigna pas de commencer par être Tambour & d'en faire les fonctions ; tant la Nation avoit besoin d'exemples. Il fut Officier par dégrés. Il fit petit à petit de nouveaux Régimens, & enfin se sentant maître des Troupes disciplinées, il cassa les Strelits qui n'osèrent désobéir.

La Cavalerie étoit à peu près ce qu'est la Cavalerie Polonaise, & ce qu'étoit autrefois la Française, quand le Royaume de France n'étoit qu'un assemblage de Fiefs. Les Gentilshommes Russes montoient à cheval à leurs dépens & combattoient sans discipline : quelquefois sans autres armes qu'un Sabre ou un Carquois ; incapables d'être commandés, & par conséquent de vaincre.

Pierre le Grand leur apprit à obéïr, par son exemple & par les supplices. Car il servoit en qualité de Soldat & d'Officier subalterne, & punissoit rigoureusement en Czar les Boyards, c'est-à-dire les Gentilshommes qui

B 4   pré-

prétendoient que le privilège de la Nobleſſe étoit de ne
ſervir l'Etat qu'à leur volonté.   Il établit un Corps régulier pour ſervir l'Artillerie, & prit cinq cens Cloches aux
Egliſes pour fondre des Canons.   Il a eu treize mille Canons de fonte en l'année 1714 ; il a formé auſſi des Corps
de Dragons, Milice très-convenable au génie des Moſcovites, & à la forme de leurs Chevaux qui ſont petits.   La
Moſcovie a aujourd'hui en 1738 trente Régimens de Dragons, de mille hommes chacun, bien entretenus.

C'eſt lui qui a établi des Huſſards en Ruſſie ; enfin,
il a eu juſqu'à une Ecole d'Ingénieurs dans un païs où
perſonne ne ſavoit avant lui les Elémens de la Géométrie.

Il étoit bon Ingénieur lui-même; mais ſur-tout il
excelloit dans tous les Arts de la Marine ; bon Capitaine
de Vaiſſeau, habile Pilote, bon Matelot, adroit Charpentier, & d'autant plus eſtimable dans ces Arts, qu'il
étoit né avec une crainte extrême de l'eau.   Il ne pouvoit dans ſa jeuneſſe paſſer ſur un Pont ſans frémir : il
faiſoit fermer alors les volets de bois de ſon Caroſſe ; le
courage & le génie domptérent en lui cette faibleſſe ma-
chinale.

Il fit conſtruire un beau Port auprès d'Azoph à
l'Embouchure du Tanaïs : il vouloit y entretenir des
Galéres, & dans la ſuite, croyant que ces Vaiſſeaux longs,
plats & legers, devoient réüſſir dans la Mer Baltique, il
en a fait conſtruire plus de trois cens dans ſa Ville favorite de Petersbourg; il a montré à ſes ſujets l'Art de les
bâtir avec du ſimple ſapin & celui de les conduire.   Il
avoit appris juſqu'à la Chirurgie : on l'a vu dans un beſoin
faire la ponction à un hydropique ; il réüſſiſſoit dans
les mécaniques, & inſtruiſoit les Artiſans.

Les Finances du Czar étoient à la vérité peu de cho-
ſe, par rapport à l'immenſité de ſes Etats : il n'a jamais
eu

eu vingt-quatre millions de revenu, à compter le marc à 50 Livres, comme nous faisons aujourd'hui, & comme nous ne ferons peut-être pas demain; mais c'est être très-riche chez soi que de pouvoir faire de grandes choses. Ce n'est pas la rareté de l'argent; mais celle des hommes & des talens qui rend un Empire faible.

La Nation des Russes n'est pas nombreuse, quoique les femmes y soient fécondes & les hommes robustes. Pierre lui-même, en polissant ses Etats, a malheureusement contribué à leur dépopulation. De fréquentes recrues dans des guerres long-tems malheureuses, des Nations transplantées des bords de la Mer Caspienne à ceux de la Mer Baltique, consumées dans les travaux, détruites par les maladies, les trois quarts des enfans mourant en Moscovie de la petite Vérole, plus dangereuse en ces climats qu'ailleurs; enfin, les tristes suites d'un Gouvernement long-tems sauvage, & barbare même dans sa police, font cause que cette grande partie du Continent a encore de vastes Deserts. On compte à présent en Russie cinq cens mille familles de Gentilshommes, deux cens mille de Gens de Loi, un peu plus de cinq millions de Bourgeois & de païsans payans une espéce de taille, six cens mille hommes dans les Provinces conquises sur la Suéde: les Cosaques de l'Ukraine & les Tartares, Vassaux de la Moscovie, ne se montent pas à plus de deux millions; enfin on a trouvé que ces païs immenses ne contiennent pas plus de quatorze millions d'hommes, c'est-à-dire un peu plus des deux tiers des habitans de la France.

Le Czar Pierre, en changeant les mœurs, les Loix, la Milice, la face de son païs, vouloit aussi être grand par le commerce, qui fait à la fois la richesse d'un Etat & les avantages du monde entier. Il entreprit de rendre la Russie le centre du Négoce de l'Asie & de l'Europe. Il vouloit joindre par des Canaux, dont il dressa le plan, la

B 5   Duine,

Duine, le Volga, le Tanaïs, & s'ouvrir des chemins nouveaux de la Mer Baltique au Pont-Euxin & à la Mer Caſpienne ; & de ces deux Mers à l'Océan Septentrional.

Le Port d'Archangel fermé par les glaces neuf mois de l'année, & dont l'abord exigeoit un circuit long & dangereux, ne lui paraiſſoit pas aſſez commode. Il avoit dès l'an 1700 le deſſein de bâtir ſur la Mer Baltique un Port, qui deviendroit le Magazin du Nord, & une Ville qui ſeroit la Capitale de ſon Empire.

Il cherchoit déja un paſſage par les Mers du Nord-Eſt à la Chine, & les Manufactures de Paris & de Péking devoient embellir ſa Ville nouvelle.

Un chemin par terre de 754 Werſtes, pratiqué à travers des Marais qu'il falloit combler, devoit conduire de Moſcow à ſa nouvelle Ville. La plûpart de ces projets ont été exécutés par ſes mains ; & deux Impératrices, qui lui ont ſuccédé l'une après l'autre, ont encore été au-delà de ſes vûës, quand elles étoient praticables, & n'ont abandonné que l'impoſſible.

Il a voyagé toujours dans ſes Etats, autant que ſes guerres l'ont pu permettre ; mais il a voyagé en Légiſlateur & en Phyſicien, examinant par-tout la Nature, cherchant à la corriger ou à la perfectionner, ſondant lui-même les profondeurs des Fleuves & des Mers, ordonnant des ecluſes, viſitant des chantiers, faiſant fouiller des Mines, éprouvant les Métaux, faiſant lever des Cartes exactes, & y travaillant de ſa main.

Il a bâti dans un lieu ſauvage la Ville impériale de Petersbourg, qui contient aujourd'hui ſoixante mille maiſons, où s'eſt formée de nos jours une Cour brillante, & où enfin on connaît les plaiſirs délicats. Il a bâti le Port de Cronſtad ſur la Neva ; Ste. Croix ſur les frontiéres de la Perſe, des Forts dans l'Ukraine, dans la Sibérie, des Ami-

Amirautés à Archangel, à Petersbourg, à Aftracan, à A-
foph, des Arfenaux, des Hôpitaux. Il faifoit toutes fes
Maifons petites & de mauvais goût ; mais il prodiguoit
pour les Maifons publiques la magnificence & la grandeur.

Les Sciences, qui ont été ailleurs le fruit tardif de
tant de fiécles, font venuës par fes foins dans fes Etats
toutes perfectionnées. Il a créé une Académie fur le
modèle des Sociétés fameufes de Paris & de Londres : les
Delisles, les Bulfingers, les Hermands, les Bernoullis, le
célébre Wolf, homme excellent en tout genre de Philofo-
phie, ont été appellés à grands fraix à Petersbourg; cette
Académie fubfifte encore, & il fe forme enfin des Philo-
fophes Mofcovites.

Il a forcé la jeune Nobleffe de fes Etats à voyager,
à s'inftruire, à rapporter en Ruffie la politeffe étrangére;
j'ai vû de jeunes Ruffes pleins d'efprit & de connaiffances.
C'eft ainfi qu'un feul homme a changé le plus grand Empire du Monde. Il eft affreux, qu'il ait manqué à ce
Réformateur des hommes, la principale vertu, l'humanité.
De la brutalité dans fes plaifirs, de la férocité dans fes
mœurs, de la barbarie dans fes vengeances, fe mêloient
à tant de vertus. Il poliçoit fes peuples, & il étoit fau-
vage; il le fentoit. Il a dit à un Magiftrat d'Amfterdam:
Je réforme mon Païs & je ne peux me réformer moi-même.
Il a de fes propres mains été l'exécuteur de fes fentences
fur des criminels, & dans une débauche de table il a fait
voir fon adreffe à couper des têtes. Il y a dans l'Afrique
des Souverains, qui verfent le fang de leurs fujets de leurs
mains ; mais ces Monarques paffent pour des barbares.
La mort d'un fils qu'il falloit corriger, ou deshériter,
rendroit la mémoire de Pierre odieufe, fi le bien qu'il a
fait à fes fujets ne faifoit prefque pardonner fa cruauté envers fon propre fang.

Tel

Tel étoit le Czar Pierre ; & ſes grands deſſeins n'é-
toient encore qu'ébauchés lorſqu'il ſe joignit aux Rois de
Pologne & de Dannemark contre un Enfant qu'ils mé-
priſoient tous.   Le Fondateur de la Ruſſie voulut être
Conquérant ; il crut pouvoir le devenir ſans peine, &
qu'une guerre ſi bien projettée ſeroit utile à tous ſes projets ; l'art de la guerre étoit un art nouveau, qu'il falloit
montrer à ſes peuples.

D'ailleurs, il avoit beſoin d'un Port à l'Orient de la
Mer Baltique pour l'exécution de toutes ſes idées.   Il
avoit beſoin de la Province de l'Ingrie qui eſt au Nord-
Eſt de la Livonie.   Les Suédois en étoient maîtres, il
falloit la leur arracher.   Ses Ancêtres avoient eu des
droits ſur l'Ingrie, l'Eſtonie, la Livonie ; le tems ſembloit propice pour faire revivre ces droits perdus depuis
cent ans, & anéantis par des Traités.   Il conclut donc
une Ligue avec le Roi de Pologne pour enlever au jeune
Charles XII tous ces Païs, qui ſont entre le Golfe de
Finlande, la Mer Baltique, la Pologne
& la Moſcovie.

Fin du premier Livre.

HISTOI-

HISTOIRE
DE
CHARLES XII,
ROI DE SUEDE.

LIVRE SECOND.

ARGUMENT.

Changement prodigieux & subit dans le caractère de Charles XII. A l'â-ge de dix-huit ans il soutient la guerre contre le Dannemark, la Pologne & la Moscovie : termine la Guerre de Dannemark en six semaines : défait quatre - vingt mille Moscovites avec huit mille Suédois, & passe en Pologne. Déscription de la Pologne & de son Gouvernement. Charles gagne plusieurs batailles, & est maître de la Pologne, où il se prépare à nommer un Roi.

Trois puissans Rois menaçoient ainsi l'enfance de Charles XII. Les bruits de ces préparatifs conster-noient la Suéde, & allarmoient le Conseil : les grands Généraux étoient morts; on avoit raison de tout craindre sous un jeune Roi, qui n'avoit encore donné de lui que de mauvaises impressions. Il n'assistoit presque jamais dans le Conseil que pour croiser les jambes sur la table ; distrait, indifférent, il n'avoit paru prendre part à rien.

Le Conseil délibéra en sa présence sur le danger où l'on étoit : quelques Conseillers proposoient de détourner la tempête par des négociations; tout d'un coup le jeune Prince se leve avec l'air de gravité & d'assûrance d'un homme supérieur, qui a pris son parti. ,,Messieurs, dit-il, j'ai ,,résolu de ne jamais faire une guerre injuste ; mais de ,,n'en finir une légitime que par la perte de mes ennemis. ,,Ma résolution est prise : j'irai attaquer le premier, qui
,,se

„ſe déclarera ; & quand je l'aurai vaincu, j'eſpére faire
„quelque peur aux autres. „   Ces paroles étonnérent tous
ces vieux Conſeillers : ils ſe regardérent ſans oſer répondre.   Enfin, étonnés d'avoir un tel Roi & honteux d'e-
ſpérer moins que lui, ils reçurent avec admiration ſes ordres pour la guerre.

On fut bien plus ſurpris encore, quand on le vit renoncer tout d'un coup aux amuſemens les plus innocens
de la jeuneſſe.   Du moment qu'il ſe prépara à la guerre,
il commença une vie toute nouvelle, dont il ne s'eſt jamais depuis écarté un ſeul moment.   Plein de l'idée d'A-
léxandre & de Céſar, il ſe propoſa d'imiter tout de ces
deux Conquérans, hors leurs vices.   Il ne connut plus
ni magnificence, ni jeux, ni délaſſemens : il réduiſit ſa
table à la frugalité la plus grande.   Il avoit aimé le faſte
dans les habits ; il ne fut vêtu depuis que comme un ſimple Soldat.   On l'avoit ſoupçonné d'avoir eu une paſſion
pour une Femme de ſa Cour ; ſoit que cette intrigue fût
vraie ou non, il eſt certain, qu'il renonça alors aux femmes pour jamais, non ſeulement de peur d'en être gouverné, mais pour donner l'exemple à ſes Soldats, qu'il
vouloit contenir dans la diſcipline la plus rigoureuſe ;
peut-être encore par la vanité d'être le ſeul de tous les
Rois, qui domptât un penchant ſi difficile à ſurmonter.
Il réſolut auſſi de s'abſtenir de vin tout le reſte de ſa vie.
Les uns m'ont dit, qu'il n'avoit pris ce parti que pour
dompter en tout la nature, & pour ajouter une nouvelle
vertu à ſon héroïſme ; mais le plus grand nombre m'a aſſûré, qu'il voulut par-là ſe punir d'un excès, qu'il avoit
commis & d'un affront, qu'il avoit fait à table à une
femme en préſence même de la Reine ſa Mere.   Si cela
eſt ainſi, cette condamnation de ſoi-même, & cette pri-
vation, qu'il s'impoſa toute ſa vie ſont un eſpéce d'héroïſme non moins admirable.

Il commença par affûrer des fecours au Duc de Holftein fon Beau-frere. Huit mille hommes furent envoyés d'abord en Poméranie, Province voifine du Holftein, pour fortifier le Duc contre les attaques des Danois. Le Duc en avoit befoin. Ses Etats étoient déja ravagés, fon Château de Gottorp pris, fa Ville de Tonningue preffée par un fiége opiniâtre, où le Roi de Dannemark étoit venu en perfonne, pour jouïr d'une conquête, qu'il croyoit fûre. Cette étincelle commençoit à embraffer l'Empire. D'un côté les Troupes Saxonnes du Roi de Pologne, celles de Brandebourg, de Wolfembutel, de Heffe-Caffel, marchoient pour fe joindre aux Danois. De l'autre, les huit mille hommes du Roi de Suéde, les Troupes de Hannover & de Zell, & trois Régimens de Hollande venoient fecourir le Duc. Tandis que le petit Païs de Holftein étoit ainfi le Théatre de la guerre, deux Efcadres, l'une d'Angleterre & l'autre de Hollande, parurent dans la Mer Baltique. Ces deux Etats étoient garans du Traité d'Altona violé par les Danois : ils s'empreffoient alors à fecourir le Duc de Holftein opprimé, pareeque l'interêt de leur Commerce s'oppofoit à l'aggrandiffement du Roi de Dannemark. Ils favoient, que le Danois étant maître du paffage du Sund impoferoit des Loix onéreufes aux Nations commerçantes, quand il feroit affez fort pour en ufer ainfi impunément. Cet interêt a long-tems engagé les Anglois & les Hollandois à tenir, autant qu'ils l'ont pu, la balance égale entre les Princes du Nord : ils fe joignirent au jeune Roi de Suéde, qui fembloit devoir être accablé par tant d'Ennemis réunis, & le fecoururent par la même raifon pour laquelle on l'attaquoit, parcequ'on ne le croyoit pas capable de fe défendre. Il étoit à la chaffe aux ours, quand il reçut la nouvelle de l'irruption des Saxons en Livonie : il faifoit cette chaffe d'une maniére auffi nouvelle que dangereufe ; on n'avoit d'autres armes que des bâtons

four-

fourchus derriere un filet tendu à des arbres, un ours
d'une grandeur demésurée vint droit au Roi, qui le ter-
rassa après une longue lutte à l'aide du filet & de son bâton.
Cet excès de courage fit voir à ceux qui l'environnoient,
quelle valeur il deployeroit contre ses ennemis.

Il partit pour sa premiére Campagne le 8 Mai,
nouveau stile, de l'année 1700. Il quitta Stockolm, où
il ne revint jamais. Une foule innombrable de peuple
l'accompagna jusqu'au Port de Carelscroon, en faisant
des vœux pour lui, en versant des larmes & en l'admirant. Avant de sortir de Suéde, il établit à Stockolm
un Conseil de Défense, composé de plusieurs Sénateurs.
Cette Commission devoit prendre soin de tout ce qui regardoit la Flotte, les Troupes & les Fortifications du
Païs. Le Corps du Sénat devoit régler tout le reste pro-
visionnellement dans l'intérieur du Royaume. Ayant
ainsi mis un ordre certain dans ses Etats, son esprit libre
de tout autre soin, ne s'occupa plus que de la guerre.
Sa Flotte étoit composée de quarante-trois Vaisseaux: celui
qu'il monta, nommé le Roi Charles, le plus grand qu'on
ait jamais vû, étoit de cent-vingt piéces de canon; le
Comte Piper son premier Ministre, le Général Renchild,
& le Comte de Guiscard, Ambassadeur de France en
Suéde, s'y embarquérent avec lui. Il joignit les Esca-
dres des Alliés. La Flotte Danoise évita le combat, &
laissa la liberté aux trois Flottes combinées de s'approcher assez près de Coppenhague, pour y jetter quelques
bombes.

Il est certain, que ce fut le Roi lui-même, qui proposa alors au Général Renchild de faire une descente &
d'assiéger Coppenhague par terre tandis qu'elle seroit bloquée par mer. Renchild fut étonné d'une proposition
qui marquoit autant d'habileté que de courage dans un
jeune Prince sans expérience. Bien-tôt tout fut prêt pour
la

la defcente, les ordres furent donnés pour faire embarquer cinq mille hommes, qui étoient fur les Côtes de
Suéde, & qui furent joints aux Troupes qu'on avoit à
bord. Le Roi quitta fon grand Vaiffeau, & monta une
Frégate plus legére : on commença par faire partir trois
cens Grenadiers dans de petites Chaloupes. Entre ces
Chaloupes, de petits Bâteaux plats portoient des fafcines,
des chevaux de frize, & les inftrumens des Pionniers.
Cinq cens hommes d'élite fuivoient dans d'autres Chaloupes. Après venoient les Vaiffeaux de guerre du Roi,
avec deux Frégates Anglaifes & deux Hollandaifes, qui
devoient favorifer la defcente à coups de Canon.

Coppenhague, Capitale du Dannemark, eft fituée
dans l'Isle de Zéeland au milieu d'une belle Plaine, ayant
au Nord-Oueft le Sund, & à l'Orient la Mer Baltique, où
étoit alors le Roi de Suéde. Au mouvement imprévu
des Vaiffeaux qui menaçoient d'une defcente, les habitans
confternés par l'inaction de leur Flotte, & par le mouvement des Vaiffeaux Suédois, regardoient avec crainte en
quel endroit fondroit l'orage : la Flotte de Charles s'arrêta
vis-à-vis Humblebek à fept mille de Coppenhague. Auffi-
tôt les Danois raffemblent en cet endroit leur Cavalerie.
Des Milices furent placées derriére d'épais Retranchemens, & l'Artillerie qu'on put y conduire, fut tournée
contre les Suédois.

Le Roi quitta alors fa Frégate, pour s'aller mettre
dans la premiére Chaloupe, à la tête de fes Gardes : l'Ambaffadeur de France étoit toujours auprès de lui. *Monfieur l'Ambaffadeur,* lui dit-il *en Latin,* (car il ne vouloit
jamais parler Français,) *vous n'avez rien à démêler avec
les Danois : vous n'irez pas plus loin, s'il vous plaît. Sire,* lui répondit le Comte de Guifcard, en Français : *le Roi
mon Maître m'a ordonné de réfider auprès de Votre Majefté ; je me flatte, que vous ne me chafferez pas aujourd'hui
de votre Cour, qui n'a jamais été fi brillante.* En difant

ces paroles il donna la main au Roi, qui fauta dans la Chaloupe, où le Comte Piper & l'Ambaffadeur entrèrent. On s'avançoit fous les coups de canon des vaiffeaux, qui favorifoient la defcente. Les bâteaux de débarquement n'étoient encore qu'à trois cens pas du rivage. Charles XII impatient de ne pas aborder affez près, ni affez tôt, fe jette de fa chaloupe dans la mer, l'épée à la main, ayant de l'eau par delà la ceinture : fes Miniftres, l'Ambaffadeur de France, les Officiers, les Soldats, fuivent auffi-tôt fon exemple, & marchent au rivage malgré une grêle de moufquetades. Le Roi, qui n'avoit jamais entendu de fa vie de moufqueterie chargée à balle, demanda au Major-Général Stuard, qui fe trouva auprès de lui, ce que c'étoit que ce petit fiflement, qu'il entendoit à fes oreilles? C'eft le bruit que font les balles de fufil qu'on vous tire, lui dit le Major. *Bon*, dit le Roi, *ce fera-là dorénavant ma Mufique.* Dans le même moment le Major, qui expliquoit le bruit des moufquetades, en reçut une dans l'épaule; & un Lieutenant tomba mort à l'autre côté du Roi. Il eft ordinaire à des Troupes attaquées dans leurs Retranchemens d'être battuës; parceque ceux qui attaquent, ont toujours une impétuofité, que ne peuvent avoir ceux qui fe défendent, & qu'attendre les ennemis dans fes lignes, c'eft fouvent un aveu de fa faibleffe & de leur fupériorité. La Cavalerie Danoife & les Milices s'enfuirent après une faible réfiftance. Le Roi maître de leurs Retranchemens, fe jetta à genoux pour remercier Dieu du premier fuccès de fes armes. Il fit fur le champ élever des redoutes vers la Ville, & marqua lui-même un campement. En même tems il renvoya fes Vaiffeaux en Scanie, partie de la Suéde, voifine de Coppenhague, pour chercher neuf mille hommes de renfort. Tout confpiroit à fervir la vivacité de Charles. Les neuf mille hommes étoient fur le rivage prêts à s'embarquer, & dès le lendemain un vent favorable les lui amena.

Tout

Tout cela s'étoit fait à la vûë de la Flotte Danoise, qui n'avoit ofé branler. Coppenhague intimidée envoya auffi-tôt des Députés au Roi, pour le fupplier de ne point bombarder la Ville. Il les reçut à cheval à la tête de fon Régiment des Gardes : les Députés fe mirent à genoux devant lui ; il fit payer à la Ville quatre cens milles Rifdales, avec ordre de faire voiturer au Camp toutes fortes de provifions, qu'il promit de faire payer fidélement. On lui apporta des vivres, parcequ'il falloit obéïr ; mais on ne s'attendoit guère que des Vainqueurs daignaffent payer ; ceux qui les apportérent, furent bien étonnés d'être payés généreufement & fans délai, par les moindres Soldats de l'Armée. Il régnoit depuis long-tems dans les Troupes Suédoifes une difcipline, qui n'avoit pas peu contribué à leurs victoires : le jeune Roi en augmenta encore la févérité. Un Soldat n'eût pas ofé refufer le payement de ce qu'il achetoit, encore moins aller en maraude, pas même fortir du Camp. Il voulut de plus, que dans une victoire fes Troupes ne dépouillaffent les morts, qu'après en avoir eu la permiffion, & il parvint aifément à faire obferver cette loi. On faifoit toujours dans fon Camp la priere deux fois par jour, à fept heures du matin, & à quatre heures du foir ? il ne manqua jamais d'y affifter & de donner à fes Soldats l'exemple de la pieté, comme de la valeur. Son Camp bien mieux policé que Coppenhague, eut tout en abondance ; les Païfans aimoient mieux vendre leurs denrées aux Suédois leurs ennemis, qu'aux Danois, qui ne les payoient pas fi bien. Les bourgeois de la Ville furent même obligés de venir plus d'une fois chercher au Camp du Roi de Suéde des provifions qui manquoient dans leurs Marchés.

Le Roi de Dannemark étoit alors dans le Holftein, où il fembloit ne s'être rendu que pour lever le fiége de Tonningue. Il voyoit la Mer Baltique couverte de Vaiffeaux ennemis, un jeune Conquérant déja maître de la

C 2   Zée-

Zéeland, & prêt à s'emparer de la Capitale. Il fit publier dans fes Etats, que ceux qui prendroient les armes contre les Suédois auroient leur liberté. Cette déclaration étoit d'un grand poids dans un païs autre-fois libre, où tous les païsans & même beaucoup de bourgeois sont esclaves aujourd'hui. Charles fit dire au Roi de Dannemark, qu'il ne faisoit la guerre que pour l'obliger à faire la paix, qu'il n'avoit qu'à se résoudre à rendre justice au Duc de Holstein, ou à voir Coppenhague détruite, & son Royaume mis à feu & à sang. Le Danois étoit trop heureux d'avoir à faire à un Vainqueur qui se piquoit de justice. On assembla un Congrès dans la Ville de Travendal, sur les frontiéres du Holstein. Le Roi de Suéde ne souffrit pas que l'art des Ministres trainât les Négociations en longueur : il voulut, que le Traité s'achevât aussi rapidement, qu'il étoit descendu en Zéeland. Effectivement il fut conclu le cinq d'Août à l'avantage du Duc de Holstein, qui fut indemnisé de tous les frais de la guerre, & délivré d'oppression. Le Roi de Suéde ne voulut rien pour lui-même, satisfait d'avoir secouru son Allié, & humilié son Ennemi. Ainsi Charles XII à dix-huit ans commença & finit cette Guerre en moins de six semaines.

Précisément dans le même tems le Roi de Pologne infestoit la Ville de Riga, Capitale de la Livonie, & le Czar s'avançoit du côté de l'Orient à la tête de près de cent mille hommes. Riga étoit défendue par le vieux Comte d'Alberg, Général Suédois, qui à l'âge de quatre-vingt ans joignoit le feu d'un jeune homme à l'expérience de soixante Campagnes. Le Comte Flemming, depuis Ministre de Pologne, grand homme de guerre & de Cabinet, & le Sieur Patkul, pressoient tous deux le siége sous les yeux du Roi ; mais malgré plusieurs avantages que les Assiégeans avoient remportés, l'expérience du vieux Comte d'Alberg rendoit inutiles leurs efforts,

efforts, & le Roi de Pologne defefpéroit de prendre la
Ville. Il faifit enfin une occafion honorable de lever le
fiége. Riga étoit pleine de marchandifes, appartenant
aux Hollandais. Les Etats-Généraux ordonnérent à leur
Ambaffadeur, auprès du Roi Augufte, de lui faire fur
cela des repréfentations. Le Roi de Pologne ne fe fit
pas prier. Il confentit à lever le fiége plutôt que de
caufer le moindre dommage à fes Alliés, qui ne furent
point étonnés de cet excès de complaifance, dont ils furent la véritable caufe.

Il ne reftoit donc plus à Charles XII, pour achever
fa premiére Campagne que de marcher contre fon Rival de gloire, Pierre Alexiowits. Il étoit d'autant plus
animé contre lui, qu'il y avoit encore à Stockolm trois
Ambaffadeurs Mofcovites, qui venoient de jurer le re-
nouvellement d'une Paix inviolable. Il ne pouvoit comprendre, lui qui fe piquoit d'une probité févére, qu'un
Légiflateur, comme le Czar, fe fit un jeu de ce qui doit
être fi facré. Le jeune Prince plein d'honneur ne penfoit pas qu'il y eût une Morale différente pour les Rois
& pour les Particuliers. L'Empereur de Mofcovie venoit de faire paraître un Manifefte, qu'il eût mieux fait
de fupprimer. Il alléguoit pour raifon de la guerre,
qu'on ne lui avoit pas rendu affez d'honneurs, lorfqu'il
avoit paffé *incognito* à Riga; & qu'on avoit vendu les vivres trop cher à fes Ambaffadeurs. C' étoient-là les
griefs pour lefquels il ravageoit l'Ingrie avec quatre-vingt
mille hommes.

Il parut devant Narva à la tête de cette grande Armée le premier Octobre, dans un tems plus rude en
ce Climat, que ne l'eft le mois de Janvier à Paris. Le
Czar, qui dans de parcilles faifons faifoit quelquefois
quatre cens lieuës en pofte à cheval, pour aller vifiter
lui-même une Mine ou quelque Canal, n'épargnoit pas

C 3
plus

plus fes Trouppes que lui-même. Il favoit d'ailleurs, que les Suédois depuis le tems de Guftave-Adolphe faifoient la guerre au cœur de l'Hyver comme dans l'Eté: il voulut accoutumer auffi fes Mofcovites à ne point connaître de faifons, & les rendre, un jour, pour le moins égaux aux Suédois. Ainfi dans un tems, où les glaces & les neiges forcent les autres Nations, dans des Climats tempérés, à fufpendre la guerre, le Czar Pierre affiégeoit Narva à trente dégrés du Pole; & Charles XII s'avançoit pour la fecourir. Le Czar ne fut pas plûtôt arrivé devant la place, qu'il fe hâta de mettre en pratique ce qu'il venoit d'apprendre dans fes voyages. Il traça fon Camp: le fit fortifier de tous côtés: éleva des redoutes de diftance en diftance; & ouvrit lui-même la tranchée. Il avoit donné le commandement de fon Armée au Duc de Croi Allemand, Général habile; mais peu fecondé alors par les Officiers Mofcovites. Pour lui, il n'avoit dans fes propres Troupes, que le rang de fimple Lieutenant. Il avoit donné l'exemple de l'obéïffance militaire à fa Nobleffe jufque-là indifciplinable, laquelle étoit en poffeffion de conduire fans expérience & en tumulte des Efclaves mal armés. Il n'étoit pas étonnant, que celui qui s'étoit fait Charpentier à Amfterdam pour avoir des Flottes, fût Lieutenant à Narva, pour enfeigner à la Nation l'art de la guerre.

Les Mofcovites font robuftes, infatigables, peutêtre auffi courageux que les Suédois; mais c'eft au tems à aguerrir les Troupes, & à la difcipline à les rendre invincibles. Les feuls Régimens, dont on put efperer quelque chofe étoient commandés par des Officiers Allemans, mais ils étoient en petit nombre. Le refte étoit des Barbares arrachés à leurs Forêts, couverts de peaux de Bêtes fauvages: les uns armés de fléches, les autres de maffuës: peu avoient des fufils: aucun n'avoit vû un fiége régulier; il n'y avoit pas un bon Canonnier dans toute l'Armée.

mée. Cent cinquante Canons, qui auroient dû réduire
la petite Ville de Narva en cendres, y avoient à peine
fait brêche, tandis que l'Artillerie de la Ville renverfoit
à tout moment des rangs entiers dans les tranchées.
Narva étoit prefque fans fortifications : le Baron de Hoorn,
qui y commandoit n'avoit pas mille hommes de Troupes réglées ; cependant cette Armée innombrable n'avoit
pu la réduire en dix femaines.

On étoit déja au quinze de Novembre quand le Czar
apprit que le Roi de Suéde ayant traverfé la Mer avec
deux cens Vaiffeaux de tranfport, marchoit pour fecourir
Narva. Les Suédois n'étoient que vingt mille. Le Czar
n'avoit que la fupériorité du nombre. Loin donc de mé-
prifer fon ennemi, il employa tout ce qu'il avoit d'art
pour l'accabler. Non content de quatre-vingt mille
hommes, il fe prépara à lui oppofer encore une autre Armée, & à l'arrêter à chaque pas. Il avoit déja mandé
près de trente mille hommes, qui s'avançoient de Plef-
cow à grandes journées. Il fit alors une démarche, qui
l'eût rendu méprifable, fi un Légiflateur, qui a fait de fi
grandes chofes, pouvoit l'être. Il quitta fon Camp, où
fa préfence étoit néceffaire, pour aller chercher ce nouveau corps de troupes, qui pouvoit très-bien arriver
fans lui, & fembla par cette démarche craindre de combattre dans un Camp retranché un jeune Prince fans expérience, qui pouvoit venir l'attaquer.

Quoi qu'il en foit, il vouloit enfermer Charles XII
entre deux Armées. Ce n'étoit pas tout, trente mille
hommes détachés du Camp devant Narva, étoient poftés
à une lieuë de cette Ville fur le chemin du Roi de Suéde :
vingt mille Strelits étoient plus loin fur le même chemin ;
cinq mille autres faifoient une Garde avancée. Il falloit
paffer fur le ventre à toutes ces Troupes, avant que
d'arriver devant le Camp, qui étoit muni d'un rempart

&

& d'un double foffé.   Le Roi de Suéde avoit débarqué
à Pernaw dans le Golfe de Riga avec environ feize mille
hommes d'infanterie, & un peu plus de quatre mille
chevaux.   De Pernaw il avoit précipité fa marche jufqu'à Revel, fuivi de toute fa Cavalerie, & feulement de
quatre mille Fantaffins.   Il marchoit toujours en avant
fans attendre le refte de fes troupes.   Il fe trouva bien-
tôt avec fes huit mille hommes feulement, devant les premiers poftes des ennemis.   Il ne balança pas à les attaquer
tous les uns après les autres, fans leur donner le tems
d'apprendre à quel petit nombre ils avoient affaire.   Les
Mofcovites voyant arriver les Suédois à eux, crurent avoir
toute une Armée à combattre.   La Garde avancée de
cinq mille hommes, qui gardoit entre des rochers, un
pofte, où cent hommes refolus pouvoient arrêter une Armée entiére, s'enfuit à la premiere approche des Suédois.
Les vingt mille hommes, qui étoient derriere voyant fuir
leurs compagnons prirent l'épouvante, & allérent porter le defordre dans le camp.   Tous les poftes furent
emportés en deux jours & ce qui en d'autres occafions
eût été compté pour trois victoires, ne retarda pas d'une
heure la marche du Roi.   Il parut donc enfin avec fes
huit mille hommes fatigués d'une fi longue marche devant
un Camp de 80 mille hommes Mofcovites, bordé de cent
cinquante Canons de bronze.   A peine fes troupes eu-
rent-elles pris quelque repos, que fans délibérer il donna
fes ordres pour l'attaque.

  Le fignal étoit deux fufées, & le mot en Allemand,
avec l'aide de Dieu. Un Officier Général lui ayant repréfenté la grandeur du péril : *Quoi, vous doutez,* dit-il,
qu'avec mes huit mille braves Suédois je ne paffe fur le corps
à 80 mille Mofcovites ? Un moment après, craignant qu'il
n'y eût un peu de fanfaronnade dans ces paroles, il courut lui-même après cet Officier : *N'êtes-vous donc pas de*
mon avis, lui dit-il ? *N'ai-je pas deux avantages fur les*
ennc-

ennemis ; l'un que leur Cavalerie ne pourra leur servir, &
l'autre que le lieu étant resserré, leur grand nombre ne fera que les incommoder ; & ainsi je serai réellement plus fort
qu'eux ? L'Officier n'eut garde d'être d'un autre avis, & on
marcha aux Moscovites à midi le 30 Novembre 1700.

Dès que le Canon des Suédois eut fait brèche aux Retranchemens, ils s'avancèrent la bayonnette au bout du fusil, ayant au dos une neige furieuse, qui donnoit au visage
des ennemis. Les Moscovites se firent tuer pendant une
demie heure, sans quitter le revers des fossés. Le Roi attaquoit à la droite du Camp, où étoit le Quartier du Czar ;
il espéroit le rencontrer, ne sachant pas que l'Empereur
lui-même avoit été chercher ces quarante mille hommes,
qui devoient arriver dans peu. Aux premières décharges
de la mousqueterie ennemie, le Roi reçut une balle dans la
gorge ; mais c'étoit une balle morte, qui s'arrêta dans les
plis de sa cravate noire, & qui ne lui fit aucun mal. Son
cheval fut tué sous lui. Mr. de Sparr m'a dit, que le Roi
sauta légèrement sur un autre cheval, en disant : *Ces gens-ci
me font faire mes exercices* ; & continua de combattre &
de donner les ordres avec la même présence d'esprit. Après
trois heures de combat les Retranchemens furent forcés de
tous côtés. Le Roi poursuivit la droite des ennemis jusqu'à
la Rivière de Narva, avec son Aîle gauche, si l'on peut appeller de ce nom environ quatre mille hommes qui en pour-
suivoient près de quarante mille. Le Pont rompit sous les
fuyards, la Rivière fut en un moment couverte de morts. Les
autres desespérés retournèrent à leur Camp, sans savoir où
ils alloient. Ils trouvèrent quelques Barraques, derrière
lesquelles ils se mirent. Là ils se défendirent encore, parcequ'ils ne pouvoient pas se sauver ; mais enfin leurs Généraux Dolgorouky, Gollofkin, Federowits, vinrent se rendre au Roi, & mettre leurs armes à ses pieds. Pendant qu'on
les lui présentoit, arriva le Duc de Croi, Général de l'Armée, qui venoit se rendre lui-même avec trente Officiers.

C 5

Char-

Charles reçut tous ces prisonniers d'importance avec une politeſſe auſſi aiſée & un air auſſi humain, que s'il leur eût fait dans ſa Cour les honneurs d'une Fête. Il ne voulut garder que les Généraux. Tous les Officiers ſubalternes & les Soldats furent conduits deſarmés juſqu'à la Riviére de Narva : on leur fournit des Bâteaux pour la repaſſer, & pour s'en retourner chez eux. Cependant la nuit s'approchoit, la droite des Moſcovites ſe battoit encore : les Suédois n'avoient pas perdu quinze cens hommes : dix-huit mille Moſcovites avoient été tués dans leurs Retranchemens : un grand nombre étoit noyé : beaucoup avoient paſſé la Riviére ; il en reſtoit encore aſſez dans le Camp, pour exterminer juſqu'au dernier Suédois. Mais ce n'eſt pas le nombre des morts, c'eſt l'épouvante de ceux qui ſurvivent qui fait perdre les batailles. Le Roi profita du peu de jour qui reſtoit, pour ſaiſir l'Artillerie ennemie. Il ſe poſta avantageuſement entre leur Camp & la Ville : là il dormit quelques heures ſur la terre, enveloppé dans ſon manteau, en attendant qu'il pût fondre au point du jour ſur l'Aîle gauche des ennemis, qui n'avoit point encore été tout-à-fait rompuë. A deux heures du matin, le Général Vede, qui commandoit cette gauche, ayant ſu le gracieux accueil que le Roi avoit fait aux autres Généraux, & comment il avoit renvoyé tous les Officiers ſubalternes & les Soldats, l'envoya ſupplier de lui accorder la même grace. Le Vainqueur lui fit dire, qu'il n'avoit qu'à s'approcher à la tête de ſes Troupes, & venir mettre bas les armes & les drapeaux devant lui. Ce Général parut bien-tôt après avec ſes Moſcovites, qui étoient au nombre d'environ trente mille. Ils marchérent tête nuë, Soldats & Officiers, à travers moins de ſept mille Suédois. Les Soldats en paſſant devant le Roi, jettoient à terre leurs fuſils & leurs épées ; & les Officiers portoient à ſes pieds les Enſeignes & les Drapeaux. Il fit repaſſer la Riviére
à toute

à toute cette multitude, sans en retenir un seul Soldat prisonnier. S'il les avoit gardés, le nombre des prisonniers eût été au moins cinq fois plus grand que celui des vainqueurs.

Alors il entra victorieux dans Narva, accompagné du Duc de Croi & des autres Officiers Généraux Moscovites : il leur fit rendre à tous leurs épées ; & sachant qu'ils manquoient d'argent, & que les Marchands de Narva ne vouloient point leur en prêter, il envoya mille ducats au Duc de Croi, & cinq cens à chacun des Officiers Moscovites qui ne pouvoient se lasser d'admirer ce traitement, dont ils n'avoient pas même d'idée. On dressa aussi-tôt à Narva une Relation de la victoire, pour l'envoyer à Stockolm & aux Alliés de la Suéde ; mais le Roi retrancha de sa main tout ce qui étoit trop avantageux pour lui, & trop injurieux pour le Czar. Sa modestie ne put empêcher qu'on ne frappât à Stockolm plusieurs Médailles pour perpétuer la mémoire de ces événemens. Entr' autres on en frappa une qui le représentoit d'un côté sur un piédestal, où paraissoient enchaînés un Moscovite, un Danois, un Polonais, de l'autre étoit un Hercule armé de sa massuë, tenant sous ses pieds un Cerbère avec cette Légende : *Tres uno contudit ictu.*

Parmi les prisonniers faits à la journée de Narva, on en vit un qui étoit un grand exemple de révolutions de la fortune : il étoit fils aîné & héritier du Roi de Georgie ; on le nommoit le Czarasis Artschelou ; ce titre de Czarasis signifie Prince, ou Fils du Czar, chez tous les Tartares, comme en Moscovie ; car le mot de Czar vouloit dire Roi chez les anciens Scythes, dont tous ces Peuples sont descendus, & ne vient point des Césars de Rome, si long-tems inconnus à ces Barbares. Son Pere Mitelleski Czar, & Maître de la plus belle partie des païs qui sont entre les Montagnes d'Ararat, & les extrémités Orientales de la Mer Noire, avoit été chassé de son

Royau-

Royaume par ſes propres ſujets en mil ſix cens quatre-vingt
huit ; & avoit choiſi de ſe jetter entre les bras de l'Empereur de Moſcovie , plûtôt que de recourir à celui des
Turcs.　Le Fils de ce Roi, âgé de dix-neuf ans, voulut
ſuivre Pierre le Grand dans ſon Expédition contre les
Suédois , & fut pris en combattant par quelques Soldats
Finlandois, qui l'avoient déja dépouillé , & qui alloient
le maſſacrer.　Le Comte Renchild l'arracha de leurs
mains, lui fit donner un habit , & le préſenta à ſon Maître ; Charles l'envoya à Stockolm, où ce Prince malheureux mourut quelques années après.　Le Roi ne put s'empêcher en le voyant partir , de faire tout haut devant ſes
Officiers , une réflexion naturelle ſur l'étrange deſtinée
d'un Prince Aſiatique , né au pied du Mont Caucaſe , qui
alloit vivre captif parmi les glaces de la Suéde.　*C'eſt*
comme ſi j'étois un jour priſonnier , dit-il , *chez les Tar-*
tares de Crimée.　Ces paroles ne firent alors aucune im-
preſſion ; mais dans la ſuite on ne s'en ſouvint que trop,
lorſque l'événement en eut fait une prédiction.

　　Le Czar s'avançoit à grandes journées avec l'Armée
de quarante mille Ruſſes , comptant envelopper ſon ennemi de tous côtés. Il apprit à moitié de chemin la bataille de Narva , & la diſperſion de tout ſon Camp.　Il ne
s'obſtina pas à vouloir attaquer avec ſes quarante mille
hommes , ſans expérience & ſans diſcipline , un Vainqueur qui venoit d'en détruire 80 mille dans un Camp
retranché ; il retourna ſur ſes pas , pourſuivant toujours
le deſſein de diſcipliner ſes Troupes , pendant qu'il ci-
viliſoit ſes ſujets.　Je ſai bien , dit-il , que les Suédois
nous battront long-tems ; mais à la fin ils nous appren-
dront eux-mêmes à les vaincre.　Moſcow ſa Capitale,
fut dans l'épouvante & dans la deſolation , à la nouvelle
de cette défaite.　Telle étoit la fierté & l'ignorance de
ce Peuple, qu'ils crurent avoir été vaincus par un pouvoir plus qu'humain , & que les Suédois étoient de vrais

Magi-

Magiciens. Cette opinion fut ſi générale, que l'on ordonna à ce ſujet des Priéres publiques à Saint Nicolas, Pa-
tron de la Moſcovie. Cette Priére eſt trop ſinguliére,
pour n'être pas rapportée. La voici:

   „O toi, qui ès notre Conſolateur perpétuel dans
„toutes nos adverſités, grand Saint Nicolas, infiniment
„puiſſant, par quel péché t'avons-nous offenſé dans nos
„ſacrifices, génufléxions, révérences, & actions de gra-
„ces, que tu nous ayes ainſi abandonnés ? Nous avions
„imploré ton aſſiſtance contre ces terribles inſolens, en-
„ragés, épouvantables, indomptables, deſtructeurs, lorſ-
„que comme des Lions & des Ours, qui ont perdu leurs
„petits, ils nous ont attaqués, effrayés, bleſſés, tués
„par milliers, nous qui ſommes ton Peuple. Comme
„il eſt impoſſible que cela ſoit arrivé ſans ſortilège & en-
„chantement, nous te ſupplions, ô grand Saint Nicolas,
„d'être notre Champion & notre Porte-Etendart, de
„nous délivrer de cette foule de ſorciers, & de les chaſ-
„ſer bien loin de nos frontiéres avec la récompenſe qui
„leur eſt duë. „

   Tandis que les Moſcovites ſe plaignoient à Saint
Nicolas de leur défaite, Charles XII faiſoit rendre gra-
ces à Dieu, & ſe préparoit à de nouvelles victoires.

   Le Roi de Pologne s'attendit bien que ſon Ennemi,
vainqueur des Danois & des Moſcovites, viendroit bien-
tôt fondre ſur lui. Il ſe ligua plus étroitement que jamais
avec le Czar: ces deux Princes convinrent d'une entrevûë,
pour prendre leurs meſures de concert. Ils ſe virent à
Birzen, petite Ville de Lithuanie, ſans aucune de ces
formalités qui ne ſervent qu'à retarder les affaires, & qui
ne convenoient ni à leur ſituation, ni à leur humeur. Les
Princes du Nord ſe voyent avec une familiarité, qui n'eſt
point encore établie dans le Midi de l'Europe. Pierre &
Auguſte paſſérent quinze jours enſemble dans des plaiſirs
qui allérent juſqu'à l'excès: car le Czar, qui vouloit réformer

former fa Nation, ne put jamais corriger dans lui-même son penchant dangereux pour la débauche.

Le Roi de Pologne s'engagea à fournir au Czar cinquante mille hommes de troupes Allemandes, qu'on devoit acheter de divers Princes, & que le Czar devoit foudoyer. Celui-ci de fon côté devoit envoyer cinquante mille Mofcovites en Pologne, pour y apprendre l'Art de la guerre, & promettoit de payer au Roi Augufte trois millions de Rifdales en deux ans. Ce Traité, s'il eût été exécuté, eût pu être fatal au Roi de Suéde : c'étoit un moyen prompt & fûr d'aguerrir les Mofcovites; c'étoit peut-être forger des fers à une partie de l'Europe.

Charles XII fe mit en devoir d'empêcher le Roi de Pologne de recueillir le fruit de cette Ligue. Après avoir paffé l'Hyver auprès de Narva, il parut en Livonie auprès de cette même Ville de Riga, que le Roi Augufte avoit affiégée inutilement. Les Troupes Saxonnes étoient poftées le long de la Riviére de Duna, qui eft fort large en cet endroit : il falloit difputer le paffage à Charles, qui étoit à l'autre bord du Fleuve. Les Saxons n'étoient pas commandés par leur Prince, alors malade; mais ils avoient à leur tête le Maréchal de Stenau qui faifoit les fonctions de Général ; fous lui commandoient le Prince Ferdinand Duc de Courlande, & ce même Patkul qui défendoit fa patrie contre Charles XII l'épée à la main après en avoir foutenu les droits par la plume au peril de fa vie contre Charles XI. Le Roi de Suéde avoit fait conftruire de grands Bâteaux d'une invention nouvelle, dont les bords beaucoup plus hauts qu'à l'ordinaire pouvoient fe lever & fe baiffer, comme des Ponts-levis. En fe levant ils couvroient les Troupes qu'ils portoient : en fe baiffant ils fervoient de Pont pour le débarquement ; il mit encore en ufage un autre artifice. Ayant remarqué que le vent foufloit du Nord, où il étoit, au Sud, où étoient campés les Ennemis, il fit mettre le feu à quantité de paille mouil-

mouillée , dont la fumée épaisse se répandant sur la Riviére , déroboit aux Saxons la vûë de ses Troupes , & de
ce qu'il alloit faire. A la faveur de ce nuage, il fit avancer des Barques remplies de cette même paille fumante ;
de sorte que le nuage grossissant toujours , & chassé par
le vent dans les yeux des ennemis , les mettoit dans l'im-
possibilité de savoir, si le Roi passoit ou non. Cependant
il conduisoit seul l'exécution de son stratagême. Etant
déja au milieu de la Riviére : *Eh bien*, dit-il au Général Renchild , *la Duna ne sera pas plus méchante que la
Mer de Coppenhague : croyez-moi*, *Général*, *nous les bat-
trons*. Il arriva en un quart d'heure à l'autre bord ; &
fut mortifié de ne sauter à terre que le quatrième. Il fait
aussi-tôt débarquer son Canon, & forme sa bataille sans
que les ennemis offusqués de la fumée, puissent s'y opposer que par quelques coups tirés au hazard. Le vent ayant
dissipé ce brouillard, les Saxons virent le Roi de Suéde
marchant déja à eux.

Le Maréchal Stenau ne perdit pas un moment : à
peine apperçut-il les Suédois, qu'il fondit sur eux avec
la meilleure partie de sa Cavalerie. Le choc violent de
cette Troupe tombant sur les Suédois dans l'instant qu'ils
formoient leurs Bataillons, les mit en desordre. Ils s'ou-
vrirent, ils furent rompus , & poursuivis jusque dans la
Riviére. Le Roi de Suéde les rallia le moment d'après
au milieu de l'eau, aussi aisément que s'il eût fait une revûë. Alors ses Soldats marchant plus serrés qu'auparavant,
repoussérent le Maréchal Stenau, & s'avancérent dans la
Plaine. Stenau sentit que ses troupes étoient étonnées:
il les fit retirer en habile homme dans un lieu sec , flan-
qué d'un Marais, & d'un Bois où étoit son Artillerie.
L'avantage du terrain, & le tems qu'il avoit donné aux
Saxons de revenir de leur première surprise, leur rendit
tout leur courage. Charles ne balança pas à les attaquer:
il avoit avec lui quinze mille hommes , Stenau & le Duc

de

de Courlande environ douze mille, n'ayant pour toute
Artillerie qu'un Canon de fer sans affût. La bataille fut
rude & sanglante : le Duc eut deux chevaux tués sous
lui : il pénétra trois fois au milieu de la Garde du Roi;
mais enfin ayant été renversé de son cheval d'un coup de
crosse de Mousquet, le desordre se mit dans son Armée,
qui ne disputa plus la victoire. Ses Cuirassiers le retirérent avec peine, tout froissé & à demi-mort, du milieu
de la mêlée, & de dessous les chevaux qui le fouloient aux
pieds.

Le Roi de Suéde, après sa victoire, court à Mittau,
Capitale de la Courlande. Toutes les Villes de ce Duché
se rendent à lui à discrétion ; c'étoit un voyage, plûtôt
qu'une conquête. Il passa sans s'arrêter en Lithuanie,
soumettant tout sur son passage. Il sentit une satisfaction
flateuse; & il l'avoua lui-même, quand il entra en vainqueur dans cette Ville de Birzen, où le Roi de Pologne
& le Czar avoient conspiré sa ruine quelques mois auparavant.

Ce fut dans cette Place qu'il conçut le dessein de
détrôner le Roi de Pologne, par les mains des Polonois
même. Là étant un jour à table, tout occupé de cette
entreprise, & observant sa sobriété extrême, dans un silence profond, paraissant comme enséveli dans ses grandes idées ; un Colonel Allemand, qui assistoit à son dîner, dit assez haut pour être entendu, que les repas que
le Czar & le Roi de Pologne avoient faits au même endroit, étoient un peu différens de ceux de Sa Majesté.
Oui, dit le Roi en se levant, *& j'en troublerai plus aisément leur digestion.* En effet, mêlant alors un peu de
Politique à la force de ses armes, il ne tarda pas à préparer l'événement qu'il méditoit.

La Pologne, cette partie de l'ancienne Sarmatie, est
un peu plus grande que la France, moins peuplée qu'elle
mais plus que la Suéde. Ses Peuples ne sont Chrétiens
que

que depuis environ fept cens cinquante ans. C'eft une chofe finguliére que la Langue des Romains , qui n'ont jamais pénétré dans ces Climats , ne fe parle aujourd'hui communément qu'en Pologne ; tout y parle Latin jufqu'aux Domeftiques. Ce grand païs eft très-fertile ; mais les Peuples n'en font que moins induftrieux. Les Ouvriers & les Marchands qu'on voit en Pologne , font des Ecoffais, des Français, des Juifs, qui achetent à vil prix les bleds, les beftiaux , les Denrées du Païs; les trafiquent à Dantzik & en Allemagne, & vendent chérement aux Nobles de quoi fatisfaire l'efpèce de luxe qu'ils connaiffent & qu'ils aiment. Ainfi ce païs , arrofé des plus belles Riviéres, riche en Paturages, en Mines de Sel, & couvert de Moiffons, refte pauvre, malgré fon abondance ; parce que le Peuple eft efclave , & que la Nobleffe eft fiére & oifive.

Son Gouvernement eft la plus fidèle image de l'antien Gouvernement Celte & Gothique , corrigé ou altéré par-tout ailleurs. C'eft le feul Etat qui ait confervé le nom de République avec la dignité Royale.

Chaque Gentilhomme a le droit de donner fa voix dans l'élection d'un Roi, & de pouvoir l'être lui-même. Ce plus beau des droits eft joint au plus grand des abus : le Trône eft prefque toujours à l'enchére ; & comme un Polonais eft rarement affez riche pour l'acheter, il a été vendu fouvent aux Etrangers. La Nobleffe & le Clergé défendent leur liberté contre leur Roi, & l'ôtent au refte de la Nation. Tout le Peuple y eft efclave , tant la deftinée des hommes eft que le plus grand nombre foit partout, de façon ou d'autre, fubjugué par le plus petit. Là le païfan ne feme point pour lui, mais pour des Seigneurs, à qui lui , fon champ , & le travail de fes mains appartiennent, & qui peuvent le vendre & l'égorger avec le Bétail de la Terre : tout ce qui eft Gentilhomme ne dépend que de foi. Il faut pour le juger dans une affaire criminelle., une Affemblée entiére de la Nation : il ne peut être arrêté qu'après avoir été condamné ; ainfi il n'eft prefque jamais puni. Il y en a beaucoup de pauvres : ceux-là fe mettent au fervice des plus puiffans, en reçoivent un falaire, font les fonctions les plus baffes. Ils aiment mieux fervir leurs égaux que de s'enrichir par le Commerce ; & en panfant les chevaux de leurs Maîtres ; ils fe donnent le titre d'Electeurs des Rois & de deftructeurs des Tyrans.

Qui verroit un Roi de Pologne dans la pompe de la Majefté Royale, le croiroit le Prince le plus abfolu de l'Europe ; c'eft cependant celui qui l'eft le moins. Les Polonais font réellement avec lui ce Contrat qu'on fuppofe chez d'autres Nations, entre le Souverain & les fujets. Le Roi de Pologne à fon Sacre même & en jurant les *Pacta conventa*, difpenfe fes fujets du ferment d'obéiffance, en cas qu'il viole les Loix de la République.

Il nomme à toutes les Charges & confére tous les honneurs. Rien n'eft héréditaire en Pologne, que les Terres & le rang de Noble. Le Fils d'un Palatin & celui du Roi, n'ont nul droit aux dignités de leur Pere ; mais il y a cette grande différence entre le Roi & la République, qu'il ne peut ôter aucune Charge après l'avoir donnée ; & que la République a le droit de lui ôter la Couronne, s'il transgreffoit les Loix de l'Etat.

La Nobleffe jaloufe de fa liberté, vend fouvent fes fuffrages, & rarement fes affections. A peine ont-ils élu un Roi, qu'ils craignent fon ambition, & lui oppofent leurs cabales. Les Grands, qu'il a faits & qu'il ne peut défaire, deviennent fouvent fes ennemis, au-lieu de refter fes créatures. Ceux, qui font attachés à la Cour, font l'objet de la haine du refte de la Nobleffe : ce qui forme toujours deux Partis ; divifion inévitable, & même néceffaire dans des Païs où l'on veut avoir des Rois, & conferver fa liberté.

Ce

Ce qui concerne la Nation est réglé dans les Etats-Généraux qu'on appelle Diétes. Ces Etats sont composés du Corps du Sénat, & de plusieurs Gentils-hommes. Les Sénateurs sont les Palatins & les Evêques : le second Ordre est composé des Députés des Diétes particuliéres de chaque Palatinat. A ces grandes Assemblées préside l'Archevêque de Gnesne, Primat de Pologne, Vicaire du Royaume dans les Interrégnes, & la premiére Personne de l'Etat après le Roi. Rarement y a-t-il en Pologne un autre Cardinal que lui; parceque la Pourpre Romaine ne donnant aucune préféance dans le Sénat, un Evêque qui seroit Cardinal, seroit obligé ou de s'asseoir à son rang de Sénateur, ou de renoncer aux droits solides de la Dignité qu'il a dans sa patrie, pour soutenir les prétentions d'un honneur étranger.

Ces Diétes se doivent tenir par les Loix du Royaume, alternativement en Pologne & en Lithuanie. Les Députés y décident souvent leurs affaires le sabre à la main, comme les anciens Sarmates, dont ils sont descendus, & quelquefois même au milieu de l'yvresse : vice que les Sarmates ignoroient. Chaque Gentil-homme députe à ces Etats-Généraux, jouït du droit qu'avoient à Rome les Tribuns du Peuple, de s'opposer aux Loix du Sénat. Un seul Gentil-homme, qui dit, *je proteste*, arrête par ce mot seul les résolutions unanimes de tout le reste; & s'il part de l'endroit où se tient la Diéte, il faut alors qu'elle se sépare.

On apporte aux desordres qui naissent de cette Loi un reméde plus dangereux encore. La Pologne est rarement sans deux factions. L'unanimité dans les Diétes étant alors impossible, chaque Parti forme des confédérations, dans lesquelles on décide à la pluralité des voix, sans avoir égard aux protestations du plus petit nombre. Ces Assemblées, illégitimes selon les Loix, mais autorisées par l'usage, se font au nom du Roi, quoique souvent

D 2   contre

contre son consentement, & contre ses intérêts : à peu
près comme la Ligue se servoit en France du nom de
Henri I I I, pour l'accabler; & comme en Angleterre le
Parlement qui fit mourir Charles I sur un échaffaut,
commença par mettre le nom de ce Prince à la tête de
toutes les résolutions, qu'il prenoit pour le perdre. Lorsque les troubles sont finis, alors c'est aux Diétes Généra-
les à confirmer ou à casser les Actes de ces confédérations
Une Diéte même peut changer tout ce qu'a fait la précé-
dente, par la même raison que dans les Etats Monarchi-
ques un Roi peut abolir les Loix de son Prédécesseur, &
les siennes propres.

    La Noblesse, qui fait les Loix de la République, en
fait aussi la force. Elle monte à cheval dans les grandes
occasions, & peut composer un Corps de plus de cent
mille hommes. Cette grande Armée, nommée *Pospolite,*
se meut difficilement, & se gouverne mal : la difficulté
des vivres & des fourages la met dans l'impuissance de
subsister long-tems assemblée: la discipline, la subordina-
tion, l'expérience lui manquent; mais l'amour de la liberté qui l'anime, la rend toujours formidable.

    On peut la vaincre ou la dissiper, ou la tenir même
pour un tems dans l'esclavage; mais elle secoue bien-tôt
le joug; ils se comparent eux-mêmes aux roseaux que la
tempête couche par terre, & qui se relevent dès que le
vent ne souffle plus. C'est pour cette raison, qu'ils n'ont
point de Places de guerre : ils veulent être les seuls remparts de leur République; ils ne souffrent jamais que leur
Roi bâtisse des Forteresses, de peur qu'il ne s'en serve,
moins pour les défendre, que pour les opprimer. Leur
païs est tout ouvert à la réserve de deux ou trois Places
frontiéres. Que si dans leurs guerres, ou civiles, ou é-
trangéres, ils s'obstinent à soutenir chez eux quelque siê-
ge, il faut faire à la hâte des fortifications de terre, réparer de vieilles murailles à démi-ruïnées, élargir des fossés
presque

preſque comblés ; & la Ville eſt priſe avant que les Rétranchemens ſoient achevés.

La *Poſpolite* n'eſt pas toujours à cheval pour garder
le Païs ; elle n'y monte que par l'ordre des Diétes, ou même quelquefois ſur le ſimple ordre du Roi dans les dangers extrêmes.

La Garde ordinaire de la Pologne eſt une Armée qui
doit toujours ſubſiſter aux dépens de la République. Elle
eſt compoſée de deux Corps ~~indépendans l'une de l'autre~~,
ſous deux Grands-Généraux différens. Le premier Corps
eſt celui de la Pologne, & doit être de trente - ſix mille
hommes : le ſecond au nombre de douze mille eſt celui
de Lithuanie. Les deux Grands-Généraux ſont indépendans l'un de l'autre. Quoique nommés par le Roi, ils ne
rendent jamais compte de leurs opérations qu'à la République & ont une autorité ſuprême ſur leurs Troupes.
Les Colonels ſont les maîtres abſolus de leurs Régimens,
c'eſt à eux à les faire ſubſiſter comme ils peuvent, & à
leur payer leur ſolde. Mais étant rarement payés eux-
mêmes, ils deſolent le Païs, & ruïnent les Laboureurs,
pour ſatisfaire leur avidité & celle de leurs Soldats. Les
Seigneurs Polonais paraiſſent dans ces Armées avec plus
de magnificence que dans les Villes : leurs Tentes ſont
plus belles que leurs Maiſons. La Cavalerie, qui fait les
deux tiers de l'Armée, eſt preſque toute compoſée de
Gentils-hommes : elle eſt remarquable par la beauté des
chevaux, & par la richeſſe des habillemens & des harnois.

Les Gendarmes ſur-tout, que l'on diſtingue en Houſ-
ſarts & Pancernes, ne marchent qu'accompagnés de pluſieurs Valets, qui leur tiennent des chevaux de main, ornés de brides à plaques & clous d'argent, de ſelles brodé-
es, d'arçons, d'étriers dorés, & quelquefois d'argent
maſſif, avec de grandes houſſes traînantes à la maniére
des Turcs, dont les Polonais imitent autant qu'ils peuvent
la magnificence.

D 3 Autant

Autant cette Cavalerie eſt parée & ſuperbe, autant l'Infanterie étoit alors délabrée, mal vêtuë, mal armée, ſans habit d'ordonnance ni rien d'uniforme. C'eſt ainſi dû moins qu'elle fut juſque vers 1710. Ces fantaſſins, qui reſſemblent à des Tartares vagabons, ſupportent avec une fermeté étonnante la faim, le froid, la fatigue, & tous les poids de la guerre.

On voit encore dans les Soldats Polonais le caractère des anciens Sarmates leurs ancêtres, auſſi peu de diſcipline, la même fureur à attaquer; la même promptitude à fuir & à revenir au combat, le même acharnement dans le carnage, quand ils ſont vainqueurs.

Le Roi de Pologne s'étoit flatté d'abord que dans le beſoin ces deux Armées combattroient en ſa faveur, que la *Poſpolite* Polonaiſe s'armeroit à ſes ordres; & que toutes ces forces, jointes aux Saxons ſes ſujets, & aux Moſcovites ſes Alliés, compoſeroient une multitude devant qui le petit nombre des Suédois n'oſeroit paraître. Il ſe vit preſque tout-à-coup privé de ces ſecours par les ſoins même qu'il avoit pris pour les avoir tous à la fois.

Accoutumé dans ſes païs héréditaires au pouvoir abſolu, on crut, trop peut-être, qu'il pourroit gouverner la Pologne comme la Saxe; le commencement de ſon Régne fit des mécontens; ſes premiéres démarches irritérent le Parti qui s'étoit oppoſé à ſon élection, & aliénérent preſque tout le reſte. La Pologne murmura de voir ſes Villes remplies de Garniſons Saxonnes, & ſes frontiéres de Troupes. Cette Nation bien plus jalouſe de maintenir ſa liberté, qu'empreſſée à attaquer ſes voiſins ne regarda point la guerre du Roi Auguſte contre la Suéde, & l'irruption en Livonie, comme une entrepriſe avantageuſe à la République. On trompe difficilement une Nation libre ſur ſes vrais interêts. Les Polonais ſentoient que ſi cette guerre entrepriſe ſans leur conſentement étoit malheureuſe, leur païs ouvert de tous côtés
ſeroit

feroit en proye au Roi de Suéde ; & que fi elle étoit heu-
reufe , ils feroient fubjugués par leur Roi même , qui,
Maître alors de la Livonie , comme de la Saxe, enclave-
veroit la Pologne entre ces deux païs. Dans cette alter-
native , ou d'être efclaves du Roi qu'ils avoient élu , ou
d'être ravagés par Charles XII juftement outragé , ils ne
formérent qu'un cri contre la guerre qu'ils crurent déclarée à eux - mêmes plus qu'à la Suéde. Ils regardérent
les Saxons & les Mofcovites comme les inftrumens de
leurs chaînes. Bien-tôt voyant que le Roi de Suéde avoit
renverfé tout ce qui étoit fur fon paffage, & s'avançoit
avec une Armée victorieufe au cœur de la Lithuanie , ils
éclatérent contre leur Souverain, avec d'autant plus de
liberté qu'il étoit malheureux.

Deux Partis divifoient alors la Lithuanie , celui des
Princes Sapieha, & celui d'Oginsky. Ces deux Factions
avoient commencé par des querelles particuliéres dégéné-
rées en Guerre Civile. Le Roi de Suéde s'attacha les
Princes Sapieha: & Oginsky mal fecouru par les Saxons,
vit fon Parti prefque anéanti. L'Armée Lithuanienne,
que ces troubles & le défaut d'argent réduifoient à un petit nombre , étoit en partie difperfée par le Vainqueur.
Le peu qui tenoit pour le Roi de Pologne étoit féparé en
petits Corps de troupes fugitives , qui erroient dans la
Campagne & fubfiftoient de rapines. Augufte ne voyoit
en Lithuanie que de l'impuiffance dans fon Parti , de la
haine dans fes fujets, & une Armée ennemie conduite par
un jeune Roi outragé , victorieux & implacable.

Il y avoit à la vérité en Pologne une Armée ; mais au
lieu d'être de trente-fix mille hommes , nombre préfcrit
par les Loix, elle n'étoit pas de dix-huit mille. Non
feulement elle étoit mal payée & mal armée ; mais fes
Généraux ne favoient encore quel parti prendre.

La reffource du Roi étoit d'ordonner à la Nobleffe
de le fuivre ; mais il n'ofoit s'expofer à un refus qui   eût

D 4

eût trop découvert, & par conféquent augmenté fa faibleffe.

Dans cet état de trouble & d'incertitude, tous les
Palatinats du Royaume demandoient au Roi une Diéte:
de même qu'en Angleterre dans les tems difficiles, tous
les Corps de l'Etat préfentent des adreffes au Roi; pour
le prier de convoquer un Parlement. Augufte avoit plus
befoin d'une Armée que d'une Diéte, où les actions des
Rois font pefées. Il fallut bien cependant qu'il la convo-
quât pour ne point aigrir la Nation fans retour. Elle fut
donc indiquée à Varfovie pour le 2 de Décembre de l'année 1701. Il s'apperçut bien-tôt que Charles XII avoit pour
le moins autant de pouvoir que lui dans cette Affemblée.
Ceux qui tenoient pour les Sapieha, les Lubomirsky &
leurs amis, le Palatin Leczinsky Treforier de la Couronne, & fur-tout les Partifans des Princes Sobiesky, étoient
tous fecrettement attachés au Roi de Suéde.

Le plus confidérable de fes Partifans, & le plus
dangereux ennemi qu'eût le Roi de Pologne, étoit le Cardinal Radjousky, Archevêque de Gnefne, Primat du Royaume, & Préfident de la Diéte. C'étoit un homme
plein d'artifice & d'obfcurités dans fa conduite; entiérement gouverné par une Femme ambitieufe, que les Suédois appelloient Madame la Cardinale, laquelle ne ceffoit
de le pouffer à l'intrigue & à la faction. L'habileté du
Primat confiftoit, dit-on, à profiter des conjonctures,
fans chercher à les faire naître; il paraiffoit fouvent irré-
folu; car qui ne l'eft pas dans une Guerre Civile? Le
Roi Jean Sobiesky, Prédéceffeur d'Augufte, l'avoit d'a-
bord fait Evêque de Warmie, & Vice-Chancelier du Royaume. Radjousky n'étant encore qu'Evêque, obtint
le Cardinalat par la faveur du même Roi. Cette dignité
lui ouvrit bien-tôt le chemin à celle de Primat; ainfi
réuniffant dans fa perfonne tout ce qui impofe aux hommes, il étoit en état d'entreprendre beaucoup impunément.

Il

Il essaya son crédit après la mort de Jean, pour mettre le Prince Jaques Sobiesky sur le Trône; mais le torrent de la haine qu'on portoit au Pere, tout grand Homme qu'il étoit, en écarta le Fils. Le Cardinal Primat se joignit alors à l'Abbé de Polignac, Ambassadeur de France, pour donner la Couronne au Prince de Conti, qui en effet fut élu. Mais l'argent & les troupes de Saxe triomphérent de ses Négociations. Il se laissa enfin entraîner au Parti qui couronna l'Electeur de Saxe, & attendit avec patience l'occasion de mettre la division entre la Nation & ce nouveau Roi.

Les victoires de Charles XII, Protecteur du Prince Jaques Sobiesky, la Guerre Civile de Lithuanie, le soulévement général de tous les esprits contre le Roi Auguste, firent croire au Cardinal Primat, que le tems étoit arivé, où il pourroit renvoyer Auguste en Saxe, & rouvrir au Fils du Roi Jean le chemin du Trône. Ce Prince autrefois l'objet innocent de la haine des Polonais, commençoit à devenir leurs délices depuis que le Roi Auguste étoit haï; mais il n'osoit concevoir alors l'idée d'une si grande révolution, & cependant le Cardinal en jettoit insensiblement les fondemens.

D'abord il sembla vouloir réconcilier le Roi avec la République. Il envoya des Lettres circulaires, dictées en apparence par l'esprit de concorde & par la charité; piéges usés & connus, mais où les hommes sont toujours pris. Il écrivit au Roi de Suéde une Lettre touchante, le conjurant au nom de celui que tous les Chrétiens adorent également, de donner la paix à la Pologne & à son Roi. Charles XII répondit aux intentions du Cardinal plus qu'à ses paroles. Cependant il restoit dans le Grand-Duché de Lithuanie avec son Armée victorieuse, déclarant qu'il ne vouloit point troubler la Diéte: qu'il faisoit la guerre à Auguste & aux Saxons, non aux Polonais; & que loin d'attaquer la République, il venoit la tirer

d'oppres-

d'oppreſſion. Ces Lettres & ces Réponſes étoient pour
le Public. Des Emiſſaires qui alloient & venoient continuellement de la part du Cardinal au Comte Piper, &
des Aſſemblées ſecrettes chez ce Prélat, étoient les reſſorts qui faiſoient mouvoir la Diéte : elle propoſa d'envoyer une Ambaſſade à Charles XII, & demanda unanimement au Roi, qu'il n'appellât plus les Moſcovites ſur
les frontiéres, & qu'il renvoyât ſes Troupes Saxonnes.

La mauvaiſe fortune d'Auguſte avoit déja fait ce
que la Diéte exigeoit de lui. La Ligue concluë ſecrettement à Birzen avec le Moſcovite étoit devenuë auſſi inutile, qu'elle avoit paru d'abord formidable. Il étoit bien
éloigné de pouvoir envoyer au Czar les cinquante mille
Allemands qu'il avoit promis de faire lever dans l'Empire.
Le Czar même, dangereux voiſin de la Pologne, ne ſe
preſſoit pas de ſecourir alors de toutes ſes forces un Royaume diviſé, dont il eſpéroit recueillir quelques dépouilles. Il ſe contenta d'envoyer dans la Lithuanie vingt
mille Moſcovites, qui y firent plus de mal que les Suédois, fuyant par-tout devant le Vainqueur, & ravageant
les terres des Polonnais, juſqu'à ce que pourſuivis par les
Généraux Suédois, & ne trouvant plus rien à piller, ils
s'en retournérent par troupes dans leur païs. A l'égard
des débris de l'Armée Saxonne battuë à Riga, le Roi Auguſte les envoya hyverner, & ſe recruter en Saxe, afin
que ce ſacrifice, tout forcé qu'il étoit, pût ramener à
lui la Nation Polonaiſe irritée.

Alors la guerre ſe changea en intrigues. La Diéte
étoit partagée en preſque autant de factions, qu'il y avoit
de Palatins. Un jour les interêts du Roi Auguſte y do-
minoient, le lendemain ils y étoient proſcrits. Tout le
monde crioit pour la liberté & la juſtice ; mais on ne
ſavoit point ce que c'étoit que d'être libre & juſte. Le
tems ſe perdoit à cabaler en ſecret, & à haranguer en
public. La Diéte ne ſavoit ni ce qu'elle vouloit, ni ce
qu'elle

qu'elle devoit faire. Les grandes Compagnies n'ont prefque jamais pris de bons confeils dans les troubles civils,
parceque les hommes hardis y font factieux, & que les
gens de bien y font timides pour l'ordinaire. La Diéte
fe fépara en tumulte le 17 Fevrier de l'année 1702, après
trois mois de cabales & d'irréfolutions. Les Sénateurs
qui font les Palatins & les Evêques, refterent dans Varfovie. Le Sénat de Pologne a le droit de faire provifion-
nellement des Loix, que rarement les Diétes infirment;
ce corps moins nombreux, accoutumé aux affaires, fut
bien moins tumultueux, & décida plus vite.

Ils arrêtérent qu'on envoyeroit au Roi de Suéde
l'Ambaffade propofée dans la Diéte, que la *Pofpolite* mon-
teroit à cheval, & fe tiendroit prête à tout événement:
ils firent plufieurs Réglemens pour appaifer les troubles
de Lithuanie, & plus encore pour diminuer l'Autorité de
leur Roi, quoique moins à craindre que celle de Charles.

Augufte aima mieux alors recevoir des Loix dures
de fon Vainqueur, que de fes fujets. Il fe détermina à
demander la Paix au Roi de Suéde, & voulut entamer
avec lui un Traité fecret. Il falloit cacher cette démarche au Sénat, qu'il regardoit comme un ennemi encore
plus intraitable. L'affaire étoit délicate; il s'en repofa
fur la Comteffe de Konigsmark, Suédoife d'une grande
naiffance, à laquelle il étoit alors attaché. Cette femme
célèbre dans le monde par fon efprit & par fa beauté,
étoit plus capable qu'aucun Miniftre de faire réüffir une
Négociation. De plus, comme elle avoit du bien dans
les Etats de Charles XII & qu'elle avoit été long-tems à
fa Cour, elle avoit un prétexte plaufible d'aller trouver
ce Prince. Elle vint donc au Camp des Suédois en Lithuanie, & s'adreffa d'abord au Comte Piper, qui lui
promit trop legérement une audience de fon Maître. La
Com-

Comtesse parmi les perfections qui la rendoient une des plus aimables personnes de l'Europe , avoit le talent singulier de parler les langues de plusieurs païs qu'elle n'avoit jamais vûs , avec autant de délicatesse que si elle y étoit née ; elle s'amusoit même quelquefois à faire des Vers Français, qu'on eût pris pour être d'une personne née à Versailles. Elle en composa pour Charles XII, que l'Histoire ne doit point omettre. Elle introduisoit les Dieux de la Fable , qui tous louoient les différentes Vertus de Charles. La Pièce finissoit ainsi :

> Enfin , chacun des Dieux discourant à sa gloire,
> Le plaçoit par avance au Temple de Mémoire,
> Mais Venus ni Bacchus n'en dirent pas un mot.

Tant d'esprit & d'agrémens étoient perdus auprès d'un homme tel que le Roi de Suéde. Il refusa constamment de la voir. Elle prit le parti de se trouver sur son chemin , dans les fréquentes promenades qu'il faisoit à cheval. Effectivement elle le rencontra un jour dans un sentier fort étroit: elle descendit de carosse, dès qu'elle l'apperçut. Le Roi la salua, sans lui dire un seul mot, tourna la bride de son cheval, & s'en retourna dans l'instant ; de sorte que la Comtesse de Konisgmark ne remporta de son voyage que la satisfaction de pouvoir croire que le Roi de Suéde ne redoutoit qu'elle.

Il fallut alors que le Roi de Pologne se jettât dans les bras du Sénat. Il lui fit deux propositions par le Palatin de Mariembourg : l'une, qu'on lui laissât la disposition de l'Armée de la République , à laquelle il payeroit de ses propres deniers deux quartiers d'avance : l'autre, qu'on lui permît de faire revenir en Pologne douze mille Saxons. Le Cardinal Primat fit une réponse aussi dure qu'étoit le refus du Roi de Suéde. Il dit au Palatin de Mariembourg , au nom de l'Assemblée, ,,qu'on avoit
ré-

,, réſolu d'envoyer à Charles XII une Ambaſſade: & qu'il
,, ne lui conſeilloit pas de faire venir les Saxons.

Le Roi dans cette extrémité, voulut au moins conſerver les apparences de l'Autorité Royale. Un de ſes
Chambellans alla de ſa part trouver Charles, pour ſavoir
de lui, où, & comment Sa Majeſté Suédoiſe voudroit recevoir l'Ambaſſade du Roi ſon Maître & de la République.
On avoit oublié malheureuſement de demander un Paſſe-
port aux Suédois pour ce Chambellan. Le Roi de Suéde
le fit mettre en priſon, au lieu de lui donner audience,
en diſant, qu'il comptoit recevoir une Ambaſſade de la
République, & rien du Roi Auguſte.

Alors Charles ayant laiſſé derriére lui des Garniſons
dans quelques Villes de Lithuanie, s'avança au-delà de
Grodno, Ville connuë en Europe par les Diétes, qui s'y
tiennent; mais mal bâtie, & plus mal fortifiée.

A quelques milles par-delà Grodno, il rencontra l'Ambaſſade de la République: elle étoit compoſée de cinq Sénateurs; ils voulurent d'abord faire régler un cérémo-
niel, que le Roi ne connaiſſoit guères; ils demandérent
qu'on traitât la République de *Sereniſſime*, qu'on envoyât
au devant d'eux les caroſſes du Roi & des Sénateurs. On
leur répondit, que la République ſeroit appellée *Illuſtre*
& non *Sereniſſime*, que le Roi ne ſe ſervoit jamais de caroſſes, qu'il avoit auprès de lui beaucoup d'Officiers &
point de Sénateurs, qu'on leur enverroit un Lieutenant-
Général, & qu'ils arriveroient ſur leurs propres chevaux.

Charles XII les reçut dans ſa tente avec quelque appareil d'une pompe militaire; leurs diſcours furent pleins
de ménagemens & d'obſcurités. On remarquoit, qu'ils
craignoient Charles XII, qu'ils n'aimoient pas Auguſte; mais
qu'ils étoient honteux d'ôter par l'ordre d'un étranger la
couronne au Roi qu'ils avoient élu. Rien ne ſe conclut,
& Charles XII leur fit comprendre enfin qu'il concluroit
dans Varſovie.

Sa

Sa marche fut précédée par un Manifeste, dont le Cardinal & son Parti, inondèrent la Pologne en huit jours. Charles par cet Ecrit invitoit tout les Polonais à joindre leur vengeance à la sienne, & prétendoit leur faire voir que leurs interêts & les siens étoient les mêmes. Ils étoient cependant bien différens ; mais le Manifeste, soutenu par un grand Parti, par le trouble du Sénat, & par l'approche du Conquérant, fit de très-fortes impressions. Il fallut reconnaître Charles pour Protecteur, puisqu'il vouloit l'être ; & qu'on étoit encore trop heureux qu'il se contentât de ce titre.

Les Sénateurs contraires à Auguste, publièrent hautement l'Ecrit sous ses yeux mêmes. Le peu qui lui étoient attachés, demeurèrent dans le silence. Enfin, quand on apprit, que Charles avançoit à grandes journées, tous se préparèrent en confusion à partir : le Cardinal quitta Varsovie des premiers : la plûpart précipitèrent leur fuite : les uns pour aller attendre dans leurs Terres le dénouement de cette affaire ; les autres pour aller soulever leurs amis. Il ne demeura auprès du Roi que l'Ambassadeur de l'Empereur, celui du Czar, le Nonce du Pape, & quelques Evêques & Palatins liés à sa fortune. Il falloit fuir, & on n'avoit encore rien décidé en sa faveur. Il se hâta, avant de partir, de tenir un Conseil avec ce petit nombre de Sénateurs, qui représentoient encore le Sénat. Quelque zélés qu'ils fussent pour son service, ils étoient Polonais : ils avoient tous conçu une si grande aversion pour les Troupes Saxonnes, qu'ils n'osèrent pas lui accorder la liberté d'en faire venir au-delà de six mille pour sa défense ; encore votèrent-ils que ces six mille hommes seroient commandés par le Grand-Général de la Pologne, & renvoyés immédiatement après la paix. Quant aux Armées de la République, il lui en laissèrent la disposition.

Après

Après ce résultat le Roi quitta Varsovie, trop faible contre ses ennemis, & peu satisfait de son Parti même. Il fit aussi-tôt publier ses Universaux pour assembler la Pospolite & les Armées, qui n'étoient guère que de vains noms : il n'y avoit rien à espérer en Lithuanie où étoient les Suédois. L'Armée de Pologne, réduite à peu de troupes, manquoit d'armes, de provisions & de bonne volonté. La plus grande partie de la Noblesse intimidée, irrésoluë, ou mal disposée, demeura dans ses Terres. En vain le Roi, autorisé par les Loix de l'Etat, ordonne, sur peine de la vie, à tous les Gentilshommes de monter à cheval, & de le suivre; il commençoit à devenir problématique, si on devoit lui obéïr. Sa grande ressource étoit dans les Troupes de son Electorat, où la forme du Gouvernement entièrement absoluë ne lui laissoit pas craindre une desobéïssance. Il avoit déja mandé secrettement douze mille Saxons, qui s'avançoient avec précipitation. Il en faisoit encore revenir huit mille, qu'il avoit promis à l'Empereur dans la guerre de l'Empire contre la France, & qu'il fut obligé de rappeller par la nécessité où il étoit réduit. Introduire tant de Saxons en Pologne, c'étoit révolter contre lui tous les esprits, & violer la Loi faite par son Parti même, qui ne lui en permettoit que six mille ; mais il savoit bien, que s'il étoit vainqueur, on n'oseroit pas se plaindre, & que s'il étoit vaincu, on ne lui pardonneroit pas d'avoir même amené les six mille hommes. Pendant que ces Soldats arrivoient par troupes, & qu'il alloit de Palatinat en Palatinat rassembler la Noblesse, qui lui étoit attachée, le Roi de Suède arriva enfin devant Varsovie le 5 Mai 1702. A la première sommation les portes lui furent ouvertes. Il renvoya la Garnison Polonaise, congédia la Garde Bourgeoise, établit des Corps de gardes par-tout, & ordonna aux habitans de venir remettre toutes leurs armes ; mais content de les desarmer, & ne voulant pas les aigrir, il n'exigea d'eux

qu'une

qu'une contribution de cent mille francs.   Le Roi Auguſte aſſembloit alors ſes forces à Cracovie : il fut bien ſurpris d'y voir arriver le Cardinal Primat.   Cet homme
prétendoit peut-être garder juſqu'au bout la décence de
ſon caractére, & chaſſer ſon Roi avec les dehors reſpectueux d'un bon ſujet ; il lui fit entendre que le Roi de
Suéde paraiſſoit diſpoſé à un accommodement raiſonna-
ble, & demanda humblement la permiſſion d'aller le
trouver.   Le Roi Auguſte accorda ce qu'il ne pouvoit refuſer, c'eſt-à-dire, la liberté de lui nuire.

    Le Cardinal Primat courut incontinent voir le Roi
de Suéde, auquel il n'avoit point encore oſé ſe préſenter.
Il vit ce Prince à Praag, près de Varſovie ; mais ſans les
cérémonies dont on avoit uſé avec les Ambaſſadeurs de la
République.   Il trouva ce Conquérant vêtu d'un habit de
gros drap bleu, avec des boutons de cuivre doré, de groſ-
ſes bottes, des gands de buffle, qui lui venoient juſqu'au
coude, dans une chambre ſans tapiſſerie, où étoient le
Duc de Holſtein ſon Beau-frere, le Comte Piper ſon Premier Miniſtre, & pluſieurs Officiers Généraux.   Le Roi
avança quelques pas au devant du Cardinal, ils eurent enſemble debout une conférence d'un quart d'heure, que
Charles finit en diſant tout haut : *Je ne donnerai point la*
Paix aux Polonais, qu'ils n'ayent élu un autre Roi.   Le
Cardinal, qui s'attendoit à cette déclaration, la fit ſavoir
auſſi-tôt à tous les Palatinats, les aſſurant de l'extrême dé-
plaiſir, qu'il diſoit en avoir, & en même tems de la néceſſité, où l'on étoit de complaire au Vainqueur.

    A cette nouvelle le Roi de Pologne vit bien qu'il
falloit perdre ou conſerver ſon Trône par une bataille.
Il épuiſa ſes reſſources pour cette grande déciſion. Toutes
ſes troupes Saxonnes étoient arrivées des frontiéres de Saxe ; la Nobleſſe du Palatinat de Cracovie, où il étoit encore, venoit en foule lui offrir ſes ſervices.   Il encourageoit lui-même chacun de ces Gentilshommes à ſe ſouvenir
                                                                    de

de leurs fermens: ils lui promirent de verfer pour lui jufqu'à la derniére goute de leur fang.   Fortifié de leurs
fecours, & des troupes qui portoient le nom de l'Armée
de la Couronne, il alla pour la premiére fois chercher en
perfonne le Roi de Suéde.   Il le trouva bien-tôt qui s'a-
vançoit lui-même vers Cracovie.

Les deux Rois parurent en préfence le 13 Juillet de
cette année 1702, dans une vafte Plaine auprès de Cliffau,
entre Varfovie & Cracovie.   Augufte avoit près de vingt-
quatre mille hommes.   Charles XII n'en avoit que douze
mille.   Le combat commença par des décharges d'Artillerie.   A la première volée, qui fut tirée par les Saxons,
le Duc de Holftein qui commandoit la Cavalerie Suédoife, jeune Prince plein de courage & de vertu, reçut un
coup de canon dans les reins.   Le Roi demanda s'il étoit
mort, on lui dit que oui; il ne répondit rien: quelques larmes tombérent de fes yeux: il fe cacha un moment le vifage avec les mains; puis tout-à-coup pouffant
fon cheval à toute bride, il s'élança au milieu des ennemis, à la tête de fes Gardes.

Le Roi de Pologne fit tout ce qu'on devoit attendre
d'un Prince qui combattoit pour fa Couronne.   Il rame-
na lui-même trois fois fes troupes à la charge; mais il ne
combattoit qu'avec fes Saxons; les Polonais qui formoient
fon aile droite s'enfuirent tous dès le commencement de
la bataille, les uns par terreur, les autres par mauvaife
volonté. L'afcendant de Charles XII l'emporta. Il gagna
une victoire complette.   Le Camp ennemi, les Drapeaux,
l'Artillerie, la Caiffe militaire d'Augufte lui demeurérent.
Il ne s'arrêta pas fur le champ de bataille, & marcha droit
à Cracovie, pourfuivant le Roi de Pologne, qui fuyoit devant lui.

Les bourgeois de Cracovie furent affez hardis pour
fermer leurs portes au Vainqueur.   Il les fit rompre; la

Volt. Tom. VII.   E   Garni-

Garnifon n'ofa tirer un feul coup, on la chaffa à coups de fouët & de canne jufques dans le château, où le Roi entra avec elle. Un feul Officier d'Artillerie ofant fe préparer à mettre le feu à un canon, Charles court à lui & lui arrache la méche, le Commandant fe jette aux genoux du Roi. Trois Régiments Suédois furent logés à difcretion chez les citoyens, & la ville taxée à une contribution de cent mille Rifdales. Le Comte de Steinbock fait Gouverneur de la ville, ayant ouï dire, qu'on avoit caché des tréfors dans les tombeaux des Rois de Pologne, qui font à Cracovie dans l'Eglife St. Nicolas, les fit ouvrir; on n'y trouva que des ornemens d'or & d'argent, qui appartenoient aux églifes, on en prit une partie, & Charles XII envoya même un calice d'or à une églife de Suéde, ce qui auroit foulevé contre lui les Polonais catholiques fi quelque chofe avoit pu prévaloir contre la terreur de fes armes.

Il fortoit de Cracovie bien réfolu de pourfuivre le Roi Augufte fans relâche. A quelques milles de la ville, fon cheval s'abattit, & lui fracaffa la cuiffe. Il fallut le reporter à Cracovie, où il demeura au lit fix femaines entre les mains des Chirurgiens. Cet accident donna à Augufte le loifir de refpirer. Il fit auffi-tôt répandre dans la Pologne & dans l'Empire, que Charles XII étoit mort de fa chûte. Cette fauffe nouvelle cruë quelque tems, jetta tous les efprits dans l'étonnement & dans l'incertitude. Dans ce petit intervalle il affemble à Mariembourg, puis à Lublin, tous les Ordres du Royaume déja convoqués à Sendomir. La foule y fut grande: peu de Palatinats refuférent d'y envoyer. Il regagna prefque tous les efprits par des largeffes, par des promeffes, & par cette affabilité néceffaire aux Rois abfolus pour fe faire aimer, & aux Rois électifs pour fe maintenir. La Diéte fut bien-tôt détrompée de la fauffe nouvelle de la mort du Roi de Suéde; mais le mouvement étoit déja donné

à ce

à ce grand Corps: il fe laiffa emporter à l'impulfion qu'il avoit reçuë : tous fes Membres jurérent de demeurer fidèles à leur Souverain ; tant les Compagnies font fujettes aux variations. Le Cardinal Primat lui - même affectant encore d'être attaché au Roi Augufte, vint à la Diéte de Lublin : il y baifa la main au Roi, & ne refufa point de prêter le ferment comme les autres. Ce ferment confiftoit à jurer que l'on n'avoit rien entrepris, & qu'on n'entreprendroit rien contre Augufte. Le Roi difpenfa le Cardinal de la premiére partie du ferment, & le Prélat jura le refte en rougiffant. Le Réfultat de cette Diéte fut que la République de Pologne entretiendroit une Armée de cinquante mille hommes à fes dépens pour le fervice de fon Souverain; qu'on donneroit fix femaines aux Suédois pour déclarer s'ils vouloient la Paix ou la Guerre, & pareil terme aux Princes de Sapieha, les premiers Auteurs des troubles de Lithuanie, pour venir demander pardon au Roi de Pologne.

Mais durant ces déliberations Charles XII guéri de fa bleffure, renverfoit tout devant lui. Toujours ferme dans le deffein de forcer les Polonais à détrôner eux-mêmes leur Roi, il fit convoquer par les intrigues du Cardinal Primat une nouvelle Affemblée à Varfovie pour l'oppofer à celle de Lublin. Ses Généraux lui repréfentoient que cette affaire pourroit encore avoir des longueurs, & s'évanouïr dans les délais : que pendant ce tems les Mofcovites s'aguerriffoient tous les jours contre les troupes qu'il avoit laiffées en Livonie & en Ingrie : que les combats qui fe donnoient fouvent dans ces Provinces entre les Suédois & les Ruffes, n'étoient pas toujours à l'avantage des premiers ; & qu'enfin fa préfence y feroit peut-être bien-tôt néceffaire. Charles auffi inébranlable dans fes projets, que vif dans les actions, leur répondit : ,,Quand ,,je devrois refter ici cinquante ans, je n'en fortirai point ,,que je n'aye détrôné le Roi de Pologne. ,,

Il laiſſa l'Aſſemblée de Varſovie combattre par des diſcours & par des écrits celle de Lublin, & chercher de quoi juſtifier ſes procédés dans les Loix du Royaume : Loix toujours équivoques, que chaque Parti interprête à ſon gré, & que le ſuccès ſeul rend inconteſtables. Pour lui, ayant augmenté ſes Troupes victorieuſes de ſix mille hommes de cavalerie, & de huit mille d'infanterie, qu'il reçut de Suéde, il marcha contre les reſtes de l'Armée Saxonne, qu'il avoit battuë à Cliſſau, & qui avoit eu le tems de ſe rallier & de ſe groſſir pendant que ſa chûte de cheval l'avoit retenu au lit. Cette Armée évitoit ſes approches, & ſe retiroit vers la Pruſſe au Nord-Oueſt de Varſovie. La Riviére de Bug étoit entre lui & les ennemis. Charles paſſa à la nage à la tête de ſa cavalerie : l'infanterie alla chercher un gué au-deſſus. On arrive aux Saxons le premier de Mai 1703, dans un lieu nommé Pulteſk. Le Général Stenau les commandoit au nombre d'environ dix mille. Le Roi de Suéde dans ſa marche précipitée n'en avoit pas amené davantage, ſûr qu'un moindre nombre lui ſuffiſoit. La terreur de ſes armes étoit ſi grande, que la moitié de l'Armée Saxonne s'enfuit à ſon approche ſans rendre de combat. Le Général Stenau fit ferme un moment avec deux Régimens : le moment d'après il fut lui-même entraîné dans la fuite générale de ſon Armée, qui ſe diſperſa avant d'être vaincuë. Les Suédois ne firent pas mille priſonniers, & ne tuérent pas ſix cens hommes, ayant plus de peine à les pourſuivre, qu'à les défaire.

Auguſte, à qui il ne reſtoit plus que les débris de ſes Saxons battus de tous côtés, ſe retira en hâte dans Thorn, vieille ville de la Pruſſe Royale, ſur la Viſtule, laquelle eſt ſous la protection des Polonais. Charles ſe diſpoſa auſſi-tôt à l'aſſiéger. Le Roi de Pologne, qui ne s'y crut pas en ſûreté, ſe retira & courut dans tous les endroits de la Pologne, où il pouvoit raſſembler encore

quelques

quelques Soldats & où les courfes des Suédois n'avoient point penétré. Cependant Charles dans tant de marches fi vives, traverfant des Riviéres à la nage, & courant avec fon infanterie montée en croupe derriére fes Cavaliers, n'avoit pu amener de canon devant Thorn. Il lui fallut attendre, qu'il lui en vint de Suéde par Mer.

En attendant il fe pofta à quelques milles de la Ville: il s'avançoit fouvent trop près des remparts pour la reconnaître. L'habit fimple qu'il portoit toujours, lui étoit dans ces dangereufes promenades d'une utilité à laquelle il n'avoit jamais penfé: il l'empêchoit d'être remarqué & d'être choifi par les ennemis, qui euffent tiré à fa perfonne. Un jour s'étant avancé fort près avec un de fes Généraux nommé Lieven, qui étoit vêtu d'un habit * bleu galonné d'or, il craignit que ce Général ne fût trop apperçu; il lui ordonna de fe mettre derriére lui, par un mouvement de cette magnanimité qui lui étoit fi naturelle, que même il ne faifoit pas réflexion, qu'il expofoit fa vie à un danger manifefte pour fauver celle de fon fujet. Lieven connaiffant trop tard fa faute d'avoir mis un habit remarquable, qui expofoit auffi ceux qui étoient auprès de lui, & craignant également pour le Roi, en quelque place qu'il fût, héfitoit s'il devoit obéïr: dans le moment que duroit cette conteftation, le Roi le prend par le bras, fe met devant lui & le couvre; au même inftant une volée de canon qui venoit en flanc, renverfe le Général mort fur la place même que le Roi quittoit à peine. La mort de cet homme tué précifément au lieu de lui, & parcequ'il l'avoit voulu fauver, ne contribua pas peu à l'affermir dans l'opinion où il fut toute fa vie d'une Prédeftination abfoluë, & lui fit croire que fa deftinée, qui le confervoit fi finguliérement, le réfervoit à l'exécution de grandes chofes.

E 3   Tout

---

* On avoit dans les premieres éditions donné un habit d'écarlate à cet Officier; mais le Chapelain Norberg a fi bien démontré, que l'habit étoit bleu, qu'on a corrigé cette faute.

Tout lui réuſſiſſoit, & ſes Négociations & ſes armes étoient également heureuſes. Il étoit comme préſent dans toute la Pologne, car ſon Grand-Maréchal Renchild étoit au cœur de cet Etat avec un grand corps d'Armée. Près de trente mille Suédois ſous divers Généraux, répandus au Nord & à l'Orient ſur les frontiéres de la Moſcovie, arrêtoient les efforts de tout l'Empire des Ruſſes; & Charles étoit à l'Occident, à l'autre bout de la Pologne, à la tête de l'élite de ſes troupes.

Le Roi de Dannemark lié par le Traité de Travendal, que ſon impuiſſance l'empêchoit de rompre, demeuroit dans le ſilence. Ce Monarque plein de prudence n'oſoit faire éclater ſon dépit de voir le Roi de Suéde ſi près de ſes Etats. Plus loin en tirant vers le Sud-Oueſt, entre les fleuves de l'Elbe & du Weſer, le Duché de Brême dernier Territoire des anciennes conquêtes de la Suéde, rempli de fortes Garniſons, ouvroit encore à ce Conquérant les Portes de la Saxe & de l'Empire. Ainſi depuis l'Océan Germanique juſqu'aſſez près de l'embouchure de Boriſthène, ce qui fait la largeur de l'Europe, & juſqu'aux Portes de Moſcow, tout étoit dans la conſternation & dans l'attente d'une révolution entiére. Ses vaiſſeaux maîtres de la mer Baltique, étoient employés à transporter dans ſon Païs les priſonniers faits en Pologne. La Suéde tranquile au milieu de ces grands mouvemens goûtoit une paix profonde, & jouiſſoit de la gloire de ſon Roi ſans en porter le poids; puiſque ces troupes victorieuſes étoient payées & entretenuës aux dépens des vaincus.

Dans ce ſilence général du Nord devant les armes de Charles XII la Ville de Dantzik oſa lui déplaire. Quatorze Frégates & quarante vaiſſeaux de tranſport amenoient au Roi un renfort de ſix mille hommes, avec du canon & des munitions, pour achever le ſiége de Thorn. Il falloit que ce ſecours remontât la Viſtule. A l'embouchure

chure de ce fleuve eſt Dantzik, Ville riche & libre, qui
jouït avec Thorn & Elbing des mêmes priviléges en Pologne, que les Villes Impériales ont dans l'Allemagne.
Sa liberté a été attaquée tour-à-tour par les Danois, la
Suéde & quelques Princes Allemands, & elle ne l'a con-
ſervée que par la jalouſie qu'ont ces puiſſances les unes
des autres. Le Comte de Steinbock un des Généraux Suédois aſſembla le Magiſtrat de la part du Roi, demanda le
paſſage pour les troupes, & quelques munitions. Le
Magiſtrat, par une imprudence ordinaire à ceux qui trai-
tent avec plus forts qu'eux, n'oſa ni le refuſer, ni lui accorder nettement ſes demandes. Le Général Steinbock
ſe fit donner de force plus qu'il n'avoit demandé : on exigea même de la Ville une contribution de cent mille écus,
par laquelle elle paya ſon refus imprudent. Enfin les
troupes de renfort, le canon & les munitions étant arrivés devant Thorn, on commença le ſiége le 22 Septembre.

Robel Gouverneur de la Place, la défendit un mois
avec cinq mille hommes de Garniſon. Au bout de ce
tems, il fut forcé de ſe rendre à diſcrétion. La Garniſon fut faite priſonniére de guerre, & envoyée en Suéde.
Robel fut preſenté deſarmé au Roi. Ce Prince qui ne
perdoit jamais une occaſion d'honorer le mérite dans ſes
ennemis, lui donna une épée de ſa main ; lui fit un préſent conſidérable en argent, & le renvoya ſur ſa parole.
L'honneur qu'avoit la Ville de Thorn d'avoir produit
autrefois Copernic, le fondateur du vrai Syſtéme du
Monde, ne lui ſervit de rien auprès d'un Vainqueur trop
peu inſtruit de ces matiéres, & qui ne ſavoit encore ré-
compenſer que la valeur. La Ville petite & pauvre fut
condamnée à payer quarante mille écus, contribution ex-
ceſſive pour elle.

Elbing bâtie ſur un Bras de la Viſtule, fondée par
les Chevaliers Teutons & annexée auſſi à la Pologne, ne
profita

profita pas de la faute des Dantzikois ; elle balança trop
à donner paſſage aux Troupes Suédoiſes. Elle en fut plus
ſévérement punie que Dantzik. Charles y entra le 13 de
Décembre à la tête de quatre mille hommes la bayonnette au bout du fuſil. Les habitans épouvantés ſe jettérent
à genoux dans les ruës, & lui demandérent miſéricorde.
Il les fit tous deſarmer, logea ſes Soldats chez les Bourgeois : enſuite ayant mandé le Magiſtrat, il exigea le jour
même une contribution de deux cens ſoixante mille écus;
il y avoit dans la Ville deux cens pièces de Canon & quatre cens milliers de poudre qu'il ſaiſit. Une Bataille gagnée ne lui eût pas valu de ſi grands avantages.

Tous ces ſuccès étoient les avant-coureurs du détrônement du Roi Auguſte.

A peine le Cardinal avoit juré à ſon Roi de ne rien
entreprendre contre lui, qu'il s'étoit rendu à l'Aſſemblée de Varſovie, toujours ſous le prétexte de la Paix. Il
arriva ne parlant que de concorde & d'obéïſſance, mais
accompagné de Soldats levés dans ſes Terres. Enfin, il
leva le maſque, & le 14 Février 1704, il déclara au nom
de l'Aſſemblée, *Auguſte Electeur de Saxe*, *inhabile à porter la Couronne de Pologne.* On y prononça d'une commune voix que le Trône étoit vacant. La volonté du
Roi de Suéde, & par conſéquent celle de cette Diéte étoit
de donner au Prince Jacques Sobiesky le Trône du Roi
Jean ſon pere. Jacques Sobiesky étoit alors à Breslau en
Siléſie, attendant avec impatience la Couronne qu'avoit
portée ſon Pere. Il en recevoit les complimens, & quelques flatteurs lui avoient même déja donné le titre de Majeſté, en lui parlant. Il étoit un jour à la chaſſe, à quelques lieuës de Breslau, avec le Prince Conſtantin l'un de
ſes Freres : trente Cavaliers Saxons envoyés ſecrettement
par le Roi Auguſte, ſortent tout-à-coup d'un Bois voiſin,
entourent les deux Princes & les enlevent ſans réſiſtance.
On

On avoit préparé des Chevaux de relais, fur lefquels ils furent fur le champ conduits à Leipfick où l'on les enferma étroitement. Ce coup dérangea les mefures de Charles, du Cardinal & de l'Affemblée de Varfovie.

La Fortune, qui fe joue des Têtes couronnées, mit prefque dans le même tems le Roi Augufte fur le point d'être pris lui-même. Il étoit à table, à trois lieuës de Cracovie, fe repofant fur une Garde avancée, & poftée à quelque diftance, lorfque le Général Renchild parut fubitement après avoir enlevé cette Garde. Le Roi de Pologne n'eut que le tems de monter à cheval lui onziéme. Le Général Renchild le pourfuivit pendant quatre jours, prêt de le faifir à tout moment. Le Roi fuit jufqu'à Séndomir : le Général Suédois l'y fuivit encore ; & ce ne fut que par un bonheur fingulier que ce Prince échappa.

Pendant tout ce tems le Parti du Roi Augufte traitoit celui du Cardinal, & en étoit traité réciproquement, de traître à la Patrie. L'Armée de la Couronne étoit partagée entre les deux Factions. Augufte forcé enfin d'accepter le fecours Mofcovite, fe repentit de n'y avoir pas eu recours affez-tôt. Il couroit tantôt en Saxe où fes reffources étoient épuifées ; tantôt il retournoit en Pologne, où l'on n'ofoit le fervir. D'un autre côté le Roi de Suéde victorieux & tranquile régnoit en Pologne plus abfolument que n'avoit jamais fait Augufte.

Le Comte Piper qui avoit dans l'efprit autant de politique, que fon Maître avoit de grandeur dans le fien, propofa alors à Charles XII de prendre pour lui-même la Couronne de Pologne. Il lui repréfentoit combien l'execution en étoit facile avec une Armée victorieufe, & un Parti puiffant dans le cœur d'un Royaume qui lui étoit déja foumis. Il le tentoit par le titre de *Défenfeur de la Religion Evangélique*, nom qui flattoit l'ambition de Charles. Il étoit aifé, difoit-il, de faire en Pologne ce

E 5 que

que Guſtave Vaſa avoit fait en Suéde, d'y établir le Lu-
théraniſme, & de rompre les chaînes du Peuple, eſclave
de la Nobleſſe & du Clergé. Charles fut tenté un moment ; mais la Gloire étoit ſon Idole. Il lui ſacrifia ſon
intérêt, & le plaiſir qu'il eût eu d'enlever la Pologne au
Pape. Il dit au Comte Piper, qu'il étoit plus flatté de
donner que de gagner des Royaumes : il ajouta en ſouriant : Vous étiez fait pour être le Miniſtre d'un Prince
Italien.

Charles étoit encore auprès de Thorn, dans cette
partie de la Pruſſe Royale qui appartient à la Pologne; il
portoit de-là ſa vûë ſur ce qui ſe paſſoit à Varſovie, &
tenoit en reſpect les Puiſſances voiſines. Le Prince Aléxandre, Frere des deux Sobiesky enlevés en Siléſie, vint
lui demander vengeance. Charles la lui promit d'autant
plus qu'il la croyoit aiſée, & qu'il ſe vangeoit lui-même.
Mais impatient de donner un Roi à la Pologne, il propoſa au Prince Aléxandre de monter ſur le Trône, dont
la fortune s'opiniâtroit à écarter ſon Frere. Il ne s'attendoit pas à un refus. Le Prince Aléxandre lui déclara,
que rien ne pourroit jamais l'engager à profiter du malheur de ſon ainé. Le Roi de Suéde, le Comte Piper,
tous ſes Amis, & ſur-tout le jeune Palatin de Poſnanie,
Stanislas Leczinsky, le preſſérent d'accepter la Couronne. Il fut inébranlable : les Princes voiſins apprirent
avec étonnement ce refus inouï, & ne ſavoient qui ils devoient admirer davantage, ou un Roi de Suéde qui à l'âge
de vingt-deux ans donnoit la Couronne de Pologne,
ou le Prince Aléxandre qui la refuſoit.

Fin du ſecond Livre.

HISTOI-

HISTOIRE
DE
CHARLES XII,
ROI DE SUEDE.

LIVRE TROISIEME.

ARGUMENT.

Stanislas Leczinsky élu Roi de Pologne : mort du Cardinal Primat : belle retraite du Général Schulembourg : exploits du Czar : fondation de Petersbourg : bataille de Frawenstad : Charles entre en Saxe : Paix d'Altranstad : Auguste abdique la Couronne, & la cède à Stanislas. Le Général Patkul, Plénipotentiaire du Czar, est roué & écartelé. Charles reçoit en Saxe des Ambassadeurs de tous les Princes ; il va seul à Dresde voir Auguste avant de partir.

Le jeune Stanislas Leczinsky, étoit alors député de l'Assemblée de Varsovie pour aller rendre compte au Roi de Suéde de plusieurs différens survenus dans le tems de l'enlévement du Prince Jacques. Stanislas avoit une phisionomie heureuse, pleine de hardiesse & de douceur, avec un air de probité & de franchise, qui de tous les avantages extérieurs, est sans doute le plus grand, & qui donne plus de poids aux paroles, que l'éloquence même. La sagesse avec laquelle il parla du Roi Auguste, de l'Assemblée, du Cardinal Primat, & des interêts différens qui divisoient la Pologne, frappa Charles. Le Roi Stanislas m'a fait l'honneur de me raconter qu'il dit en Latin au Roi de Suéde : *Comment pourrons-nous faire une élection si les deux Princes Jacques & Constantin Sobieski sont captifs ?* & que Charles lui repondit : *Comment delivrera-*

livrera-t-on la Republique, ſi on ne fait pas une election?
Cette converſation fut l'unique brigue qui mit Stanislas
ſur le Trône. Charles prolongea exprès la conférence
pour mieux ſonder le génie du jeune Député. Après l'audience il dit tout haut : qu'il n'avoit jamais vû d'homme ſi propre à concilier tous les Partis. Il ne tarda pas à
s'informer du caractère du Palatin Leczinsky. Il ſut
qu'il étoit plein de bravoure, endurci à la fatigue : qu'il
couchoit toujours ſur une eſpèce de paillaſſe, n'exigeant
aucun ſervice de ſes domeſtiques auprès de ſa perſonne:
qu'il étoit d'une tempérance peu commune dans ce climat, libéral avec économie, adoré de ſes Vaſſaux & le
ſeul Seigneur peut-être en Pologne qui eût quelques amis,
dans un tems où l'on ne connaiſſoit de liaiſons que celles
de l'intérêt & de la faction. Ce caractère qui avoit en
beaucoup de choſes du rapport avec le ſien, le détermina entiérement. Il dit tout haut après la conférence:
voilà un homme qui ſera toujours mon ami ; & on s'apperçut bien-tôt que les mots ſignifioient: voilà un homme qui ſera Roi.

Charles qui s'étoit déterminé en un moment n'eût
jamais pû trouver en Pologne un homme plus capable de
concilier tous les Partis que celui qu'il choiſiſſoit : le fond
de ſon caractère étoit l'humanité & la bien-faiſance.
Quand Stanislas fut depuis retiré dans le Duché de Deux-
Ponts, des Partiſans, qui voulurent l'enlever, furent pris
en ſa préſence. *Que vous ai-je fait,* leur dit-il, *pour*
vouloir me livrer à mes ennemis? De quel païs êtes-vous?
Trois de ces Avanturiers répondirent qu'ils étoient Français. *Eh bien,* dit-il, *reſſemblez à vos compatriotes que*
j'eſtime, & ſoyez incapables d'une mauvaiſe action. En
diſant ces mots, il leur donna tout ce qu'il avoit ſur lui;
ſon argent, ſa montre, ſa boëte d'or, & ils partirent en
pleurant & en l'admirant ; voilà ce que je ſai de deux
témoins oculaires.

Je

Je puis dire avec la même certitude qu'un jour, comme il régloit l'état de sa Maison, il mit sur la liste un Officier Français qui lui étoit attaché. En quelle qualité Votre Majesté veut-Elle qu'il soit sur la liste, lui dit le Tresorier? *En qualité de mon ami*, répondit le Prince. J'ai vû un long ouvrage qu'il avoit composé pour reformer s'il se pouvoit les loix & les mœurs de son païs; il sacrifie dans cet écrit les prérogatives de la Noblesse dont il étoit membre & de la Royauté qu'on lui avoit donnée au bien public & aux besoins du peuple: sacrifice qui vaut des batailles gagnées.

Quand le Primat de Pologne sut que Charles XII avoit nommé le Palatin Leczinsky précisément comme Aléxandre avoit nommé Abdolominé, il accourut auprès du Roi de Suéde pour tâcher de faire changer cette résolution; il vouloit faire tomber la Couronne à un Lubomirsky. Mais qu'avez-vous à alléguer contre Stanislas Leczinsky, dit le Conquérant? Sire, dit le Primat, il est trop jeune. Le Roi repliqua séchement, il est à peu près de mon âge, tourna le dos au Prélat, & aussi-tôt envoya le Comte de Hoorn signifier à l'Assemblée de Varsovie, qu'il falloit élire un Roi dans cinq jours, & qu'il falloit élire Stanislas Leczinsky. Le Comte de Hoorn arriva le sept de Juillet; il fixa le jour de l'Election au douze, comme il auroit ordonné le décampement d'un Bataillon. Le Cardinal Primat frustré du fruit de tant d'intrigues, retourna à l'Assemblée, où il remua tout pour faire échouer une Election où il n'avoit point de part. Mais le Roi de Suéde arriva lui-même *incognito* à Varsovie; alors il fallut se taire. Tout ce que put faire le Primat fut de ne point se trouver à l'Election, il se réduisit à une neutralité inutile, ne pouvant s'opposer au Vainqueur, & ne voulant pas le seconder.

Le Samedi douze Juillet, jour fixé pour l'Election, étant venu, on s'assembla à trois heures après midi au

Colo,

Colo, Champ destiné pour cette Cérémonie : l'Evêque de Posnanie vint présider à l'Assemblée à la place du Cardinal Primat. Il arriva suivi des Gentilshommes du Parti. Le Comte de Hoorn & deux autres Officiers Généraux assistoient publiquement à cette Solemnité, comme Ambassadeurs Extraordinaires de Charles auprès de la République. La Séance dura jusqu'à neuf heures du soir: l'Evêque de Posnanie la finit en déclarant au nom de la Diéte *Stanislas* élu Roi de Pologne ; tous les bonnets sautérent en l'air, & le bruit des acclamations étouffa les cris des opposans.

Il ne servit de rien au Cardinal Primat, & à ceux qui avoient voulu demeurer neutres, de s'être absentés de l'Election : il fallut que dès le lendemain ils vinssent tous rendre hommage au nouveau Roi : il les reçut comme s'il eût été content d'eux ; la plus grande mortification qu'ils eurent, fut d'être obligés de le suivre au Quartier du Roi de Suéde. Ce Prince rendit au Souverain qu'il venoit de faire, tous les honneurs dûs à un Roi de Pologne ; & pour donner plus de poids à sa nouvelle dignité, on lui assigna de l'argent & des troupes.

Charles XII partit aussi-tôt de Varsovie pour aller achever la conquête de la Pologne. Il avoit donné rendez-vous à son Armée devant Léopold, Capitale du Grand Palatinat de Russie, Place importante par elle-même, & plus encore par les richesses dont elle étoit remplie. On croyoit qu'elle tiendroit quinze jours, à cause des fortifications que le Roi Auguste y avoit faites. Le Conquérant l'investit le 5 Septembre, & le lendemain la prit d'assaut. Tout ce qui osa résister fut passé au fil de l'épée. Les troupes victorieuses & maîtresses de la Ville ne se débandérent point pour courir au pillage, malgré le bruit des trésors qui étoient dans Léopold. Elles se rangérent en bataille dans la grande Place. Là ce qui restoit de la Garnison vint se rendre prisonnier de guerre.

Le

Le Roi fit publier à son de trompe, que tous ceux des Habitans qui auroient des effets appartenant au Roi Auguste, ou à ses adhérans, les apportassent eux-mêmes avant la fin du jour, sur peine de la vie. Les mesures furent si bien prises que peu osérent desobéïr; on apporta au Roi quatre cens Caisses remplies d'or & d'argent monnoyé, de Vaisselle & de choses précieuses.

Ce commencement du Régne de Stanislas fut marqué presque le même jour par un événement bien différent. Quelques affaires qui demandoient absolument sa présence, l'avoient obligé de demeurer dans Varsovie. Il avoit avec lui, sa Mere, sa Femme, & ses deux Filles, ~~dont l'une alors âgée seulement d'un an, a été depuis Reine de France.~~ Le Cardinal Primat, l'Evêque de Posnanie, & quelques Grands de Pologne composoient sa nouvelle Cour. Elle étoit gardée par six mille Polonäis de l'Armée de la Couronne, depuis peu passés à son service; mais dont la fidélité n'avoit point encore été éprouvée. Le Général Hoorn, Gouverneur de la Ville, n'avoit d'ailleurs avec lui que quinze cens Suédois. On étoit à Varsovie dans une tranquilité profonde, & Stanislas comptoit en partir dans peu de jours pour aller à la conquête de Léopold. Tout-à-coup il apprend qu'une Armée nombreuse approche de la Ville. C'étoit le Roi Auguste, par un nouvel effort & par une des plus belles marches que jamais Général ait faites, ayant donné le change au Roi de Suéde, venoit avec vingt mille hommes fondre dans Varsovie & enlever son Rival.

Varsovie étoit très-mal fortifiée, & les troupes Polonaises qui la défendoient, peu sûres; Auguste avoit des intelligences dans la Ville, si Stanislas demeuroit, il étoit perdu. Il renvoya sa Famille en Posnanie sous la garde des troupes Polonaises, auxquelles il se fioit le plus. ~~Le Cardinal Primat s'enfuit des premiers sur des frontieres de Prusse.~~ Plusieurs Gentilshommes prirent des che-

+ il crut dans ce desordre avoir perdu sa seconde fille minus âgée d'un an. elle fut egarée par sa nourrice: il la retrouva dans une auge d'écurie, ou elle avoit été abandonnée dans un village voisin: c'est ce que je luy ay entendu conter. ce fut ce même enfant que la destinée apres de plus grandes vicissitudes fit depuis Reine de france.

mins différens ; le nouveau Roi partit lui-même pour aller trouver Charles XII apprenant de bonne heure à souffrir des disgraces, & forcé de quitter sa Capitale six semaines après y avoir été élu Souverain. L'Evêque de Posnanie fut le seul qui ne put fuir : une maladie dangereuse le retint dans Varsovie. Une partie des six mille Polonais suivit Stanislas ; une autre escortoit sa Famille. On envoya en Posnanie, ceux dont on ne vouloit point exposer la fidélité à la tentation de rentrer au service du Roi Auguste. Pour le Général Hoorn, qui étoit Gouverneur de Varsovie au nom du Roi de Suéde, il demeura avec ses quinze cens Suédois dans le Château.

Auguste entra dans la Capitale en Souverain irrité & victorieux. Les habitans déja rançonnés par le Roi de Suéde le furent encore davantage par Auguste. Le Palais du Cardinal & toutes les Maisons des Seigneurs confédérés, tous leurs Biens à la Ville & à la Campagne furent livrés au pillage. Ce qu'il y eut de plus étrange dans cette révolution passagére, c'est qu'un Nonce du Pape, qui étoit venu avec le Roi Auguste, demanda au nom de son Maître, qu'on lui livrât l'Evêque de Posnanie comme justiciable de la Cour de Rome, en qualité d'Evêque & de fauteur d'un Prince mis sur le Trône par les armes d'un Luthérien.

La Cour de Rome qui a toujours songé à augmenter son pouvoir temporel à la faveur du spirituel, avoit depuis très-long-tems établi en Pologne une espèce de Jurisdiction, à la tête de laquelle est le Nonce du Pape. Ses Ministres n'avoient pas manqué de profiter de toutes les conjonctures favorables, pour étendre leur pouvoir, révéré par la multitude, mais toujours contesté par les plus sages. Ils s'étoient attribué le droit de juger toutes les causes des Ecclésiastiques, & avoient sur-tout dans les tems de troubles usurpé beaucoup d'autres prérogatives, dans lesquelles ils se sont maintenus jusque vers l'année

née 1728, où l'on a retranché ces abus, qui ne font jamais réformés que lorfqu'ils font devenus tout-à-fait intolérables.

Le Roi Augufte bien aife de punir l'Evêque de Pofnanie avec bienféance, & de plaire à la Cour de Rome, contre laquelle il fe feroit élevé en tout autre tems, remit le Prélat Polonais entre les mains du Nonce. L'Evêque, après avoir vû piller fa Maifon, fut porté par des foldats chez le Miniftre Italien, & envoyé en Saxe où il mourut. Le Comte de Hoorn effuya dans le château, où il étoit enfermé, le feu continuel des ennemis ; enfin la place n'étant pas tenable, il fe rendit prifonnier de guerre avec fes quinze cens Suédois. Ce fut-là le premier avantage qu'eut le Roi Augufte dans le torrent de fa mauvaife fortune, contre les armes victorieufes de fon ennemi.

Ce dernier effort étoit l'éclat d'un feu qui s'éteint. Ses troupes affemblées à la hâte étoient des Polonais prêts à l'abandonner à la première difgrace : des recruës de Saxons, qui n'avoient point encore vû des guerres : des Cofaques vagabonds, plus propres à dépouiller des vaincus, qu'à vaincre ; tous trembloient au feul nom du Roi de Suéde.

Ce Conquérant accompagné du Roi Stanislas alla chercher fon ennemi à la tête de l'élite de fes troupes. L'Armée Saxonne fuyoit par-tout devant lui. Les villes lui envoyoient leurs clefs de trente milles à la ronde : il n'y avoit point de jour qui ne fût fignalé par quelque avantage. Les fuccès devenoient trop familiers à Charles. Il difoit, que c'étoit aller à la chaffe plûtôt que faire la guerre, & fe plaignoit de ne point acheter la victoire.

Augufte confia pour quelque tems le commandement de fon Armée au Comte de Schulembourg, Général très-habile, & qui avoit befoin de toute fon expérience à la tête d'une Armée découragée. Il fongea plus à conferver les troupes de fon Maître, qu'à vaincre : il faifoit la guerre avec adreffe, & les deux Rois avec vivacité. Il leur déroba des marches, occupa des paſſages avantageux, ſacrifia quelque Cavalerie pour donner le tems à ſon Infanterie de ſe retirer en ſûreté.

Après bien des ruſes & des contremarches il ſe trouva près de Punits, dans le Palatinat de Poſnanie, croyant que le Roi de Suéde & le Roi Stanislas étoient à cinquante lieuës de lui.   Il apprend en arrivant que les deux Rois avoient fait ces cinquante lieuës en neuf jours, & venoient l'attaquer avec dix ou douze mille chevaux.   Schulembourg n'avoit pas plus de mille Cavaliers, & de huit mille Fantaſſins : il falloit ſe ſoutenir contre une Armée ſupérieure, contre le nom du Roi de Suéde, & contre la crainte naturelle que tant de défaites inſpiroient aux Saxons.   Il avoit toujours prétendu, malgré l'avis des Généraux Allemans, que l'Infanterie pouvoit réſiſter en pleine campagne, même ſans chevaux de Friſe, à la Cavalerie : il en oſa faire ce jour-là l'expérience contre cette Cavalerie victorieuſe, commandée par deux Rois, & par l'élite des Généraux Suédois.   Il ſe poſta ſi avantageuſement, qu'il ne pût être entouré.   Son premier rang mit un genouil en terre, il étoit armé de piques & de fuſils : les Soldats extrêmement ſerrés préſentoient aux chevaux des ennemis une eſpéce de rempart hériſſé de piques & de bayonnettes : le ſecond rang un peu courbé ſur les épaules du premier, tiroit par-deſſus ; & le troiſiéme debout faiſoit feu en même tems derriére les deux autres.   Ces Suédois fondirent avec leur impétuoſité ordinaire ſur les Saxons, qui les attendirent ſans s'ébranler ; les coups de fuſil, de pique & de bayonnette effarouchérent les chevaux, qui ſe cabroient au lieu d'avancer.   Par ce moyen les Suédois n'attaquérent qu'en deſordre, & les Saxons ſe défendirent en gardant leurs rangs.

Si Charles avoit fait mettre pied à terre à ſa Cavalerie, l'Armée de Schulembourg étoit détruite ſans reſſource.   Ce Général ne craignoit rien tant : il s'attendoit
à tout

à tout moment que les ennemis alloient prendre ce parti ;
mais ni le Roi de Suéde, qui avoit si souvent mis en pratique toutes les ruses de la guerre, ni aucun de ses Généraux n'eurent cette idée.   Ce combat inégal d'un corps
de Cavalerie contre des Fantassins, interrompu & recom-
mencé à plusieurs reprises, dura trois heures.   Les Suédois perdirent plus de chevaux que d'hommes.   Schulembourg céda enfin ;   mais ses troupes ne furent pas
rompuës.   Il en fit un bataillon quarré long ; & quoique
chargé de cinq blessures, il se retira en bon ordre en cette
forme au milieu de la nuit dans la petite ville de Gurau,
à trois lieuës du champ de bataille.   A peine commen-
çoit-il à respirer dans cet endroit, que les deux Rois pa-
raissent tout à coup derriére lui.

Au-delà de Gurau, en tirant vers le fleuve de l'O-
der, étoit un bois épais, à travers duquel le Général Saxon sauva son Infanterie fatiguée.   Les Suédois sans se
rebuter le poursuivirent par le bois même, avançant avec
difficulté dans des routes à peines praticables pour des
gens de pied.   Les Saxons n'eurent traversé le bois que
cinq heures avant la Caval. Suédoise.   Au sortir de ce
bois coule la riviére de Parts au pied d'un village nommé
Rutsen.   Schulembourg avoit envoyé en diligence rassembler des bâteaux, il fait passer la riviére à sa troupe,
qui étoit déja diminuée de moitié.   Charles arrive dans
le tems que Schulembourg étoit à l'autre bord.   Jamais
vainqueur n'avoit poursuivi si vivement son ennemi.   La
réputation de Schulembourg dépendoit d'échapper au Roi
de Suéde : le Roi de son côté croyoit sa gloire interessée
à prendre Schulembourg & le reste de son Armée : il ne
perd point de tems ; il fait passer sa Cavalerie à la nage.
Les Saxons se trouvoient enfermés entre cette riviére de
Parts, & le grand fleuve de l'Oder, qui prend sa source
dans la Silésie ; & qui est déja profond & rapide en cet
endroit.

La perte de Schulembourg paraiſſoit inévitable : il eſſaya encore de ſe tirer de cette extrémité par un de ces coups de l'art qui valent des victoires, & qui ſont d'autant plus glorieux que la Fortune n'y a point de part. Il ne lui reſtoit plus que quatre mille hommes; un moulin, qu'il remplit de Grenadiers, étoit à ſa droite, un marais à ſa gauche, il avoit un foſſé devant lui, & ſon Arriére-garde étoit ſur le bord de l'Oder. Il n'avoit point de pontons pour traverſer ce fleuve ; mais dès la veille il avoit commandé des radeaux. Charles arrive, attaque auſſi-tôt le moulin, perſuadé qu'après l'avoir pris, il faudra que les Saxons périſſent ou dans le fleuve, ou les armes à la main, ou que du moins ils ſe rendent à diſcrétion avec leur Général. Cependant les radeaux étoient prêts, les Saxons traverſoient l'Oder à la faveur de la nuit ; & quand Charles eut forcé le moulin, il ne trouva plus d'Armée ennemie. Les deux Rois honorérent par leurs éloges cette retraite, dont on parle encore avec admiration dans l'Empire. Et Charles ne put s'empêcher de dire : Aujourd'hui Schulembourg nous a vaincus.

Mais ce qui faiſoit la gloire de Schulembourg n'étoit guères utile au Roi Auguſte. Ce Prince abandonna encore une fois la Pologne à ſes ennemis ; il ſe retira en Saxe, & fit réparer avec précipitation les fortifications de Dreſde, craignant déja, non ſans raiſon, pour la Capitale de ſes Etats héréditaires.

Charles XII voyoit la Pologne ſoumiſe ; ſes Généraux, à ſon exemple, venoient de battre en Courlande pluſieurs petits corps Moſcovites, qui depuis la grande bataille de Narva ne ſe montroient plus que par pelotons, & qui dans ces Quartiers ne faiſoient la guerre que comme des Tartares vagabonds qui pillent, qui ſuïent, & qui reparaiſſent pour fuir encore.

Par-tout où ſe trouvoient les Suédois, ils ſe croyoient ſûrs de la victoire, quand ils étoient vingt contre cent.
Dans

Dans de fi heureuſes conjonctures Stanislas prépara ſon Couronnement. La fortune, qui l'avoit fait élire à Varſovie, & qui l'en avoit chaſſé, l'y rappella encore aux acclamations d'une foule de Nobleſſe que le ſort des armes lui attachoit. Une Diéte y fut convoquée, tous les obſtacles y furent aplanis; il n'y eut que la Cour de Rome ſeule qui le traverſa.

Il étoit naturel qu'elle ſe déclarât pour le Roi Auguſte, qui de Proteſtant s'étoit fait Catholique pour monter ſur le Trône, contre Stanislas placé ſur le même Trône par le grand ennemi de Religion catholique. Clement XI alors Pape, envoya des Brefs à tous les Prélats de Pologne, & ſurtout au Cardinal Primat, par leſquels il les menaçoit de l'excommunication, s'ils oſoient aſſiſter au ſacre de Stanislas, & attenter en rien contre les droits du Roi Auguſte.

Si ces Brefs parvenoient aux Evêques, qui étoient à Varſovie, il étoit à craindre que quelques-uns n'obéiſſent par faibleſſe, & que la plûpart ne s'en prévaluſſent pour ſe rendre plus difficiles à meſure qu'ils ſeroient plus néceſſaires. On avoit donc pris toutes les précautions pour empêcher que les Lettres du Pape ne fuſſent reçuës dans Varſovie. Un Franciſcain reçut ſecrettement les Brefs pour les délivrer en main propre aux Prélats. Il en donna d'abord un au Suffragant de Chelm: ce Prélat, très-attaché à Stanislas, le porta au Roi tout cacheté. Le Roi fit venir le Religieux, & lui demanda, comment il avoit oſé ſe charger d'une telle piéce. Le Franciſcain répondit, que c'étoit par l'ordre de ſon Général. Stanislas lui ordonna d'écouter deſormais les ordres de ſon Roi préférablement à ceux du Général des Franciſcains, & le fit ſortir dans le moment de la ville.

Le même jour on publia un Placard du Roi de Suéde, par lequel il étoit défendu à tous Eccléſiaſtiques Séculiers & Réguliers dans Varſovie, ſous de peines très-griéves, de ſe mêler des affaires d'Etat. Pour plus de

F 3   ſûrefûreté, il fit mettre des Gardés aux portes de tous les Prélats, & défendit qu'aucun Etranger entrât dans la ville. Il prenoit fur lui ces petites févérités, afin que Stanislas ne fût point brouillé avec le Clergé à fon avénement. Il difoit, qu'il fe délaffoit de fes fatigues militaires, en arrêtant les intrigues de la Cour Romaine, & qu'on fe battoit contre elle avec du papier, au lieu qu'il falloit attaquer les autres Souverains avec des armes véritables.

Le Cardinal Primat étoit follicité par Charles & par Stanislas de venir faire la cérémonie du Couronnement. Il ne crut pas devoir quitter Dantzick pour facrer un Roi, qu'il n'avoit point voulu élire ; mais comme fa politique étoit de ne jamais rien faire fans prétexte, il voulut préparer une excufe légitime à fon refus. Il fit afficher pendant la nuit le Bref du Pape à la porte de fa propre maifon. Le Magiftrat de Dantzick indigné, fit chercher les coupables qu'on ne trouva point. Le Primat feignoit d'être irrité, & étoit fort content : il avoit une raifon pour ne point facrer le nouveau Roi ; & il fe ménageoit en même-tems avec Charles XII, Augufte, Stanislas & le Pape. Il mourut peu de jours après, laiffant fon païs dans une confufion affreufe, & n'ayant réüffi par toutes fes intrigues qu'à fe brouiller à la fois avec les trois Rois, Charles, Augufte & Stanislas, avec fa République, & avec le Pape, qui lui avoit ordonné de venir à Rome rendre compte de fa conduite ; mais comme les Politiques mêmes ont quelquefois des remords dans leurs derniers momens, il écrivit au Roi Augufte en mourant pour lui demander pardon.

Le Sacre fe fit tranquillement, & avec pompe le 4. Octobre 1705, dans la ville de Varfovie, malgré l'ufage, où l'on eft en Pologne de couronner les Rois à Cracovie. Stanislas Leczinsky, & fa femme Charlotte Opalinska furent facrés Roi & Reine de Pologne par les mains de l'Archevêque de Léopold, affifté de beaucoup d'autres Prélats.

Charles

Charles XII vit cette cérémonie *incognito*, comme il avoit vû l'élection : unique fruit qu'il retiroit de ses conquêtes.

Tandis qu'il donnoit un Roi à la Pologne soumise, que le Dannemark n'osoit le troubler, que le Roi de Prusse recherchoit son amitié, & que le Roi Auguste se retiroit dans ses Etats héréditaires, le Czar devenoit de jour en jour rédoutable. Il avoit faiblement secouru Auguste en Pologne ; mais il avoit fait de puissantes diversions en Ingrie.

Pour lui, non seulement il commençoit à être grand homme de guerre, mais même à montrer l'art à ses Moscovites : la discipline s'établissoit dans ses troupes : il avoit de bons Ingénieurs : une artillerie bien servie : beaucoup de bons Officiers ; il savoit le grand art de faire subsister des Armées. Quelques-uns de ses Généraux avoient appris & à bien combattre, &, selon le besoin, à ne combattre pas ; bien plus, il avoit formé une Marine capable de faire tête aux Suédois dans la Mer Baltique.

Fort de tous ces avantages dus à son seul génie, & de l'absence du Roi de Suéde, il prit Narva d'assaut le 21 Août de l'année 1704, après un siége régulier, & après avoir empêché qu'elle ne fût secouruë par mer & par terre. Les Soldats maîtres de la ville coururent au pillage : ils s'abandonnérent aux barbaries les plus énormes. Le Czar couroit de tous côtés pour arrêter le desordre & le massacre ; il arracha lui-même des femmes des mains des Soldats, qui les alloient égorger après les avoir violées. Il fut même obligé de tuer de sa main quelques Moscovites, qui n'écoutoient point ses ordres. On montre encore à Narva, dans l'hôtel de ville, la table sur laquelle il posa son épée en entrant ; & on s'y ressouvient des paroles qu'il adressa aux Citoyens, qui s'y rassemblérent. „Ce n'est point du sang des habitans que cette „épée est teinte, mais de celui des Moscovites, que j'ai „répandu pour sauver vos vies.„

Si

Si le Czar avoit toujours eu cette humanité, c'étoit le premier des hommes. Il aspiroit à plus qu'à détruire des villes. Il en fondoit une alors peu loin de Narva même, au milieu de ses nouvelles conquêtes. C'étoit la ville de Petersbourg, dont il fit depuis sa résidence, & le centre de son commerce. Elle est située entre la Finlande & l'Ingrie, dans une Isle marécageuse, autour de laquelle la Neva se divise en plusieurs bras avant de tomber dans le Golfe de Finlande ; lui-même traça le plan de la ville, de la forteresse, du port, des quais qui l'embellissent, & des forts qui en défendent l'entrée. Cette Isle inculte & deserte, qui n'étoit qu'un amas de bouë pendant le court été de ces climats, & dans l'hyver qu'un étang glacé, où l'on ne pouvoit aborder par terre qu'à travers des forêts sans route & des marais profonds; & qui n'avoit été jusqu'alors que le repaire des loups & des ours, fut remplie en 1703 de plus de trois cens mille hommes que le Czar avoit rassemblés de ses Etats. Les païsans du Royaume d'Astracan, & ceux qui habitent les frontiéres de la Chine, furent transportés à Petersbourg. Il fallut percer des forêts, faire des chemins, secher des marais, élever des digues, avant de jetter les fondemens de la ville. La Nature fut forcée par-tout. Le Czar s'obstina à peupler un païs, qui sembloit n'être pas destiné pour des hommes; ni les inondations qui ruinérent ses ouvrages, ni la stérilité du terrain, ni l'ignorance des ouvriers, ni la mortalité même, qui fit périr deux cens mille hommes dans ces commencemens, ne lui firent point changer de résolution. La ville fut fondée parmi les obstacles que la nature, le génie des peuples, & une guerre malheureuse, y apportoient. Petersbourg étoit déja une ville en 1705, & son port étoit rempli de vaisseaux. L'Empereur y attiroit les étrangers par des bienfaits, distribuant des terres aux uns, donnant des maisons aux autres, & encourageant

tous

tous les arts, qui venoient adoucir ce climat sauvage. Sur-tout il avoit rendu Petersbourg inaccessible aux efforts des ennemis : les Généraux Suédois, qui battoient souvent ses troupes par-tout ailleurs, n'avoient pu endommager cette Colonie naissante. Elle étoit tranquile au milieu de la guerre qui l'environnoit.

Le Czar en se créant ainsi de nouveaux Etats, tendoit toujours la main au Roi Auguste qui perdoit les siens ; il lui persuada par le Général Patkul, passé depuis peu au service de Moscovie, & alors Ambassadeur du Czar en Saxe, de venir à Grodno conférer encore une fois avec lui sur l'état malheureux de ses affaires. Le Roi Auguste y vint avec quelques troupes, accompagné du Général Schulembourg, que son passage de l'Oder avoit rendu illustre dans le Nord, & en qui il mettoit sa dernière espérance. Le Czar y arriva, faisant marcher après lui une Armée de 70 mille hommes. Les deux Monarques firent de nouveaux plans de guerre. Le Roi Auguste détrôné ne craignoit plus d'irriter les Polonais en abandonnant leur païs aux troupes Moscovites. Il fut résolu que l'Armée du Czar se diviseroit en plusieurs Corps pour arrêter le Roi de Suéde à chaque pas. Ce fut dans le tems de cette entrevûë que le Roi Auguste renouvella l'Ordre de l'Aigle Blanc, faible ressource pour attacher lui quelques Seigneurs Polonais, plus avides d'avantages réels que d'un vain honneur, qui devient ridicule quand on le tient d'un Prince qui n'est Roi que de nom. La Conférence des deux Rois finit d'une manière extraordinaire. Le Czar partit soudainement & laissa ses troupes à son Allié, pour courir éteindre lui-même une rebellion dont il étoit menacé à Astracan. A peine étoit-il parti que le Roi Auguste ordonna que Patkul fût arrêté à Dresde. Toute l'Europe fut surprise qu'il osât, contre le Droit des Gens & en apparence contre ses interêts, mettre en prison l'Ambassadeur du seul Prince qui le protégeoit.

F 5

Voici

Voici le nœud secret de cet événement, selon ce qu'un fils du Roi Auguste m'a fait l'honneur de me dire. Patkul proscrit en Suède pour avoir soutenu les Priviléges de la Livonie sa patrie, avoit été Général du Roi Auguste; mais son esprit altier & vif s'accommodant mal des hauteurs du Général Flemming, Favori du Roi, plus impérieux & plus vif que lui, il avoit passé au service du Czar, dont il étoit alors Général & Ambassadeur auprès d'Auguste. C'étoit un esprit pénétrant; il avoit démêlé que les vûes de Flemming & du Chancelier de Saxe étoient de proposer la Paix au Roi de Suéde à quelque prix que ce fût. Il forma aussi-tôt le dessein de les prévenir, & de ménager un accommodement entre le Czar & la Suéde. Le Chancelier éventa son projet, & obtint qu'on se saisit de sa personne. Le Roi Auguste dit au Czar que Patkul étoit un perfide qui les trahissoit tous deux. Il n'étoit pourtant coupable que d'avoir trop bien servi son nouveau Maître; mais un service rendu mal-à-propos est souvent puni comme une trahison.

Cependant d'un côté les 70 mille Moscovites, divisés en plusieurs petits Corps, brûloient & ravageoient les Terres des partisans de Stanislas: de l'autre Schulembourg s'avançoit avec ses nouvelles troupes. La fortune des Suédois dissipa ces deux Armées en moins de deux mois. Charles XII & Stanislas attaquérent les Corps séparés des Moscovites, l'un après l'autre; mais si vivement, qu'un Général Moscovite étoit battu avant qu'il sût la défaite de son Compagnon.

Nul obstacle n'arrêtoit le Vainqueur: s'il se trouvoit une Riviére entre les Ennemis & lui, Charles XII, & ses Suédois la passoient à la nage. Un parti Suédois prit le bagage d'Auguste, où il y avoit deux cens mille Ecus d'argent monnoyé: Stanislas saisit huit cens mille Ducats appartenans au Prince Menzikoff Général Moscovite. Charles à la tête de sa Cavalerie fit trente lieuës en

vingt.

vingt-quatre heures, chaque Cavalier menant un Cheval
en main pour le monter quand le sien seroit rendu. Les
Moscovites épouvantés & réduits à un petit nombre fuyoient en desordre au-delà du Boristhène.

Tandis que Charles chassoit devant lui les Moscovites jusqu'au fond de la Lithuanie, Schulembourg repassa
enfin l'Oder, & vint à la tête de vingt mille hommes présenter la bataille au Grand-Maréchal Renchild, qui passoit pour le meilleur Général de Charles XII & que l'on
appelloit le Parménion de l'Alexandre du Nord. Ces
deux Illustres Généraux qui sembloient participer à la destinée de leurs Maîtres, se rencontrèrent assez près de
Punits, dans un lieu nommé Frawenstad, Territoire déja fatal aux troupes d'Auguste. Renchild n'avoit que
treize Bataillons & vingt-deux Escadrons, qui faisoient
en tout près de dix mille hommes. Schulembourg en
avoit une fois autant. Il est à remarquer qu'il y avoit
dans son Armée un Corps de six à sept mille Moscovites
que l'on avoit long-tems disciplinés en Saxe, sur lesquels
on comptoit comme sur des Soldats aguerris, qui joignoient
la férocité Russienne à la discipline Allemande. Cette Bataille de Frawenstad se donna le 12 Février 1706 ; mais ce
même Général Schulembourg, qui avec quatre mille
hommes avoit en quelque façon troublé la fortune du
Roi de Suéde, succomba sous celle du Général Renchild.
Le combat ne dura pas un quart d'heure, les Saxons ne
résistérent pas un moment, les Moscovites jettérent leurs
armes dès qu'ils virent les Suédois ; l'épouvante fut si
subite, & le desordre si grand, que les vainqueurs trouvérent sur le champ de bataille sept mille fusils tous chargés qu'on avoit jettés à terre sans tirer. Jamais déroute
ne fut plus prompte, plus complette & plus honteuse ;
& cependant jamais Général n'avoit fait une si belle disposition que Schulembourg, de l'aveu de tous les Officiers Saxons & Suédois, qui virent en cette journée combien

bien la prudence humaine eſt peu maîtreſſe des événemens.

Parmi les priſonniers il ſe trouva un Régiment entier de Français : ces infortunés avoient été pris par les
troupes de Saxe l'an 1704 à cette fameuſe bataille de
Hochſted ſi funeſte à la grandeur de Louïs XIV. Ils a-
voient paſſé depuis au ſervice du Roi Auguſte, qui en
avoit fait un Régiment de Dragons, & en avoit donné le
commandement à un Français de la Maiſon de Joyeuſe.
Le Colonel fut tué à la premiére, ou plûtôt à la ſeule
charge des Suédois : le Régiment tout entier fut fait priſonnier de guerre. Dès le jour même ces Français demandérent à ſervir Charles XII & ils furent reçus à ſon
ſervice par une deſtinée ſinguliére, qui les réſervoit à changer encore de vainqueur & de maître.

A l'égard des Moſcovites, ils demandérent la vie à
genoux ; mais on les maſſacra inhumainement plus de ſix
heures après le combat, pour punir ſur eux les violences
de leurs Compatriotes, & pour ſe débarraſſer de ces priſonniers dont il n'eût ſû que faire.

Le Roi en revenant de Lithuanie apprit cette nouvelle victoire, mais la ſatisfaction qu'il en reçut fut troublée par un peu de jalouſie : il ne put s'empêcher de dire:
Renſchild ne voudra plus faire comparaiſon avec moi.

Auguſte ſe vit alors ſans reſſources : il ne lui reſtoit
plus que Cracovie, où il s'étoit enfermé avec deux Régimens Moſcovites, deux de Saxons, & quelques troupes de l'Armée de la Couronne, par leſquelles même il
craignoit d'être livré au Vainqueur ; mais ſon malheur
fut au comble, quand il ſut que Charles XII étoit enfin
entré en Saxe le premier Septembre 1706.

Il avoit traverſé la Siléſie ſans daigner ſeulement en
faire avertir la Cour de Vienne. L'Allemagne étoit con-
ſternée, la Diéte de Ratisbonne qui repréſente l'Empire,
mais dont les réſolutions ſont ſouvent auſſi infructueuſes

que

que folemnelles, déclara le Roi de Suéde ennemi de l'Empire, s'il paffoit au-delà de l'Oder avec fon Armée; cela même le détermina à venir plûtôt en Allemagne.

A fon approche les villages furent deferts, les habitans fuïoient de tous côtés. Charles en ufa alors comme à Coppenhague : il fit afficher par-tout, qu'il n'étoit venu que pour donner la paix; que tous ceux qui reviendroient chez eux & qui payeroient les contributions qu'il ordonneroit, feroient traités comme fes propres fujets, & les autres pourfuivis fans quartier. Cette déclaration d'un Prince qu'on favoit n'avoir jamais manqué à fa parole, fit revenir en foule tous ceux que la peur avoit écartés. Il choifit fon Camp à Altranftad, près de la campagne de Lutfen, Champ de bataille fameux par la victoire & par la mort de Guftave-Adolphe. Il alla voir la place où ce grand Homme avoit été tué. Quand on l'eut conduit fur le lieu : ,,J'ai tâché, dit-il, de vivre ,,comme lui, Dieu m'accordera peut-être un jour une ,,mort auffi glorieufe. ,,

De ce Camp il ordonna aux Etats de Saxe de s'affembler, & de lui envoyer fans délai les Regiftres des Finances de l'Electorat. Dès qu'il les eut en fon pouvoir, & qu'il fut informé au jufte de ce que la Saxe pouvoit fournir; il la taxa à fix cens vingt-cinq mille Rifdales par mois. Outre cette contribution, les Saxons furent obligés de fournir à chaque Soldat Suédois, deux livres de viande, deux livres de pain, deux pots de biére, & quatre fols par jour, avec du fourage pour la Cavalerie. Les contributions ainfi réglées le Roi établit une nouvelle Police pour garantir les Saxons des infultes de fes Soldats: il ordonna dans toutes les villes où il mit Garnifon, que chaque hôte chez qui les Soldats logeroient, donneroit des certificats tous les mois de leur conduite, faute de quoi le Soldat n'auroit point fa paye. De plus, des Infpecteurs alloient tous les quinze jours de maifon en maifon,

fon, s'informer fi les Suédois n'avoient point commis
de dégât. Ils avoient foin de dédommager les hôtes, &
de punir les coupables.

On fait fous quelle difcipline fevère vivoient les
troupes de Charles XII, qu'elles ne pilloient pas les villes prifes d'affaut, avant d'en avoir reçu la permiffion;
qu'elles alloient même au pillage avec ordre, & le quit-
toient au prémier fignal. Les Suédois fe vantent encore
aujourd'hui de la difcipline qu'ils obfervérent en Saxe: &
cependant les Saxons fe plaignent des dégâts affreux qu'ils
y commirent; contradictions qui feroient impoffibles à
concilier, fi l'on ne favoit combien les hommes voyent
différemment les mêmes objets. Il étoit bien difficile
que les vainqueurs n'abufaffent quelquefois de leurs droits;
& que les vaincus ne priffent les plus legéres léfions pour
des brigandages barbares. Un jour le Roi fe promenant
à cheval près de Leipfic; un païfan Saxon vint fe jetter
à fes pieds, pour lui demander juftice d'un Grenadier qui
venoit de lui enlever ce qui étoit deftiné pour le dîner de
fa famille. Le Roi fit venir le Soldat. Eft-il vrai, dit-
il, d'un vifage fevère, que vous avez volé cet homme?
Sire, dit le Soldat, *je ne lui ai pas fait tant de mal que
Votre Majefté en a fait à fon Maître; vous lui avez ôté un
Royaume, & je n'ai pris à ce Manant qu'un Dindon.* Le
Roi donna dix Ducats de fa main au païfan, & pardonna
au Soldat en faveur de la hardieffe du bon mot, en lui
difant: *Souviens-toi, mon ami, que fi j'ai ôté un Royaume au Roi Augufte, je n'en ai rien pris pour moi.*

La grande Foire de Leipfic fe tint comme à l'ordinaire: Les Marchands y vinrent avec une fûreté entiére;
on ne vit pas un Soldat Suédois dans la Foire; on eut dit
que l'Armée du Roi de Suéde n'étoit en Saxe que pour
veiller à la confervation du païs. Il commandoit dans
tout l'Electorat avec un pouvoir auffi abfolu & une tranquilité auffi profonde que dans Stockolm.

Le

Le Roi Augufte errant dans la Pologne, privé à la fois de fon Royaume & de fon Electorat, écrivit enfin une Lettre de fa main à Charles XII, pour lui demander la Paix. Il chargea en fecret le Baron d'Imhof d'aller porter la Lettre conjointement avec Monfieur Fingften Référendaire du Confeil Privé; il leur donna à tous deux fes Pleins-Pouvoirs, & fon Blanc figné. *Allez*, leur dit-il en propres mots, *tâchez de m'obtenir des conditions raifonnables & chrétiennes.* Il étoit réduit à la néceffité de cacher fes démarches pour la Paix, & de ne recourir à la médiation d'aucun Prince; car étant alors en Pologne à la merci des Mofcovites, il craignoit avec raifon que le dangereux Allié qu'il abandonnoit, ne fe vangeât fur lui de fa foumiffion au Vainqueur. Ses deux Plénipotentiaires arrivèrent de nuit au Camp de Charles XII, ils eurent une Audience fecrette. Le Roi lut la Lettre. ,, Meffieurs, ,, *dit-il aux Plénipotentiaires*, vous aurez dans un mo-,, ment ma réponfe. ,, Il fe retira auffi-tôt dans fon Cabinet & écrivit ce qui fuit:

Je confens de donner la Paix aux conditions fuivantes, auxquelles il ne faut pas s'attendre que je change rien.

1. *Que le Roi Augufte renonce pour jamais à la Couronne de Pologne, qu'il reconnaiffe Stanislas pour légitime Roi, & qu'il promette de ne jamais fonger à remonter fur le Trône, même après la mort de Stanislas.*

2. *Qu'il renonce à tous autres Traités, & particuliérement à ceux qu'il a faits avec la Mofcovie.*

3. *Qu'il renvoye avec honneur en mon Camp les Princes Sobiesky, & tous les Prifonniers qu'il a pu faire.*

4. *Qu'il me livre tous les deferteurs qui ont paffé à fon fervice, & nommément Jean Patkul, & qu'il ceffe toute procédure contre ceux qui de fon fervice ont paffé dans le mien.*

Il

Il donna ce Papier au Comte Piper, le chargeant de négocier le reste avec les Plénipotentiaires du Roi Auguste. Ils furent épouvantés de la dureté de ces propositions. Ils mirent en usage le peu d'art qu'on peut employer quand on est sans pouvoir, pour tâcher de fléchir la rigueur du Roi de Suéde. Ils eurent plusieurs conférences avec le Comte Piper. Ce Ministre ne répondit autre chose à toutes leurs insinuations, sinon : Telle est la volonté du Roi mon Maître ; il ne change jamais ses résolutions.

Tandis que cette Paix se négocioit sourdement en Saxe, la fortune sembla mettre le Roi Auguste en état d'en obtenir une plus honorable, & traiter avec son Vainqueur sur un pied plus égal.

Le Prince Menzikoff, Généralissime des Armées Moscovites, vint avec trente mille hommes le trouver en Pologne dans le tems que non seulement il ne souhaitoit plus ses secours, mais que même il les craignoit ; il avoit avec lui quelques troupes Polonaises & Saxonnes qui faisoient en tout six mille hommes. Environné avec ce petit Corps de l'Armée du Prince Menzikoff, il avoit tout à redouter en cas qu'on découvrit sa Négociation. Il se voyoit en même tems détrôné par son Ennemi, & en danger d'être arrêté prisonnier par son Allié. Dans cette circonstance délicate, l'Armée se trouva en présence d'un des Généraux Suédois nommé Meyerfeld, qui étoit à la tête de dix mille hommes à Calish, près du Palatinat de Posnanie. Le Prince Menzikoff pressa le Roi Auguste de donner bataille. Le Roi très-embarrassé différa sous divers prétextes ; car quoique les ennemis fussent trois fois moins forts que lui, il y avoit quatre mille Suédois dans l'Armée de Meyerfeld ; & c'en étoit assez pour rendre l'événement douteux. Donner bataille aux Suédois pendant les Négociations, & la perdre ; c'étoit creuser l'abîme où il étoit ; il prit le parti d'envoyer un homme

de

de confiance au Général ennemi, pour lui donner part du secret de la Paix, & l'avertir de se retirer ; mais cet avis eut un effet tout contraire à ce qu'il en attendoit. Le Général Meyerfeld crut, qu'on lui tendoit un piège pour l'intimider ; & sur cela seul il se résolut à risquer le combat.

Les Moscovites vainquirent ce jour-là les Suédois en bataille rangée pour la première fois. Cette victoire que le Roi Auguste remporta presque malgré lui fut complette : il entra triomphant au milieu de sa mauvaise fortune dans Varsovie, autrefois sa Capitale, Ville alors déman- telée & ruïnée, prête à recevoir le Vainqueur, quel qu'il fût, & à reconnaître le plus fort pour son Roi. Il fut tenté de saisir ce moment de prospérité, & d'aller attaquer en Saxe le Roi de Suéde avec l'Armée Moscovite. Mais ayant réflechi que Charles XII étoit à la tête d'une Armée Suédoise, jusqu'alors invincible ; que les Moscovites l'a- bandonneroient au premier bruit de son Traité commen- cé ; que la Saxe, son païs héréditaire, déja épuisée d'ar- gent & d'hommes, seroit ravagée également par les Sué- dois & par les Moscovites ; que l'Empire occupé de la guerre contre la France, ne pouvoit le secourir ; qu'il de- meureroit sans Etats, sans argent, sans amis ; il conçut qu'il falloit fléchir sous la Loi qu'imposoit le Roi de Sué- de. Cette Loi ne devint que plus dure, quand Charles eut appris que le Roi Auguste avoit attaqué ses troupes pendant la Négociation. Sa colére & le plaisir d'humi- lier davantage un ennemi qui venoit de le vaincre, le ren- dirent plus infléxible sur tous les Articles du Traité. Ainsi la victoire du Roi Auguste ne servit qu'à rendre sa situa- tion plus malheureuse ; ce qui peut-être n'étoit jamais arrivé qu'à lui.

Il venoit de faire chanter le *Te Deum* dans Varsovie, lorsque Fingsten, l'un de ses Plénipotentiaires, arriva de Saxe avec ce Traité de Paix qui lui ôtoit la Couronne. Auguste hésita, mais il signa, & partit pour la Saxe, dans la vaine espérance que sa présence pourroit fléchir le Roi de Suéde, & que son ennemi se souviendroit peut-être des anciennes alliances de leurs Maisons, & du sang qui les unissoit.

Ces deux Princes se virent pour la premiére fois dans un lieu nommé Gutersdorf, au Quartier du Comte Piper, sans aucune cérémonie. Charles XII étoit en grosses bottes, ayant pour cravatte un tafetas noir qui lui serroit le col: son habit étoit, comme à l'ordinaire, d'un gros drap bleu, avec des boutons de cuivre doré. Il portoit au côté une longue épée qui lui avoit servi à la bataille de Narva, & sur le pommeau de laquelle il s'appuyoit souvent. La conversation ne roula que sur ces grosses bottes. Charles XII dit au Roi Auguste, qu'il ne les avoit quittées depuis six ans, que pour se coucher. Ces bagatelles furent le seul entretien de deux Rois, dont l'un ôtoit une Couronne à l'autre. Auguste sur-tout parloit avec un air de complaisance, & de satisfaction, que les Princes & les hommes accoutumés aux grandes affaires, savent prendre au milieu des mortifications les plus cruelles. Les deux Rois dinérent deux fois ensemble. Charles XII affecta toujours de donner la droite au Roi Auguste; mais loin de rien relâcher de ses demandes, il en fit encore de plus dures. C'étoit déja beaucoup qu'un Souverain fût forcé à livrer un Général d'Armée, un Ministre public: c'étoit un grand abaissement d'être obligé d'envoyer à son Successeur Stanislas les Pierreries & les Archives de la Couronne; mais ce fut le comble à cet abaissement, d'être réduit enfin à féliciter de son avénement au Trône celui qui alloit s'y asseoir à sa place. Charles exigea une Lettre d'Auguste à Stanislas: le Roi détrôné se le fit dire plus d'une fois; mais Charles vouloit cette Lettre, & il falloit l'écrire. La voici telle que je l'ai vûë depuis peu copiée fidèlement sur l'Original que le Roi Stanislas garde encore.

MON-

MONSIEUR ET FRERE,

*Nous avions jugé qu'il n'étoit pas nécessaire d'en-
trer dans un commerce particulier de Lettres avec Votre
Majesté, cependant pour faire plaisir à Sa Majesté Suédoí-
fe, & afin qu'on ne nous impute pas que nous faisons difficulté de satisfaire à son desir, Nous vous félicitons par celle-ci de votre avénement à la Couronne, & vous souhaitons
que vous trouviez dans votre Patrie des sujets plus fidèles
que ceux que nous y avons laissés. Tout le monde Nous
fera la justice de croire que Nous n'avons été payés que
d'ingratitude pour tous nos bienfaits, & que la plûpart
de nos sujets ne se sont appliqués qu'à avancer notre ruïne.
Nous souhaitons que vous ne soyez pas exposé à de pareils
malheurs, vous remettant à la protection de Dieu.*

A Dresde le 8 Avril 1707.

Votre Frere & Voisin, AUGUSTE, Roi.

Il fallut qu'Auguste ordonnât lui-même à tous ses
Officiers de Magistrature de ne plus le qualifier de Roi de
Pologne, & qu'il fit effacer des Priéres publiques ce titre
auquel il renonçoit. Il eut moins de peine à élargir les
Sobiesky : ces Princes au sortir de leur prison refusérent
de le voir ; mais le Sacrifice de Patkul fut ce qui dut lui
coûter davantage. D'un côté le Czar le redemandoit
hautement comme son Ambassadeur ; de l'autre le Roi
de Suéde exigeoit en menaçant qu'on le lui livrât. Patkul
étoit alors enfermé dans le Château de Koenigstein en Saxe. Le Roi Auguste crut pouvoir satisfaire Charles XII
& son honneur en même tems. Il envoya des Gardes
pour livrer ce malheureux aux troupes Suédoises ; mais
auparavant il envoya au Gouverneur de Koenigstein un ordre secret de laisser échapper son prisonnier. La mauvaise fortune de Patkul l'emporta sur le soin qu'on prenoit de le sauver. Le Gouverneur sachant que Patkul

étoit

étoit très-riche, voulut lui faire acheter ſa liberté. Le Priſonnier comptant encore ſur le Droit des Gens, & informé des intentions du Roi Auguſte, refuſa de payer ce qu'il penſoit devoir obtenir pour rien. Pendant cet intervalle les Gardes commandés pour ſaiſir le Priſonnier arrivérent, & le livrérent immédiatement à quatre Capitaines Suédois, qui l'emmenérent d'abord au Quartier Général d'Altranſtad, où il demeura trois mois attaché à un poteau avec une groſſe chaîne de fer. De-là il fut conduit à Caſimir.

Charles XII oubliant que Patkul étoit Ambaſſadeur du Czar, & ſe ſouvenant ſeulement qu'il étoit né ſon ſujet, ordonna au Conſeil de Guerre de le juger avec la derniére rigueur. Il fut condamné à être rompu vif, & à être mis en quartiers. Un Chapelain vint lui annoncer qu'il falloit mourir, ſans lui apprendre le genre du ſupplice. Alors cet homme qui avoit bravé la mort dans tant de batailles ſe trouvant ſeul avec un Prêtre, & ſon courage n'étant plus ſoutenu par la gloire, ni par la colére, ſources de l'intrépidité des hommes, répandit amérement des larmes dans le ſein du Chapelain. Il étoit fiancé avec une Dame Saxonne nommée Madame d'Einſiedel, qui avoit de la naiſſance, du mérite & de la beauté, & qu'il avoit compté d'épouſer à peu près dans le tems même qu'on le livra au ſupplice. Il recommanda au Chapelain d'aller la trouver pour la conſoler, & de l'aſſurer qu'il mouroit plein de tendreſſe pour elle. Quand on l'eut conduit au lieu du ſupplice, & qu'il vit les rouës & les pieux dreſſés, il tomba dans des convulſions de frayeur, & ſe rejetta dans les bras du Miniſtre qui l'embraſſa en le couvrant de ſon manteau & en pleurant. Alors un Officier Suédois lut à haute voix un Papier dans lequel étoient ces paroles:

„On fait ſavoir que l'ordre très-exprès de Sa Maje-
„ſté, notre Seigneur très-clément, eſt que cet homme,
„qui eſt traître à la Patrie, ſoit roué & écartelé pour ré-
„para-

„paration de fes crimes, & pour l'exemple des autres.
„Que chacun fe donne de garde de la trahifon, & ferve
„fon Roi fidèlement.„ A ces mots de *Prince très-clément* : Quelle clémence! dit Patkul; & à ceux de *traître
à la Patrie* : Helas ! dit-il, je l'ai trop bien fervi. Il
reçut feize coups, & fouffrit le fupplice le plus long &
le plus affreux qu'on puiffe imaginer. Ainfi périt l'in-
fortuné Jean Reinold Patkul, Ambaffadeur & Général de
l'Empereur de Mofcovie.

Ceux qui ne voyoient en lui qu'un fujet révolté contre fon Roi, difoient qu'il avoit mérité la mort; ceux
qui le regardoient comme un Livonien né dans une Province, laquelle avoit des Privilèges à défendre, & qui fe fou-
venoient qu'il n'étoit forti de la Livonie, que pour en avoir
foutenu les Droits, l'appelloient le Martyr de la Liberté
de fon païs. Tous convenoient d'ailleurs que le titre
d'Ambaffadeur du Czar devoit rendre fa perfonne facrée.
Le feul Roi de Suéde élevé dans les principes du Defpotifme, crut n'avoir fait qu'un acte de juftice, tandis que
toute l'Europe condamnoit fa crüauté.

Ses membres coupés en quartiers reftérent expofés
fur des poteaux jufques en 1713, qu'Augufte étant remonté
fur fon Trône, fit raffembler ces témoignages de la néceffité où il avoit été réduit à Altranftad : on les lui apporta à Varfovie dans une Caffette, en préfence de Bu-
zeval Envoyé de France. Le Roi de Pologne montrant
la Caffette à ce Miniftre : Voilà, lui dit-il fimplement,
les membres de Patkul, fans rien ajouter pour blâmer ou
pour plaindre fa mémoire, & fans que perfonne de ceux
qui étoient préfens, ofât parler fur un fujet fi délicat &
fi trifte.

Environ ce tems-là un Livonien nommé Paikel,
Officier dans les troupes Saxonnes, fait prifonnier les
armes à la main, venoit d'être jugé à mort à Stockolm
par Arrêt du Sénat : mais il n'avoit été condamné qu'à
perdre la tête. Cette différence de fupplices dans le mê-

me

me cas, faisoit trop voir que Charles en faisant périr
Patkul d'une mort si cruelle, avoit plus songé à se vanger qu'à punir. Quoi qu'il en soit, Patkul après sa condamnation, fit proposer au Sénat de donner au Roi le secret de faire de l'or, si on vouloit lui pardonner : il fit
faire l'expérience de son secret dans la prison, en présence du Colonel Hamilton & des Magistrats de la Ville ; &
soit qu'il eût en effet découvert quelque art utile, soit
qu'il n'eût que celui de tromper habilement, ce qui est
beaucoup plus vraisemblable ; on porta à la Monnoye de
Stockolm l'or qui se trouva dans le creuset à la fin de l'expérience ; & on en fit au Sénat un rapport si juridique,
& qui parut si important, que la Reine ayeule de Charles,
ordonna de suspendre l'exécution jusqu'à ce que le Roi
informé de cette singularité, envoyât ses ordres à Stockolm.

Le Roi répondit qu'il avoit refusé à ses Amis la grace du Criminel, & qu'il n'accorderoit jamais à l'interêt
ce qu'il n'avoit pas donné à l'amitié.   Cette inflexibilité
eut quelque chose d'héroïque dans un Prince, qui d'ailleurs croyoit le secret possible.   Le Roi Auguste qui en
fut informé dit ; *Je ne m'étonne pas que le Roi de Suéde*
ait tant d'indifférence pour la Pierre Philosophale ; il l'a
trouvée en Saxe.

Quand le Czar eut appris l'étrange Paix que le Roi
Auguste, malgré leurs Traités, avoit conclue à Altranstad ; & que Patkul, son Ambassadeur Plénipotentiaire,
avoit été livré au Roi de Suéde au mépris des Loix des
Nations, il fit éclater ses plaintes dans toutes les Cours de
l'Europe : il écrivit à l'Empereur d'Allemagne, à la Reine d'Angleterre, aux Etats - Généraux des Provinces-
Unies : il appelloit lâcheté & perfidie la nécessité doulou-
reuse sous laquelle Auguste avoit succombé : il conjura toutes ces Puissances d'interposer leur médiation pour lui
faire rendre son Ambassadeur, & pour prévenir l'affront
qu'on alloit faire en sa personne à toutes les Têtes couronnées ; il les pressa par le motif de leur honneur de ne

pas

pas s'avilir jufqu'à donner de la Paix d'Altranftad une garantie que Charles XII leur arrachoit en menaçant. Ces Lettres n'eurent d'autre effet que de mieux faire voir la puiffance du Roi de Suéde. L'Empereur, l'Angleterre, & la Hollande avoient alors à foutenir contre la France une guerre ruïneufe : ils ne jugérent pas à propos d'irriter Charles XII par le refus de la vaine cérémonie de la garantie d'un Traité. A l'égard du malheureux Patkul, il n'y eut pas une Puiffance qui interpofât fes bons Offices en fa faveur, & qui ne fît voir combien peu un fujet doit compter fur des Rois.

On propofa dans le Confeil du Czar d'ufer de repreffailles envers les Officiers Suédois, prifonniers à Mofcov. Le Czar ne voulut point confentir à une barbarie qui eût eu des fuites fi funeftes : il y avoit plus de Mofcovites prifonniers en Suéde, que de Suédois en Mofcovie.

Il chercha une vengeance plus utile. La grande Armée de fon ennemi étoit en Saxe fans agir. Levenhaupt, Général du Roi de Suéde, qui étoit refté en Pologne à la tête d'environ vingt mille hommes, ne pouvoit garder les paffages dans un païs fans fortereffes & plein de factions. Stanislas étoit au Camp de Charles XII. L'Empereur Mofcovite faifit cette conjoncture & rentre en Pologne avec plus de foixante mille hommes : il les fépare en plufieurs Corps, & marche avec un Camp volant jufqu'à Léopold, où il n'y avoit point de Garnifon Suédoife. Toutes les villes de Pologne font à celui qui fe préfente à leurs portes avec des troupes. Il fit convoquer une Affemblée à Léopold, telle à peu près que celle qui avoit détrôné Augufte à Varfovie.

La Pologne avoit alors deux Primats auffi-bien que deux Rois, l'un de la nomination d'Augufte, l'autre de celle de Stanislas. Le Primat nommé par Augufte convoqua l'affemblée de Léopold, où fe rendirent tous ceux que ce Prince avoit abandonnés par la Paix d'Altranftad, & ceux que l'argent du Czar avoit gagnés. On y propofa d'élire un nou-

veau

veau Souverain. Il s'en fallut peu que la Pologne n'eût alors trois Rois, sans qu'on eût pu dire quel eût été véritable.

Pendant les Conférences de Léopold, le Czar, lié d'intérêt avec l'Empereur d'Allemagne, par la crainte commune où ils étoient du Roi de Suéde, obtint secretement qu'on lui envoyât beaucoup d'Officiers Allemans. Ceux-ci venoient de jour en jour augmenter considérablement ses forces, en apportant avec eux la discipline & l'expérience. Il les engageoit à son service par des libéralités, & pour mieux encourager ses propres troupes, il donna son portrait enrichi de diamans aux Officiers-Généraux & aux Colonels qui avoient combattu à la bataille de Calish : les Officiers subalternes eurent des Médailles d'or; les simples Soldats en eurent d'argent. Ces Monumens de la victoire de Calish furent tous frappés dans sa nouvelle ville de Petersbourg, où les Arts fleurissoient à mesure qu'il apprenoit à ses troupes à connaître l'émulation & la gloire.

La confusion, la multiplicité des factions, les ravages continuels en Pologne, empêchérent la Diéte de Léopold de prendre aucune résolution. Le Czar la fit transférer à Lublin. Le changement de lieu ne diminua rien des troubles & de l'incertitude où tout le monde étoit; l'Assemblée se contenta de ne reconnaître, ni Auguste qui avoit abdiqué, ni Stanislas élu malgré eux ; mais ils ne furent ni assez unis, ni assez hardis pour nommer un Roi. Pendant ces délibérations inutiles, le Parti des Princes Sapieha, celui d'Oginsky, ceux qui tenoient en secret pour le Roi Auguste, les nouveaux sujets de Stanislas, se faisoient tous la guerre, pilloient les terres les uns des autres, & achevoient la ruïne de leur païs. Les troupes Suédoises, commandées par Levenhaupt, dont une partie étoit en Livonie, une autre en Lithuanie, une autre en Pologne, cherchoient toutes les troupes Moscovites. Elles brûloient tout ce qui étoit ennemi de Stanislas. Les Moscovites ruïnoient également amis & ennemis ; on ne voyoit

voyoit que des villes en cendres, & des troupes errantes
de Polonais dépouillés de tout, qui détestoient également,
& leurs deux Rois, & Charles XII & le Czar.

Le Roi Stanislas partit d'Altranstad le 15 Juillet de
l'année 1707 avec le Général Renchild, seize Régimens
Suédois, & beaucoup d'argent, pour appaiser tous ces
troubles en Pologne, & se faire reconnaître paisiblement.
Il fut reconnu par-tout où il passa : la discipline de ses
troupes, qui faisoit mieux sentir la barbarie des Moscovites, lui gagna les esprits : son extrême affabilité lui réu-
nit presque toutes les factions, à mesure qu'elle fut connuë ; son argent lui donna la plus grande partie de l'Armée de la Couronne. Le Czar craignant de manquer de
vivres dans un païs que ses troupes avoient desolé, se retira en Lithuanie, où étoit le rendez-vous de ses corps
d'Armée, & où il devoit établir des Magazins. Cette
retraite laissa le Roi Stanislas paisible Souverain de presque toute la Pologne.

Le seul qui le troublât alors dans ses Etats, étoit le
Comte Siniawsky, Grand-Général de la Couronne, de
la nomination du Roi Auguste. Cet homme qui avoit
d'assez grands talens & beaucoup d'ambition, étoit à la
tête d'un fiers Parti : il ne réconnaissoit ni Auguste, ni
Stanislas ; & après avoir tout tenté pour se faire élire lui-
même, il se contentoit d'être Chef de Parti, ne pouvant
pas être Roi. Les troupes de la Couronne qui étoient de-
meurées sous ses ordres, n'avoient guère d'autre solde
que la liberté de piller impunément leur propre païs. Tous
ceux qui craignoient ces brigandages, ou qui en souf-
froient, se donnèrent bien-tôt à Stanislas, dont la puissance s'affermissoit de jour en jour.

Le Roi de Suède recevoit alors dans son camp d'Altranstad, les Ambassadeurs de presque tous les Princes de
la Chrétienté. Les uns venoient le supplier de quitter les
Terres de l'Empire, les autres eussent bien voulu qu'il
eût tourné ses armes contre l'Empereur ; le bruit même

G 5   s'étoit

s'étoit répandu par-tout, qu'il devoit se joindre à la France pour accabler la Maison d'Autriche. Parmi tous ces Ambassadeurs, vint le fameux Jean Duc de Marlborough, de la part d'Anne, Reine de la Grande-Bretagne. Cet homme qui n'a jamais assiégé de ville qu'il n'ait prise, ni donné de bataille qu'il n'ait gagnée, étoit à Saint-James un adroit Courtisan, dans le Parlement un Chef de Parti, dans les païs étrangers le plus habile Négociateur de son siécle. Il avoit fait autant de mal à la France par son esprit que par ses armes. On a entendu dire au Secrétaire des Etats-Généraux, Mr. Fagel, homme d'un très-grand mérite, que plus d'une fois les Etats-Généraux ayant résolu de s'opposer à ce que le Duc de Marlborough devoit leur proposer, le Duc arrivoit, leur parloit en Français, Langue dans laquelle il s'exprimoit très-mal, & les persuadoit tous. C'est ce que le Lord Bolinbroke m'a confirmé.

Il soutenoit avec le Prince Eugène, Compagnon de ses victoires, & avec Heinsius, grand Pensionnaire de Hollande, tout le poids des entreprises des Alliés contre la France. Il savoit que Charles étoit aigri contre l'Empire & contre l'Empereur : qu'il étoit sollicité secrettement par les Français; & que si ce Conquérant embrassoit le parti de Louïs XIV, les Alliés seroient opprimés.

Il est vrai, que Charles avoit donné sa parole en 1700 de ne se mêler en rien de la guerre de Louïs XIV, contre ses Alliés; mais le Duc de Marlborough ne croyoit pas qu'il y eût un Prince assez esclave de sa parole pour ne la pas sacrifier à sa grandeur & à son interêt. Il partit donc de la Haye dans le dessein d'aller sonder les intentions du Roi de Suéde. Mr. Fabrice, qui étoit alors auprès de Charles XII, m'a assûré que le Duc de Marlborough en arrivant s'adressa secrettement, non pas au Comte Piper Premier Ministre, mais au Baron de Görtz, qui commençoit à partager avec Piper la confiance du Roi. Il arriva même dans le carosse de ce Baron au quartier de Charles

les XII, & il y eut des froideurs marquées entre lui & le Chancelier Piper. Présenté en suite par Piper avec Robinson, Ministre d'Angleterre, il parla au Roi en Français; il lui dit, qu'il s'estimeroit heureux de pouvoir apprendre sous ses ordres ce qu'il ignoroit de l'art de la guerre. Le Roi ne répondit à ce compliment par aucune civilité, & parut oublier que c'étoit Marlborough, qui lui parloit. Je sais même qu'il trouva que ce grand Homme étoit vêtu d'une maniere trop recherchée & avoit l'air trop peu guerrier. La conversation fut fatigante & générale, Charles XII s'exprimant en Suédois & Robinson servant d'interprête. Marlborough, qui ne se hâtoit jamais de faire ses propositions, & qui avoit par une longue habitude acquis l'art de démêler les hommes, & de pénétrer les rapports qui sont entre leurs plus secrettes pensées & leurs actions, leurs gestes, leurs discours, étudia attentivement le Roi. En lui parlant de guerre en général, il crut appercevoir dans Charles XII une aversion naturelle pour la France; il remarqua qu'il se plaisoit à parler des conquêtes des Alliés. Il lui prononça le nom du Czar, & vit que les yeux du Roi s'allumoient toûjours à ce nom, malgré la modération de cette conférence. Il apperçut de plus sur une table une carte de Moscovie. Il ne lui en fallut pas davantage pour juger que le véritable dessein du Roi de Suéde & sa seule ambition, étoient de détrôner le Czar après le Roi de Pologne. Il comprit que si ce Prince restoit en Saxe, c'étoit pour imposer quelques conditions un peu dures à l'Empereur d'Allemagne. Il savoit bien que l'Empereur ne résisteroit pas, & qu'ainsi les affaires se termineroient aisément. Il laissa Charles XII à son penchant naturel; & satisfait de l'avoir pénétré, il ne lui fit aucune proposition. Ces particularités m'ont été confirmées par Madame la Duchesse de Marlborough, sa veuve encore vivante.

Comme peu de Négociations s'achevent sans argent, & qu'on voit quelquefois des Ministres qui vendent la

haine

haine ou la faveur de leur Maître, on crut dans toute l'Europe que le Duc de Marlborough n'avoit réüffi auprès du Roi de Suéde qu'en donnant à propos une groffe fomme au Comte Piper; & la mémoire de ce Suédois en eft reftée flétrie jufqu'aujourd'hui. Pour moi, qui ai remonté autant qu'il m'a été poffible à la fource de ce bruit, j'ai fu que Piper avoit reçu un préfent médiocre de l'Empereur, par les mains du Comte de Wratiflau, avec le confentement du Roi fon Maître, & rien du Duc de Marlborough. Il eft certain, que Charles étoit infléxible dans le deffein d'aller détrôner l'Empereur des Ruffes: qu'il ne recevoit alors confeil de perfonne; & qu'il n'avoit pas befoin des avis du Comte Piper pour prendre de Pierre Alexiowitz une vengeance qu'il cherchoit depuis fi longtems.

Enfin ce qui achève de juftifier ce Miniftre, c'eft l'honneur rendu long-tems après à fa mémoire par Charles XII, qui ayant appris que Piper étoit mort en Ruffie, fit tranfporter fon corps à Stockolm, & lui ordonna à fes dépens des Obféques magnifiques.

Le Roi, qui n'avoit point encore éprouvé de revers ni même de retardement dans fes fuccès, croyoit qu'une année lui fuffiroit pour détrôner le Czar, & qu'il pourroit enfuite revenir fur fes pas s'ériger en arbitre de l'Europe; mais il vouloit auparavant humilier l'Empereur d'Allemagne.

Le Baron de Stralheim, Envoyé de Suéde à Vienne, avoit eu dans un répas une querelle avec le Comte de Zobor, Chambellan de l'Empereur; celui-ci ayant refufé de boire à la fanté de Charles XII, & ayant dit durement que ce Prince en ufoit trop mal avec fon Maître, Stralheim lui avoit donné un démenti & un fouflet, & avoit ofé après cette infulte demander réparation à la Cour Impériale. La crainte de déplaire au Roi de Suéde avoit forcé l'Empereur à bannir fon fujet qu'il devoit vanger. Charles XII ne fut pas fatisfait, il voulut qu'on lui livrât

le

le Comte Zobor. La fierté de la Cour de Vienne fut obligée de fléchir; on mit le Comte entre les mains du Roi, qui le renvoya après l'avoir gardé quelque tems prisonnier à Stetin.

Il demanda de plus, contre toutes les Loix des Nations, qu'on lui livrât quinze cens malheureux Moscovites, qui ayant échappé à ses armes, avoient fui jusques sur les Terres de l'Empire. Il fallut encore que la Cour de Vienne consentit à cette étrange demande; & si l'Envoyé Moscovite à Vienne n'avoit adroitement fait évader ces malheureux par divers chemins, ils étoient tous livrés à leurs ennemis.

La troisiéme & la derniére de ses demandes fut la plus forte. Il se déclara le Protecteur des sujets Protestans de l'Empereur en Silésie, Province appartenante à la Maison d'Autriche, non à l'Empire. Il voulut que l'Empereur leur accordât des libertés & des Privilèges, établis à la vérité par les Traités de Westphalie; mais éteints, ou du moins éludés par ceux de Ryswyk. L'Empereur, qui ne cherchoit qu'à éloigner un voisin si dangereux, plia encore, & accorda tout ce qu'on voulut. Les Luthériens de Silésie eurent plus de cent Eglises, que les Catholiques furent obligés de leur céder par ce Traité; mais beaucoup de ces concessions, que leur assûroit la fortune du Roi de Suéde, leur furent ravies dès qu'il ne fut plus en état d'imposer des Loix.

L'Empereur qui fit ces concessions forcées, & qui plia en tout sous la volonté de Charles XII, s'appelloit Joseph: il étoit Fils aîné de Léopold, & Frere de Charles VI, qui lui succéda depuis. L'Internonce du Pape, qui résidoit alors auprès de Joseph, lui fit des reproches fort vifs de ce qu'un Empereur Catholique comme lui avoit fait céder l'interêt de sa propre réligion à ceux des Hérétiques. *Vous êtes bien heureux*, lui répondit l'Empereur en riant, *que le Roi de Suéde ne m'ait pas proposé de me faire Luthérien; car s'il l'avoit voulu, je ne sai pas ce que j'aurois fait.*

Le

Le Comte de Wratislau, son Ambassadeur auprès de Charles XII apporta à Leipsick le Traité en faveur des Siléfiens, signé de la main de son Maître. Alors Charles dit qu'il étoit le meilleur ami de l'Empereur; cependant il ne fut pas sans dépit que Rome l'eût traversé autant qu'elle l'avoit pu. Il regardoit avec mépris la faiblesse de cette Cour, qui ayant aujourd'hui la moitié de l'Europe pour ennemie irréconciliable, est toujours en défiance de l'autre, & ne soutient son crédit que par l'habilité des Négociations; cependant il songeoit à se vanger d'elle. Il dit au Comte de Wratislau, que les Suédois avoient autrefois subjugué Rome, & qu'ils n'avoient pas dégénéré comme elle. Il fit avertir le Pape qu'il lui redemanderoit un jour les effets que la Reine Christine avoit laissés à Rome. On ne sait jusqu'où ce jeune Conquérant eût porté ses ressentimens & ses armes, si la Fortune eût secondé ses desseins. Rien ne lui paraissoit alors impossible: il avoit même envoyé secrettement plusieurs Officiers en Asie, & jusque dans l'Egypte, pour lever le plan des villes, & l'informer des forces de ces Etats. Il est certain, que si quelqu'un eût pu renverser l'Empire des Persans & des Turcs, & passer ensuite en Italie, c'étoit Charles XII. Il étoit aussi jeune qu'Aléxandre, aussi guerrier, aussi entreprenant, plus infatigable, plus robuste, & plus vertueux: & les Suédois valoient peut-être mieux que les Macédoniens: mais de pareils projets qui sont traités de divins, quand ils réüssissent, ne sont regardés que comme des chimères quand on est malheureux.

Enfin toutes les difficultés étant applanies, toutes ses volontés exécutées, après avoir humilié l'Empereur, donné la loi dans l'Empire, avoir protégé sa Réligion Luthérienne au milieu des Catholiques, détrôné un Roi, couronné un autre, se voyant la terreur de tous les Princes, il se prépara à partir. Les délices de la Saxe, où il étoit resté oisif une année, n'avoient en rien adouci sa maniére de vivre. Il montoit à cheval trois fois par jour, se levoit
à qua-

à quatre heures du matin, s'habilloit seul, ne buvoit point
de vin, ne restoit à table qu'un quart d'heure, exerçoit
ses troupes tous les jours, & ne connaissoit d'autre plaisir
que celui de faire trembler l'Europe.

Les Suédois ne savoient point encore où le Roi vouloit
les mener. On se doutoit seulement dans l'Armée que Charles pourroit aller à Moscov. Il ordonna quelques jours avant
son départ à son Grand-Maréchal des Logis, de lui donner
par écrit la route depuis Leipsick... il s'arrêta un moment
à ce mot; & de peur que le Maréchal de Logis ne pût rien
deviner de ses projets, il ajouta en riant: jusqu'à toutes les
capitales de l'Europe. Le Maréchal lui apporta une liste de
toutes ces routes, à la tête desquelles il avoit affecté de mettre en grosses lettres, *Route de Leipsick à Stockolm.* La plûpart des Suédois n'aspiroient qu'à y retourner; mais le Roi
étoit bien éloigné de songer à leur faire revoir leur patrie.
„Monsieur le Maréchal, dit-il, je vois bien où vous voudriez
„me mener; mais nous ne retournerons pas à Stokolm si-tôt.

L'Armée étoit déja en marche, & passoit auprès de Dresde: Charles étoit à la tête, courant toujours selon sa coutume
deux ou trois cens pas devant ses Gardes. On le perdit tout
d'un coup de vûë: quelques Officiers s'avancérent à bride
abbattuë pour savoir où il pouvoit être: on courut de tous
côtés, on ne le trouva point: l'allarme est en un moment
dans toute l'Armée: on fait halte, les Généraux s'assem-
blent, on étoit déja dans la consternation; on apprit enfin
d'un Saxon qui passoit, ce qu'étoit devenu le Roi.

L'envie lui avoit pris en passant si près de Dresde, d'aller
rendre une visite au Roi Auguste: il étoit entré à cheval
dans la ville, suivi de trois ou quatre Officiers-Généraux, on
leur demanda leur nom à la Barriére, Charles dit, qu'il s'appelloit Carl & qu'il étoit Draban, chacun prit un nom suppo-
sé. Le Comte Flemming les voyant passer dans la place n'eut
que le tems de courir avertir son Maître. Tout ce qu'on
pouvoit faire dans une occasion pareille, s'étoit déja présenté à l'idée du Ministre: il en parloit à Auguste, mais Charles

entra

entra tout botté dans la chambre, avant qu'Augufte eût eu
même le tems de revenir de fa furprife. Il étoit malade
alors, & en robe de chambre: il s'habilla en hâte. Charles
déjeûna avec lui comme un voyageur qui vient prendre congé de fon ami; enfuite il voulut voir les fortifications. Pendant le peu de tems qu'il employa à les parcourir, un Livonien profcrit en Suéde, qui fervoit dans les troupes de Saxe,
crut que jamais il ne s'offriroit une occafion plus favorable
d'obtenir fa grace; il conjura le Roi Augufte de la demander à Charles, bien fûr que ce Roi ne refuferoit pas cette
legére condefcendance à un Prince à qui il venoit d'ôter
une Couronne, & entre les mains duquel il étoit dans ce moment. Augufte fe chargea aifément de cette affaire. Il étoit
un peu éloigné du Roi de Suéde, & s'entretenoit avec Hord
Général Suédois. Je crois, lui dit-il en fouriant, que votre
Maître ne me refufera pas. Vous ne le connaiffez pas, repartit le Général Hord, il vous refufera plûtôt ici que par-
tout ailleurs. Augufte ne laiffa pas de demander au Roi en
termes preffans la grace du Livonien. Charles la refufa d'u-
ne maniére à ne fe la pas faire demander une feconde fois.
Après avoir paffé quelques heures dans cette étrange vifite,
il embraffa le Roi Augufte, & partit. Il trouva en rejoi-
gnant fon Armée, tous fes Généraux encore en allarmes; ils
lui dirent, qu'ils comptoient affiéger Drefde en cas qu'on
eût retenu Sa Majefté prifonniére. Bon, dit le Roi, on n'oferoit. Le lendemain, fur la nouvelle qu'on reçut que le Roi
Augufte tenoit Confeil extraordinaire à Drefde; vous ver-
rez, dit le Baron de Stralenheim, (un autre que l'Envoyé à
Vienne) qu'ils délibérent fur ce qu'ils devoient faire hier.
A quelques jours de-là Renchild étant venu trouver le Roi,
lui parla avec étonnement de ce voyage de Drefde. Je me
fuis fié, dit Charles, fur ma bonne fortune. J'ai vû cependant un moment qui n'étoit pas bien net. Flemming
n'avoit nulle envie que je fortiffe de Drefde fi-tôt.

Fin du troifiéme Livre.

HISTOI-

HISTOIRE
DE
CHARLES XII,
ROI DE SUEDE.

LIVRE QUATRIEME.

ARGUMENT.

Charles victorieux quitte la Saxe : poursuit le Czar : s'enfonce dans l'U-kraine : ses pertes, sa blessure : bataille de Pultava : suites de cette ba-taille : Charles réduit à fuir en Turquie : sa reception en Bessarabie.

Charles partit enfin de Saxe en Septembre 1707 suivi d'une Armée de quarante-trois mille hommes, autrefois couverte de fer, & alors brillante d'or & d'argent; & enrichie des dépouilles de la Pologne & de la Saxe. Chaque soldat emportoit avec lui cinquante écus d'argent comptant; non seulement tous les régimens étoient complets, mais il y avoit dans chaque Compagnie plusieurs surnuméraires qui attendoient des places vacantes. Outre cette Armée, le Comte Levenhaupt, l'un de ses meilleurs Généraux, l'attendoit en Pologne avec vingt mille hommes; il avoit encore une autre Armée de quinze mille hommes en Finlande, & de nouvelles recrues lui venoient de Suéde. Avec toutes ces forces on ne douta pas qu'il ne dût détrôner le Czar.

Cet Empereur étoit alors en Lithuanie occupé à ranimer un Parti, auquel le Roi Auguste sembloit avoir renoncé : ses troupes divisées en plusieurs corps, fuyoient de tous côtés au premier bruit de l'approche du Roi de Suéde. Il avoit recommandé lui-même à tous ses Gé-

néraux

néraux de ne jamais attendre ce Conquérant avec des forces inégales ; & il étoit auffi bien obéï.

Le Roi de Suéde au milieu de fa marche victorieufe, reçut un Ambaffadeur de la part des Turcs. L'Ambaffadeur eut fon Audience au Quartier du Comte Piper; c'étoit toujours chez ce Miniftre que fe faifoient les Cérémonies d'éclat. Il foutenoit la dignité de fon Maître par des dehors magnifiques; & le Roi toujours plus mal logé, plus mal fervi, & plus fimplement vêtu que le moindre Officier de fon Armée, difoit que fon Palais étoit le Quartier de Piper. L'Ambaffadeur Turc préfenta à Charles cent foldats Suédois, qui ayant été pris par des Calmoucks, & vendus en Turquie, avoient été rachetés par le Grand-Seigneur, & que cet Empereur envoyoit au Roi comme le préfent le plus agréable qu'il pût lui faire ; non que la fierté Ottomane prétendit rendre hommage à la gloire de Charles XII; mais parce que le Sultan ennemi naturel des Empereurs de Mofcovie & d'Allemagne, vouloit fe fortifier contr'eux de l'Amitié de la Suéde & de l'alliance de la Pologne. L'Ambaffadeur complimenta Stanislas fur fon avénement : ainfi ce Roi fut reconnu en peu de tems par l'Allemagne, la France, l'Angleterre, l'Efpagne, & la Turquie. Il n'y eut que le Pape qui voulut attendre, pour le reconnaître, que le tems eût affermi fur fa tête cette Couronne qu'une difgrace pouvoit faire tomber.

A peine Charles eut-il donné Audience à l'Ambaffadeur de la Porte Ottomane, qu'il courut chercher les Mofcovites.

Les troupes du Czar étoient forties de Pologne, & y étoient rentrées plus de vingt fois pendant le cours de la guerre : ce païs ouvert de toutes parts, n'ayant point de places fortes qui coupent la retraite à une Armée, laiffoit aux Mofcovites la liberté de reparaître fouvent au

même

même endroit où ils avòient été battus ; & même de pénétrer dans le païs auſſi avant que le vainqueur. Pendant
le ſéjour de Charles en Saxe, le Czar s'étoit avancé juſqu'à Léopold, à l'extrémité méridionale de la Pologne.
Il étoit alors vers le Nord à Grodno en Lithuanie, à cent
lieuës de Léopold.

Charles laiſſa en Pologne Stanislas, qui aſſiſté de
dix mille Suédois & de ſes nouveaux ſujets, avoit à
conferver ſon nouveau Royaume contre les ennemis étrangers & domeſtiques; pour lui, il ſe mit à la tête de ſa
Cavalerie, & marcha vers Grodno au milieu des glaces
au mois de Janvier 1708.

Il avoit déja paſſé le Niemen, à deux lieuës de la
ville ; & le Czar ne ſavoit encore rien de ſa marche. A la
première nouvelle que les Suédois arrivent, le Czar ſort
par la porte du Nord ; & Charles entre par celle qui
eſt au Midi. Le Roi n'avoit avec lui que ſix cens Gardes, le reſte n'avoit pu le ſuivre. Le Czar fuyoit avec
plus de deux mille hommes dans l'opinion que toute une
Armée entroit dans Grodno. Il apprend le jour même
par un transfuge Polonais, qu'il n'a quitté la place qu'à
ſix cens hommes, & que le gros de l'Armée ennemie
étoit encore éloigné de plus de cinq lieuës. Il ne perd
point de tems; il détache quinze cens Chevaux de ſa troupe, à l'entrée de la nuit, pour aller ſurprendre le Roi de
Suéde dans la ville. Les quinze cens Moſcovites arrivérent à la faveur de l'obſcurité juſqu'à la première Garde
Suédoiſe ſans être reconnus. Trente hommes compo-
ſoient cette Garde; ils ſoutinrent ſeuls un demi-quart
d'heure l'effort des quinze cens hommes. Le Roi, qui
étoit à l'autre bout de la ville, accourut bien-tôt avec le
reſte de ſes ſix cens Gardes. Les Moſcovites s'enfuirent
avec précipitation. Son Armée ne fut pas long-tems
ſans le joindre, ni lui ſans pourſuivre l'ennemi. Tous

H 2

les

les corps Moſcovites répandus dans la Lithuanie ſe reti-roient en hâte du côté de l'Orient dans le Palatinat de Minsky, près des frontiéres de la Moſcovie où étoit leur rendez-vous. Les Suédois, que le Roi partagea auſſi en divers corps, ne ceſſérent de les ſuivre pendant plus de trente lieuës de chemin. Ceux qui fuyoient & ceux qui pourſuivoient, faiſoient des marches forcées preſque tous les jours, quoiqu'on fût au milieu de l'Hyver. Il y avoit déja long-tems que toutes les ſaiſons étoient devenuës égales pour les Soldats de Charles, & pour ceux du Czar; la ſeule terreur qu'inſpiroit le nom du Roi Charles, met-toit alors de la différence entre les Moſcovites & les Sué-dois.

Depuis Grodno juſqu'au Boriſthène, en tirant vers l'Orient, ce ſont des Marais, des Deſerts, des Forêts immenſes; dans les endroits qui ſont cultivés, on ne trouve point de vivres; les païſans enfouiſſent dans la ter-re tous leurs grains, & tout ce qui peut s'y conſerver; il faut ſonder la terre avec de grandes perches ferrées, pour découvrir ces Magaſins ſouterrains. Les Moſcovites & les Suédois ſe ſervirent tour à tour de ces proviſions; mais on n'en trouvoit pas toujours, & elles n'étoient pas ſuf-fiſantes.

Le Roi de Suéde, qui avoit prévu ces extrémités, avoit fait apporter du biſcuit pour la ſubſiſtance de ſon Armée: rien ne l'arrêtoit dans ſa marche. Après qu'il eut traver-ſé la Forêt de Minsky, où il fallut abattre à tout moment des Arbres pour faire un chemin à ſes troupes & à ſon Bagage, il ſe trouva le 25 Juin 1708 devant la Riviére de Bérézine, vis-à-vis Borislou.

Le Czar avoit raſſemblé en cet endroit la plus gran-de partie de ſes forces, il y étoit avantageuſement retran-ché. Son deſſein étoit d'empêcher les Suédois de paſſer la riviére. Charles poſta quelques Régimens ſur le bord
de la

de la Bérézine, à l'opposite de Borislou, comme s'il avoit
voulu tenter le passage à la vûë de l'ennemi. Dans le
même tems, il remonte avec son Armée trois lieuës au-
delà vers la source de la Riviére : il y fait jetter un pont,
passe sur le ventre à un corps de trois mille hommes qui
défendoit ce Poste, & marche à l'Armée ennemie sans
s'arrêter. Les Moscovités ne l'attendirent pas ; ils dé-
campérent, & se retirérent vers le Boristhène, gâtant
tous les chemins & détruisant tout sur leur route pour retarder au moins les Suédois.

Charles surmonta tous les obstacles, avançant toujours vers le Boristhène. Il rencontra sur son chemin
vingt mille Moscovites retranchés dans un lieu nommé
Hollofin, derriére un marais, auquel on ne pouvoit aborder qu'en passant une riviére. Charles n'attendit pas
pour les attaquer que le reste de son Infanterie fût arrivé ;
il se jette dans l'eau à la tête de ses Gardes à pied, il tra-
verse la riviére & le marais, ayant souvent de l'eau au-
dessus des épaules. Pendant qu'il alloit ainsi aux ennemis, il avoit ordonné à sa Cavalerie de faire le tour du
marais pour prendre les ennemis en flanc. Les Moscovites étonnés qu'aucune barriére ne pût les défendre, furent enfoncés en même tems par le Roi qui les attaquoit
à pied, & par la Cavalerie Suédoise.

Cette Cavalerie s'étant fait jour à travers les ennemis,
joignit le Roi au milieu du combat. Alors il monta à
cheval ; mais quelque tems après il trouva dans la mêlée
un jeune Gentilhomme Suédois, nommé Gullenstiern,
qu'il aimoit beaucoup, blessé & hors d'état de marcher ;
il le força à prendre son cheval, & continua de commander à pied à la tête de son Infanterie. De toutes les batailles qu'il avoit données, celle-ci étoit peut-être la plus
glorieuse, celle où il avoit essuyé les plus grands dangers,
& où il avoit montré le plus d'habileté. On en conserva la

H 3 mé-

mémoire par une Medaille où on lifoit d'un côté: *Silvæ,*
Paludes, Aggeres, Hoftes victi. Et de l'autre ce vers de
Lucain : *Victrices copias alium laturus in Orbem.*

Les Mofcovites chaffés par - tout, repafférent le Borifthène qui fépare la Pologne de leur païs. Charles ne
tarda pas à les pourfuivre : il paffa ce grand fleuve après
eux à Mohilou derniére ville de la Pologne, qui appartient tantôt aux Polonais, tantôt aux Czars; deftinée commune aux places frontiéres.

Le Czar, qui vit alors fon Empire, où il venoit de
faire naître les arts & le commerce, en proye à une guerre capable de renverfer dans peu tous fes grands deffeins,
& peut-être fon Trône, fongea à parler de paix : il fit
hazarder quelques propofitions par un Gentilhomme Polonais qui vint à l'Armée de Suéde. Charles XII accoutumé à n'accorder la paix à fes ennemis que dans leurs
Capitales, répondoit : *Je traiterai avec le Czar à Mofcov.*
Quand on rapporta au Czar cette réponfe hautaine. „Mon
„frere Charles, dit-il, prétend faire toujours l'Alexan-
„dre; mais je me flatte qu'il ne trouvera pas en moi un
„Darius. „

De Mohilou, place où le Roi traverfa le Borifthène,
fi vous remontez au Nord, le long de ce fleuve, toujours
fur les frontiéres de Pologne & de Mofcovie, vous trou-
vez, à trente lieuës, le païs de Smolensko par où paffe
la grande route qui va de Pologne à Mofcov. Le Czar
fuyoit par ce chemin. Le Roi le fuivoit à grandes journées. Une partie de l'Arriéregarde Mofcovite fut plus
d'une fois aux prifes avec les Dragons de l'Avantgarde
Suédoife. L'avantage demeuroit prefque toujours à ces
derniers; mais ils s'affaibliffoient, à force de vaincre,
dans de petis combats qui ne décidoient rien, & où ils
perdoient toujours du monde.

Le

Le 22 Septembre de cette année 1708 le Roi attaqua auprès de Smolensko un corps de dix mille hommes de Cavalerie & de six mille Calmoucks.

Ces Calmoucks sont des Tartares qui habitent entre le Royaume d'Astracan, Domaine du Czar, & celui de Samarcande, païs des Tartares Usbeks, & patrie de Timur connu sous le nom de Tamerlan. Le païs des Calmoucks s'étend à l'Orient jusqu'aux montagnes qui séparent le Mogol de l'Asie Occidentale. Ceux qui habitent vers Astracan sont tributaires du Czar : il prétend sur eux un empire absolu ; mais leur vie vagabonde l'empêche d'en être le maître, & fait qu'il se conduit avec eux comme le Grand-Seigneur avec les Arabes, tantôt souffrant leurs brigandages, & tantôt les punissant. Il y a toujours de ces Calmoucks dans les troupes de Moscovie. Le Czar étoit même parvenu à les discipliner comme le reste de ses Soldats.

Le Roi fondit sur cette Armée n'ayant avec lui que six Régimens de Cavalerie, & quatre mille Fantassins. Il enfonça d'abord les Moscovites à la tête de son Régiment d'Ostrogothie ; les ennemis se retirérent. Le Roi avança sur eux par des chemins creux & inégaux, où les Calmoucks étoient cachés ; ils parurent alors, & se jettérent entre le Régiment où le Roi combattoit & le reste de l'Armée Suédoise. A l'instant & Moscovites & Calmoucks entourérent ce Régiment & percérent jusqu'au Roi. Ils tuérent deux Aides de Camp qui combattoient auprès de sa personne. Le Cheval du Roi fut tué sous lui : un Ecuyer lui en présentoit un autre ; mais l'Ecuyer & le Cheval furent percés de coups. Charles combattit à pied entouré de quelques Officiers qui accoururent incontinent autour de lui.

Plusieurs furent pris, blessés ou tués, ou entraînés loin du Roi par la foule qui se jettoit sur eux ; il ne re-

stoit

ftoit que cinq hommes auprès de Charles. Il avoit tué plus de douze ennemis de fa main, fans avoir reçu une feule bleffure, par ce bonheur inexprimable qui jufqu'a-lors l'avoit accompagné par-tout, & fur lequel il compta toujours. Enfin un Colonel, nommé Dardof, fe fait jour à travers des Calmoucks avec feulement une Com-pagnie de fon Régiment : il arrive à tems pour dégager le Roi : le refte des Suédois fit main-baffe fur ces Tarta-res. L'Armée reprit fes rangs : Charles monta à cheval, & tout fatigué qu'il étoit, il pourfuivit les Mofcovites pendant deux lieuës.

Le vainqueur étoit toujours dans le grand chemin de la Capitale de Mofcovie. Il y a de Smolensko, auprès duquel fe donna ce combat, jufques à Mofcov, environ cent de nos lieuës Françaifes : l'Armée n'avoit prefque plus de vivres. Le Comte Piper pria fortement le Roi d'attendre que le Général Levenhaupt qui devoit lui en amener avec un renfort de quinze mille hommes vint le joindre. Non feulement le Roi, qui rarement prenoit confeil, n'écouta point cet avis judicieux; mais au grand étonnement de toute l'Armée il quitta le chemin de Mof-cov, & fit marcher au Midi vers l'Ukraine païs des Co-faques, fitué entre la Petite Tartarie, la Pologne & la Mofcovie. Ce païs a environ cent de nos lieuës du Midi au Septentrion, & prefque autant de l'Orient au Cou-chant. Il eft partagé en deux parties à peu près égales par le Borifthène, qui le traverfe en coulant du Nord-Oueft au Sud-Eft; la principale ville eft Bathurin fur la petite riviére de Sem. La partie la plus Septentrionale de l'Ukraine eft cultivée & riche. La plus Méridionale, fituée par le quarante-huitième degré, eft un des païs des plus fertiles du monde & des plus deferts. Le mauvais Gouvernement y étouffe le bien que la Nature s'efforce de faire aux hommes. Les habitans de ces Cantons, voi-

fins

fins de la Petite Tartarie, ne fement ni ne plantent, parce que les Tartares de Budziack, ceux de Précop, les Moldaves, tous peuples brigands, viendroient ravager leurs moiſſons.

L'Ukraine a toujours aſpiré à être libre ; mais étant entourée de la Moſcovie, des Etats du Grand-Seigneur, & de la Pologne, il lui a fallu chercher un Protecteur, & par conféquent un Maître dans l'un de ces trois Etats. Elle ſe mit d'abord ſous la protection de la Pologne qui la traita trop en ſujette : elle ſe donna depuis au Moſcovite qui la gouverna en eſclave, autant qu'il le put. D'abord les Ukraniens jouïrent du privilège d'élire un Prince ſous le nom de Général ; mais bien-tôt ils furent dépouillés de ce droit, & leur Général fut nommé par la Cour de Moſcov.

Celui qui rempliſſoit alors cette place étoit un Gentilhomme Polonais, nommé Mazeppa, né dans le Palatinat de Podolie ; il avoit été élevé Page du Roi Jean Caſimir, & avoit pris à ſa Cour quelque teinture des Belles-Lettres. Une intrigue qu'il eut dans ſa jeuneſſe avec la femme d'un Gentilhomme Polonais, ayant été découverte, le mari le fit fouetter de verges, le fit lier tout nud ſur un Cheval farouche, & le laiſſa aller en cet état. Le Cheval qui étoit du païs de l'Ukraine y retourna, & y porta Mazeppa demi-mort de fatigue & de faim. Quelques païſans le ſecoururent : il reſta long-tems parmi eux, & ſe ſignala dans pluſieurs courſes contre les Tartares. La ſupériorité de ſes lumiéres lui donna une grande conſidération parmi les Coſaques : ſa réputation s'augmentant de jour en jour obligea le Czar à le faire Prince de l'Ukraine.

Un jour étant à table à Moſcov avec le Czar, cet Empereur lui propoſa de diſcipliner les Coſaques, & de rendre ces peuples plus dépendans. Mazeppa répondit, que la ſituation de l'Ukraine, & le génie de cette Nation

H 5   étoient

étoient des obstacles insurmontables. Le Czar qui commençoit à être échauffé par le vin, & qui ne commandoit pas toujours à sa colére, l'appela traître, & le menaça de le faire empaler.

Mazeppa de retour en Ukraine forma le projet d'une révolte : l'Armée de Suéde qui parut bien-tôt après sur les frontiéres, lui en facilita les moyens : il prit la résolution d'être indépendant, & de se former un puissant Royaume de l'Ukraine & des débris de l'Empire de Russie.   C'étoit un homme courageux, entreprenant & d'un travail infatigable ;   il se ligua secrettement avec le Roi de Suéde pour hâter la chûte du Czar, & pour en profiter.

Le Roi lui donna rendez-vous auprès de la riviére Desna.   Mazeppa promit de s'y rendre avec trente mille hommes, des munitions de guerre, des provisions de bouche, & ses tresors qui étoient immenses.   L'Armée Suédoise marcha donc de ce côté au grand regret de tous les Officiers, qui ne savoient rien du Traité du Roi avec les Cosaques.   Charles envoya ordre à Levenhaupt de lui amener en diligence ses troupes, & des provisions dans l'Ukraine, où il projettoit de passer l'Hyver, afin que s'étant assûré de ce païs, il pût conquérir la Moscovie au Printems suivant ; & cependant il s'avança vers la riviére Desna qui tombe dans le Boristhène à Kiovie.

Les obstacles qu'on avoit trouvés jusqu'alors dans la route, étoient legers en comparaison de ceux qu'on rencontra dans ce nouveau chemin.   Il fallut traverser une forêt de cinquante lieuës pleine de marécages. Le Général Lagercron qui marchoit devant avec cinq mille hommes & des Pionniers, égara l'Armée vers l'Orient, à trente lieuës de la véritable route. Après quatre jours de marche, le Roi reconnut la faute de Lagercron : on se remit avec peine dans le chemin ; mais presque toute
l'Ar-

l'Artillerie, & tous les Chariots reſtérent embourbés ou abîmés dans les marais.

Enfin, après douze jours d'une marche ſi pénible, pendant laquelle les Suédois avoient conſommé le peu de biſcuit qui leur reſtoit, cette Armée exténuée de laſſitude & de faim arrive ſur les bords de la Deſna dans l'endroit où Mazeppa avoit marqué le rendez-vous ; mais au lieu d'y trouver ce Prince, on trouva un corps de Moſcovites qui avançoit vers l'autre bord de la riviére ; le Roi fut étonné , mais il réſolut ſur le champ de paſſer la Deſna, & d'attaquer les ennemis. Les bords de cette riviére étoient ſi eſcarpés, qu'on fut obligé de deſcendre les ſoldats avec des cordes. Ils traverſérent la riviére ſelon leur maniére accoutumée, les uns ſur des radeaux faits à la hâte, les autres à la nage. Le corps des Moſcovites qui arrivoit dans ce tems-là même, n'étoit que de huit mille hommes ; il ne réſiſta pas long-tems , & cet obſtacle fut encore ſurmonté.

Charles avançoit dans ces païs perdus, incertain de ſa route & de la fidélité de Mazeppa : ce Coſaque parut enfin ; mais plûtôt comme un fugitif, que comme un Allié puiſſant. Les Moſcovites avoient découvert & prévenu ſes deſſeins. Ils étoient venus fondre ſur ces Coſaques qu'ils avoient taillés en pièces : ſes principaux amis pris les armes à la main, avoient péri au nombre de trente par le ſupplice de la rouë, ſes villes étoient réduites en cendre, ſes treſors pillés, les proviſions qu'il préparoit au Roi de Suéde ſaiſies : à peine avoit-il pu échapper avec ſix mille hommes & quelques chevaux chargés d'or & d'argent. Toutefois il apportoit au Roi l'eſpérance de ſe ſoutenir par ſes intelligences dans ce païs inconnu, & l'affection de tous les Coſaques, qui, enragés contre les Moſcovites, arrivoient par troupes au camp , & le firent ſubſiſter.

Char-

Charles espéroit au moins que son Général Leven-haupt viendroit réparer cette mauvaise fortune. Il de-voit amener environ quinze mille Suédois, qui valoient mieux que cent mille Cosaques, & apporter des provisions de guerre & de bouche. Il arriva à peu près dans le mê-me état que Mazeppa.

Il avoit déja passé le Boristhène au-dessus de Mohi-lou, & s'étoit avancé vingt de nos lieües au-delà, sur le chemin de l'Ukraine. Il amenoit au Roi un Convoi de huit mille chariots, avec l'argent qu'il avoit levé en Li-thuanie sur sa route. Quand il fut vers le Bourg de Les-no, près de l'endroit où les riviéres de Pronia & de Sossa se joignent, pour aller tomber loin au-dessous dans le Boristhène, le Czar parut à la tête de près de quarante mille hommes.

Le Général Suédois, qui n'en avoit pas seize mille complets, ne voulut pas se retrancher. Tant de victoires avoient donné aux Suédois une si grande confiance, qu'ils ne s'informoient jamais du nombre de leurs ennemis, mais seulement du lieu où ils étoient. Levenhaupt marcha donc à eux sans balancer le 7 d'Octobre 1708 après midi. Dans le premier choc les Suédois tuérent quinze cens Moscovites. La confusion se mit dans l'Armée du Czar, on fuyoit de tous côtés. L'Empereur des Russes vit le moment où il alloit être entiérement défait. Il sentoit, que le salut de ses Etats dépendoit de cette journée, & qu'il étoit perdu si Levenhaupt joignoit le Roi de Suéde avec une Armée victorieuse.

Dès qu'il vit que ses troupes commençoient à recu-ler, il courut à l'Arriére-Garde où étoient des Cosaques & des Calmoucks : *Je vous ordonne,* leur dit-il, *de tirer sur quiconque fuira, & de me tuer moi-même, si j'étois assez lâche pour me retirer.* De-là il retourna à l'Avant-Garde, & rallia ses troupes lui-même, aidé du Prince Menzikoff

&

& du Prince Gallitfin. Levenhaupt, qui avoit des ordres preffans de rejoindre fon Maître, aima mieux continuer fa marche que recommencer le combat, croyant en a- voir affez fait pour ôter aux ennemis la réfolution de le pourfuivre.

Dès le lendemain à onze heures, le Czar l'attaqua au bord d'un marais, & étendit fon Armée pour l'enve- lopper. Les Suédois firent face par-tout : on fe battit pendant deux heures avec une opiniâtreté égale. Les Mofcovites perdirent trois fois plus de monde; mais au- cun ne lâcha pied, & la victoire fut indécife.

A quatre heures le Général Baver amena au Czar un renfort de troupes. La bataille recommença alors pour la troifiéme fois avec plus de furie & d'acharnement : elle dura jufqu'à la nuit; enfin le nombre l'emporta, les Sué- dois furent rompus, enfoncés, & pouffés jufqu'à leur bagage. Levenhaupt rallia fes troupes derriére fes cha- riots; les Suédois étoient vaincus, mais ils ne s'enfuirent point. Ils étoient environ neuf mille hommes, dont aucun ne s'écarta : le Général les mit en ordre de bataille auffi facilement que s'ils n'avoient point été vaincus. Le Czar de l'autre côté paffa la nuit fous les armes; il défen- dit aux Officiers, fous peine d'être caffés, & aux foldats, fous peine de mort, de s'écarter pour piller.

Le lendemain encore il commanda au point du jour une nouvelle attaque. Levenhaupt s'étoit retiré à quel- ques milles dans un lieu avantageux, après avoir encloué une partie de fon canon & mis le feu à fes chariots.

Les Mofcovites arrivérent affez à tems pour empê- cher tout le convoi d'être confommé par les flâmes; ils fe faifirent de plus de fix mille chariots qu'ils fauvérent. Le Czar, qui vouloit achever la défaite des Suédois, envoya un de fes Généraux, nommé Phlug, les attaquer

encore

encore pour la cinquiéme fois : ce Général leur offrit
une Capitulation honorable.   Levenhaupt la refufa &
livra un cinquiéme combat auffi fanglant que les premiers.
De neuf mille Soldats qu'il avoit encore, il en perdit environ la moitié, l'autre ne put être forcée ; enfin la nuit
furvenant, Levenhaupt après avoir foutenu cinq combats
contre quarante mille hommes, paffa la Soffa avec environ cinq mille combattans, qui lui reftoient.   Le Czar
perdit près de dix mille hommes dans ces cinq combats,
où il eut la gloire de vaincre les Suédois, & Levenhaupt
celle de difputer trois jours la victoire, & de fe retirer
fans avoir été forcé dans fon dernier pofte.   Il vint
donc au camp de fon Maître avec l'honneur de s'être
fi bien défendu ; mais n'amenant avec lui ni munitions
ni Armée.

Le Roi de Suéde fe trouva ainfi fans provifions &
fans communication avec la Pologne, entouré d'ennemis,
au milieu d'un païs, où il n'avoit guère de reffource que
fon courage.

Dans cette extrémité le mémorable hyver de 1709
plus terrible encore fur ces frontiéres de l'Europe, que
nous ne l'avons fenti en France, détruifit une partie de
fon Armée.   Charles vouloit braver les faifons comme il
faifoit fes ennemis ; il ofoit faire de longues marches de
troupes pendant ce froid mortel.   Ce fut dans une de
ces marches que deux mille hommes tombérent morts
de froid prefqu'à fes yeux.   Les Cavaliers n'avoient plus
de bottes, les Fantaffins étoient fans fouliers & prefque
fans habits.   Ils étoient réduits à fe faire des chauffures
de peaux de bêtes, comme ils pouvoient : fouvent ils
manquoient de pain.   On avoit été réduit à jetter prefque
tous les canons dans des marais & dans des riviéres, faute
de chevaux pour les traîner.   Cette Armée, auparavant
fi floriffante, étoit réduite à vingt-quatre mille hommes
prêts

prêts à mourir de faim. On ne recevoit plus de nouvelles de la Suéde, & on ne pouvoit y en faire tenir. Dans cet état un seul Officier se plaignit. „Eh quoi ! lui dit „le Roi, vous ennuyez-vous d'être loin de votre femme ? „si vous êtes un vrai Soldat, je vous menerai si loin que „vous pourrez à peine recevoir des nouvelles de Suéde „une fois en trois ans. „

Le Marquis de B***, depuis Ambassadeur en Suéde, m'a conté qu'un soldat osa présenter au Roi avec murmure, en présence de toute l'Armée, un morceau de pain noir & moisi, fait d'orge & d'avoine, seule nourriture qu'ils avoient alors, & dont ils n'avoient pas même suffisamment. Le Roi reçut le morceau de pain sans s'émouvoir, le mangea tout entier, & dit ensuite froidement au soldat : *Il n'est pas bon, mais il peut se manger.* Ce trait, tout petit qu'il est, si ce qui augmente le respect & la confiance peut être petit, contribua plus que tout le reste à faire supporter à l'Armée Suédoise des extrémités qui eussent été intolérables sous tout autre Général.

Dans cette situation il reçut enfin des nouvelles de Stockolm ; mais ce ne fut que pour apprendre la mort de la Duchesse de Holstein sa Sœur, que la petite vérole enleva au mois de Décembre 1708, dans la vingt-septiéme année de son âge. C'étoit une Princesse aussi douce & aussi compatissante que son Frere étoit impérieux dans ses volontés, & implacable dans ses vengeances. Il avoit toujours eu pour elle beaucoup de tendresse ; il fut d'autant plus affligé de sa perte, que commençant alors à devenir malheureux, il en devenoit un peu plus sensible.

Il apprit aussi qu'on avoit levé des troupes & de l'argent en exécution de ses ordres ; mais rien ne pouvoit arriver jusqu'à son camp, puisqu'entre lui & Stockolm, il y avoit près de cinq cens lieuës à traverser, & des ennemis supérieurs en nombre à combattre.

Le

Le Czar aussi agissant que le Roi de Suéde, après avoir envoyé de nouvelles troupes au secours des Confédérés de Pologne, réünis contre Stanislas, sous le Général Siniawski, s'avança bien-tôt dans l'Ukraine au milieu de ce rude hyver pour faire tête au Roi de Suéde. Là il continua dans la politique d'affaiblir son ennemi par de petits combats, jugeant bien que l'Armée Suédoise périroit entiérement à la longue, puisqu'elle ne pouvoit être recrutée.

Il falloit que le froid fût bien excessif, puisque les deux ennemis furent contraints de s'accorder une suspension d'armes. Mais dès le premier de Février on recommença à se combattre au milieu des glaces & des neiges.

Après plusieurs petits combats, & quelques desavantages, le Roi vit au moi d'Avril qu'il ne lui restoit plus que dix-huit mille Suédois. Mazeppa seul, ce Prince des Cosaques, les faisoit subsister; sans ce secours l'Armée eût péri de faim & de misére. Le Czar dans cette conjoncture fit proposer à Mazeppa de rentrer sous sa domination. Mais le Cosaque fut fidéle à son nouvel Allié, soit que le supplice affreux de la roüe, dont avoient péri ses amis, le fit craindre pour lui-même, soit qu'il voulût les vanger.

Charles avec ses dix-huit mille Suédois, n'avoit perdu ni le dessein, ni l'espérance de pénétrer jusqu'à Moscov. Il alla vers la fin de Mai investir Pultava; sur la riviére Vorskla, à l'extrémité Orientale de l'Ukraine, à treize grandes lieuës du Boristhène; ce terrain est celui des Zaporaviens le plus étrange peuple qui soit sur la terre. C'est un ramas d'anciens Russes, Polonais & Tartares faisant tous profession d'une espece de Christianisme & d'un brigandage semblable à celui des Flibustiers. Ils élisent un Chef qu'ils deposent ou qu'ils égorgent souvent. Ils ne

ne souffrent point de femmes chez eux, mais ils vont enlever tous les enfans à vingt & trente lieuës à la ronde, &
les élévent dans leurs mœurs. L'été ils font toujours en
campagne, l'hiver ils couchent dans des granges fpatieu-
fes, qui contiennent quatre ou cinq cens hommes. Ils
ne craignent rien, ils vivent libres, ils affrontent la mort
pour le plus léger butin avec la même intrépidité que
Charles XII la bravoit pour donner des couronnes. Le
Czar leur fit donner foixante mille florins dans l'efpérance
qu'ils prendroient fon parti ; ils prirent fon argent & fe
declarérent pour Charles XII par les foins de Mazeppa ;
mais ils fervirent très-peu, parcequ'ils trouvent ridicule
de combattre pour autre chofe que pour piller. C'étoit
beaucoup qu'ils ne nuififfent pas, il y en eut environ deux
mille tout au plus qui firent le fervice. On préfenta dix
de leurs Chefs un matin au Roi, mais on eut bien de la
peine à obtenir d'eux qu'ils ne fuffent point yvres ; car
c'eft par-là qu'ils commencent la journée. On les mena
à la tranchée, ils y firent paraître leur adreffe à tirer avec
de longues carabines, car étant montés fur le revers ils
tuoient à la diftance de fix cens pas les ennemis, qu'ils
choififfoient. Charles ajouta à ces bandits quelques mille Valaques que lui vendit le Kam de la Petite Tartarie.
Il affiégeoit donc Pultava avec toutes ces troupes de Zaporaviens, de Cofaques, de Valaques, qui joints à ces dix
huit mille Suédois faifoient une Armée d'environ trente
mille hommes, mais une Armée delabrée manquant de
tout. Le Czar avoit fait de Pultava un Magazin. Si le
Roi le prenoit, il fe rouvroit le chemin de Mofcov, &
pouvoit au moins attendre dans l'abondance de toutes
chofes les fecours qu'il efpéroit encore de Suéde, de Livonie, de Poméranie & de Pologne. Sa feule reffource
étant donc dans la prife de Pultava, il en preffa le fiége
avec ardeur. Mazeppa, qui avoit des intelligences dans
la ville, l'affûra qu'il en feroit bien-tôt le maître : l'efpé-

rance renaiſſoit dans l'Armée. Les ſoldats regardoient la priſe de Pultava comme la fin de toutes leurs miſéres.

Le Roi s'apperçut dès le commencement du ſiége, qu'il avoit enſeigné l'art de la guerre à ſes ennemis. Le Prince Menzikoff, malgré toutes ſes précautions, jetta du ſecours dans la ville. La Garniſon par ce moyen ſe trouva forte de près de cinq mille hommes.

On faiſoit des ſorties & quelquesfois avec ſuccès, on faiſoit jouer des mines ; mais ce qui rendoit la ville imprenable, c'étoit l'approche du Czar qui s'avançoit avec ſoixante & dix mille combattans. Charles XII alla les reconnaître le 27 Mai, jour de ſa naiſſance, & bâtit un de leurs detachemens ; mais comme il retournoit à ſon camp, il reçut un coup de carabine qui lui perça la botte ; & lui fracaſſa l'os du talon. On ne remarqua pas ſur ſon viſage le moindre changement qui pût faire ſoupçonner qu'il étoit bleſſé : il continua à donner tranquillement ſes ordres, & demeura encore près de ſix heures à cheval. Un de ſes domeſtiques s'appercevant que le ſoulier de la botte du Prince étoit tout ſanglant, courut chercher des Chirurgiens : la douleur du Roi commençoit à être ſi cuiſante qu'il fallut l'aider à deſcendre de cheval, & l'emporter dans ſa Tente. Les Chirurgiens viſitérent ſa playe ; ils furent d'avis de lui couper la jambe. La conſternation de l'Armée étoit inexprimable. Un Chirurgien nommé Neuman, plus habile & plus hardi que les autres, aſſura qu'en faiſant de profondes inciſions, il ſauveroit la jambe au Roi. Travaillez donc tout à l'heure, lui dit le Roi, taillez hardiment, ne craignez rien ; il tenoit lui-même ſa jambe avec les deux mains, regardant les inciſions qu'on lui faiſoit, comme ſi l'opération eût été faite ſur un autre.

Dans

Dans le tems même qu'on lui mettoit un appareil, il ordonna un affaut pour le lendemain ; mais à peine avoit-il donné cet ordre, qu'on vint lui apprendre, que toute l'Armée ennemie s'avançoit fur lui. Il fallut alors prendre un autre parti. Charles bleffé & incapable d'agir, fe voyoit entre le Boriffhène & la riviére, qui paffe à Pultava, dans un païs defert, fans places de fûreté, fans munitions, vis-à-vis une Armée qui lui coupoit la retraite & les vivres. Dans cette extrémité il n'affembla point de Confeil de guerre, comme tant de Rélations l'ont debité ; mais la nuit du 7. au 8. de Juillet il fit venir le Velt-Maréchal Renchild dans fa Tente, & lui ordonna fans délibération, comme fans inquiétude, de tout difpofer pour attaquer le Czar le lendemain. Renchild ne contefta point, & fortit pour obéïr. A la porte de la Tente du Roi, il rencontra le Comte Piper, avec qui il étoit fort mal depuis long-tems, comme il arrive fouvent entre le Miniftre & le Général. Piper lui demanda s'il n'y avoit rien de nouveau : Non, dit le Général froidement, & paffa outre pour aller donner fes ordres. Dès que le Comte Piper fut entré dans la Tente : Renchild ne vous a-t-il rien appris, lui dit le Roi ? Rien, répondit Piper : Eh bien, je vous apprends donc, reprit le Roi, que demain nous donnons bataille. Le Comte Piper fut effrayé d'une réfolution fi defefpérée ; mais il favoit bien qu'on ne faifoit jamais changer fon Maître d'idée ; il ne marqua fon étonnement que par fon filence, & laiffa Charles dormir jufqu'à la pointe du jour.

Ce fut le 8. Juillet de l'année 1709, que fe donna cette bataille décifive de Pultava entre les deux plus finguliers Monarques, qui fuffent alors dans le Monde : Charles XII illuftre par neuf années de victoires, Pierre Alexiowits par neuf années de peines, prifes pour former

mer

mer des troupes égales aux troupes Suédoifes : l'un
glorieux d'avoir donné des Etats : l'autre d'avoir civilifé
les fiens : Charles aimant les dangers, & ne combattant que pour la gloire : Alexiowits ne fuyant point le
péril, & ne faifant la guerre que pour fes interêts : le
Monarque Suédois libéral par grandeur d'ame, le Mofcovite ne donnant jamais que par quelque vûë : celui-
là d'une fobriété & d'une continence fans exemple,
d'un naturel magnanime, & qui n'avoit été barbare
qu'une fois ; celui-ci n'ayant pas dépouillé la rudeffe de
fon éducation & de fon païs, auffi terrible à fes fujets
qu'admirable aux étrangers, & trop adonné à des excès
qui ont même abregé fes jours. Charles avoit le titre
d'*Invincible*, qu'un moment pouvoit lui ôter ; les Nations
avoient déja donné à Pierre Alexiowits le nom de *Grand*
qu'une défaite ne pouvoit lui faire perdre, parcequ'il ne
le devoit pas à des victoires.

Pour avoir une idée nette de cette bataille, & du
lieu, où elle fut donnée, il faut fe figurer Pultava au
Nord, le camp du Roi de Suéde au Sud, tirant un peu
vers l'Orient, fon bagage derriére lui à environ un mille,
& la riviére de Pultava au Nord de la ville, coulant de
l'Orient à l'Occident.

Le Czar avoit paffé la riviére à une lieuë de Pultava, du côté de l'Occident, & commençoit à former
fon camp.

A la pointe du jour les Suédois parurent hors de
leurs tranchées avec quatre canons de fer pour toute artillerie : le refte fut laiffé dans le camp avec environ trois
mille hommes ; quatre mille demeurérent au bagage.
De forte que l'Armée Suédoife marcha aux ennemis,
forte d'environ vingt & un mille hommes, dont il y a-
voit environ feize mille Suédois.

Les

Les Généraux, Renchild, Roos, Levenhaupt, Slipenbak, Hoorn, Sparre, Hamilton, le Prince de Wirtemberg, Parent du Roi, & quelques autres dont la plûpart avoient vu la bataille de Narva, faisoient tous souvenir les Officiers subalternes de cette journée, où huit mille Suédois avoient détruit une Armée de quatre-vingt mille Moscovites dans un camp retranché. Les Officiers le disoient aux Soldats, tous s'encourageoient en marchant.

Le Roi conduisoit la marche, porté sur un Brancard à la tête de son Infanterie. Une partie de la Cavalerie s'avança par son ordre pour attaquer celle des ennemis; la bataille commença par cet engagement à quatre heures & demie du matin : la Cavalerie ennemie étoit à l'Occident, à la droite du camp Moscovite ; le Prince Menzikoff, & le Comte Gollowin l'avoient disposée par intervalles entre des redoutes garnies de canon. Le Général Slipenbak à la tête des Suédois, fondit sur cette Cavalerie. Tous ceux qui ont servi dans les troupes Suédoises savent qu'il étoit presque impossible de résister à la fureur de leur premier choc. Les Escadrons Moscovites furent rompus & enfoncés. Le Czar accourut lui-même pour les rallier, son chapeau fut percé d'une balle de mousquet, Menzikoff eut trois chevaux tués sous lui, les Suédois crièrent victoire.

Charles ne douta pas que la bataille ne fût gagnée, il avoit envoyé au milieu de la nuit le Général Creuts avec cinq mille cavaliers ou dragons, qui devoient prendre les ennemis en flanc tandis qu'il les attaqueroit de front; mais son malheur voulut que Creuts s'égarât, & ne parût point. Le Czar, qui s'étoit cru perdu, eut le tems de rallier sa Cavalerie. Il fondit à son tour sur celle du Roi, qui n'étant point soutenuë par le Détachement de Creuts, fut rompuë à son tour. Slipenbak

I 3   même

même fut fait prifonnier dans cet engagement. En même tems foixante & douze canons tiroient du camp fur la Cavalerie Suédoife, & l'Infanterie Ruffienne débouchant de fes lignes venoit attaquer celle de Charles.

Le Czar détacha alors le Prince Menzikoff pour aller fe pofter entre Pultava & les Suédois ; le Prince Menzikoff exécuta avec habileté & avec promptitude l'ordre de fon Maître ; non feulement il coupa la communication entre l'Armée Suédoife, & les troupes reftées au camp devant Pultava, mais ayant rencontré un corps de réferve de trois mille hommes, l'envelopa & le tailla en piéces. Si Menzikoff fit cette manœuvre de lui-même, la Ruffie lui dût fon falut ; fi le Czar l'ordonna, il étoit un digne Adverfaire de Charles XII. Cependant l'Infanterie Mofcovite fortoit de fes lignes, & s'avançoit en bataille dans la plaine. D'un autre côté la Cavalerie Suédoife fe rallioit à un quart de lieuë de l'Armée ennemie ; & le Roi aidé de fon Velt-Maréchal Renchild, ordonnoit tout pour un combat général.

Il rangea fur deux lignes ce qui lui reftoit de troupes, fon Infanterie occupant le centre, fa Cavalerie les deux aîles. Le Czar difpofoit fon Armée de même ; il avoit l'avantage du nombre, & celui de foixante & douze canons, tandis que les Suédois ne lui en oppofoient que quatre, & qu'ils commençoient à manquer de poudre.

L'Empereur Mofcovite étoit au centre de fon Armée, n'ayant alors que le titre de Major - Général, & fembloit obéïr au Général Cfcermetoff. Mais il alloit comme Empereur de rang en rang monté fur un cheval turc, qui étoit un préfent du Grand-Seigneur, exhortant les Capitaines & les foldats, & promettant à chacun des récompenfes.

A neuf

A neuf heures du matin la bataille recommença ; une des premiéres volées du Canon Moſcovite emporta les deux chevaux de ſon Brancard, il en fit atteler deux autres : une ſeconde volée mit le Brancard en piéces, & renverſa le Roi. De vingt-quatre Drabans qui ſe relayoient pour le porter vingt & un furent tués. Les Suédois conſternés s'ébranlérent, & le canon ennemi continuant à les écraſer, la premiére ligne ſe replia ſur la ſeconde, & la ſeconde s'enfuit. Ce ne fut en cette derniére action qu'une ligne de dix mille hommes de l'Infanterie Moſcovite qui mit en déroute l'Armée Suédoiſe, tant les choſes étoient changées.

Tous les Ecrivains Suédois diſent, qu'ils auroient gagné la bataille ſi on n'avoit point fait de fautes ; mais tous les Officiers prétendent que c'en étoit une grande de la donner & une plus grande encore de s'enfermer dans ces païs perdus malgré l'avis des plus ſages, contre un ennemi aguerri, trois fois plus fort que Charles XII, par le nombre d'hommes & par les reſſources, qui manquoient aux Suédois. Le ſouvenir de Narva fut la principale cauſe du malheur de Charles à Pultava.

Déja le Prince de Wirtemberg, le Général Renehild & pluſieurs Officiers principaux étoient priſonniers, le camp devant Pultava forcé, & tout dans une confuſion, à laquelle il n'y avoit plus de reſſource. Le Comte Piper avec quelques Officiers de la Chancellerie, étoient ſortis de ce camp, & ne ſavoient ni ce qu'ils devoient faire, ni ce qu'étoit devenu le Roi ; ils couroient de côté & d'autre dans la plaine. Un Major nommé Bere s'offrit de les conduire au bagage ; mais les nuages de pouſſiére & de fumée, qui couvroient la campagne & l'égarement d'eſprit, naturel dans cette deſolation, les conduiſirent droit ſur la Contreſcarpe de la Ville même, où ils furent tous pris par la Garniſon.

I 4

Le

Le Roi ne voulut point fuir & ne pouvoit se défendre. Il avoit en ce moment auprès de lui le Général Poniatowsky, Colonel de la Garde Suédoise du Roi Stanislas, homme d'un mérite rare, que son attachement pour la personne de Charles avoit engagé à le suivre en Ukraine sans aucun commandement. C'étoit un homme, qui dans toutes les occurences de sa vie & dans les dangers, où les autres n'ont tout au plus que de la valeur, prit toujours son parti sur le champ & bien, & avec bonheur. Il fit signe à deux Drabans qui prirent le Roi par-dessous les bras, & le mirent à cheval, malgré les douleurs extrêmes de sa blessure.

Poniatowsky, quoiqu'il n'eût point de commandement dans l'Armée, devenu en cette occasion Général par nécessité, rallia cinq cens cavaliers auprès de la personne du Roi : les uns étoient des Drabans, les autres des Officiers, quelques-uns de simples cavaliers ; cette troupe rassemblée & ranimée par le malheur de son Prince, se fit jour à travers plus de dix Régimens Moscovites, & conduisit Charles au milieu des ennemis l'espace d'une lieuë jusqu'au bagage de l'Armée Suédoise.

Le Roi fuyant & poursuivi eut son cheval tué sous lui ; le Colonel Gieta blessé & perdant tout son sang lui donna le sien. Ainsi on remit deux fois à cheval dans sa fuite le Conquérant, qui n'avoit pu y monter pendant la bataille.

Cette retraite étonnante étoit beaucoup dans un si grand malheur ; mais il falloit fuir plus loin ; on trouva dans le bagage le carosse du Comte Piper, car le Roi n'en eut jamais depuis qu'il sortit de Stockolm. On le mit dans cette voiture, & l'on prit avec précipitation la route du Boristhène. Le Roi, qui depuis le moment où on

l'avoit

l'avoit mis à cheval jusqu'à son arrivée au bagage, n'avoit pas dit un seul mot, demanda alors ce qu'étoit devenu le Comte Piper ? Il est pris avec toute la Chancellerie, lui répondit-on. Et le Général Renchild, & le Duc de Wirtemberg ? ajouta-t-il. Ils sont aussi prisonniers, lui dit Poniatowsky. *Prisonniers chez des Moscovites ! reprit Charles en haussant les épaules ; allons donc, allons plûtôt chez les Turcs.* On ne remarquoit pourtant point d'abattement sur son visage, & quiconque l'eût vû alors & eût ignoré son état, n'eût point soupçonné qu'il étoit vaincu & blessé.

Pendant qu'il s'éloignoit, les Moscovites saisirent son Artillerie dans le camp devant Pultava, son bagage, sa Caisse militaire, où ils trouvérent six millions en espéces, dépouillés des Polonais & des Saxons. Près de neuf mille hommes Suédois ou Cosaques furent tués dans la bataille, environ six mille furent pris. Il restoit encore environ seize mille hommes, tant Suédois & Polonais, que Cosaques, qui fuyoient vers le Boristhène, sous la conduite du Général Levenhaupt. Il marcha d'un côté avec ces troupes fugitives, le Roi alla par un autre chemin avec quelques Cavaliers. Le Carosse, où il étoit, rompit dans la marche, on le remit à cheval. Pour comble de disgrace, il s'égara pendant la nuit dans un bois ; là son courage ne pouvant plus suppléer à ses forces épuisées, les douleurs de sa blessure devenuës plus insupportables par la fatigue, son cheval étant tombé de lassitude, il se coucha quelques heures au pied d'un arbre, en danger d'être surpris à tout moment par les vainqueurs qui le cherchoient de tous côtés.

Enfin la nuit du 9 au 10 Juillet, il se trouva vis-à-vis le Boristhène. Levenhaupt venoit d'arriver avec les dé-

I 5

bris

bris de l'Armée. Les Suédois revirent, avec une joye mêlée de douleur, leur Roi qu'ils croyoient mort. L'ennemi approchoit, on n'avoit ni pont pour passer le fleuve, ni tems pour en faire, ni poudre pour se défendre, ni provisions pour empêcher de mourir de faim une Armée qui n'avoit mangé depuis deux jours. Cependant les restes de cette Armée étoient des Suédois, & ce Roi vaincu étoit Charles XII. Presque tous les Officiers croyoient qu'on attendroit-là de pied ferme les Moscovites, & qu'on périroit ou qu'on vaincroit sur le bord du Boristhène. Charles eût pris sans doute cette résolution s'il n'eût été accablé de faiblesse. Sa playe supuroit, il avoit la fiévre ; & on a remarqué que la plûpart des hommes les plus intrépides perdent dans la fiévre de la supuration cet instinct de valeur, qui comme les autres vertus demande une tête libre. Charles n'étoit plus lui-même. C'est ce qu'on m'a assûré, & qui est plus vraisemblable. On l'entraîna comme un malade qui ne se connaît plus. Il y avoit encore par bonheur une mauvaise Calêche qu'on avoit amenée à tout hazard jusqu'en cet endroit: on l'embarqua sur un petit Bâteau ; le Roi se mit dans un autre avec le Général Mazeppa. Celui-ci avoit sauvé plusieurs Coffres pleins d'argent ; mais le courant étant trop rapide, & un vent violent commençant à souffler, ce Cosaque jetta plus des trois quarts de ses Tresors dans le fleuve pour soulager le Bâteau. Mullern, Chancelier du Roi, & le Comte Poniatowsky, homme plus que jamais nécessaire au Roi, par les ressources que son esprit lui fournissoit dans les disgraces, passérent dans d'autres Barques avec quelques Officiers. Trois cens Cavaliers & un très-grand nombre de Polonais & de Cosaques se fiant sur la bonté de leurs Chevaux, hazardérent de passer le fleuve à la nage. Leur troupe bien serrée résistoit au courant & rompoit les vagues ; mais tous ceux qui s'écartérent un

peu

peu au-deſſous, furent emportés & abîmés dans le fleuve. De tous les Fantaſſins qui riſquérent le paſſage, aucun n'arriva à l'autre bord.

Tandis que les débris de l'Armée étoient dans cette
extrémité, le Prince Menzikoff s'approchoit avec dix
mille Cavaliers ayant chacun un Fantaſſin en croupe. Les
cadavres des Suédois morts, dans le chemin, de leurs
bleſſures, de fatigue & de faim, montroient aſſez au
Prince Menzikoff la route qu'avoit priſe le gros de l'Armée fugitive. Le Prince envoya au Général Suédois un
Trompette pour lui offrir une capitulation. Quatre Officiers Généraux furent auſſi-tôt envoyés par Levenhaupt
pour recevoir la loi du vainqueur. Avant ce jour ſeize
mille ſoldats du Roi Charles euſſent attaqué toutes les forces de l'Empire Moſcovite, & euſſent péri juſqu'au dernier plûtôt que de ſe rendre ; mais après une bataille
perduë, après avoir fui pendant deux jours, ne voyant
plus leur Prince, qui étoit contraint de fuir lui-même,
les forces de chaque ſoldat étant épuiſées, leur courage
n'étant plus ſoutenu par aucune eſpérance, l'amour de
la vie l'emporta ſur l'intrépidité. Il n'y eut que le Colonel Troutfetre, depuis Gouverneur de Stralſund, qui
voyant approcher les Moſcovites s'ébranla avec un Bataillon Suédois pour les charger, eſpérant entraîner le reſte
des troupes. Mais Levenhaupt fut obligé d'arrêter ce
mouvement inutile. La capitulation fut achevée, & cette Armée entiére fut faite priſonniére de guerre. Quelques ſoldats deſeſpérés de tomber entre les mains des
Moſcovites ſe précipitérent dans le Boriſthène. Deux
Officiers du Régiment de ce brave Troutfetre s'entretué-
rent, le reſte fut fait eſclave. Ils defilérent tous en préſence du Prince Menzikoff, mettant les armes à ſes pieds,
comme trente mille Moſcovites avoient fait neuf ans
aupara-

auparavant devant le Roi de Suéde à Narva. Mais au lieu que le Roi avoit alors renvoyé tous ces prifonniers Mofcovites qu'il ne craignoit pas, le Czar retint les Suédois pris à Pultava.

Ces malheureux furent difperfés depuis dans les Etats du Czar ; mais particuliérement en Sibérie, vafte Province de la Grande Tartarie, qui du côté de l'Orient s'étend jufqu'aux frontiéres de l'Empire Chinois. Dans ce païs barbare, où l'ufage du pain n'étoit pas même connu, les Suédois devenus ingénieux par le befoin, y exercérent les métiers & les arts dont ils pouvoient avoir quelque teinture. Alors toutes les diftinctions que la fortune met entre les hommes furent bannies. L'Officier qui ne put exercer aucun métier, fut réduit à fendre & à porter le bois du Soldat devenu Tailleur, Drapier, Menuifier, ou Maçon, ou Orfèvre, & qui gagnoit de quoi fubfifter. Quelques Officiers devinrent Peintres, d'autres Architectes. Il y en eut qui enfeignérent les Langues, les Mathématiques ; ils y établirent même des Ecoles publiques, qui avec le tems devinrent fi utiles & fi connuës qu'on y envoyoit des enfans de Mofcov.

Le Comte Piper, Premier Miniftre du Roi de Suéde, fut long-tems enfermé à Petersbourg. Le Czar étoit perfuadé, comme le refte de l'Europe, que ce Miniftre avoit vendu fon Maître au Duc de Marlborough, & avoit attiré fur la Mofcovie les armes de la Suéde qui auroient pu pacifier l'Europe. Il lui rendit fa captivité plus dure. Ce Miniftre mourut quelques années après en Mofcovie, peu fecouru par fa famille qui vivoit à Stockolm dans l'opulence, & plaint inutilement par fon Roi qui ne voulut jamais s'abaiffer à offrir pour fon Miniftre une rançon qu'il craignoit que le Czar n'acceptât pas ; car il n'y n'y eut jamais de Cartel d'échange entre Charles & le Czar.

L'Empereur Moſcovite pénétré d'une joye ne ſe mettoit pas en peine de diſſimuler, recevoit ſur le champ de bataille les priſonniers qu'on lui amenoit en foule, & demandoit à tout moment, où eſt donc mon frere Charles?

Il fit aux Généraux Suédois l'honneur de les inviter à ſa table. Entr'autres queſtions qu'il leur fit, il demanda au Général Renchild à combien les troupes du Roi ſon Maître pouvoient monter avant la bataille? Renchild répondit que le Roi ſeul en avoit la liſte, qu'il ne communiquoit à perſonne; mais que pour lui il penſoit que le tout pouvoit aller à environ trente mille hommes, ſavoir dix-huit mille Suédois, & le reſte Coſaques. Le Czar parut ſurpris, & demanda, comment ils avoient pu hazarder de pénétrer dans un païs ſi reculé, & d'aſſiéger Pultava avec ce peu de monde? Nous n'avons pas toujours été conſultés, reprit le Général Suédois; mais comme fidèles ſerviteurs, nous avons obéï aux ordres de notre Maître ſans jamais y contredire. Le Czar ſe tourna, à cette réponſe, vers quelques-uns de ſes Courtiſans, autrefois ſoupçonnés d'avoir trempé dans des conſpirations contre lui; „Ah! dit-il, voilà comme il faut „ſervir ſon Souverain. Alors prenant un verre de vin, „à la ſanté, dit-il, de mes Maîtres dans l'Art de la „guerre.„ Renchild lui demanda qui étoient ceux qu'il honoroit d'un ſi beau titre? Vous, Meſſieurs les Généraux Suédois, reprit le Czar. „Votre Majeſté eſt donc „bien ingrate, reprit le Comte, d'avoir tant maltrai„té ſes Maîtres!„ Le Czar après le repas fit rendre les épées à tous les Officiers-Généraux, & les traita comme

un

un Prince qui vouloit donner à ses sujets des leçons de
générosité, & de la politesse qu'il connaissoit. Mais ce
même Prince qui traita si bien les Généraux Suédois fit
roüer tous les Cosaques qui tombérent dans ses mains.

Cependant cette Armée Suédoise sortie de la Saxe
si triomphante, n'étoit plus. La moitié avoit péri de
misére ; l'autre moitié étoit esclave ou massacrée. Charles XII avoit perdu en un jour le fruit de neuf ans de travaux, & de près de cent combats.   Il fuyoit dans une
méchante Caléche, ayant à son côté le Major-Général
Hord, blessé dangereusement.   Le reste de sa troupe
suivoit, les uns à pied, les autres à cheval, quelques-
uns dans des Charettes, à travers un Desert, où ils ne
voyoient ni huttes, ni tentes, ni hommes, ni animaux,
ni chemins ; tout y manquoit jusqu'à l'eau même. C'é-
toit dans le commencement de Juillet : le païs est situé
au quarante-septième degré : le sable aride du desert rendoit la chaleur du Soleil plus insupportable ; les chevaux
tomboient, les hommes étoient prêts de mourir de soif.
Un ruisseau d'eau bourbeuse fut l'unique ressource qu'on
trouva vers la nuit ; on remplit des outres de cette eau
qui sauva la vie à la petite troupe du Roi de Suéde. Après
cinq jours de marche il se trouva sur le rivage du fleuve
Hippanis, aujourd'hui nommé le Bogh par les Barbares,
qui ont défiguré jusqu'au nom de ces païs que des Colo-
nies Grecques firent fleurir autrefois.   Ce fleuve se joint
à quelques milles de-là au Boristhène, & tombe avec lui
dans la Mer Noire.

Au-delà du Bogh, du côté du Midi, est la petite
ville d'Oczakov, frontiére de l'Empire des Turcs. Les
habitans voyant venir à eux une troupe de gens de guerre, dont l'habillement & le langage leur étoient inconnus,

nus, refuférent de les paffer à Oczakov, fans un ordre de Mehemet Pacha Gouverneur de la ville. Le Roi envoya un exprès à ce Gouverneur, pour lui demander le paffage ; ce Turc incertain de ce qu'il devoit faire dans un païs où une fauffe démarche coûte fouvent la vie, n'ofa rien prendre fur lui fans avoir auparavant la permiffion du Seraskier de la Province, qui réfide à Bender dans la Beffarabie. Pendant qu'on attendoit cette permiffion, les Ruffes qui avoient pris l'Armée du Roi prifonniere avoient paffé le Borifthène, & approchoient pour le prendre lui-même. Enfin le Pacha d'Oczakov envoya dire au Roi qu'il fourniroit une petite barque pour fa perfonne & pour deux ou trois hommes de fa fuite. Dans cette extrémité les Suédois prirent de force ce qu'ils ne pouvoient avoir de gré : quelques uns allérent à l'autre bord dans une petite nacelle fe faifir de quelques bateaux, & les amenérent à leur rivage : ce fut leur falut ; car les Patrons des barques Turques craignant de perdre une occafion de gagner beaucoup, vinrent en foule offrir leurs fervices. Précifément dans le même tems la reponfe favorable du Seraskier de Bender arrivoit auffi, & le Roi eut la douleur de voir cinq cens hommes de fa fuite faifis par fes ennemis dont il entendoit les bravades infultantes. Le Pacha d'Oczakov lui demanda par un Interprête pardon de fes retardemens, qui étoient caufe de la prife de ces cinq cens hommes, & le fupplia de vouloir bien ne point s'en plaindre au Grand-Seigneur. Charles le promit, non fans lui faire une réprimande, comme s'il eût parlé à un de fes fujets.

Le Commandant de Bender, qui étoit en même tems Seraskier, titre qui répond à celui de Général, & Pacha de la Province, qui fignifie Gouverneur & Intendant, envoya en hâte un Aga complimenter le Roi ; &

lui

lui offrir une Tente magnifique, avec les provisions, le bagage, les chariots, les commodités, les Officiers, toute la suite nécessaire pour le conduire avec splendeur jusqu'à Bender ; car tel est l'usage des Turcs, non seulement de défrayer les Ambassadeurs jusqu'au lieu de leur résidence ; mais de fournir tout abondamment aux Princes réfugiés chez eux pendant le tems de leur séjour.

Fin du quatrième Livre.

HISTOI-

HISTOIRE

DE

CHARLES XII,

ROI DE SUEDE.

LIVRE CINQUIEME.

ARGUMENT.

Etat de la Porte Ottomane.   Charles féjourne près de Bender : Ses occupations : Ses intrigues à la Porte, fes deffeins : Augufte remonte fur fon Trône : Le Roi de Dannemark fait une defcente en Suéde : Tous les autres Etats de Charles font attaqués : Le Czar triomphe dans Moscov : Affaire du Pruth : Hiftoire de la Czarine, Paifanne devenuë Impératrice.

Achmet III gouvernoit alors l'Empire de Turquie. Il avoit été mis en 1703 fur le Trône à la place de fon Frere Mouftapha, par une révolution femblable à celle qui avoit donné en Angleterre la Couronne de Jaques II à fon Gendre Guillaume.   Mouftapha gouverné par fon Muphti, que les Turcs abhorroient, fouleva contre lui tout l'Empire.   Son Armée, avec laquelle il comptoit punir les Mécontens, fe joignit à eux.   Il fut pris, dépofé en cérémonie, & fon frere tiré du Sérail pour devenir Sultan, fans qu'il y eût prefque une goute de fang répanduë.   Achmet renferma le Sultan dépofé dans le Sérail de Conftantinople, où il vécut encore quelques années au grand étonnement de la Turquie, accoutumée à voir la mort de fes Princes fuivre toujours leur détrônement.

Le nouveau Sultan, pour toute récompenfe d'une Couronne qu'il devoit aux Miniftres, aux Généraux, aux

Officiers des Janiſſaires, enfin à ceux qui avoient eu part à la révolution, les fit tous périr les uns après les autres, de peur qu'un jour ils n'en tentaſſent une ſeconde. Par le ſacrifice de tant de braves gens il affaiblit les forces de l'Empire; mais il affermit ſon Trône, du moins pour quelques années. Il s'appliqua depuis à amaſſer des Treſors : c'eſt le premier des Ottomans, qui ait oſé altérer un peu la monnoye & établir de nouveaux impôts; mais il a été obligé de s'arrêter dans ces deux entrepriſes, de crainte d'un ſoulevement. Car la rapacité & la tyrannie du Grand - Seigneur ne s'étendent preſque jamais que ſur les Officiers de l'Empire, qui, tels qu'ils ſoient, ſont eſclaves Domeſtiques du Sultan; mais le reſte des Muſulmans vit dans une ſécurité profonde, ſans craindre ni pour leurs vies, ni pour leurs fortunes, ni pour leur liberté.

Tel étoit l'Empereur des Turcs, chez qui le Roi de Suéde vint chercher un azyle. Il lui écrivit dès qu'il fut ſur ſes terres; la Lettre eſt du 13 Juillet 1709, il en courrut pluſieurs copies différentes, qui toutes paſſent aujourd'hui pour infidéles; mais de toutes celles que j'ai vû il n'en eſt aucune qui ne marquât de la hauteur, & qui ne fût plus conforme à ſon courage qu'à ſa ſituation. Le Sultan ne lui fit réponſe que vers la fin de Septembre. La fierté de la Porte Ottomane fit ſentir à Charles XII la différence qu'elle mettoit entre l'Empereur Turc, & un Roi d'une partie de la Scandinavie, chrétien, vaincu, & fugitif. Au reſte, toutes ces Lettres, que les Rois écrivent très-rarement eux-mêmes, ne ſont que de vaines formalités, qui ne font connaître ni le caractère des Souverains ni leurs affaires.

Charles XII en Turquie n'étoit en effet qu'un captif honorablement traité. Cependant il concevoit le deſſein d'armer l'Empire Ottoman contre ſes ennemis. Il ſe flattoit de ramener la Pologne ſous le joug & de ſoumettre la Ruſſie; il avoit un Envoyé à Conſtantinople, mais celui

lui qui le fervit le plus dans fes vaftes projets fut le Comte de Poniatovsky, lequel alla à Conftantinople fans miffion & fe rendit bientôt néceffaire au Roi, agréable à la Porte, & enfin dangereux aux Grands-Vifirs même *.

Un de ceux qui fecondérent plus adroitement fes deffeins fut le Médecin Fonfeca Portugais Juif, établi à Conftantinople, homme favant & délié, capable d'affaires, & le feul Philofophe peut-être de fa nation: fa profeffion lui procuroit des entrées à la Porte Ottomanne, & fouvent la confiance des Vifirs. Je l'ai fort connu à Paris, il m'a confirmé toutes les particularités, que je vais raconter. Le C. de Poniatovsky m'a dit lui même & m'a écrit, qu'il avoit eu l'adreffe de faire tenir des lettres à la Sultane Valide mere de l'Empereur régnant autrefois mal traitée par fon fils, mais qui commençoit à prendre du credit dans le Sérail. Une Juive, qui approchoit fouvent de cette Princeffe, ne ceffoit de lui raconter les exploits du Roi de Suéde, & la charmoit par fes recits. La Sultane par une fecrette inclination, dont prefque toutes les femmes fe fentent furprifes en faveur des hommes extraordinaires même fans les avoir vûs, prenoit hautement dans le Sérail le parti de ce Prince; elle ne l'appelloit que fon lion. *Quand voulez-vous donc*, difoit-elle quelquefois au Sultan fon Fils, *aider mon lion à devorer ce Czar?* Elle paffa même par-deffus les loix auftères du Sérail au point d'écrire de fa main plufieurs Lettres au Comte Poniatovsky, entre les mains duquel elles font encore au tems qu'on écrit cette hiftoire.

Cependant on avoit conduit le Roi avec honneur à Bender par le defert qui s'appelloit autrefois la folitude des Gétes. Les Turcs eurent foin que rien ne manquât fur fa route de tout ce qui pouvoit rendre fon voyage plus agréable. Beaucoup de Polonais, de Suédois, de

K 2

Cofaques

---

* C'eft de lui dont je tiens non feulement les remarques, qui ont été imprimées & dont le Chapelain Norbert a fait ufage, mais encore beaucoup d'autres manufcrits concernant cette hiftoire.

Cofaques échappés les uns après les autres des mains des Mofcovites, venoient par différens chemins groffir fa fuite fur la route.   Il avoit avec lui dix-huit cens hommes, quand il fe trouva à Bender : tout ce monde étoit nourri, logé, eux & leurs chevaux, aux dépens du Grand-Seigneur.

Le Roi voulut camper auprès de Bender, au lieu de demeurer dans la ville.   Le Serafquier Juffuf Pacha lui fit dreffer une Tente magnifique, & on en fournit à tous les Seigneurs de fa fuite.   Quelque tems après le Prince fe fit bâtir une maifon dans cet endroit : fes Officiers en firent autant à fon exemple : les foldats drefférent des baraques ; de forte que ce camp devint infenfiblement une petite ville.   Le Roi n'étant point encore guéri de fa bleffure, il fallut lui tirer du pied un os carrié ; mais dès qu'il put monter à cheval, il reprit fes fatigues ordinaires, toujours fe levant avant le Soleil, laffant trois chevaux par jour, faifant faire l'exercice à fes foldats.   Pour tout amufement il jouoit quelquefois aux échecs : fi les petites chofes peignent les hommes, il eft permis de rapporter, qu'il faifoit toujours marcher le Roi à ce jeu, il s'en fervoit plus que des autres piéces, & par-là il perdoit toutes les parties.

Il fe trouvoit à Bender dans une abondance de toutes chofes, bien rare pour un Prince vaincu & fugitif; car outre les provifions plus que fuffifantes , & les cinq cens écus par jour, qu'il recevoit de la magnificence Ottomane, il tiroit encore de l'argent de la France , & il empruntoit des Marchands de Conftantinople.   Une partie de cet argent fervit à ménager des intrigues dans le Sérail, à achéter la faveur des Vifirs, ou à procurer leur perte.   Il répandoit l'autre partie avec profufion parmi fes Officiers & les Janiffaires qui lui fervoient de Gardes à Bender.   Grothufen, fon Favori & Treforier, étoit le Difpenfateur de fes libéralités : c'étoit un homme qui contre l'ufage de ceux qui font en cette place, aimoit autant

autant à donner que son Maître. Il lui apporta un jour une compte de soixante mille écus, en deux lignes : Dix mille écus donnés aux Suédois & aux Janissaires par les ordres généreux de Sa Majesté , & le reste mangé par moi. „Voilà comme j'aime que mes amis me rendent „leurs comptes, dit ce Prince : Mullern me fait lire des „pages entiéres pour des sommes de dix mille francs. „J'aime mieux le stile Laconique de Grothusen,,. Un de ses vieux Officiers soupçonné d'être un peu avare, se plaignit à lui de ce que Sa Majesté donnoit tout à Grothusen : „Je ne donne de l'argent, répondit le Roi, qu'à „ceux qui savent en faire usage,,. Cette générosité le réduisit souvent à n'avoir pas de quoi donner. Plus d'œconomie dans ses libéralités eût été aussi honorable, & plus utile; mais c'étoit le défaut de ce Prince, de pousser à l'excès toutes les vertus.

Beaucoup d'Etrangers accouroient de Constantinople pour le voir. Les Turcs, les Tartares du voisinage y venoient en foule, tous le respectoient & l'admiroient. Son opiniâtreté à s'abstenir du vin, & sa régularité à assister deux fois par jour aux priéres publiques, leur faisoient dire : *C'est un vrai Musulman.* Ils brûloient d'impatience de marcher avec lui à la conquête de la Moscovie.

Dans ce loisir de Bender, qui fut plus long qu'il ne pensoit, il prit insensiblement du goût pour la lecture. Le Baron Fabrice, Gentil-homme du Duc de Holstein, jeune homme aimable, qui avoit dans l'esprit cette gayeté, & ce tour aisé qui plaît aux Princes, fut celui qui l'engagea à lire. Il etoit envoyé auprès de lui à Bender pour y ménager les interêts du jeune Duc de Holstein, & il y réüssit en se rendant agréable. Il avoit lû tous les bons Auteurs Français. Il fit lire au Roi les Tragédies de Pierre Corneille, celles de Racine , & les ouvrages de Despreaux. Le Roi ne prit nul goût aux Satires de ce dernier, qui en effet ne sont pas ses meilleures Piéces;

K 3 mais

mais il aimoit fort ses autres Ecrits. Quant on lui lut ce trait de la Satyre huitiéme, où l'Auteur traite Alexandre de fou & d'enragé, il déchira le feuillet.

De toutes les Tragédies Françaises, Mithridate étoit celle qui lui plaisoit davantage, parceque la situation de ce Roi vaincu & respirant la vengeance, étoit conforme à la sienne. Il montroit avec le doigt à Mr. Fabrice les endroits qui le frappoient ; mais il n'en vouloit lire aucun tout haut, ni hazarder jamais un mot en Français. Même quand il vit depuis à Bender Mr. Desaleurs, Ambassadeur de France à la Porte, homme d'un mérite distingué, mais qui ne savoit que sa langue naturelle, il répondit à cet Ambassadeur en Latin ; & sur ce que Desaleurs protesta qu'il n'entendoit pas quatre mots de cette langue, le Roi plûtôt que de parler Français, fit venir un Interprête.

Telles étoient les occupations de Charles XII à Bender, où il attendoit qu'une Armée de Turcs vînt à son secours. Son Envoyé présentoit des Mémoires en son nom au Grand-Visir, & Poniatovsky les soutenoit par le crédit, qu'il savoit se donner. L'insinuation réüssit partout: il ne paraissoit vêtu, qu'à la Turque, il se procuroit toutes les entrées. Le Grand-Seigneur lui fit présent d'une bourse de mille Ducats, & le Grand-Visir lui dit: *Je prendrai votre Roi d'une main, & une épée dans l'autre, & je le menerai à Moscov, à la tête de deux cens mille hommes.* Ce Grand-Visir s'appelloit Chourlouli Ali Pacha ; il étoit fils d'un païsan du village de Chourlou. Ce n'est point parmi les Turcs un reproche qu'une telle extraction, on n'y connait point la noblesse soit celle à laquelle les emplois sont attachés, soit celle qui ne consiste que dans des titres. Les services seuls sont censés tout faire, c'est l'usage de presque tout l'Orient, usage très-naturel & très-bon, si les dignités pouvoient n'être données qu'au mérite ; mais les Visirs ne sont d'ordinaire que des créatures d'un Eunuque noir, ou d'une esclave favorite,

Le

Le Premier-Miniftre changea bien-tôt d'avis. Le Roi ne poûvoit que négocier, & le Czar pouvoit donner de l'argent, il en donna, & ce fut de celui-même de Charles XII, qu'il fe fervit. La caiffe militaire prife à Pultava fournit de nouvelles armes contre le vaincu; il ne fut plus alors queftion de faire la guerre aux Ruffes. Le crédit du Czar fut tout puiffant à la Porte, elle accorda à fon Envoyé des honneurs dont les Miniftres Mofcovites n'avoient point encore joûï à Conftantinople : on lui permit d'avoir un Sérail, c'eft-à-dire, un Palais dans le Quartier des Francs, & de communiquér avec les Miniftres étrangers. Le Czar crut même pouvoir demander qu'on lui livrât le Général Mazeppa, comme Charles XII s'étoit fait livrer le malheureux Patkul. Chourlouly Ali-Pacha ne favoit plus rien refufer à un Prince qui demandoit, en donnant des millions: ainfi ce même Grand-Vifir, qui auparavant avoit promis folemnellement de mener le Roi de Suéde en Mofcovie avec deux cens mille hommes, ofa bien lui faire propofer de confentir au facrifice du Général Mazeppa. Charles fut outré de cette demande. On ne fait jufqu'où le Vifir eût pouffé l'affaire, fi Mazeppa âgé de foixante & dix ans, ne fût mort précifément dans cette conjoncture. La douleur & le dépit du Roi augmentérent, quand il apprit que Tolftoy, devenu l'Ambaffadeur du Czar à la Porte, étoit publiquement fervi par des Suédois faits efclaves à Pultava, & qu'on vendoit tous les jours ces braves foldats dans le Marché de Conftantinople. L'Ambaffadeur Mofcovite difoit même hautement, que les troupes Mufulmanes, qui étoient à Bender, y étoient plus pour s'affûrer du Roi, que pour lui faire honneur.

Charles abandonné par le Grand-Vifir, vaincu par l'argent du Czar en Turquie, après l'avoir été par fes armes dans l'Ukraine, fe voyoit trompé, dédaigné par la Porte, prefque prifonnier parmi des Tartares. Sa fuite commençoit à defefpérer. Lui feul tint ferme & ne pa-

rut

rut pas abattu un moment ; il crut que le Sultan ignoroit les intrigues de Chourlouly Ali, son Grand-Visir : il ré-solut de les lui apprendre, & Poniatovsky se chargea de cette commission hardie. Le Grand-Seigneur va tous les Vendredis à la Mosquée entouré de ses Solaks, espéces de Gardes, dont les turbans sont ornés de plumes si hautes, qu'elles dérobent le Sultan à la vûë du peuple. Quand on a quelque Placet à présenter au Grand-Seigneur, on tâche de se mêler parmi ces Gardes, & on leve en haut le Placet. Quelquefois le Sultan daigne le prendre lui-même ; mais le plus souvent il ordonne à un Aga de s'en charger, & se fait ensuite représenter les Placets au sortir de la Mosquée. Il n'est pas à craindre qu'on ose l'im-portuner de Mémoires inutiles, & de Placets sur des ba-gatelles, puisqu'on écrit moins à Constantinople en tou-te une année qu'à Paris en un seul jour. On se hazarde en-core moins à présenter des Mémoires contre les Ministres, à qui pour l'ordinaire le Sultan les renvoye sans les lire. Poniatovsky n'avoit que cette voye pour faire passer jus-qu'au Grand-Seigneur les plaintes du Roi de Suéde. Il dressa un Mémoire accablant contre le Grand-Visir. Mr. de Fériol, alors Ambassadeur de France, & qui m'a conté le fait, fit traduire le Mémoire en Turc. On don-na quelque argent à un Grec pour le présenter. Ce Grec s'étant mêlé parmi les Gardes du Grand-Seigneur, leva le Papier si haut, si long-tems, & fit tant de bruit, que le Sultan l'apperçut, & prit lui-même le Mémoire.

On se servit plusieurs fois de cette voye pour présen-ter au Sultan des mémoires contre ses Visirs : un Suédois nommé Leloing, en donna encore un autre bien-tôt après. Charles XII dans l'empire des Turcs étoit reduit à em-ployer les ressources d'un sujet opprimé.

Quelques jours après, le Sultan envoya au Roi de Suéde pour toute réponse à ses plaintes, vingt-cinq che-vaux Arabes, dont l'un qui avoit porté sa Hautesse, étoit couvert d'une selle & d'une housse enrichies de pierreries

avec

avec des étriers d'or maffif. Ce préfent fut accompagné d'une lettre obligeante, mais conçûë en termes généraux & qui faifoit foupçonner que le Miniftre n'avoit rien fait que du confentement du Sultan. Chourlouly, qui favoit diffimuler, envoya auffi cinq chevaux très-rares au Roi. Charles dit fiérement à celui qui les amenoit: *Retournez vers votre Maître, & dites-lui que je ne reçois point de préfens de mes ennemis.*

Mr. Poniatovsky ayant déja ofé faire préfenter un Mémoire contre le Grand-Vifir, conçut alors le hardi deffein de le faire dépofer. Il favoit que ce Vifir déplaifoit à la Sultane Mere, que le Kislar Aga, Chef des Eunuques noirs, & l'Aga des Janiffaires le haïffoient: il les excita tous trois à parler contre lui. C'étoit une chofe bien furprenante de voir un Chrétien, un Polonais, un Agent fans caractère d'un Roi Suédois réfugié chez les Turcs, cabaler prefque ouvertement à la *Porte* contre un Vice-Roi de l'Empire Ottoman, qui de plus étoit utile & agréable à fon Maître. Poniatovsky n'eût jamais réüffi, & l'idée feule du projet lui eût coûté la vie, fi une puiffance plus forte que toutes celles qui étoient dans fes interêts, n'eût porté les derniers coups à la fortune du Grand-Vifir Chourlouly.

Le Sultan avoit un jeune Favori, qui a depuis gouverné l'Empire Ottoman, & a été tué en Hongrie en 1716 à la bataille de Peterwaradin, gagnée fur les Turcs par le Prince Eugène de Savoye. Son nom étoit Coumourgi Ali-Pacha. Sa naiffance n'étoit guère différente de celle de Chourlouly: il étoit fils d'un Porteur de charbon, comme Coumourgi le fignifie, car Coumour veut dire charbon en Turc. L'Empereur Achmet II, oncle d'Achmet III, ayant rencontré dans un petit Bois près d'Andrinople Coumourgi encore enfant, dont l'extrême beauté le frappa, le fit conduire dans fon Sérail. Il plut à Mouftapha, fils aîné & Succeffeur de Mahomet. Achmet III en fit fon favori. Il n'avoit alors que la charge

K 5   de

de Selictar Aga, Porte-Epée de la Couronne. Son extrême jeuneſſe ne lui permettoit pas de prétendre à l'Emploi de Grand-Viſir : mais il avoit l'ambition d'en faire. La faction de Suéde ne put jamais gagner l'eſprit de ce favori. Il ne fut en aucun tems l'ami de Charles, ni d'aucun Prince Chrétien, ni d'aucun de leurs Miniſtres; mais en cette occaſion, il ſervoit le Roi Charles XII ſans le vouloir; il s'unit avec la Sultane Valide & les grands Officiers de la Porte, pour faire tomber Chourlouly qu'ils haïſſoient tous. Ce vieux Miniſtre qui avoit long-tems & bien ſervi ſon Maître, fut la victime du caprice d'un Enfant, & des intrigues d'un Etranger. On le dépouilla de ſa dignité & de ſes richeſſes : on lui ôta ſa femme, qui étoit fille du dernier Sultan Mouſtapha; & il fut réléguée à Caffa, autrefois Théodoſie, dans la Tartarie Crimée. On donna le Bul, c'eſt-à-dire le Sceau de l'Empire, à Numan Couprougly, petit-fils du grand Couprougly qui prit Candie. Ce nouveau Viſir étoit tel que les Chrétiens mal-inſtruits ont peine à ſe figurer un Turc, homme d'une vertu infléxible, ſcrupuleux obſervateur de la Loi, il oppoſoit ſouvent la juſtice aux volontés du Sultan. Il ne voulut point entendre parler de la guerre contre le Moſcovite, qu'il traitoit d'injuſte & d'inutile; mais le même attachement à ſa Loi qui l'empêchoit de faire la guerre au Czar, malgré la foi des Traités, lui fit reſpecter les devoirs de l'Hoſpitalité envers le Roi de Suéde. Il diſoit à ſon Maître : ,,La Loi te dé-,,fend d'attaquer le Czar qui ne t'a point offenſé; mais ,,elle t'ordonne de ſecourir le Roi de Suéde qui eſt mal-,,heureux chez toi.,, Il fit tenir à ce Prince huit cens Bourſes, une Bourſe vaut cinq cens écus, & lui conſeilla de s'en retourner paiſiblement dans ſes Etats par les Terres de l'Empereur d'Allemagne, ou par des Vaiſſeaux Français, qui étoient alors au Port de Conſtantinople; & que Mr. de Fériol, Ambaſſadeur de France à la Porte, offroit à Charles pour le tranſporter à Marſeille. Le

Comte

Comte Poniatovski négotia plus que jamais avec ce Miniftre, & acquit dans les négociations une Superiorité que
l'or des Mofcovites ne pouvoit plus lui difputer auprès
d'un Vifir incorruptible. La faction Ruffe crut que la
meilleure reffource pour elle étoit d'émpoifonner un né-
gotiateur fi dangereux. On gagna un de fes domeftiques qui devoit lui donner du poifon dans du Caffé ; le
crime fut decouvert avant l'exécution ; on trouva le poifon entre les mains du domeftique dans une petite fiole
que l'on porta au Grand-Seigneur. L'empoifonneur fut
jugé en plein Divan & condamné aux galeres, parceque
la juftice des Turcs ne punit jamais de mort les crimes qui
n'ont pas été exécutés.

Charles douze toujours perfuadé que tôt ou tard il
réüffiroit à faire declarer l'Empire Turc contre celui de
Ruffie, n'accepta aucune des propofitions qui tendoient
à un retour paifible dans fes Etats ; il ne cefloit de repré-
fenter comme formidable aux Turcs ce même Czar qu'il
avoit fi long-tems meprifé : fes émiffaires infinuoient
fans cefle que Pierre Alexiowits vouloit fe rendre maître
de la navigation de la mer noire, qu'après avoir fubjugué les Cofaques il en vouloit à la Tartarie Crimée. Tantôt ces repréfentations animoient la Porte, tantôt les Miniftres Ruffes les rendoient fans effet.

Tandisque Charles douze faifoit ainfi dépendre fa
deftinée des volontés des Vifirs, qu'il recevoit des bienfaits & des affronts d'une puiffance étrangere, qu'il faifoit préfenter des placets au Sultan, qu'il fubfiftoit de fes
liberalités dans un defert, tous fes ennemis reveillés attaquoient fes Etats.

La bataille de Pultava fut d'abord le fignal d'une
révolution dans la Pologne. Le Roi Augufte y retourna,
proteftant contre fon abdication, contre la Paix d'Altranftad, & accufant publiquement de brigandage & de barbarie Charles XII, qu'il ne craignoit plus. Il mit en
prifon Fingften & Imhof fes Plénipotentiaires qui avoient
signé

figné fon abdication , comme s'ils avoient en cela paffé leurs ordres & trahi leur Maître. Ses troupes Saxonnes qui avoient été le prétexte de fon détrônement, le rame- nérent à Varfovie, accompagné de la plûpart des Palatins Polonais, qui lui ayant autrefois juré fidélité, avoient fait depuis les mêmes fermens à Stanislas, & revenoient en faire de nouveaux à Augufte. Siniawsky même rentra dans fon parti, & perdant l'idée de fe faire Roi, fe con- tenta de refter Grand-Général de la Couronne. Flem- ming fon Premier Miniftre, qui avoit été obligé de quit- ter pour un tems la Saxe, de peur d'être livré avec Pat- kul, contribua alors par fon adreffe à ramener à fon Maître une grande partie de la Nobleffe Polonaife.

Le Pape releva fes Peuples du ferment de fidélité qu'ils avoient fait à Stanislas. Cette demarche du Saint Pere faite à propos, & appuyée des forces d'Augufte, fut d'un affez grand poids : elle affermit le crédit de la Cour de Rome en Pologne, où l'on n'avoit nulle envie de con- tefter alors aux premiers Pontifes le droit-chimérique de fe mêler du temporel des Rois. Chacun retournoit vo- lontiers fous la domination d'Augufte, & recevoit fans répugnance une abfolution inutile que le Nonce ne man- qua pas de faire valoir comme néceffaire.

La puiffance de Charles & la grandeur de la Suéde touchérent alors à leur dernier période. Plus de dix Tê- tes couronnées voyoient depuis long-tems avec crainte & avec envie la domination Suédoife s'étendant loin de fes bornes naturelles au-delà de la Mer Baltique, depuis la Duna jufqu'à l'Elbe. La chûte de Charles & fon abfen- ce réveillérent les interêts, & les jaloufies de tous ces Princes affoupies long-tems par des Traités, & par l'im- puiffance de les rompre.

Le Czar plus puiffant qu'eux tous enfemble, profi- tant d'abord de fa victoire, prit Vibourg & toute la Ca- rélie, inonda la Finlande de troupes, mit le fiège devant Riga, & envoya un corps d'armée en Pologne pour aider

Augufte

Augufte à remonter fur le Trône. Cet Empereur étoit alors ce que Charles avoit été autrefois, l'Arbitre de la Pologne & du Nord; mais il ne confultoit que fes intérêts, au lieu que Charles n'avoit jamais écouté que fes idées de vengeance & de gloire. Le Monarque Suédois avoit fecouru fes Alliés, & accablé fes ennemis fans exiger le moindre fruit de fes victoires : le Czar fe conduifant plus en Prince, & moins en Héros, ne voulut fecourir le Roi de Pologne qu'à condition qu'on lui céderoit la Livonie ; & que cette Province pour laquelle Augufte avoit allumé la guerre, refteroit aux Mofcovites pour toujours.

Le Roi de Dannemarck oubliant le Traité de Travendal, comme Augufte celui d'Altranftad, fongea dès lors à fe rendre maître des Duchés de Holftein & de Bréme, fur lefquels il renouvella fes prétentions. Le Roi de Pruffe avoit d'anciens droits fur la Poméranie Suédoife, qu'il vouloit faire revivre. Le Duc de Meckelbourg voyoit avec dépit que la Suéde poffédât encore Vifmar, la plus belle Ville du Duché : ce Prince devoit époufer une Nièce de l'Empereur Mofcovite ; & le Czar ne demandoit qu'un prétexte pour s'établir en Allemagne, à l'exemple des Suédois. George Electeur de Hanover, cherchoit de fon côté à s'enrichir des dépouilles de Charles. L'Evêque de Munfter auroit bien voulu faire auffi valoir quelques droits, s'il en avoit eu le pouvoir.

Douze à treize mille Suédois defendoient la Poméranie & les autres païs que Charles poffédoit en Allemagne : c'étoit-là que la guerre alloit fe porter. Cet orage allarma l'Empereur & fes Alliés. C'eft une Loi de l'Empire que quiconque attaque une de fes Provinces, eft réputé l'ennemi de tout le corps Germanique.

Mais il y avoit encore un plus grand embarras. Tous ces Princes, à la réferve du Czar, étoient réünis alors contre Louïs XIV dont la puiffance avoit été quelque tems auffi redoutable à l'Empire que celle de Charles.

L'Alle-

L'Allemagne s'étoit trouvée au commencement du Siècle preffée du Midi au Nord, entre les Armées de la France & de la Suéde. Les Français avoient paffé le Danube, & les Suédois l'Oder : fi leurs forces, alors victorieufes s'étoient jointes, l'Empire eût été perdu. Mais la même fatalité qui accabla la Suéde, avoit auffi humilié la France : toutefois la Suéde avoit encore des reffources, & Louïs XIV faifoit la guerre avec vigueur, quoique malheuréfement Si la Poméranie, & le Duché de Brême devenoient le Théatre de la Guerre ; il étoit à craindre que l'Empire n'en fouffrît ; & qu'étant affaibli de ce côté, il n'en fût moins fort contre Louïs XIV. Pour prévenir ce danger, l'Empereur, les Princes d'Allemagne, Anne Reine d'Angleterre, les Etats-Généraux des Provinces-Unies, conclurent à la Haye, fur la fin de l'année 1709 un des plus finguliers Traités que jamais on ait fignés.

Il fut ftipulé par ces Puiffances, que la guerre contre les Suédois ne fe feroit point en Poméranie, ni dans aucune des Provinces de l'Allemagne ; & que les ennemis de Charles XII pourroient l'attaquer par-tout ailleurs. Le Roi de Pologne & le Czar accédérent eux-mêmes à ce Traité, ils y firent inférer un Article auffi extraordinaire que le Traité même ; ce fut que les douze mille Suédois, qui étoient en Poméranie, n'en pourroient fortir pour aller défendre leurs autres Provinces.

Pour affûrer l'exécution de ce Traité, on propofa d'affembler une Armée confervatrice de cette neutralité imaginaire. Elle devoit camper fur le bord de l'Oder ; c'eût été une nouveauté finguliére qu'une Armée levée pour empêcher une guerre : ceux même qui devoient la foudoyer, avoient pour la plûpart beaucoup d'intérêt à faire cette guerre qu'on prétendoit écarter ; le Traité portoit qu'elle feroit compofée des troupes de l'Empereur, du Roi de Pruffe, de l'Electeur de Hanover, du Landgrave de Heffe, de l'Evêque de Munfter.

Il

Il arriva ce qu'on devoit naturellement attendre d'un pareil projet : il ne fut point exécuté : les Princes qui devoient fournir leur contingent pour lever cette Armée, ne donnérent rien : il n'y eut pas deux Régimens formés : on parla beaucoup de neutralité, perſonne ne la garda ; & tous les Princes du Nord qui avoient des interêts à demêler avec le Roi de Suéde reſtérent en pleine liberté de ſe diſputer les dépouilles de ce Prince.

Dans ces conjonctures, le Czar après avoir laiſſé ſes troupes en quartier dans la Lithuanie, & avoir ordonné le ſiège de Riga, s'en retourna à Moſcov étaler ſes Peuples un appareil auſſi nouveau que tout ce qu'il avoit fait juſqu'alors dans ſes Etats ; ce fut un triomphe tel à peu près que celui des anciens Romains. Il fit ſon entrée dans Moſcov le premier Janvier 1710 ſous ſept Arcs triomphaux, dreſſés dans les ruës ornées de tout ce que le Climat peut fournir, & de ce que le commerce floriſſant par ſes ſoins y avoit pu apporter. Un Régiment des Gardes commençoit la marche, ſuivi des Pièces d'Artillerie priſes ſur les Suédois à Leſno & à Pultava : chacune étoit traînée par huit Chevaux couverts de houſſes d'écarlatte pendant à terre : enſuite venoient les Etendarts, les Timbales, les Drapeaux gagnés à ces deux batailles, portés par les Officiers & par les Soldats qui les avoient pris ; toutes ces dépouilles étoient ſuivies des plus belles troupes du Czar. Après qu'elles eurent défilé, on vit ſur un Char, fait exprès, * paraître le Brancard de Charles XII trouvé ſur le Champ de bataille de Pultava tout briſé de deux coups de Canon : derriére ce Brancard marchoient deux à deux tous les priſonniers : on y voyoit le Comte Piper, Premier Miniſtre de Suéde, le célèbre Maréchal Renchild, le Comte de Levenhaupt, les Généraux Slipenback, Stackelberg, Hamilton, tous les Officiers & les Soldats qu'on diſper-

---

* Mr. Norbert, Confeſſeur de Charles XII, reprend ici l'Auteur & aſſure que ce Brancard étoit porté à la main. On s'en rapporte ſur ces circonſtances eſſentielles à ceux qui les ont vûës.

difperfa depuis dans la Grande Ruffie. Le Czar paraiffoit immédiatement après eux fur le même cheval qu'il avoit monté à la bataille de Pultava : à quelques pas de lui on voyoit les Généraux qui avoient eu part au fuccès de cette journée. Un autre Régiment des Gardes venoit enfuite; les chariots de munitions des Suédois fermoient la marche.

Cette Pompe paffa au bruit de toutes les Cloches de Mofcov, au fon des Tambours, des Timbales, des Trompettes, & d'un nombre infini d'Inftrumens de mufique, qui fe faifoient entendre par reprifes, avec les falves de deux cens Pièces de Canon, & les acclamations de cinq cens mille hommes qui s'écrioient : *Vive l'Empereur notre Pere*, à chaque paufe que faifoit le Czar dans cette Entrée triomphale.

Cet appareil impofant augmenta la vénération de fes peuples pour fa perfonne : tout ce qu'il avoit fait d'utile en leur faveur, le rendoit peut-être moins grand à leurs yeux. Il fit cependant continuer le Blocus de Riga; les Généraux s'emparérent du refte de la Livonie, & d'une partie de la Finlande. En même tems le Roi de Dannemarck vint avec toute fa Flotte faire une defcente en Suéde : il y débarqua dix-fept mille hommes qu'il laiffa fous la conduite du Comte de Reventlau.

La Suéde étoit alors gouvernée par une Régence compofée de quelques Sénateurs, que le Roi établit quand il partit de Stockolm. Le Corps du Sénat qui croyoit que le Gouvernement lui appartenoit de droit, étoit jaloux de la Régence : l'Etat fouffrit de ces divifions; mais quand après la bataille de Pultava, la premiere nouvelle qu'on apprit dans Stockolm, fut que le Roi étoit à Bender à la merci des Tartares & des Turcs; & que les Danois étoient defcendus en Scanie, où ils avoient pris la ville d'Helfimbourg, alors les jaloufies cefférent, on ne fongea qu'à fauver la Suéde. Elle commençoit à être épuifée de troupes réglées, car quoique Charles eut toujours fait fes grandes expéditions à la tête de petites Armées;

mées; cependant les combats innombrables qu'il avoit
livrés pendant neuf années, la néceffité de recruter continuellement fes troupes; d'entretenir fes Garnifons, &
les corps d'Armée qu'il falloit toujours avoir fur pied,
dans la Finlande, dans l'Ingrie, la Livonie, la Poméranie, Brême, Verden : tout cela avoit coûté à la Suéde
pendant le cours de la guerre, plus de deux cens cinquante mille Soldats; il ne reftoit pas huit mille hommes d'anciennes troupes, qui avec les milices nouvelles, étoient
les feules reffources de la Suéde.

La Nation eft née belliqueufe; & tout peuple prend
infenfiblement le génie de fon Roi. On ne s'entretenoit
d'un bout du païs à l'autre que des actions prodigieufes
de Charles & de fes Généraux, & des vieux corps qui
avoient combattu fous eux à Narva, à la Duna, à Cliffau,
à Pultusk, à Hollofin. Les moindres Suédois en prenoient un efprit d'émulation & de gloire. La tendreffe
pour le Roi, la pitié, la haine irréconciliable contre les
Danois, s'y joignirent encore. Dans bien d'autres païs
les païfans font efclaves, ou traités comme tels : ceux-ci
faifant un corps dans l'Etat, fe regardoient comme des
citoyens, & fe formoient des fentimens plus grands; de
forte que ces milices devenoient en peu de tems les meilleures troupes du Nord.

Le Général Steinbock fe mit par ordre de la Régence à la tête de huit-mille hommes d'anciennes troupes,
& d'environ douze mille de ces nouvelles milices, pour
aller chaffer les Danois, qui ravageoient toute la Côte
d'Helfimbourg, & qui étendoient déja leurs contributions fort avant dans les terres.

On n'eut ni le tems, ni les moyens de donner aux
milices des habits d'ordonnance : la plûpart de ces Laboureurs vinrent vêtus de leurs farots de toile, ayant à
leurs ceintures des piftolets attachés avec des cordes.
Steinbock à la tête de cette Armée extraordinaire, fe trouva en préfence des Danois à trois lieuës d'Helfimbourg le

10 Mars 1710.   Il voulut laisser à ses troupes quelques jours de repos, se retrancher & donner à ses nouveaux Soldats le tems de s'accoutumer à l'ennemi ; mais tous ces païsans demandérent la bataille le même jour qu'ils arrivérent.

Des Officiers qui y étoient, m'ont dit les avoir vûs alors presque tous écumer de colére, tant la haine nationale des Suédois contre les Danois est extrême. Steinbock profita de cette disposition des esprits, qui dans un jour de bataille vaut autant que la discipline militaire ; on attaqua les Danois ; & c'est-là qu'on vit ce dont il n'y a peut-être pas deux exemples de plus, des milices toutes nouvelles égaler dans le premier combat l'intrépidité des vieux corps. Deux Régimens de ces païsans armés à la hâte taillérent en pièces le Régiment des Gardes du Roi de Dannemark, dont il ne resta que dix hommes.

Les Danois entiérement défaits se retirérent sous le Canon d'Helsimbourg. Le trajet de Suéde en Zéeland est si court, que le Roi de Dannemark apprit le même jour à Coppenhague, la défaite de son Armée en Suéde ; il envoya sa Flotte pour embarquer les débris de ses troupes. Les Danois quittérent la Suéde avec précipitation cinq jours après la bataille ; mais ne pouvant emmener leurs chevaux, & ne voulant pas les laisser à l'ennemi, ils les tuérent tous aux environs d'Helsimbourg, & mirent le feu à leurs provisions, brûlant leurs grains & leurs bagages, & laissant dans Helsimbourg quatre mille blessés dont la plus grande partie mourut par l'infection de tant de chevaux tués, & par le défaut de provisions, dont leurs Compatriotes mêmes les privoient pour empêcher que les Suédois n'en jouissent.

Dans le même tems les païsans de la Dalécarlie ayant ouï dire dans le fond de leurs Forêts, que leur Roi étoit prisonnier chez les Turcs, députérent à la Régence de Stockolm, & offrirent d'aller à leurs dépens au nombre

de

de vingt mille , délivrer leur Maître des mains de fes ennemis. Cette propofition qui marquoit plus de courage
& d'affection qu'elle n'étoit utile, fut écoutée avec plai-
fir, quoique rejettée ; & on ne manqua pas d'en inftruire le Roi en lui envoyant le détail de la bataille d'Helfimbourg.

Charles reçut dans fon camp, près de Bender , ces
nouvelles confolantes au mois de Juillet 1710. Peu de
tems après un autre événement le confirma dans fes efpérances.

Le Grand-Vifir Couprougly, qui s'oppofoit à fes
deffeins , fut dépofé après deux mois de Miniftère. La
petite Cour de Charles XII & ceux qui tenoient encore
pour lui en Pologne , publioient que Charles faifoit &
défaifoit les Vifirs, & qu'il gouvernoit l'Empire Turc
du fond de fa retraite de Bender ; mais il n'avoit aucune
part à la disgrace de ce Favori. La rigide probité du
Vifir fut, dit-on, la feule caufe de fa chûte : fon Prédéceffeur ne payoit point les Janiffaires du Trefor impérial,
mais de l'argent qu'il faifoit venir par fes extorfions :
Couprougly les paya de l'argent du Trefor. Achmet
lui reprocha qu'il préféroit l'interêt des fujets à celui de
l'Empereur : *Ton prédéceffeur Chourlouly*, lui dit-il, *favoit bien trouver d'autres moyens de payer mes troupes.*
Le Grand-Vifir répondit : *S'il avoit l'art d'enrichir ta
Hauteffe par des rapines, c'eft un art que je fais gloire
d'ignorer.*

Le fecret profond du Sérail permet rarement que
de pareils difcours tranfpirent dans le public ; mais celui-
ci fut fû avec la disgrace de Couprougly. Ce Vifir ne
paya point fa hardieffe de fa tête, parceque la vraye vertu fe fait quelquefois refpecter, lors même qu'elle dé-
plaît. On lui permit de fe retirer dans l'Isle de Négre-
pont. J'ai fû ces particularités par des Lettres de Mr. Bru
mon parent, premier Drogman à la Porte Ottomanne,

& je

& je les rapporte pour faire connaître l'esprit de ce Gouvernement.

Le Grand-Seigneur fit alors revenir d'Alep, Baltagi Meheinet, Pacha de Syrie, qui avoit déja été Grand-Vifir avant Chourlouly. Les *Baltagis* du Sérail, ainfi nommés de *Balta*, qui fignifie *Coignée*, font des Efclaves qui coupent le bois pour l'ufage des Princes du Sang Ottoman, & des Sultanes. Ce Vifir avoit été Baltagi dans fa jeuneffe, & en avoit toujours retenu le nom felon la coutume des Turcs, qui prennent fans rougir le nom de leur premiére profeffion, ou de celle de leur Pere, où du lieu de leur naiffance.

Dans le tems que Baltagi Mehemet étoit Valet dans le Sérail, il fut affez heureux pour rendre quelques petits fervices au Prince Achmet, alors prifonnier d'Etat fous l'Empire de fon Frere Mouftapha : on laiffe aux Princes du fang Ottoman pour leurs plaifirs quelques femmes d'un âge à ne plus avoir d'enfans (& cet âge arrive de bonne heure en Turquie) ; mais affez belles encore pour plaire. Achmet devenu Sultan donna une de ces Efclaves qu'il avoit beaucoup aimée, en mariage à Baltagi Mehemet. Cette femme par fes intrigues fit fon mari Grand-Vifir : une autre intrigue le déplaça ; & une troifième le fit encore Grand-Vifir.

Quand Baltagi Mehemet vint recevoir le Bul de l'Empire, il trouva le parti du Roi de Suéde dominant dans le Sérail. La Sultane Validé, Ali-Coumourgi, Favori du Grand-Seigneur, le Kislar-Aga Chef des Eunuques noirs, & l'Aga des Janiffaires, vouloient la guerre contre le Czar : le Sultan y étoit déterminé : le premier ordre qu'il donna au Grand-Vifir fut d'aller combattre les Mofcovites avec deux cens mille hommes. Baltagi Mehemet n'avoit jamais fait la guerre ; mais ce n'étoit point un imbécile comme les Suédois mécontens de lui l'ont repréfenté. Il dit au Grand-Seigneur, en recevant de fa main un fabre garni de pierreries : *Ta Hauteffe fait que j'ai été*
élevt

élevé à me servir d'une Hache pour fendre du bois , & non d'une Epée pour commander tes Armées : je tâcherai de te bien servir ; mais si je ne réüssis pas , souviens-toi que je t'ai supplié de ne me le point imputer. Le Sultan l'assûra de son amitié , & le Visir se prépara à obéïr.

La premiére démarche de la Porte Ottomane fut de mettre au Château des sept Tours l'Ambassadeur Moscovite. La coutume des Turcs est de commencer d'abord par faire arrêter les Ministres des Princes auxquels ils déclarent la guerre. Observateurs de l'Hospitalité en tout le reste , ils violent en cela le Droit le plus sacré des Nations. Ils commettent cette injustice sous prétexte d'équité, s'imaginant ou voulant faire croire, qu'ils n'entreprennent jamais que de justes guerres ; parce qu'elles sont consacrées par l'approbation de leur Mouphti. Sur ce principe ils se croyent armés pour châtier les violateurs de Traités que souvent ils rompent eux-mêmes, & croyent punir les Ambassadeurs des Rois leurs ennemis, comme complices des infidélités de leurs Maîtres.

A cette raison se joint le mépris ridicule qu'ils affectent pour les Princes Chrétiens, & pour les Ambassadeurs qu'ils ne regardent d'ordinaire que comme des Consuls de Marchands.

Le Han des Tartares de Crimée que nous nommons le Kam , reçut ordre de se tenir prêt avec quarante mille Tartares. Ce Prince gouverne le Nagaï , le Budziack, avec une partie de la Circassie , & toute la Crimée , Province connue dans l'Antiquité sous le nom de Chersonèse Taurique , où les Grecs portérent leur commerce & leurs armes, & fondérent de puissantes villes ; & où les Génois pénétrérent depuis, lorsqu'ils étoient les Maîtres du commerce de l'Europe. On voit en ce païs des ruïnes des villes Grecques, & quelques Monumens des Génois, qui subsistent encore au milieu de la désolation & de la barbarie.

Le Kam est appellé par ses sujets Empereur ; mais avec ce grand titre, il n'en est pas moins l'Esclave de la

Porte.

Portè. Lé Sang Ottoman dont les Kams font defcendus, & le droit qu'ils prétendent à l'Empire des Turcs, au dé-faut de la Race du Grand-Seigneur, rendent leur Famil-le refpeétable au Sultan même, & leurs perfonnes redou-tables. C'eft pourquoi le Grand-Seigneur n'ofe détruire la race des Kams Tartares ; mais il ne laiffe prefque ja-mais vieillir ces Princes fur le Trône. Leur conduite eft toujours éclairée par les Pachas voifins, leurs Etats entou-rés de Janiffaires, leurs volontés traverfées par les Grands-Vifirs, leurs deffeins toujours fufpeéts. Si les Tartares fe plaignent du Kam, la Porte le dépofe fur ce prétexte; s'il en eft trop aimé, c'eft un plus grand crime, dont il eft plûtôt puni ; ainfi prefque tous paffent de la Souveraineté à l'exil, & finiffent leurs jours à Rhodes qui eft d'ordi-naire leur prifon & leur tombeau.

Les Tartares leurs fujets font les peuples les plus brigands de la terre, & en même tems, ce qui femble in-concevable, les plus hofpitaliers. Ils vont à cinquante lieuës de leur païs attaquer une Caravane, détruire des villages ; mais qu'un etranger, tel qu'il foit, paffe dans leur païs, non feulement il eft reçu par-tout, logé & dé-frayé ; mais dans quelque lieu qu'il paffe, les habitans fe difputent l'honneur de l'avoir pour hôte ; le maître de la maifon, fa femme, fes filles le fervent à l'envi. Les Scy-thes, leurs Ancêtres, leur ont tranfmis ce refpeét invio-lable pour l'hofpitalité qu'ils ont confervée, parceque le peu d'Etrangers qui voyagent chez eux, & le bas prix de toutes les denrées, ne leur rendent point cette vertu trop onéreufe.

Quand les Tartares vont à la guerre avec l'Armée Ottomane, ils font nourris par le Grand-Seigneur: le bu-tin qu'ils font eft leur feule paye ; auffi font-ils plus propres à piller qu'à combattre réguliérement.

Le Kam gagné par les préfens & par les intrigues du Roi de Suéde, obtint d'abord que le rendez-vous géné-ral des troupes feroit à Bender, même fous les yeux de Char-

Charles XII, afin de lui marquer mieux que c'étoit pour lui qu'on faisoit la guerre.

Le nouveau Visir Baltagi Mehemet, n'ayant pas les mêmes engagemens, ne vouloit pas flatter à ce point un Prince étranger. Il changea l'ordre, & ce fut à Andrinople que s'assembla cette grande Armée. C'est toujours dans les vastes & fertiles plaines d'Andrinople qui est le rendez-vous pour des Armées Turques, quand ce peuple fait la guerre aux Chrétiens; les troupes venues d'Asie & d'Afrique s'y reposent & s'y refraichissent quelques semaines; mais le Grand-Visir pour prévenir le Czar ne laissa reposer l'Armée que trois jours & marcha vers le Danube, & de-là vers la Bessarabie.

Les troupes des Turcs ne sont plus aujourd'hui si formidables qu'autrefois, lorsqu'elles conquirent tant d'Etats dans l'Asie, dans l'Afrique & dans l'Europe; alors la force du corps, la valeur & le nombre des Turcs, triomphoient d'ennemis moins robustes qu'eux & plus mal disciplinés. Mais aujourd'hui que les Chrétiens entendent mieux l'Art de la guerre, ils battent presque toujours les Turcs en bataille rangée, même à forces inégales. Si l'Empire Ottoman a depuis peu fait quelques conquêtes, ce n'est que sur la République de Venise, estimée plus sage que guerriére, défendue par des Etrangers & mal secourue par les Princes Chrétiens toujours divisés entr'eux.

Les Janissaires & les Spahis attaquent en desordre, incapables d'écouter le commandement & de se rallier: leur Cavalerie qui devroit être excellente, attendu la bonté & la legéreté de leurs chevaux, ne sauroit soutenir le choc de la Cavalerie Allemande: l'Infanterie ne savoit point encore faire un usage avantageux de la bayonnette au bout du fusil: de plus les Turcs n'ont pas eu un grand Général de terre parmi eux depuis Couprougly qui conquit l'Isle de Candie. Un Esclave nourri dans l'oisiveté & dans le silence du Sérail, fait Visir par faveur, & Gé-

L 4 néral

néral malgré lui, conduifoit une Armée levée à la hâte, fans expérience, fans difcipline, contre des troupes Mof covites aguerries par douze ans de guerre & fiéres d'avoir vaincu les Suédois.

Le Czar, felon toutes les apparences, devoit vain cre Baltagi Méhemet; mais il fit la même faute avec les Turcs que le Roi de Suéde avoit commife avec lui: il méprifa trop fon ennemi. Sur la nouvelle de l'armement des Turcs, il quitta Mofcov: & ayant ordonné qu'on changeât le fiége de Riga en Blocus, il affembla fur les frontiéres de la Pologne * quatre-vingt mille hommes de fes troupes. Avec cette Armée il prit fon chemin par la Moldavie & la Valachie, autrefois le païs des Daces, au jourd'hui habitée par des Chrétiens Grecs tributaires du Grand-Seigneur.

La Moldavie étoit gouvernée alors par le Prince Cantemir, Grec d'origine, qui réüniffoit les talens des anciens Grecs, la fcience des Lettres & celle des armes. On le faifoit defcendre du fameux Timur connu fous le nom de Tamerlan. Cette origine paraiffoit plus belle qu'une Grecque; on prouvoit cette defcendance par le nom de ce Conquérant. *Timur*, dit-on, reffemble à Té mir; le titre de Kan que poffedoit Timur avant de con querir l'Afie fe retrouve dans le nom de *Cantemir*, auffi le Prince Cantemir eft defcendant de Tamerlan. Voilà les fondemens de la plûpart des Généalogies.

De quelque maifon que fut Cantemir, il devoit tou te fa fortune à la Porte Ottomane. A peine avoit-il reçu l'inveftiture de fa Principauté, qu'il trahit l'Empereur Turc fon Bienfaiteur pour le Czar, dont il efpéroit da vantage. Il fe flattoit que le Vainqueur de Charles XII triompheroit aifément d'un Vifir peu eftimé, qui n'avoit jamais fait la guerre, & qui avoit choifi pour fon Kiaia, c'eft-

---

* Le Chapelain Norberg prétend que le Czar força le quatrième hom me de fes fujets capable de porter les armes de le fuivre à cette guer re.

c'eft-à-dire, pour fon Lieutenant l'Intendant des Doua-
nes de Turquie. Il comptoit que tous les gens fe range-
roient de fon parti, les Patriarches Grecs l'encouragérent
à cette defection. Le Czar ayant donc fait un Traité fecret avec ce Prince, & l'ayant reçu dans fon Armée, s'a-
vança dans le païs & arriva au mois de Juin 1711, fur le
bord Septentrional du fleuve Hierafe, aujourd'hui le Pruth,
près d'Yaffi Capitale de la Moldavie.

Dès que le Grand-Vifir eut appris que Pierre Alexiowits marchoit de ce côté, il quitta auffi-tôt fon camp, &
fuivant le cours du Danube, il alla paffer ce fleuve fur un
pont de bâteaux près d'un bourg, nommé Saccia, au
même endroit, où Darius fit conftruire autrefois le Pont,
qui porta fon nom. L'Armée Turque fit tant de diligence, qu'elle parut bien-tôt en préfence des Mofcovites,
la riviére de Pruth entre deux.

Le Czar fûr du Prince de Moldavie, ne s'attendoit
pas que les Moldaves duffent lui manquer. Mais fouvent
le Prince & les fujets ont des interêts très-différens.
Ceux-ci aimoient la domination Turque qui n'eft jamais
fatale qu'aux Grands, & qui affecte de la douceur pour
les Peuples tributaires : ils redoutoient les Chrétiens, &
fur-tout les Mofcovites, qui les avoient toujours traités
avec inhumanité. Ils portérent toutes leurs provifions
à l'Armée Ottomane : les Entrepreneurs qui s'étoient en-
gagés à fournir des vivres aux Mofcovites, exécutérent
avec le Grand-Vifir le marché même qu'ils avoient fait
avec le Czar. Les Valaques voifins des Moldaves montrérent aux Turcs la même affection ; tant l'ancienne idée
de la Barbarie Mofcovite avoit aliéné tous les efprits.

Le Czar ainfi trompé dans fes efpérances, peut-être
trop legérement prifes, vit tout d'un coup fon Armée
fans vivres & fans fourages. Les Soldats defertoient par
troupes, & bien-tôt cette Armée fe trouva reduite à

L 5 moins

re. Si cela eût été vrai, l'Armée eût été au moins de deux millions de Soldats.

moins de trente mille hommes prêts à perir de miſére.
Le Czar éprouvoit ſur le Pruth pour s'être livré à Cantemir ce que Charles XII avoit éprouvé à Pultava pour
avoir trop compté ſur Mazeppa. Cependant les Turcs
paſſent la riviére, enferment les Ruſſes, & forment devant eux un camp retranché. Il eſt ſurprenant, que le
Czar ne diſputât point le paſſage de la riviére, ou du
moins qu'il ne réparât pas cette faute en livrant bataille
aux Turcs immédiatement après le paſſage, au lieu de
leur donner le tems de faire périr ſon Armée de faim &
de fatigue. Il ſemble, que ce Prince fit dans cette campagne tout ce qu'il falloit pour être perdu. Il ſe trouva
ſans proviſions, ayant la riviére de Pruth derriére lui, cent
cinquante mille Turcs devant lui, & quarante mille Tartares, qui le harceloient continuellement à droite & à
gauche. Dans cette extrémité, il dit publiquement, me voilà
du moins auſſi mal que mon Frere Charles l'étoit à Pultava.

Le Comte Poniatovsky, infatigable Agent du Roi
de Suéde, étoit dans l'Armée du Grand-Viſir avec quelques Polonais & quelques Suédois, qui tous croyoient la
perte du Czar inévitable.

Dès que Poniatovsky vit, que les Armées ſeroient in-
failliblement en préſence, il le manda au Roi de Suéde,
qui partit auſſi-tôt de Bender, ſuivi de quarante Officiers,
jouïſſant par avance du plaiſir de combattre l'Empereur
Moſcovite. Après beaucoup de pertes & de marches
ruïneuſes, le Czar pouſſé vers le Pruth, n'avoit pour tous
retranchemens que des chevaux de Friſe & des chariots;
quelques troupes de Janiſſaires & de Spahis vinrent fondre ſur ſon Armée ſi mal retranchée; mais ils attaquérent en
deſordre, & les Moſcovites ſe défendirent avec une vigueur
que la préſence de leur Prince & le deſeſpoir leur donnoient.

Les Turcs furent deux fois répouſſés. Le lendemain Mr. Poniatovsky conſeilla au Grand-Viſir d'affamer
l'Armée Moſcovite, qui manquant de tout, ſeroit obligée
dans un jour de ſe rendre à diſcretion avec ſon Empereur.
Le

Le Czar a depuis avoué plus d'une fois qu'il n'avoit jamais rien senti de si cruel dans sa vie, que les inquiétudes qui l'agitérent cette nuit : il rouloit dans son esprit tout ce qu' il avoit fait depuis tant d'années pour la gloire & le bonheur de sa Nation : tant de grands ouvrages toujours interrompus par des guerres, alloient peut-être périr avec lui avant d'avoir été achevés; il falloit ou être détruit par la faim, ou attaquer près de cent quatre-vingt mille hommes avec des troupes languissantes, diminuées de la moitié, une Cavalerie presque toute démontée, & des Fantassins extenués de faim & de fatigue.

Il appella le Général Czeremetof vers le commencement de la nuit, & lui ordonna sans balancer & sans prendre conseil, que tout fût prêt à la pointe du jour pour aller attaquer les Turcs la bayonnette au bout du fusil.

Il donna de plus ordre exprès qu'on brûlât tous les bagages, & que chaque Officier ne réservât qu'un seul chariot; afin que s'ils étoient vaincus, les ennemis ne pussent du moins profiter du butin qu'ils espéroient.

Après avoir tout réglé avec le Général pour la bataille, il se retira dans sa Tente accablé de douleur, & agité de convulsions, mal dont il étoit souvent attaqué, & qui redoubloit toujours avec violence quand il avoit quelque grande inquiétude. Il defendit que personne osât de la nuit entrer dans sa Tente, sous quelque prétexte que ce pût être, ne voulant pas qu'on vint lui faire des remontrances sur une résolution desespérée, mais nécessaire; encore moins qu'on fût témoin du triste état, où il se sentoit.

Cependant on brûla selon son ordre la plus grande partie de ses bagages. Toute l'Armée suivit cet exemple quoiqu'à regret; plusieurs enterrérent ce qu'ils avoient de plus précieux. Les Officiers-Généraux ordonnoient déja la marche, & tâchoient d'inspirer à l'Armée une confiance qu'ils n'avoient pas eux-mêmes; chaque soldat épuisé de fatigue & de faim, marchoit sans ardeur & sans espérance. Les femmes dont l'Armée étoit trop remplie,

plie, pouſſoient des cris qui énervoient encore les coura-
ges; tout le monde attendoit le lendemain matin la mort
ou la ſervitude. Ce n'eſt point une exagération; c'eſt à
la lettre ce qu'on a entendu dire à des Officiers qui ſervoient dans cette Armée.

Il y avoit alors dans le Camp Moſcovite, une femme
auſſi ſinguliére peut-être que le Czar même. Elle n'étoit
encore connuë que ſous le nom de Catherine. Sa Mere
étoit une malheureuſe païſanne, nommée Erb - Magden,
du village de Ringen en Eſtonie, Province où les peuples
ſont ſerfs, & qui étoit en ce tems-là ſous la domination
de la Suéde; jamais elle ne connut ſon Pere, elle fut
baptiſée ſous le nom de Marthe. Le Vicaire de la Paroiſſe
l'éleva par charité juſqu'à quatorze ans: à cet âge elle fut
ſervante à Mariembourg, chez un Miniſtre Luthérien de
ce Païs nommé Gluk.

En 1702, à l'âge de dix-huit ans, elle épouſa un
Dragon Suédois. Le lendemain de ſes Nôces, un Parti
des troupes de Suéde ayant été battu par les Moſcovites,
ce Dragon qui avoit été à l'Action ne reparut plus; ſans
que ſa femme pût ſavoir s'il avoit été fait priſonnier, & ſans
même que depuis ce tems elle en pût jamais rien apprendre.

Quelques jours après, faite priſonniére elle-même
par le Général Baur, elle ſervit chez lui, enſuite chez le
Maréchal Czeremetof: celui-ci la donna à Menzikof,
homme qui a connu les plus extrêmes viciſſitudes de la
fortune, ayant été de garçon pâtiſſier, Général & Prince,
enſuite dépouillé de tout & rélégué en Sibérie, où il eſt mort
dans la miſére & dans le deſeſpoir.

Ce fut à un ſouper chez le Prince Menzikof que
l'Empereur la vit & en devint amoureux. Il l'épouſa ſe-
cretement en 1707 non pas ſéduit par des artifices de femme,

---

* Le Sieur la Motraye prétend, qu'on lui avoit donné une belle éducation, qu'elle liſoit & écrivoit très-bien. Le contraire eſt connu
de tout le monde; on ne ſouffre point en Livonie que les païſans
apprennent à lire & à écrire, à cauſe de l'ancien privilége nommé
le

me, mais parcequ'il lui trouva & une fermeté d'ame capable de feconder fes entreprifes, & même de les continuer après lui. Il avoit déja répudié depuis long-tems fa
première femme Ottokefa, fille d'un Boyard, accufée de
s'oppofer aux changemens qu'il faifoit dans fes Etats. Ce
crime étoit le plus grand aux yeux du Czar. Il ne vouloit dans fa Famille que des perfonnes qui penfaffent
comme lui. Il crut rencontrer dans cette efclave étrangére les qualités d'un Souverain, quoiqu'elle n'eût aucune
des vertus de fon fexe : il dédaigna pour elle les préjugés
qui euffent arrêté un homme ordinaire : il la fit couronner Impératrice ; le même génie qui la fit femme de Pierre Alexiowits, lui donna l'Empire après la mort de fon
mari. L'Europe a vû avec furprife cette femme, qui ne
fût jamais ni lire *, ni écrire, réparer fon éducation &
fes faibleffes par fon courage, & remplir avec gloire le
Trône d'un Légiflateur.

Lorfqu'elle époufa le Czar, elle quitta la Religion Luthérienne, où elle étoit née, pour la Mofcovite : on la
rebaptifa felon l'ufage du Rit Ruffien, & au lieu du nom
de Marthe, elle prit le nom de Catherine, fous lequel
elle a été connuë depuis. Cette Femme étant donc au
camp de Pruth, tint un Confeil avec les Officiers-Généraux, & le Vice-Chancelier Schaffirof, pendant que le
Czar étoit dans fa Tente.

On conclut qu'il falloit demander la paix aux Turcs,
& engager le Czar à faire cette démarche. Le Vice-
Chancelier écrivit une Lettre au Grand-Vifir au nom de
fon Maître : la Czarine entra avec cette Lettre dans la
Tente du Czar, malgré la défenfe; & ayant après bien
des prières, des conteftations & des larmes, obtenu qu'il
la fignât, elle raffembla fur le champ toutes fes pierreries,
tout ce qu'elle avoit de plus précieux, tout fon argent;
elle

* le bénéfice des Clercs établi autrefois chez les nouveaux Chrétiens
Barbares & fubfiftant dans ces païs. Les Memoires fur lefquels on
rapporte ce fait difent d'ailleurs que la Princeffe Elizabeth depuis
Imperatrice fignoit toujours pour fa Mere dès fon enfance.

elle en emprunta même des Officiers-Généraux ; & ayant composé de cet amas un préfent confidérable, elle l'envoya à Ofman Aga, Lieutenant du Grand-Vifir, avec la Lettre fignée par l'Empereur Mofcovite. Mehemet Baltagi confervant d'abord la fierté d'un Vifir & d'un Vainqueur, répondit : que le Czar m'envoye fon Premier-Miniftre, & je verrai ce que j'ai à faire. Le Vice-Chancelier Schaffirof vint auffi-tôt, chargé de quelques préfens qu'il offrit publiquement lui-même au Grand-Vifir, affez confidérables pour lui marquer qu'on avoit befoin de lui, mais trop peu pour le corrompre.

La première demande du Vifir, fut que le Czar fe rendît avec toute fon Armée à difcrétion. Le Vice-Chancelier répondit que fon Maître alloit l'attaquer dans un quart d'heure ; & que les Mofcovites périroient jufqu'au dernier, plûtôt que de fubir des conditions fi infâmes. Ofman ajouta fes remontrances aux paroles de Schaffirof.

Mehemet Baltagi n'étoit pas guerrier : il voyoit que les Janiffaires avoient été repouffés la veille ; Ofman lui perfuada aifément de ne pas mettre au hazard d'une bataille des avantages certains. Il accorda donc d'abord une fufpenfion d'armes pour fix heures, pendant laquelle on conviendroit des conditions du Traité.

Pendant que l'on parlementoit, il arriva un petit accident qui peut faire connaître que les Turcs font fouvent plus jaloux de leurs paroles que nous ne croyons. Deux Gentils-hommes Italiens, parens de Mr. Brillo, Lieutenant-Colonel d'un Régiment de Grenadiers au fervice du Czar, s'étant écartés pour chercher quelque fourage, furent pris par des Tartares, qui les emmenérent à leur camp, & offrirent de les vendre à un Officier des Janiffaires ; le Turc indigné qu'on ofât ainfi violer la trève, fit arrêter les Tartares & les conduifit lui-même devant le Grand-Vifir avec ces deux prifonniers.

Le Vifir renvoya ces deux Gentils-hommes au camp du Czar, & fit trancher la tête aux Tartares, qui avoient eu le plus de part à leur enlévement. Ce-

Cependant le Kam des Tartares s'oppofoit à la conclufion d'un Traité qui lui ôtoit l'efpérance du pillage :
Poniatovsky fecondoit le Kam par les raifons les plus pref-
fantes. Mais Ofman l'emporta fur l'impatience Tartare,
& fur les infinuations de Poniatovsky.

Le Vifir crut faire affez pour le Grand-Seigneur fon
Maître, de conclure une Paix avantageufe. Il exigea,
que les Mofcovites rendiffent Azoph, qu'ils brûlaffent les
galéres qui étoient dans ce Port, qu'ils démoliffent des
Citadelles importantes bâties fur les Palus Méotides, & que
tout le Canon & les munitions de ces Forterefses demeu-
raffent au Grand-Seigneur : que le Czar retirât fes troupes
de la Pologne, qu'il n'inquiétât plus le petit nombre de
Cofaques qui étoient fous la protection des Polonais, ni
ceux qui dépendoient de la Turquie, & qu'il payât dorénavant aux Tartares un Subfide de quarante mille fequins
par an, Tribut odieux impofé depuis long-tems; mais
dont le Czar avoit affranchi fon Païs.

Enfin, le Traité alloit être figné fans qu'on eût feulement fait mention du Roi de Suéde. Tout ce que Poniatovsky put obtenir du Vifir, fut qu'on inférât un Article, par lequel le Mofcovite s'engageoit à ne point
troubler le retour de Charles XII; & ce qui eft affez fingulier, il fut ftipulé dans cet Article que le Czar & le Roi
de Suéde feroient la paix s'ils en avoient envie, & s'ils
pouvoient s'accorder.

A ces conditions le Czar eut la liberté de fe retirer
avec fon Armée, fon Canon, fon Artillerie, fes drapeaux,
fon bagage. Les Turcs lui fournirent des vivres, & tout
abonda dans fon camp deux heures après la fignature du traité, qui fut commencé, conclu & figné le 21 de Juil. 1711.

Dans le tems que le Czar échappé de ce mauvais
pas fe retiroit Tambour battant & Enfeignes déployées,
arrive le Roi de Suéde impatient de combattre, & de voir
fon ennemi entre fes mains. Il avoit couru plus de cinquante lieuës à cheval, depuis Bender jufqu'auprès d'Yaffi.

Il

Il arriva dans le tems que les Ruſſes commençoient à faire paiſiblement leur retraite, il falloit pour pénétrer au camp des Turcs aller paſſer le Pruth ſur un pont à trois lieuës de-là. Charles XII qui ne faiſoit rien comme les autres hommes paſſa la riviére à la nage au hazard de ſe noyer, & traverſa le camp Moſcovite au hazard d'être pris: il parvint à l'Armée Turque, & deſcendit à la tente du Comte Poniatovsky qui m'a conté & écrit ce fait. Le Comte s'avança triſtement vers lui, & lui apprit comment il venoit de perdre une occaſion qu'il ne recouvreroit peut être jamais.

Le Roi outré de colére va droit à la Tente du Grand-Viſir : il lui reproche, avec un viſage enflammé, le Traité qu'il vient de conclure. J'ai droit, dit le Grand-Viſir d'un air calme, de faire la guerre & la paix. Mais, ajoute le Roi, n'avois-tu pas toute l'Armée Moſcovite en ton pouvoir ? Notre Loi nous ordonne, repartit gravement le Viſir, de donner la paix à nos ennemis quand ils implorent notre miſéricorde. Eh, t'ordonne-t-elle, inſiſte le Roi en colére, de faire un mauvais Traité, quand tu peux impoſer telles loix que tu veux ? Ne dépendoit-il pas de toi d'amener le Czar priſonnier à Conſtantinople ?

Le Turc pouſſé à bout répondit ſéchement : Et qui gouverneroit ſon Empire en ſon abſence ? Il ne faut pas que tous les Rois ſoient hors de chez eux. Charles répliqua par un ſourire d'indignation : il ſe jetta ſur un Sopha, & regardant le Viſir d'un air plein de colére & de mépris, il étendit ſa jambe vers lui, & embarraſſant exprès ſon éperon dans la Robe du Turc, il la lui déchira, ſe releva ſur le champ, remonta à cheval, & retourna à Bender le deſeſpoir dans le cœur.

Poniatovsky reſta encore quelque tems avec le Grand-Viſir, pour eſſayer des voyes plus douces de l'engager à tirer un meilleur parti du Czar; mais l'heure de la Priére étant venuë, le Turc, ſans répondre un ſeul mot, alla ſe laver & prier Dieu.

Fin du Livre cinquiéme.

HI-

HISTOIRE
DE
CHARLES XII,
ROI DE SUEDE.

LIVRE SIXIEME.

ARGUMENT.

Intrigues à la Porte Ottomane : Le Kam des Tartares & le Pacha de Bender veulent forcer Charles de partir : Il se défend avec quarante Domestiques contre une Armée : Il est pris & traité en prisonnier.

La fortune du Roi de Suéde, si changée de ce qu'elle avoit été, le persécutoit dans les moindres choses : il trouva à son retour son petit camp de Bender, & tout le logement inondé des eaux du Niester : il se retira à quelques milles, près d'un village nommé Varnitza ; & comme s'il eût eu un secret pressentiment de ce qui devoit lui arriver, il fit bâtir en cet endroit une large maison de pierres, capable en un besoin de soutenir quelques heures un assaut. Il la meubla même magnifiquement, contre sa coutume, pour imposer plus de respect aux Turcs.

Il en construisit aussi deux autres, l'une pour sa Chancellerie, l'autre pour son Favori Grothusen, qui tenoit une de ses tables. Tandis que le Roi bâtissoit ainsi près de Bender, comme s'il eût voulu rester toujours en Turquie, Baltagi Mehemet craignant plus que jamais les intrigues & les plaintes de ce Prince à la Porte, avoit envoyé le Réſident de l'Empereur d'Allemagne, demander lui-même à Vienne un paſſage pour le Roi de Suéde par les Terres Héréditaires de la Maiſon d'Autriche. Cet Envoyé avoit rapporté en trois ſemaines de tems une pro-meſſe de la Régence Impériale de rendre à Charles XII les honneurs qui lui étoient dûs, & de le conduire en tou-te ſûreté en Poméranie.

On s'étoit adreſſé à cette Régence de Vienne, parce qu'alors l'Empereur d'Allemagne, Charles, Succeſſeur de Joſeph, étoit en Eſpagne où il diſputoit la Couronne à Philippe V. Pendant que l'Envoyé Allemand exécutoit à Vienne cette commiſſion, le Grand-Viſir envoya trois Pacha au Roi de Suéde, pour lui ſignifier qu'il falloit quitter les Terres de l'Empire Turc.

Le Roi, qui ſavoit l'ordre dont ils étoient chargés, leur fit d'abord dire que s'ils oſoient lui rien propoſer contre ſon honneur, & lui manquer de reſpect, il les feroit pendre tous trois ſur l'heure. Le Pacha de Salo-nique, qui portoit la parole, déguiſa la dureté de ſa commiſſion ſous les termes les plus reſpectueux. Charles finit l'audience ſans daigner ſeulement répondre; ſon Chancélier Mullern, qui reſta avec ces trois Pachas, leur expliqua en peu de mots le refus de ſon Maître qu'ils a-voient aſſez compris par ſon ſilence.

Le Grand-Viſir ne ſe rebuta pas, il ordonna à Iſma-el Pacha, nouveau Seraſquier de Bender, de menacer le Roi de l'indignation du Sultan, s'il ne ſe déterminoit pas ſans délai. Ce Seraſquier étoit d'un tempérament doux & d'un eſprit conciliant, qui lui avoit attiré la bienveil-lance de Charles, & l'amitié de tous les Suédois. Le Roi entra en conférence avec lui; mais ce fut pour lui dire, qu'il ne partiroit que quand Achmet lui auroit accordé deux choſes; la punition de ſon Grand-Viſir; & cent mille hommes pour retourner en Pologne.

Bal-

Baltagi Mehemet fentoit bien que Charles reftoit en Turquie pour le perdre ; il eut foin de faire mettre des Gardes fur toutes les routes de Bender à Conftantinople, pour intercepter les Lettres du Roi. Il fit plus ; il lui retrancha fon Thaïm, c'eft-à-dire, la provifion que la Porte fournit aux Princes à qui elle accorde un azyle. Celle du Roi de Suéde étoit immenfe, confiftant en cinq cens écus par jour en argent, & dans une profufion de tout ce qui peut contribuer à l'entretien d'une Cour dans la fplendeur & dans l'abondance.

Dès que le Roi fût que le Vifir avoit ofé retrancher fa fubfiftance, il fe tourna vers fon Grand-Maître d'Hôtel, & lui dit : Vous n'avez eu que deux tables jufqu'à préfent, je vous ordonne d'en tenir quatre dès demain.

Les Officiers de Charles XII étoient accoutumés à ne trouver rien d'impoffible de ce qu'il ordonnoit ; cependant on n'avoit ni provifions, ni argent ; on fut obligé d'emprunter à vingt, à trente, à quarante pour cent, des Officiers, des Domeftiques, & des Janiffaires devenus riches par les profufions du Roi. Mr. Fabrice, l'Envoyé de Holftein, Jeffreys Miniftre d'Angleterre, leurs Secrétaires, leurs Amis donnérent ce qu'ils avoient. Le Roi avec fa fierté ordinaire, & fans inquiétude du lendemain, fubfiftoit de ces dons qui n'auroient pas fuffi longtems. Il fallut tromper la vigilance des Gardes, & envoyer fecrettement à Conftantinople pour emprunter de l'argent des Négocians Européans. Tous réfuférent d'en prêter à un Roi qui fembloit s'être mis hors d'état de jamais rendre. Un feul Marchand Anglais, nommé Couk, ofa enfin prêter environ quarante mille écus, fatisfait de les perdre fi le Roi de Suéde venoit à mourir. On apporta cet argent au petit camp du Roi, dans le tems qu'on commençoit à manquer de tout, & à ne plus efpérer de reffource.

M 2

Dans

Dans cet intervalle Mr. de Poniatovsky écrivit du camp même du Grand-Vifir, une Relation de la campagne du Pruth, dans laquelle il accufoit Baltagi Mehemet de lâcheté & de perfidie. Un vieux Janiffaire indigné de la faibleffe du Vifir, & de plus gagné par les préfens de Poniatovsky, fe chargea de cette Relation; & ayant obtenu un congé, il préfenta lui-même la Lettre au Sultan.

Poniatovsky partit du camp quelques jours après, & alla à la Porte Ottomane former des intrigues contre le Grand-Vifir felon fa coutume.

Les circonftances étoient favorables : le Czar en liberté ne fe preffoit pas d'accomplir fes promeffes : les Clefs d'Azoph ne venoient point ; le Grand-Vifir qui en étoit refponfable, craignant avec raifon l'indignation de fon Maître, n'ofoit s'aller préfenter devant lui.

Le Sérail étoit alors plus rempli que jamais d'intrigues & de factions. Ces cabales que l'on voit dans toutes les Cours, & qui fe terminent d'ordinaire dans les nôtres par quelque deplacement de Miniftre, ou tout au plus par quelque exil, font toujours tomber à Conftantinople plus d'une tête; il en couta la vie à l'ancien Vifir Choulouly & à Ofman ce Lieutenant de Baltagi Mehemet, qui étoit le principal Auteur de la paix du Pruth, & qui depuis cette paix avoit obtenu une charge confiderable à la Porte. On trouva parmi les tréfors d'Ofman la bague de la Czarine & vingt mille piéces d'or au coin de Saxe & de Mofcovie, ce fut une preuve que l'argent feul avoit tiré le Czar du précipice & avoit ruiné la fortune de Charles XII. Le Vifir Baltagi Mehemet fut relegué dans l'Isle de Lemnos, où il mourit trois ans après. Le Sultan ne faifit fon bien ni à fon exil ni à fa mort : il n'étoit pas riche, & fa pauvreté juftifia fa mémoire.

A ce

A ce Grand-Vifir fucceda Juſſuf, c'eſt-à-dire Joſeph, dont la fortune étoit auſſi finguliére que celle de ſes Prédéceſſeurs. Né ſur les frontieres de la Moſcovie, & fait priſonnier par les Turcs à l'âge de ſix ans avec ſa famille, il avoit été vendu à un Janiſſaire. Il fut long-tems Valet dans le Sérail, & devint enfin la feconde perſonne de l'Empire où il avoit été eſclave; mais ce n'étoit qu'un fantôme de Miniſtre. Le jeune Selictar Ali Coumourgi l'éleva à ce Poſte gliſſant, en attendant qu'il pût s'y placer lui-même; & Juſſuf ſa Créature n'eut d'autre emploi que d'appoſer les Sceaux de l'Empire aux volontés du Favori. La Politique de la Cour Ottomane parut toute changée dès les premiers jours de ce Viſiriat : les Plénipotentiaires du Czar qui reſtoient à Conſtantinople, & comme Miniſtres, & comme Otages, y furent mieux traités que jamais : le Grand-Vifir confirma avec eux la paix du Pruth ; mais ce qui mortifia le plus le Roi de Suéde, ce fut d'apprendre que les liaiſons ſécrettes qu'on prenoit à Conſtantinople avec le Czar, étoient le fruit de la Médiation des Ambaſſadeurs d'Angleterre & de Hollande.

Conſtantinople depuis la retraite de Charles à Bender, étoit devenuë ce que Rome a été ſi ſouvent, le centre des Négociations de la Chrétienté. Le Comte Deſalleurs, Ambaſſadeur de France, y appuyoit les interêts de Charles & de Stanislas : le Miniſtre de l'Empereur Allemand les traverſoit; les Factions de Suéde & de Moſcovie s'entrechoquoient, comme on a vû long-tems celles de France & d'Eſpagne agiter la Cour de Rome.

L'Angleterre & la Hollande qui paraiſſoient neutres, ne l'étoient pas : le nouveau commerce que le Czar avoit ouvert dans Petersbourg, attiroit l'attention de ces deux Nations commerçantes.

M 3   Les

Les Anglais & les Hollandais feront toujours pour le Prince qui favorifera le plus leur trafic. Il y avoit beaucoup à gagner avec le Czar : il n'eſt donc pas étonnant que les Miniſtres d'Angleterre & de Hollande le ſerviſſent ſecrettement à la Porte Ottomanne. Une des conditions de cette nouvelle amitié fut, que l'on feroit fortir inceſſamment Charles des Terres de l'Empire Turc; ſoit que le Czar eſpérât ſe ſaiſir de ſa perſonne ſur les chemins, ſoit qu'il crût Charles moins redoutable dans ſes Etats qu'en Turquie, où il étoit toujours ſur le point d'armer les forces Ottomanes contre l'Empire des Ruſſes.

Le Roi de Suéde ſollicitoit toujours la Porte, de le renvoyer par la Pologne avec une nombreuſe Armée. Le Divan réſolut en effet de le renvoyer; mais avec une ſimple Eſcorte de ſept à huit mille hommes ; non plus comme un Roi qu'on vouloit ſecourir, mais comme un Hôte dont on vouloit ſe défaire. Pour cet effet le Sultan Achmet lui écrivit en ces termes.

Très - Puiſſant entre les Rois adorateurs de Jeſus, Redreſſeur des torts & des injures, & Protecteur de la Juſtice dans les Ports & les Républiques du Midi & du Septentrion ; éclatant en Majeſté, Ami de l'honneur & de la gloire, & de notre Sublime Porte, Charles Roi de Suéde, dont Dieu couronne les entrepriſes de bonheur.

Auſſi-tôt que le très-illuſtre Achmet, ci-devant Chiaoux Pachi, aura eu l'honneur de vous préſenter cette Lettre ornée de notre Sceau Impérial, ſoyez perſuadé & convaincu de la vérité de nos intentions, qui y ſont contenuës, à ſavoir, que quoique nous nous fuſſions propoſé de faire marcher de nouveau contre le Czar nos Troupes toujours victorieuſes; cependant ce Prince pour éviter le juſte reſſentiment

ment que nous avoit donné son retardement à exécuter le
Traité conclu sur les bords du Pruth, & renouvellé depuis
à notre Sublime Porte, ayant rendu à notre Empire le
Château & la Ville d'Azoph ; & cherché par la médiation des
Ambassadeurs d'Angleterre & de Hollande, nos anciens a-
mis, à cultiver avec nous les liens d'une constante paix ;
nous la lui avons accordée, & donné à ses Plénipotentiaires qui nous restent pour Otages notre Ratification Impériale, après avoir reçû la sienne de leurs mains.

Nous avons donné au très-honorable & vaillant Delvet Gherai, Ham de Budziack, de Crimée, de Nagaï &
de Circassie, & à notre très-sage Conseiller & généreux
Serasquier de Bender, Ismaël (que Dieu perpétue & augmente leur magnificence & prudence) nos ordres inviola-
bles & salutaires pour votre retour par la Pologne, selon
votre premier dessein, qui nous a été renouvellé de votre
part. Vous devez donc vous préparer à partir sous les
auspices de la Providence, & avec une honorable Escorte
l'Hyver prochain pour vous rendre dans vos Provinces, a-
yant soin de passer en ami par celles de la Pologne.

Tout ce qui sera nécessaire pour votre voyage vous
sera fourni par ma Sublime Porte, tant en argent qu'en
hommes, chevaux & chariots. Nous vous exhortons sur-
tout, & vous recommandons de donner vos ordres les plus
positifs, & les plus clairs à tous les Suédois & autres gens
qui se trouvent auprès de vous, de ne commettre aucun dé-
sordre, & de ne faire aucune action qui tende directement
ou indirectement à violer cette paix & amitié.

Vous conserverez par-là notre bienveillance dont nous
chercherons à vous donner d'aussi grandes & d'aussi fré-

M 4   quentes

quentes marques qu'il s'en préfentera d'occafions. Nos troupes deftinées pour vous accompagner, recevront des or-dres conformes à nos intentions Impériales.

Donné à notre Sublime Porte de Conftantinople, le 14 de la Lune Rebyul Eureh 1214, ce qui revient au 19 Avril 1712.

Cette Lettre ne fit point encore perdre l'efpérance au Roi de Suéde : il écrivit au Sultan qu'il feroit toute fa vie reconnaiffant des faveurs dont Sa Hauteffe l'avoit comblé; mais qu'il croyoit le Sultan trop jufte pour le renvoyer avec la fimple Efcorte d'un camp volant dans un païs encore inondé des troupes du Czar. En effet, l'Empe-reur Mofcovite, malgré le premier Article de la paix du Pruth, par lequel il s'étoit engagé à retirer toutes fes troupes de la Pologne, y en avoit fait encore paffer de nouvelles; & ce qui femble étonnant, c'eft que le Grand-Seigneur n'en favoit rien.

La mauvaife politique de la Porte, d'avoir toujours par vanité des Ambaffadeurs des Princes Chrétiens à Con-ftantinople, & de ne pas entretenir un feul Agent dans les Cours Chrétiennes, fait que ceux-ci pénétrent & con-duifent quelquefois les réfolutions les plus fecrettes du Sultan, & que le Divan eft toujours dans une profonde ignorance de ce qui fe paffe publiquement chez les Chré-tiens.

Le Sultan, enfermé dans fon Sérail parmi fes Fem-mes & fes Eunuques, ne voit que par les yeux de fon Grand-Vifir : ce Miniftre auffi inacceffible que fon Maî-tre, occupé des intrigues du Sérail, & fans correfpondan-ce au dehors, eft d'ordinaire trompé, ou trompe le Sul-tan qui le dépofe ou le fait étrangler à la première faute, pour en choifir un autre auffi ignorant ou auffi perfide, qui fe conduit comme fes prédéceffeurs, & qui tombe bien-tôt comme eux.

Telle

Telle eſt pour l'ordinaire l'inaction & la ſécurité profonde de cette Cour, que ſi les Princes Chrétiens ſe liguoient contre elle, leurs Flottes ſeroient aux Dardanelles, & leur Armée de terre aux portes d'Andrinople, avant que les Turcs euſſent ſongé à ſe défendre ; mais les divers interêts qui diviſeront toujours la Chrétienté, ſauveront les Turcs d'une deſtinée que leur peu de politique & leur ignorance dans la guerre & dans la Marine ſemblent leur préparer aujourd'hui.

Achmet étoit ſi peu informé de ce qui ſe paſſoit en Pologne, qu'il y envoya un Aga pour voir s'il étoit vrai que les Armées du Czar y fuſſent encore : deux Secrétaires du Roi de Suéde, qui ſavoient la Langue Turque, accompagnérent l'Aga, afin de ſervir de témoins contre lui en cas qu'il fît un faux rapport.

Cet Aga vit par ſes yeux la vérité, & en vint rendre compte au Sultan même. Achmet indigné alloit faire étrangler le Grand-Viſir ; mais le Favori qui le protégeoit, & qui croyoit avoir beſoin de lui, obtint ſa grace & le ſoutint encore quelque tems dans le Miniſtère.

Les Moſcovites étoient protégés ouvertement par le Viſir, & ſecrettement par Ali Coumourgi qui avoit changé de parti ; mais le Sultan étoit ſi irrité, l'infraction du Traité étoit ſi manifeſte ; & les Janiſſaires qui font trembler ſouvènt les Miniſtres, les Favoris, & les Sultans, demandoient ſi hautement la guerre, que perſonne dans le Sérail n'oſa ouvrir un avis modéré.

Auſſi-tôt le Grand-Seigneur fit mettre aux Sept Tours les Ambaſſadeurs Moſcovites déja auſſi accoutumés à aller en priſon qu'à l'audience. La guerre eſt de nouveau déclarée contre le Czar : les Queuës de cheval arborées ; les ordres donnés à tous les Pachas d'aſſembler une Armée de deux cens mille combattans. Le Sultan

M 5   lui-

lui-même quitta Conftantinople, & vint établir fa Cour à Andrinople, pour être moins éloigné du Théatre de la Guerre.

Pendant ce tems une Ambaffade folemnelle envoyée au Grand-Seigneur de la part d'Augufte & de la République de Pologne, s'avançoit fur le chemin d'Andrinople; le Palatin de Mazovie étoit à la tête de l'Ambaffade avec une fuite de plus de trois cens perfonnes.

Tout ce qui compofoit l'Ambaffade fut arrêté & rétenu prifonnier dans l'un des Fauxbourgs de la ville: jamais le parti du Roi de Suéde ne s'étoit plus flatté que dans cette occafion; cependant ce grand appareil devint encore inutile, & toutes fes efpérances furent trompées.

Si l'on en croit un Miniftre public, homme fage & clairvoyant, qui réfidoit alors à Conftantinople, le jeune Coumurgi rouloit déja dans fa tête d'autres deffeins, que de difputer des Deferts au Czar de Mofcovie dans une guerre douteufe. Il projettoit d'enlever aux Vénitiens le Péloponèfe, nommé aujourd'hui la Morée, & de fe rendre maître de la Hongrie.

Il n'attendoit pour exécuter fes grands deffeins que l'Emploi de Premier Vifir dont fa jeuneffe l'écartoit encore. Dans cette idée il avoit plus befoin d'être l'Allié que l'ennemi du Czar; fon interêt ni fa volonté n'étoient pas de garder plus long-tems le Roi de Suéde, encore moins d'armer la Turquie en fa faveur. Non feulement il vouloit renvoyer ce Prince; mais il difoit ouvertement qu'il ne falloit plus fouffrir deformais aucun Miniftre Chrétien à Conftantinople; que tous ces Ambaffadeurs ordinaires n'étoient que des Efpions honorables, qui corrompoient ou qui trahiffoient les Vifirs, & donnoient depuis trop long-tems le mouvement aux intrigues du Sérail; que les Francs établis à Pera, & dans les Echelles

du

du Levant, font des Marchands qui n'ont befoin que
d'un Conful & non d'un Ambaffadeur. Le Grand-Vifir
qui devoit fon établiffement & fa vie même au Favori, &
qui de plus le craignoit, fe conformoit à fes intentions
d'autant plus aifément, qu'il s'étoit vendu aux Mofcovites, & qu'il efpéroit fe vanger du Roi de Suéde qui avoit
voulu le perdre. Le Mouphti, créature d'Ali Coumourgi,
étoit auffi l'efclave de fes volontés : il avoit confeillé la
guerre contre le Czar, quand le Favori la vouloit, & il
la trouva injufte dès que ce jeune homme eut changé d'a-
vis ; ainfi à peine l'Armée fut affemblée qu'on écouta des
propofitions d'accommodement. Le Vice-Chancelier
Schafirof, & le jeune Czeremetof, Plénipotentiaires &
Otages du Czar à la Porte, promirent après bien des négociations, que le Czar retireroit fes troupes de la Pologne. Le Grand-Vifir qui favoit bien que le Czar n'exé-
cuteroit pas ce Traité, ne laiffa pas de le figner ; & le
Sultan content d'avoir en apparence impofé des Loix aux
Mofcovites, refta encore à Andrinople. Ainfi on vit en
moins de fix mois la paix jurée avec le Czar, enfuite la
guerre declarée, & la paix renouvellée encore.

Le principal Article de tous ces Traités fut toujours
qu'on feroit partir le Roi de Suéde. Le Sultan ne vouloit point commettre fon honneur & celui de l'Empire
Ottoman, en expofant le Roi à être pris fur la route par fes
ennemis. Il fut ftipulé qu'il partiroit ; mais que les Ambaffadeurs de Pologne & de Mofcovie répondroient de la
fûreté de fa perfonne ; ces Ambaffadeurs jurérent au nom
de leurs Maîtres, que ni le Czar, ni le Roi Augufte, ne
troubleroient fon paffage ; & que Charles de fon côté ne
tenteroit d'exciter aucun mouvement en Pologne. Le
Divan ayant ainfi réglé la deftinée de Charles, Ifmaël Serasquier de Bender fe tranfporta a Varnitza, où le Roi étoit
campé, & vint lui rendre compte des réfolutions de la
Porte,

Porte, en lui infinuant adroitement qu'il n'y avoit plus à différer, & qu'il falloit partir.

Charles ne répondit autre chofe finon, que le Grand-Seigneur lui avoit promis une Armée & non une Efcorte; & que les Rois devoient tenir leur parole.

Cependant le Général Flemming, Miniftre & Favori du Roi Augufte, entretenoit une correfpondance fecrette avec le Kam de Tartarie & le Serasquier de Bender. La Mare, Gentilhomme Français, Colonel au fervice de Saxe, avoit fait plus d'un voyage de Bender à Drefde, & tous ces voyages étoient fufpects.

Précifément dans ce tems, le Roi de Suéde fit arrêter, fur les frontiéres de la Valachie, un Courier que Flemming envoyoit au Prince de Tartarie. Les Lettres lui furent apportées: on les déchiffra: on y vit une intelligence marquée entre les Tartares & la Cour de Drefde; mais elles étoient conçûes en termes fi ambigus & fi généraux, qu'il étoit difficile de démêler, fi le but du Roi Augufte étoit feulement de détacher les Turcs du parti de la Suéde, ou s'il vouloit que le Kam livrât Charles à fes Saxons en le reconduifant en Pologne.

Il fembloit difficile d'imaginer qu'un Prince auffi généreux qu'Augufte, voulût en faififfant la perfonne du Roi de Suéde, hazarder la vie de fes Ambaffadeurs, & de trois cens Gentilshommes Polonais qui étoient retenus dans Andrinople, comme des gages de la fûreté de Charles.

Mais d'un autre côté on favoit, que Flemming, Miniftre abfolu d'Augufte, étoit très-délié & peu fcrupuleux. Les outrages faits au Roi Electeur par le Roi de Suéde, fembloient rendre toute vengeance excufable; & on pouvoit penfer que fi la Cour de Drefde achetoit Charles
les

les du Kam des Tartares, elle pourroit acheter aifément de la Cour Ottomane la liberté des Otages Polonais.

Ces raifons furent agitées entre le Roi, Mullern, fon Chancelier Privé, & Grothufen fon Favori. Ils lurent & relurent les Lettres, & la malheureufe fituation où ils étoient les rendant plus foupçonneux, ils fe déterminérent à croire ce qu'il y avoit de plus trifte.

Quelques jours après, le Roi fut confirmé dans fes foupçons par le départ précipité d'un Comte Sapieha réfugié auprès de lui, qui le quitta brufquement pour aller en Pologne fe jetter entre les bras d'Augufte. Dans toute autre occafion Sapieha ne lui auroit paru qu'un mécontent; mais dans ces conjonctures délicates, il ne balança pas à le croire un traître. Les inftances réïtérées qu'on lui fit alors de partir, changérent fes foupçons en certitude. L'opiniâtreté de fon caractère fe joignant à toutes ces vraifemblances, il demeura ferme dans l'opinion qu'on vouloit le trahir & le livrer à fes ennemis, quoique ce complot n'ait jamais été prouvé.

Il pouvoit fe tromper dans l'idée qu'il avoit que le Roi Augufte avoit marchandé fa perfonne avec les Tartares; mais il fe trompoit encore davantage en comptant fur le fecours de la Cour Ottomane. Quoi qu'il en foit, il réfolut de gagner du tems.

Il dit au Pacha de Bender qu'il ne pouvoit partir fans avoir auparavant de quoi payer fes dettes, car quoiqu'on lui eût rendu depuis long-tems fon Thaïm, fes libéralités l'avoient toujours forcé d'emprunter. Le Pacha lui demanda ce qu'il vouloit, le Roi répondit au hazard mille Bourfes, qui font quinze cens mille francs de notre argent en monnoye forte. Le Pacha en écrivit à la Porte: le Sultan au lieu de mille Bourfes qu'on lui demandoit, en accorda douze cens, & écrivit au Pacha la Lettre fuivante.

Lettre

Lettre du Grand - Seigneur au Pacha de Bender.

*L*e but de cette Lettre Impériale est pour vous faire savoir que sur votre recommandation & réprésentation, & sur celle du très-noble Delvet Gherai Ham, à notre Sublime Porte, notre Impériale magnificence a accordé mille Bourses au Roi de Suéde, qui seront envoyées à Bender sous la conduite & la charge du très-illustre Mehemet Pacha, ci-devant Chiaoux Pachi, pour rester sous votre garde jusqu'au tems du départ du Roi de Suéde, dont Dieu dirige les pas ; & lui être données alors avec deux cens Bourses de plus, comme un surcroît de notre libéralité Impériase qui excède sa demande.

Quant à la route de Pologne qu'il est résolu de prendre, vous aurez soin, vous & le Ham, qui devez l'accompagner, de prendre des mesures si prudentes & si sages, que pendant tout le passage, les troupes qui sont sous votre commandement, & les gens du Roi de Suéde, ne causent aucun dommage & ne fassent aucune action qui puisse être réputée contraire à la paix qui subsiste encore entre notre Sublime Porte, & le Royaume & la République de Pologne ; en sorte que le Roi passe comme ami sous notre protection.

Ce que faisant (comme vous lui recommanderez bien expressément de faire) il recevra tous les honneurs & les égards dûs à Sa Majesté de la part des Polonais, ce dont nous ont fait assurer les Ambassadeurs du Roi Auguste, & de la République, en s'offrant même à cette condition aussi-
bien

bien que quelques autres nobles Polonais, *si nous le réquérons, pour ôtages & sûreté de son passage.*

Lorsque le tems dont vous serez convenu avec le très-noble Delvet Gherai pour la marche, sera venu, vous vous mettrez à la tête de vos braves Soldats, entre lesquels seront les Tartares, ayant à leur tête le Ham, & vous conduirez le Roi de Suéde avec ses gens.

Qu'ainsi il plaise au seul Dieu tout-puissant de diriger vos pas & les leurs ; le Pacha d'Aulos restera à Bender pour le garder en votre absence, avec un corps de Spahis, & un autre de Janissaires ; & en suivant nos ordres & nos intentions Impériales en tous ces points & articles, vous vous rendrez dignes de la continuation de notre faveur Impériale, aussi-bien que des louanges & des récompenses dûes à tous ceux qui les observent.

Fait à notre Résidence Impériale de Constantinople le 2 de la Lune de Cheval 1124 de l'Egire.

Pendant qu'on attendoit cette réponse du Grand-Seigneur, le Roi écrivit à la Porte, pour se plaindre de la trahison dont il soupçonnoit le Kam des Tartares, mais les passages étoient bien gardés : de plus le Ministère lui étoit contraire, les Lettres ne parvinrent point au Sultan ; le Visir empêcha même Mr. Desalleurs de venir à Andrinople où étoit la Porte, de peur que ce Ministre qui agissoit pour le Roi de Suéde, ne voulût déranger le dessein qu'on avoit de le faire partir.

Charles indigné de se voir en quelque sorte chassé des Terres du Grand-Seigneur, se détermina à ne point partir du tout.

Il

Il pouvoit demander à s'en retourner par les Terres d'Allemagne, ou s'embarquer fur la Mer Noire, pour fe rendre à Marfeille par la Méditerranée ; mais il aima mieux ne demander rien & attendre les événemens.

Quand les douze cens Bourfes furent arrivées, fon Treforier Grothufen qui avoit appris la Langue Turque dans ce long féjour, alla voir le Pacha fans Interprête, dans le deffein de tirer de lui les douze cens Bourfes, & de former enfuite à la Porte quelqu'intrigue nouvelle, toujours fur cette fauffe fuppofition, que le Parti Suédois armeroit enfin l'Empire Ottoman contre le Czar.

Grothufen dit au Pacha que le Roi ne pouvoit avoir fes Equipages prêts fans argent ; mais, dit le Pacha, c'eft nous qui ferons tous les frais de votre départ ; votre Maître n'a rien à dépenfer tant qu'il fera fous la protection du mien.

Grothufen repliqua qu'il y avoit tant de différence entre les Equipages Turcs, & ceux des Francs, qu'il falloit avoir recours aux Artifans Suédois & Polonais qui étoient à Varnitza.

Il l'affûra que fon Maître étoit difpofé à partir, & que cet argent faciliteroit & avanceroit fon départ. Le Pacha trop confiant donna les douze cens Bourfes ; il vint quelques jours après demander au Roi d'une maniére très-refpectueufe, les ordres pour le départ.

Sa furprife fut extrême quand le Roi lui dit qu'il n'étoit pas prêt de partir, & qu'il lui falloit encore mille Bourfes. Le Pacha confondu à cette réponfe, fut quelque tems fans pouvoir parler. Il fe retira vers une fenêtre, où on le vit verfer quelques larmes. Enfuite s'adreffant au Roi, il m'en coûtera la tête, dit-il, pour avoir obligé ta Majefté : j'ai donné les douze cens Bour-

fes

ſes malgré l'ordre exprès de mon Souverain ; ayant dit ces paroles, il s'en retournoit plein de triſteſſe.

Le Roi l'arrêta, & lui dit qu'il l'excuſeroit auprès du Sultan. Ah ! repartit le Turc en s'en allant, mon Maître ne ſait point excuſer les fautes, il ne ſait que les punir.

Iſmaël Pacha alla apprendre cette nouvelle au Kam des Tartares, lequel ayant reçû le même ordre que le Pacha de ne point ſouffrir que les douze cens Bourſes fuſſent données avant le départ du Roi, & ayant conſenti qu'on délivrât cet argent, appréhendoit auſſi-bien que le Pacha l'indignation du Grand-Seigneur. Ils écrivirent tous deux à la Porte pour ſe juſtifier; ils proteſtérent qu'ils n'avoient donné les douze cens Bourſes que ſur les pro-meſſes poſitives d'un Miniſtre du Roi de partir ſans délai; & ils ſuppliérent Sa Hauteſſe, que le refus du Roi ne fût point attribué à leur deſobéïſſance.

Charles perſiſtant toujours dans l'idée que le Kam & le Pacha vouloient le livrer à ſes ennemis, ordonna à Mr. Funk, alors ſon Envoyé auprès du Grand-Seigneur, de porter contre eux ſes plaintes, & de demander encore mille Bourſes. Son extrême généroſité, & le peu de cas qu'il faiſoit de l'argent, l'empêchoient de ſentir qu'il y avoit de l'aviliſſement dans cette propoſition. Il ne la faiſoit que pour s'attirer un refus, & pour avoir un nouveau prétexte de ne point partir. Mais c'étoit être réduit à d'étranges extrémités que d'avoir beſoin de pareils artifices. Savari, ſon Interprête, homme adroit & entre-prenant, porte ſa Lettre à Andrinople, malgré la ſévéri-té avec laquelle le Grand-Viſir faiſoit garder les paſſa-ges.

Funk fut obligé d'aller faire cette demande dange-reuſe. Pour toute réponſe, on le fit mettre en priſon. Le Sultan indigné fit aſſembler un Divan extraordinaire,

& y parla lui-même, ce qu'il ne fait que très-rarement. Tel fut son difcours felon la traduction qu'on en fit alors.

„ Je n'ai prefque connu le Roi de Suéde que par fa „ défaite de Pultava, & par la priére qu'il m'a faite de lui „ accorder un azyle dans mon Empire : je n'ai, je „ crois, nul befoin de lui, & n'ai fujet ni de l'aimer, „ ni de le craindre ; cependant fans confulter d'autres „ motifs que l'Hofpitalité d'un Mufulman, & ma géné- „ rofité qui répand la rofée de fes faveurs fur les grands „ comme fur les petits, fur les Etrangers comme fur mes „ fujets, je l'ai reçû & fecouru de tout, lui, fes Mini- „ ftres, fes Officiers, fes Soldats, & n'ai ceffé pendant „ trois ans & demi de l'accabler de préfens.

„ Je lui ai accordé une Efcorte confidérable pour le „ conduire dans fes Etats. Il a demandé mille Bourfes „ pour payer quelques fraix, quoique je les faffe tous: „ au lieu de mille, j'en ai accordé douze cens ; après les „ avoir tirées de la main du Seraskier de Bender, il en „ demande encore mille autres, & ne veut point partir „ fous prétexte que l'Efcorte eft trop petite, au lieu qu'el- „ le n'eft que trop grande pour paffer par un païs ami.

„ Je demande donc, fi c'eft violer les Loix de l'Ho- „ fpitalité, que de renvoyer ce Prince, & fi les Puiffan- „ ces Etrangéres doivent m'accufer de violence & d'inju- „ ftice, en cas qu'on foit réduit à le faire partir par force.„ Tout le Divan répondit que le Grand-Seigneur agiffoit avec juftice.

Le Mouphti déclara que l'Hofpitalité n'eft point de commande aux Mufulmans envers les Infidèles, en- core moins envers les ingrats ; & il donna fon Fetfa, efpèce de Mandement qui accompagne prefque toujours les ordres importans du Grand-Seigneur ; ces Fetfa font révé-

révérés comme des Oracles, quoique ceux dont ils émanent foient des Efclaves du Sultan comme les autres.

L'ordre & le Fetfa furent portés à Bender par le *Bouyouk Imraour*, Grand-Maître des Ecuries, & un Chiaou Pacha premier Huiffier. Le Pacha de Bender reçut l'ordre chez le Kam des Tartares ; auffi-tôt il alla à Varnitza demander, fi le Roi vouloit partir comme ami, ou le réduire à exécuter les ordres du Sultan.

Charles XII menacé n'étoit pas maître de fa colére. Obéïs à ton Maître, fi tu l'ofes, lui dit-il, & fors de ma préfence. Le Pacha indigné s'en retourna au grand galop, contre l'ufage ordinaire des Turcs : en s'en retournant il rencontra Fabrice & lui cria toujours en courant : le Roi ne veut point écouter la raifon ; tu vas voir des chofes bien étranges. Le jour même il retrancha les vivres au Roi, & lui ôta fa Garde de Janiffaires. Il fit dire aux Polonais & aux Cofaques, qui étoient à Varnitza, que s'ils vouloient avoir des vivres, il falloit quitter le camp du Roi de Suéde, & venir fe mettre dans la ville de Bender, fous la protection de la Porte. Tous obéïrent, & laifférent le Roi réduit aux Officiers de fa Maifon, & à trois cens Soldats Suédois, contre vingt mille Tartares & fix mille Turcs.

Il n'y avoit plus de provifions dans le camp pour les hommes, ni pour les chevaux.

Le Roi ordonna qu'on tuât hors du camp à coups de fufil, vingt de ces beaux chevaux Arabes que le Grand-Seigneur lui avoit envoyés, en difant : Je ne veux ni de leurs provifions, ni de leurs chevaux. Ce fut un régal pour les troupes Tartares, qui, comme on fait, trouvent la chair de cheval délicieufe. Cependant les Turcs & les Tartares inveftirent de tous côtés le petit camp du Roi.

Ce

Ce Prince fans s'étonner fit faire des retranchemens réguliers par fes trois cens Suédois : il y travailla
lui-même ; fon Chancelier, fon Treforier, fes Secrétaires, les Valets de Chambre, tous fes Domeftiques aidoient
à l'ouvrage. Les uns barricadoient les fenêtres, les autres enfonçoient des folives derriére les portes en forme
d'arcboutans.

Quand on eut bien barricadé la Maifon, & que le
Roi eut fait le tour de fes prétendus retranchemens, il
fe mit à jouer aux échecs tranquillement avec fon Favori
Grothufen, comme fi tout eût été dans une fécurité profonde ; heuréfement Fabrice, l'Envoyé de Holftein,
ne s'étoit point logé à Varnitza, mais dans un petit village
entre Varnitza & Bender, où demeuroit auffi Mr. Jeffreys
Envoyé d'Angleterre auprès du Roi de Suéde. Ces deux
Miniftres voyant l'orage prêt à éclater, prirent fur eux
de fe rendre médiateurs entre les Turcs & le Roi. Le
Kam & fur-tout le Pacha de Bender, qui n'avoit nulle
envie de faire violence à ce Monarque, reçurent avec em-
preffement les offres de ces deux Miniftres : ils eurent enfemble à Bender deux conférences, où affiftérent cet
Huiffier du Sérail & le Grand-Maître des Ecuries, qui
avoient apporté l'ordre du Sultan & le Fetfa du Mouphti.

Monsieur Fabrice * leur avoua que Sa Majefté Suédoife avoit de juftes raifons de croire qu'on vouloit le
livrer à fes ennemis en Pologne. Le Kam, le Pacha &
les autres jurérent fur leurs têtes, prirent Dieu à témoin,
qu'ils déteftoient une fi horrible perfidie, qu'ils verfe-
roient tout leur fang plûtôt que de fouffrir qu'on manquât feulement de refpect au Roi en Pologne ; ils dirent
qu'ils avoient entre leurs mains les Ambaffadeurs Mofcovites & Polonais, dont la vie leur répondoit du moindre
affront qu'on oferoit faire au Roi de Suéde. Enfin, ils
fe

---

* Tout ce recit eft rapporté par Mr. Fabrice dans fes Lettres.

se plaignirent amérement des soupçons outrageans que
le Roi concevoit sur des personnes qui l'avoient si bien
reçû & si bien traité. Quoique les sermens ne soient
souvent que le langage de la perfidie, Mr. Fabrice se laissa persuader par ces Barbares : il crut voir dans leurs
protestations cet air de vérité que le mensonge n'imite
jamais qu'imparfaitement. Il savoit bien qu'il y avoit eu
une secrette correspondance entre le Kam Tartare & le
Roi Auguste ; mais il demeura convaincu qu'il ne s'étoit
agi dans leur négociation, que de faire sortir Charles XII
des Terres du Grand-Seigneur. Soit que Mr. Fabrice
se trompât ou non, il les assûra qu'il représenteroit au
Roi l'injustice de ces défiances. Mais prétendez-vous
le forcer à partir ? ajouta-t-il. Oui, dit le Pacha, tel
est l'ordre de notre Maître. Alors il les pria encore une
fois de bien considérer, si cet ordre étoit de verser le sang
d'une Tête Couronnée ? Oui, repliqua le Kam en colére, si cette Tête Couronnée desobéït au Grand-Seigneur
dans son Empire.

Cependant tout étant prêt pour l'assaut, la mort de
Charles XII paraissant inévitable, & l'ordre du Sultan
n'étant pas positivement de le tuer en cas de résistance, le
Pacha engagea le Kam à souffrir qu'on envoyât dans le
moment un Exprès à Andrinople, où étoit alors le
Grand-Seigneur, pour avoir les derniers ordres de Sa
Hautesse.

Monsieur Jeffreys, & Mr. Fabrice ayant obtenu ce
peu de relâche, courent en avertir le Roi ; ils arrivent
avec l'empressement de gens qui apportoient une nouvelle
heureuse, mais ils furent très-froidement reçûs ; il les
appella Médiateurs volontaires, & persista à soutenir que
l'ordre du Sultan & le Fetfa du Mouphti étoient forgés,
puisqu'on venoit d'envoyer demander de nouveaux ordres à la Porte.

Le

Le Miniſtre Anglais ſe retira bien réſolu de ne ſe plus mêler des affaires d'un Prince ſi infléxible ; Mr. Fabrice aimé du Roi, & plus accoutumé à ſon humeur que le Miniſtre Anglais, reſta avec lui pour le conjurer de ne pas hazarder une vie ſi précieuſe dans une occaſion ſi inutile.

Le Roi, pour toute réponſe, lui fit voir ſes retranchemens, & le pria d'employer ſa médiation ſeulement pour lui faire avoir des vivres ; on obtint aiſément des Turcs de laiſſer paſſer des proviſions dans le camp du Roi, en attendant que le Courier fût revenu d'Andrinople.

Le Kam même avoit défendu à ſes Tartares impatiens du pillage, de rien attenter contre les Suédois juſqu'à nouvel ordre.　De ſorte que Charles XII ſortoit quelquefois de ſon camp avec quarante chevaux, & couroit au milieu des troupes Tartares qui lui laiſſoient reſpectueuſement le paſſage libre ; il marchoit même droit à leurs rangs, & ils s'ouvroient plûtôt que de réſiſter.

Enfin, l'ordre du Grand-Seigneur étant venu, de paſſer au fil de l'épée tous les Suédois qui feroient la moindre réſiſtance, & de ne pas épargner la vie du Roi: le Pacha eut la complaiſance de montrer cet ordre à Mr. Fabrice, afin qu'il fît un dernier effort ſur l'eſprit de Charles.　Fabrice vint faire auſſi-tôt ce triſte rapport. Avez-vous vû l'ordre dont vous parlez? dit le Roi.　Oui, répondit Fabrice.　Eh bien dites-leur de ma part que c'eſt un ſecond ordre qu'ils ont ſuppoſé, & que je ne veux point partir.　Fabrice ſe jetta à ſes pieds, ſe mit en colére, lui reprocha ſon opiniâtreté : tout fut inutile. Retournez à vos Turcs, lui dit le Roi en ſouriant, s'ils m'attaquent, je ſaurai bien me défendre.

Les

Les Chapelains du Roi se mirent aussi à genoux devant lui, le conjurant de ne pas exposer à massacre certain les malheureux restes de Pultava, & sur-tout sa Personne sacrée ; l'assûrant de plus que cette résistance étoit injuste, qu'il violoit les droits de l'Hospitalité en s'opiniâtrant à rester par force chez des Etrangers, qui l'avoient si long-tems & si généreusement secouru. Le Roi qui ne s'étoit point fâché contre Fabrice, se mit en colére contre ses Prêtres, & leur dit qu'il les avoit pris pour faire les priéres, & non pour lui dire leurs avis.

Le Général Hord & le Général Dardoff, dont le sentiment avoit toujours été de ne pas tenter un combat, dont la suite ne pouvoit être que funeste, montrérent au Roi leurs estomacs couverts de blessures reçûes à son service ; & l'assûrant qu'ils étoient prêts de mourir pour lui, ils le suppliérent que ce fût au moins dans une occasion plus nécessaire. Je sai par vos blessures & par les miennes, leur dit Charles XII, que nous avons vaillamment combattu ensemble ; vous avez fait votre devoir jusqu'à présent, faites-le encore aujourd'hui. Il n'y eut plus alors qu'à obéïr ; chacun eut honte de ne pas chercher à mourir avec le Roi. Ce Prince préparé à l'assaut se flattoit en secret du plaisir & de l'honneur de soutenir avec trois cens Suédois, les efforts de toute une Armée. Il plaça chacun à son poste : son Chancelier Mullern, le Secrétaire Empreüs & les Clercs, devoient défendre la Maison de la Chancellerie : le Baron Fief à la tête des Officiers de la bouche étoit à un autre poste : les Palfreniers, les Cuisiniers avoient un autre endroit à garder, car avec lui tout étoit Soldat ; il couroit à cheval de ses retranchemens à sa maison, promettant des récompenses à tout le monde, créant des Officiers, & assûrant de faire Capitaines les moindres Valets qui combattroient avec courage.

On

On ne fut pas long-tems fans voir l'Armée des Turcs & des Tartares qui venoient attaquer le petit retranchement avec dix piéces de canon & deux mortiers. Les Queues de Cheval flottoient en l'air, les Clairons fonnoient, les cris de *Alla, Alla,* fe faifoient entendre de tous côtés. Le Baron de Grothufen remarqua que les Turcs ne mêloient dans leurs cris aucune injure contre le Roi, & qu'ils l'appelloient feulement *Demirbafh,* Tête de fer. Auffi-tôt il prend le parti de fortir feul fans armes des retranchemens; il s'avança dans les rangs des Janiffaires, qui prefque tous avoient reçû de l'argent de lui. „Eh, quoi! mes amis, leur dit-il en pro-„pres mots, venez-vous maffacrer trois cens Suédois „fans défenfe? Vous, braves Janiffaires, qui avez par-„donné à cent mille Mofcovites, quand ils vous ont crié „*Amman,* pardon, avez-vous oublié les bienfaits que „vous avez reçûs de nous? & voulez-vous affaffiner ce „grand Roi de Suéde que vous aimez tant, & qui vous a „fait tant de libéralités? Mes amis, il ne demande que „trois jours, & les ordres du Sultan ne font pas fi févè-„res qu'on vous le fait croire. „

Ces paroles firent un effet que Grothufen n'attendoit pas lui-même. Les Janiffaires jurérent fur leurs barbes, qu'ils n'attaqueroient point le Roi, & qu'ils lui donneroient les trois jours qu'il demandoit. En vain on donna le fignal de l'affaut: les Janiffaires loin d'obéir, menacérent de fe jetter fur leurs Chefs, fi l'on n'accordoit pas trois jours au Roi de Suéde : ils vinrent en tumulte à la Tente du Pacha de Bender, criant que les ordres du Sultan étoient fuppofés; à cette fédition inopinée le Pacha n'eut à oppofer que la patience.

Il fei-

Il feignit d'être content de la généreuse résolution des Janissaires, & leur ordonna de se retirer à Bender. Le Kam des Tartares, homme violent, vouloit donner immédiatement l'assaut avec ses troupes, mais le Pacha, qui ne prétendoit pas que les Tartares eussent seuls l'honneur de prendre le Roi, tandis qu'il seroit puni peut-être de la desobéïssance de ses Janissaires, persuada au Kam d'attendre jusqu'au lendemain.

Le Pacha de retour à Bender assembla tous les Officiers des Janissaires & les plus vieux Soldats : il leur lut & leur fit voir l'ordre positif du Sultan & le Fetfa du Mouphti.

Soixante des plus vieux, qui avoient des barbes blanches vénérables, & qui avoient reçû mille présens des mains du Roi, proposérent d'aller eux-mêmes le supplier de se remettre entre leurs mains, & de souffrir qu'ils lui servissent de Gardes.

Le Pacha le permit, il n'y avoit point d'expédient qu'il n'eût pris, plûtôt que d'être réduit à faire tuer ce Prince. Ces soixante Vieillards allérent donc le lendemain matin à Varnitza, n'ayant dans leurs mains que de longs bâtons blancs, seules armes des Janissaires quand ils ne vont point au combat; car les Turcs regardent comme barbare la coutume des Chrétiens, de porter des épées en tems de paix, & d'entrer armés chez leurs amis & dans leurs Eglises.

Ils s'adressérent au Baron de Grothusen & au Chancelier Mullern, ils leur dirent qu'ils venoient dans le dessein de servir de fidèles Gardes au Roi; & que s'il vouloit, ils le conduiroient à Andrinople, où il pourroit

M 5

parler

parler lui - même au Grand - Seigneur.   Dans le tems
qu'ils faifoient cette propofition, le Roi lifoit des Lettres,
qui arrivoient de Conftantinople ; & que Fabrice, qui
ne pouvoit plus le voir, lui avoit fait tenir fecrettement
par un Janiflaire.   Elles étoient du Comte Poniatovsky,
qui ne pouvoit le fervir à Bender, ni à Andrinople, étant
retenu à Conftantinople par ordre de la Porte, depuis
l'indifcrette demande des mille bourfes.   Il mandoit au
Roi que les ordres du Sultan pour faifir ou maffacrer fa
Perfonne Royale en cas de réfiftance, n'étoient que trop
réels : qu'à la vérité le Sultan étoit trompé par fes Miniftres, mais que plus l'Empereur étoit trompé dans cette
affaire, plus il vouloit être obéï : qu'il falloit céder au
tems & plier fous la néceffité : qu'il prenoit la liberté de
lui confeiller de tout tenter auprès des Miniftres par la
voye des négociations: de ne point mettre de l'inflexibilité, où il ne falloit que de la douceur; & d'attendre de
la politique & du tems, le remede à un mal que la violence aigriroit fans reffource.

Mais ni les propofitions de ces vieux Janiffaires,
ni les Lettres de Poniatovsky, ne purent donner feulement au Roi l'idée, qu'il pouvoit fléchir fans des-
honneur.   Il aimoit mieux mourir de la main des
Turcs, que d'être en quelque forte leur prifonnier : il
renvoya ces Janiffaires fans les vouloir voir, & leur fit
dire que s'ils ne fe retiroient, il leur feroit couper la
barbe; ce qui eft dans l'Orient le plus outrageant de tous
les affronts.

Les Vieillards remplis de l'indignation la plus vive,
s'en retournérent en criant : Ah ! la tête de fer, puif-
qu'il veut périr qu'il périffe.   Ils vinrent rendre compte au Pacha de leur commiffion , & apprendre à leurs
Camarades

Camarades à Bender l'étrange réception qu'on leur avoit faite. Tous jurérent alors d'obéïr aux ordres du Pacha fans délai, & eurent autant d'impatience d'aller à l'affaut qu'ils en avoient eu peu le jour précédent.

L'ordre eft donné dans le moment: les Turcs marchent aux retranchemens: les Tartares les attendoient déja & les canons commençoient à tirer.

Les Janiffaires d'un côté & les Tartares de l'autre, forcent en un inftant ce petit camp; à peine vingt Suédois tirérent l'épée, les trois cens Soldats furent enveloppés & faits prifonniers fans réfiftance. Le Roi étoit alors à cheval entre fa maifon & fon camp, avec les Généraux Hord, Dardoff & Sparre: voyant que tous fes Soldats s'étoient laiffés prendre en fa préfence, il dit de fang froid à ces trois Officiers: Allons défendre la maifon; nous combattrons, ajouta-t-il en fouriant, *pro aris & focis.*

Auffi-tôt il galoppe avec eux vers cette maifon, où il avoit mis environ quarante domeftiques en fentinelle, & qu'on avoit fortifiée du mieux qu'on avoit pû.

Ces Généraux, tout accoutumés qu'ils étoient à l'opiniâtre intrépidité de leur Maître, ne pouvoient fe laffer d'admirer qu'il voulût de fang froid, & en plaifantant, fe défendre contre dix Canons & toute une Armée; ils le fuivent avec quelques Gardes, & quelques domeftiques, qui faifoient en tout vingt perfonnes.

Mais quand ils furent à la porte, ils la trouvérent affiégée de Janiffaires; déja même près de deux cens Turcs ou Tartares étoient entrés par une fenêtre, & s'é-
toient

toient rendus maîtres de tous les appartemens, à la réferve d'une grande Salle, où les domeftiques du Roi s'é-
toient retirés. Cette Salle étoit heureufement près de
la porte par où le Roi vouloit entrer avec fa petite troupe
de vingt perfonnes ; il s'étoit jetté en bas de fon cheval
le piftolet & l'épée à la main, & fa fuite en avoit fait
autant.

Les Janiffaires tombent fur lui de tous côtés ; ils
étoient animés par la promeffe qu'avoit faite le Pacha
de huit ducats d'or à chacun de ceux qui auroient feulement touché fon habit, en cas qu'on pût le prendre.
Il bleffoit, & il tuoit tous ceux qui s'approchoient de fa
perfonne. Un Janiffaire, qu'il avoit bleffé, lui appuya
fon Moufqueton fur le vifage : fi le bras du Turc n'a-
voit fait un mouvement caufé par la foule, qui alloit &
qui venoit comme des vagues, le Roi étoit mort ; la
balle gliffa fur fon nez, lui emporta un bout de l'o-
reille, & alla caffer le bras au Général Hord, dont
la deftinée étoit d'être toujours bleffé à côté de fon
Maître.

Le Roi enfonça fon épée dans l'eftomac du Janiffaire ; en même tems fes domeftiques, qui étoient enfermés dans la grande falle en ouvrent la porte : le Roi entre comme un trait fuivi de fa petite troupe ; on referme
la porte dans l'inftant, & on la barricade avec tout ce
qu'on peut trouver.

Voilà Charles XII dans cette falle enfermé avec
toute fa fuite, qui confiftoit en près de foixante hommes,
Officiers, Gardes, Secrétaires, Valets de chambre, Domeftiques de toute efpèce.

Les

Les Janiſſaires & les Tartares pilloient le reſte de la maiſon, & rempliſſoient les appartemens. Allons un peu chaſſer de chez moi ces Barbares, dit-il ; & ſe mettant à la tête de ſon monde ; il ouvrit lui-même la porte de la ſalle, qui donnoit dans ſon appartement à coucher; il entre & fait feu ſur ceux qui pilloient.

Les Turcs chargés de butin, épouvantés de la ſubite apparition de ce Roi qu'ils étoient accoutumés à reſpecter, jettent leurs armes, ſautent par la fenêtre, ou ſe retirent juſques dans les caves ; le Roi profitant de leur deſordre, & les ſiens animés par le ſuccès, pourſuivent les Turcs de chambre en chambre, tuent ou bleſſent ceux qui ne fuyent point; & en un quart d'heure nettoyent la maiſon d'ennemis.

Le Roi apperçut dans la chaleur du combat deux Janiſſaires, qui ſe cachoient ſous ſon lit ; il en tua un d'un coup d'épée; l'autre lui demanda pardon en criant *amman.* Je te donne la vie, dit le Roi au Turc, à condition, que tu iras faire au Pacha un fidèle recit de ce que tu as vû. Le Turc promit aiſément ce qu'on voulut, & on lui permit de ſauter par la fenêtre comme les autres.

Les Suédois étant enfin maîtres de la maiſon, refermérent & barricadérent encore les fenêtres. Ils ne manquoient point d'armes : une chambre baſſe pleine de mouſquets & de poudre avoit échappé à la recherche tumultueuſe de Janiſſaires : on s'en ſervit à propos; les Suédois tiroient à travers les fenêtres preſque à bout portant ſur cette multitude de Turcs, dont ils tuérent deux cens en moins d'un demi-quart d'heure.

Le

Le canon tiroit contre la maison ; mais les pierres étant fort molles, il ne faisoit que des trous & ne renversoit rien.

Le Kam des Tartares & le Pacha, qui vouloient prendre le Roi en vie, honteux de perdre du monde, & d'occuper une Armée entière contre soixante personnes, jugérent à propos de mettre le feu à la maison pour obliger le Roi de se rendre. Ils firent lancer sur le toit, contre les portes, & contre les fenêtres, des flêches entortillées de mêches allumées ; la maison fut en flammes en un moment. Le toit tout embrasé étoit prêt à fondre sur les Suédois. Le Roi donna tranquillement ses ordres pour éteindre le feu. Trouvant un petit baril plein de liqueur : il prend le baril lui-même, & aidé de deux Suédois, il le jette à l'endroit où le feu étoit le plus violent. Il se trouva que ce baril étoit rempli d'eau-de-vie ; mais la précipitation, inséparable d'un tel embarras, empêcha d'y penser. L'embrasement redoubla avec plus de rage : l'appartement du Roi étoit consumé, la grande salle où les Suédois se tenoient, étoit remplie d'une fumée affreuse, mêlée de tourbillons de feu qui entroient par les portes des appartemens voisins ; la moitié du toit étoit abîmée dans la maison même, l'autre tomboit en dehors en éclatant dans les flammes.

Un Garde, nommé Walberg, osa dans cette extrémité crier qu'il falloit se rendre. Voilà un étrange homme, dit le Roi, qui s'imagine qu'il n'est pas plus beau d'être brûlé que d'être prisonnier. Un autre Garde, nommé Rosen, s'avisa de dire, que la maison de la Chancellerie, qui n'étoit qu'à cinquante pas avoit un toit de pierre, & étoit à l'épreuve du feu ; qu'il falloit

faire

faire une fortie, gagner cette maifon, & s'y défendre.
Voilà un vrai Suédois, s'écria le Roi : il embraffa ce
Garde; le créa Colonel fur champ. Allons mes amis,
dit-il, prenez avec vous le plus de poudre & de plomb
que vous pourrez, & gagnons la Chancellerie l'épée à
la main.

Les Turcs, qui cependant entouroient cette maifon
toute embrafée, voyoient avec une admiration mêlée
d'épouvante, que les Suédois n'en fortoient point; mais
leur étonnement fut encore plus grand, lorfqu'ils virent
ouvrir les portes, & le Roi & les fiens fondre fur eux
en defefpérés. Charles & fes principaux Officiers étoient
armées d'épées & de piftolets; chacun tira deux coups
à la fois à l'inftant que la porte s'ouvrit; & dans le même clin d'œil jettant leurs piftolets & s'armant de leurs
épées, ils firent reculer les Turcs plus de cinquante pas.
Mais le moment d'après, cette petite troupe fut entourée : le Roi qui étoit en bottes, felon fa coutume, s'em-
baraffa dans fes éperons & tomba : vingt-un Janiffaires
fe jettent auffi-tôt fur lui, il jette en l'air fon épée, pour
s'épargner la douleur de la rendre; les Turcs l'emme-
nent au Quartier du Pacha, les uns le tenant fous les
jambes, les autres fous les bras, comme on porte un
malade, que l'on craint d'incommoder.

Au moment que le Roi fe vit faifi, la violence de
fon tempérament & la fureur, où un combat fi long &
fi terrible avoient dû le mettre, firent place tout-à-coup à
la douceur & à la tranquillité. Il ne lui échappa pas un
mot d'impatience, pas un coup d'œil de colére. Il regardoit les Janiffaires en fouriant, & ceux-ci le portoient en criant : *Alla*, avec une indignation mêlée de
refpect. Ses Officiers furent pris au même tems & dépouillés

pouillés par les Turcs & par les Tartares ; ce fut le 12 Février de l'an 1713, qu'arriva cet étrange événement, qui eut encore des suites singuliéres *.

Fin du sixième Livre.

HISTOI-

---

* Mr. Norberg, qui n'étoit pas présent à cet événement, n'a fait que suivre ici dans son histoire celle de Mr. de Voltaire ; mais il l'a tronquée, il en a suprimé les circonstances interessantes & n'a pû justifier la temérité de Charles XII. Tout ce qu'il a pû dire contre Mr. de Voltaire au sujet de cette affaire de Bender se reduit à l'avanture du Sieur Frederic, Valet de chambre du Roi de Suéde que quelques uns prétendoient avoir été brulé dans la maison du Roi & que d'autres disoient avoir été coupés en deux par les Tartares ? La Mottraye prétend aussi que le Roi de Suéde ne dit point ces paroles : *Nous combattrons, pro aris & focis,* mais Mr. Fabrice qui étoit présent assûre que le Roi prononça ces mots, que la Mottraye n'étoit pas plus à portée d'écouter, qu'il n'étoit capable de les comprendre, ne sachant pas un mot de Latin.

HISTOIRE
DE
CHARLES XII,
ROI DE SUEDE.

LIVRE SEPTIEME.

ARGUMENT.

Les Turcs transfèrent Charles à Démirtash : Le Roi Stanislas est pris dans le même tems : Action hardie de Mr. de Villelongue : Révolutions dans le Sérail : Bataille données en Poméranie : Altona brûlé par les Suédois : Charles part enfin pour retourner dans ses Etats : Sa manière étrange de voyager : Son arrivée à Stralsund : Disgraces de Charles : Succès de Pierre le Grand : Son triomphe dans Petersbourg.

Le Pacha de Bender attendoit Charles gravement dans sa Tente, ayant près de lui Marco un Interprête. Il reçut ce Prince avec un profond respect, & le supplia de se reposer sur un Sopha; mais le Roi ne prenant pas seulement garde aux civilités du Turc, se tint debout dans la Tente.

Le Tout-puissant soit beni, dit le Pacha, de ce que ta Majesté est en vie : mon desespoir est amer d'avoir été réduit par ta Majesté à exécuter les ordres de Sa Hautesse. Le Roi fâché seulement de ce que ses 300 soldats s'étoient laissé prendre dans leurs retranchemens, dit au Pacha: Ah ! s'ils s'étoient défendus comme ils devoient, on ne nous auroit pas forcés en dix jours. Hélas! dit le Turc, voilà du courage bien mal employé. Il fit reconduire le Roi à Bender sur un cheval richement capa-raçonné.

raçonné.   Ses Suédois étoient ou tués ou pris: tout son équipage, ses meubles, ses papiers, ses hardes les plus néceſſaires pillées ou brûlées; on voyoit ſur les chemins, les Officiers Suédois preſque nuds, enchaînés deux à deux, & ſuivant à pied des Tartares ou des Janiſſaires.   Le Chancelier, les Généraux n'avoient point un autre ſort; ils étoient eſclaves des ſoldats à qui ils étoient échus en partage.

Iſmaël Pacha ayant conduit Charles XII dans ſon Sérail de Bender, lui céda ſon appartement & le fit ſervir en Roi, non ſans prendre la précaution de mettre des Janiſſaires en ſentinelle à la porte de la chambre.   On lui prépara un lit; mais il ſe jetta tout botté ſur un Sopha, & dormit profondément. Un Officier qui ſe tenoit debout auprès de lui, lui couvrit la tête d'un bonnet que le Roi jetta en ſe réveillant de ſon premier ſommeil: & le Turc voyoit avec étonnement un Souverain, qui couchoit en bottes & nuë tête.   Le lendemain matin, Iſmaël introduiſit Fabrice dans la chambre du Roi.   Fabrice trouva ce Prince avec ſes habits déchirés, ſes bottes, ſes mains, & toute ſa perſonne couverte de ſang & de poudre, les ſourcils brûlés; mais l'air ſerain dans cet état affreux. Il ſe jetta à genoux devant lui, ſans pouvoir proférer une parole : raſſûré bien-tôt par la maniére libre & douce dont le Roi lui parloit, il reprit avec lui ſa familiarité ordinaire, & tous deux s'entretinrent en riant du combat de Bender.   On prétend, dit le Fabrice, que Votre Majeſté a tué vingt Janiſſaires de ſa main.   Bon, bon, dit le Roi, on augmente toujours les choſes de la moitié.   Au milieu de cette converſation, le Pacha préſenta au Roi ſon Favori Grothuſen, & le Colonel Ribbins, qu'il avoit eu la généroſité de racheter à ſes dépens. Fabrice ſe chargea de la rançon des autres priſonniers.

Jeffreys, l'Envoyé d'Angleterre, se joignit à lui pour fournir à cette dépense. Un Français, que la curiosité avoit amené à Bender, & qui a écrit une partie des événemens que l'on rapporte, donna aussi ce qu'il avoit : ces Etrangers assistés dessoins, & même de l'argent du Pacha rachetérent non seulement les Officiers ; mais encore leurs habits des mains des Turcs & des Tartares.

Dès le lendemain on conduisit le Roi prisonnier dans un chariot couvert d'écarlate sur le chemin d'Andrinople : son Tresorier Grothusen étoit avec lui : le Chancelier Mullern, & quelques Officiers suivoient dans un autre char : plusieurs étoient à cheval ; & lorsqu'ils jettoient les yeux sur le chariot où étoit le Roi, ils ne pouvoient retenir leurs larmes. Le Pacha étoit à la tête de l'escorte ; Fabrice lui présenta qu'il étoit honteux de laisser le Roi sans épée, & le pria de lui en donner une. Dieu m'en préserve, dit le Pacha, il voudroit nous en couper la barbe ; cependant il la lui rendit quelques heures après.

Comme on conduisoit ainsi prisonnier & desarmé ce Roi, qui peu d'années auparavant avoit donné la Loi à tant d'Etats, & qui s'étoit vû l'Arbitre du Nord, & la terreur de l'Europe, on vit au même endroit un autre exemple de la fragilité des grandeurs humaines.

Le Roi Stanislas avoit été arrêté sur les Terres des Turcs, & on l'amenoit prisonnier à Bender dans le tems même qu'on transferoit Charles XII.

Stanislas n'étant plus soutenu par la main qui l'avoit fait Roi, se trouvant sans argent & par conséquent sans parti en Pologne, s'étoit rétiré d'abord en Poméranie ; & ne pouvant plus conserver son Royaume, il avoit défendu, autant qu'il l'avoit pû, les Etats de son Bienfaicteur. Il avoit même passé en Suéde pour précipiter les secours

O 2   dont

dont on avoit befoin dans la Poméranie & dans la Livonie ; il avoit fait tout ce qu' on devoit attendre de l'ami de Charles XII. En ce tems, le premier Roi de Pruffe, Prince très-fage, s'inquiétant avec raifon du voifinage des Mofcovites, imagina de fe liguer avec Augufte & la République de Pologne, pour renvoyer les Ruffes dans leurs païs, & de faire entrer Charles XII lui-même dans ce projet. Trois grands événemens devoient en être le fruit, la paix du Nord, le retour de Charles dans fes états, & une barriére oppofée aux Ruffes devenus formidables à l'Europe. Le Préliminaire de ce Traité, dont dépendoit la tranquillité publique, étoit l'abdication de Stanislas. Non feulement Stanislas l'accepta, mais il fe chargea d'être le Négociateur d'une paix qui lui enlevoit la Couronne ; la néceffité, le Bien public, la gloire du Sacrifice, & l'interêt de Charles, à qui il devoit tout & qu'il aimoit, le déterminérent. Il écrivit à Bender : il expofa au Roi de Suéde l'état des affaires, les malheurs & le remede : il le conjura de ne point s'oppofer à une abdication devenuë néceffaire par les conjonctures, & honorable par les motifs ; il le preffa de ne point immoler les interêts de la Suéde à ceux d'un Ami malheureux, qui s'immoloit au Bien public fans répugnance. Charles XII reçut ces lettres à Varnitza : il dit en cólére au Courier en préfence de plufieurs témoins : Si mon ami ne veut pas être Roi, je faurai bien en faire un autre.

Stanislas s'obftina au Sacrifice que Charles refufoit. Ces tems étoient deftinés à des fentimens & à des actions extraordinaires. Stanislas voulut aller lui-même fléchir Charles, & il hazarda, pour abdiquer un Trône, plus qu'il n'avoit fait pour s'en emparer. Il fe déroba un jour à dix heures du foir de l'Armée Suédoife, qu'il commandoit en Poméranie, & partit avec le Baron Sparr, qui a été depuis Ambaffadeur en Angleterre & en France, & avec un autre Colonel. Il prend le nom d'un Français

nom-

nommé Haran, alors Major au service de Suéde, & qui
est mort depuis peu Commandant de Dantzik. Il cotoye
toute l'Armée des ennemis, arrêté plusieurs fois & re-
lâché sur un Passeport obtenu au nom de Haran; il arrive
enfin après bien des périls aux frontiéres de Turquie.

Quand il est arrivé en Moldavie, il renvoye à son
Armée le Baron Sparr, entre dans Yassy, Capitale de la
Moldavie; se croyant en sûreté dans un païs où le Roi
de Suéde avoit été si respecté, il étoit bien loin de soupçonner ce qui se passoit alors.

On lui demande qui il est : il se dit Major d'un
Régiment au service de Charles XII; on l'arrête à ce seul
nom, il est mené devant le Hospodar de Moldavie, qui
sachant déja par les gazettes, que Stanislas s'étoit éclipsé
de son Armée, concevoit quelques soupçons de la vérité.
On lui avoit dépeint la figure du Roi très-aisé à récon-
naître à un visage plein & aimable, & à un air de douceur assez rare.

Le Hospodar l'interrogea, lui fit beaucoup de questions captieuses, & enfin lui demanda quel emploi il a-
voit dans l'Armée Suédoise. Stanislas & le Hospodar
parloient Latin. *Major sum*, lui dit Stanislas. *Imo
Maximus es*, lui répondit le Moldave : & aussi-tôt lui
présentant un fauteuil, il le traita en Roi; mais aussi il
le traita en Roi prisonnier, & on fit une Garde exacte autour d'un Couvent Grec, dans lequel il fut obligé de rester, jusqu'à ce qu'on eût des ordres du Sultan. Les
ordres vinrent de le conduire à Bender, dont on faisoit
partir Charles.

La nouvelle en vint au Pacha, dans le tems qu'il
accompagnoit le chariot du Roi de Suéde. Le Pacha le
dit à Fabrice : celui-ci s'approchant du chariot de Charles XII, lui apprit qu'il n'étoit pas le seul Roi prisonnier

O 3   entre

entre les mains des Turcs ; & que Stanislas étoit à quelques milles de lui, conduit par des Soldats.   Courez à lui, mon cher Fabrice, lui dit Charles, sans se déconcerter d'un tel accident : dites-lui bien qu'il ne fasse jamais de paix avec le Roi Auguste ; & assûrez-le que dans peu nos affaires changeront.   Telle étoit l'inflexibilité de Charles dans ses opinions, que tout abandonné qu'il étoit en Pologne, tout poursuivi dans ses propres états, tout captif dans une Litiére Turque, conduit prisonnier, sans savoir où on le menoit, il comptoit encore sur sa fortune , & espéroit toujours un secours de cent mille hommes de la Porte Ottomane.   Fabrice courut s'acquitter de sa commission, accompagné d'un Janissaire, avec la permission du Pacha.   Il trouva à quelques milles le Gros de soldats qui conduisoit Stanislas: il s'adressa au milieu d'eux à un Cavalier vêtu à la Française & assez mal monté, & lui demanda en Allemand où étoit le Roi de Pologne ? Celui à qui il parloit étoit Stanislas lui-même qu'il n'avoit pas reconnu sous ce déguisement. Eh quoi ! dit le Roi, ne vous souvenez - vous donc plus de moi ? Alors Fabrice lui apprit le triste état, où étoit le Roi de Suéde , & la fermeté inébranlable , mais inutile de ses desseins.

Quand Stanislas fut près de Bender, le Pacha qui revenoit, après avoir accompagné Charles XII quelques milles, envoya au Roi Polonais un cheval Arabe avec un harnois magnifique.

Il fut reçû dans Bender au bruit de l'Artillerie, & à la liberté près qu'il n'eut pas d'abord, il n'eut point à se plaindre du traitement qu'on lui fit.*   Cependant on conduisoit Charles sur le chemin d'Andrinople. Cette ville étoit déja remplie du bruit de son combat.   Les Turcs

* Le bon Chapelain Norberg prétend qu'on se contredit ici en disant, que le Roi Stanislas fut retenu en prisonnier & servi en Roi

Turcs le condamnoient & l'admiroient ; mais le Divan irrité menaçoit déja de le réléguer dans une isle de l'Archipel.

Le Roi de Pologne Stanislas qui m'a fait l'honneur de m'apprendre la plûpart de ces particularités, m'a confirmé aussi, qu'il fut proposé dans le Divan de le confiner lui-même dans une isle de la Grece ; mais quelques mois après le Grand-Seigneur adouci le laissa partir.

Monsieur Desalleurs qui auroit pû prendre son parti, & empêcher qu'on ne fit cet affront aux Rois Chrétiens, étoit à Constantinople, aussi-bien que Mr. de Poniatovski, dont on craignoit toujours le génie fécond en ressources. La plûpart des Suédois restés dans Andrinople étoient en prison ; le Trône du Sultan paraissoit inaccessible de tous côtés aux plaintes du Roi de Suéde.

Le Marquis de Fierville envoyé secrettement de la part de la France auprès de Charles à Bender, étoit pour lors à Andrinople. Il osa imaginer de rendre service à ce Prince dans le tems que tout l'abandonnoit ou l'opprimoit. Il fut heureusement secondé dans ce dessein par un Gentilhomme Français, d'une ancienne maison de Champagne, nommé de Villelongue, homme intrépide, qui n'ayant pas alors une fortune selon son courage, & charmé d'ailleurs de la réputation du Roi de Suéde, étoit venu chez les Turcs dans le dessein de se mettre au service de ce Prince.

Mr. de Fierville, avec l'aide de ce jeune homme, écrivit un Mémoire au nom du Roi de Suéde, dans lequel ce Monarque demandoit vengeance au Sultan de l'insulte faite en sa personne à toutes les Têtes Couronnées, & de la trahison, vraye ou fausse, du Kam & du Pacha de Bender.

O 4   On

Roi dans Bender. Comment ce pauvre homme ne voyoit-il pas, qu'on peut être à la fois honoré & prisonnier ?

On y accusoit le Visir & les autres Ministres d'avoir été corrompus par les Moscovites : d'avoir trompé le Grand-Seigneur : d'avoir empêché les lettres du Roi de parvenir jusqu'à Sa Hautesse ; & d'avoir, par ses artifices, arraché du Sultan cet ordre si contraire à l'hospitalité Musulmane, par lequel on avoit violé le Droit des Nations, d'une maniére si indigne d'un grand Empereur, en attaquant avec vingt mille hommes un Roi qui n'avoit pour se défendre que ses Domestiques, & qui comptoit sur la parole sacrée du Sultan.

Quand ce Mémoire fut écrit, il fallut le faire traduire en Turc & l'écrire d'une écriture particuliére sur un papier fait exprès, dont on doit se servir pour tout ce qu'on présente au Sultan.

On s'adressa à quelques Interprêtes Français, qui étoient dans la ville ; mais les affaires du Roi de Suéde étoient si desespérées, & le Visir déclaré si ouvertement contre lui, qu'aucun Interprête n'osa seulement traduire l'Ecrit de Mr. de Fierville. On trouva enfin un autre Etranger dont la main n'étoit point connuë à la Porte, qui moyennant quelque récompense, & l'assûrance d'un secret profond, traduisit le Mémoire en Turc, & l'écrivit sur le papier convenable : le Baron d'Arvidson, Officier des troupes de Suéde, contrefit la signature du Roi ; Fierville, qui avoit le Sceau Royal, l'apposa à l'Ecrit, & on cacheta le tout avec les armes de Suéde. Villelongue se chargea de remettre lui-même ce paquet entre les mains du Grand-Seigneur, lorsqu'il iroit à la Mosquée selon la coutume. On s'étoit déja servi d'une pareille voye pour présenter au Sultan des Mémoires contre ses Ministres ; mais cela même rendoit le succès de cette entreprise plus difficile, & le danger beaucoup plus grand.

Le Visir qui prévoyoit que les Suédois demanderoient justice à son Maître, & qui n'étoit que trop instruit

ftruit par le malheur de fes prédécefleurs, avoit expreflé-
ment défendu qu'on laiflât approcher perfonne du Grand-
Seigneur ; & avoit ordonné fur-tout qu'on arrêtât tous
ceux qui fe préfenteroient auprès de la Mofquée avec des
Placets.

Villelongue favoit cet ordre, & n'ignoroit pas qu'il
y alloit de fa tête. Il quitta fon habit Franc, prit un vê-
tement à la Grecque ; & ayant caché dans fon fein la
Lettre qu'il vouloit préfenter, il fe promena de bonne
heure près de la Mofquée où le Grand-Seigneur devoit
aller. Il contrefit l'infenfé, s'avança en danfant au milieu de deux hayes de Janiflaires, entre lefquelles le Grand-
Seigneur alloit paffer ; il laiffoit tomber exprès quelques
pièces d'argent de fes poches pour amufer les Gardes.

Dès que le Sultan approcha, on voulut faire retirer
Villelongue : il fe jetta à genoux & fe debattit entre les
mains des Janiflaires : fon bonnet tomba, de grands cheveux qu'il portoit, le firent reconnaître pour un Franc ;
il reçut plufieurs coups, & fut très-maltraité. Le Grand-
Seigneur, qui étoit déja proche, entendit ce tumulte &
en demanda la caufe. Villelongue lui cria de toutes fes
forces, *Amman ! Amman ! miféricorde !* en tirant la
Lettre de fon fein. Le Sultan commanda qu'on le laiflât
approcher; Villelongue court à lui dans le moment, embraffe fon étrier & lui préfente l'Ecrit, en lui difant *Suéd
Crall dan*, c'eft le Roi de Suéde qui te le donne. Le
Sultan mit la Lettre dans fon fein & continua fon chemin
vers la Mofquée. Cependant on s'affûre de Villelongue,
& on le conduit en prifon dans les bâtimens extérieurs du
Sérail.

Le Sultan au fortir de la Mofquée après avoir lu la
Lettre, voulut lui-même interroger le Prifonnier. Ce
que je raconte ici paraîtra peut-être peu croyable ; mais
enfin je n'avance rien que fur la foi des Lettres de Mr. de
Villelongue lui-même ; quand un fi brave Officier affû-

O 5   re

re un fait fur fon honneur, il mérite quelque créance. Il
m'a donc affûré, que le Sultan quitta l'Habit Impérial,
comme auffi le Turban particulier qu'il porte, & fe dé-
guifa en Officier des Janiffaires, ce qui lui arrivoit affez
fouvent. Il amena avec lui un Vieillard de l'Isle de Mal-
the qui lui fervit d'Interprête. A la faveur de ce dé-
guifement, Villelongue jouït d'un honneur qu'aucun
Ambaffadeur Chrétien n'a jamais eu : il eut tête à tête
une conférence d'un quart d'heure avec l'Empereur Turc.
Il ne manqua pas d'expliquer les griefs du Roi de Suéde,
d'accufer les Miniftres, & de demander vengeance avec
d'autant plus de liberté, qu'en parlant au Sultan même,
il étoit cénfé ne parler qu'à fon égal. Il avoit reconnu
aifément le Grand-Seigneur malgré l'obfcurité de la prifon, & il n'en fut que plus hardi dans la converfation.
Le prétendu Officier des Janiffaires dit à Villelongue ces
propres paroles : ,,Chrétien, affûre-toi que le Sultan
,,mon Maitre a l'ame d'un Empereur ; & que fi ton Roi
,,de Suéde a raifon, il lui fera juftice. ,, Villelongue fut
bien-tôt élargi : on vit quelques femaines après un changement fubit dans le Sérail, dont les Suédois attribuérent
la caufe à cette unique conférence. Le Mouphti fut dépofé ; le Kam des Tartares éxilé à Rhodes, & le Serafquier Pachà de Bender rélégué dans une Isle de l'Archipel.

La Porte Ottomane eft fi fujette à de pareils orage,
qu'il eft bien difficile de décider fi en effet le Sultan vouloit appaifer le Roi de Suéde par ces facrifices. La maniére dont ce Prince fut traité ne prouve pas que la Porte
s'empreffât beaucoup à lui plaire.

Le Favori Ali Coumourgi fut foupçonné d'avoir
fait feul tous ces changemens pour fes interêts particuliers.
On dit qu'il fit éxiler le Kam de Tartarie & le Serasquier
de Bender, fous prétexte qu'ils avoient délivré au Roi
les douze cens Bourfes malgré l'ordre du Grand-Seigneur.
Il mit fur le Trône des Tartares le frere du Kam dépofé,

jeune

jeune homme de fon âge, qui aimoit peu fon frere, &
fur lequel Ali Coumourgi comptoit beaucoup dans les
guerres qu'il méditoit.   A l'égard du Grand-Vifir Juffuf,
il ne fut dépofé que quelques femaines après; & Soliman
Pacha eut le titre de Premier Vifir.

Je fuis obligé de dire que Mr. de Villelongue &
plufieurs Suédois m'ont affûré que la fimple Lettre pré-
fentée au Sultan au nom du Roi, avoit caufé tous ces
grands changemens à la Porte; mais Mr. de Fierville m'a,
de fon côté, affûré tout le contraire.   J'ai trouvé quelquefois de pareilles contrarietés dans les Mémoires que
l'on m'a confiés.   En ce cas tout ce que doit faire un
Hiftorien, c'eft de conter ingenûment le fait, fans vouloir pénétrer les motifs; & de fe borner à dire precifé-
ment ce qu'il fait, au lieu de deviner ce qu'il ne fait pas.

Cependant on avoit conduit Charles XII dans le petit Château de Démirtash auprès d'Andrinople. Une foule innombrable de Turcs s'étoit renduë en cet endroit
pour voir arriver ce Prince : on le tranfporta de fon
Chariot au Château fur un Sopha; mais Charles, pour
n'être point vû de cette multitude, fe mit un carreau fur
la tête.

La Porte fe fit prier quelques jours de fouffrir qu'il
habitât à Démotica, petite ville à fix lieuës d'Andrinople, près du fameux fleuve Hébrus, aujourd'hui appellé
Marizza. Coumourgi dit au Grand-Vifir Soliman : ,,Va,
,,fais avertir le Roi de Suéde, qu'il peut refter à Démo-
,,tica toute fa vie : je te réponds qu'avant un an il de-
,,mandera à s'en aller de lui-même; mais fur-tout ne
,,lui fais point tenir d'argent.,,

Ainfi on transféra le Roi à la petite ville de Démotica, où la Porte lui affigna un Thaïm confidérable de
provifions pour lui & pour fa fuite : on lui accorda feulement vint-cinq Ecus par jour en argent, pour acheter
du cochon & du vin, deux fortes de provifions que les
Turcs

Turcs ne fourniffent pas ; mais la bourfe de cinq cens écus par jour, qu'il avoit à Bender, lui fut retranchée.

A peine fut-il à Démotica avec fa petite Cour, qu'on dépofa le Grand-Vifir Soliman ; fa place fut donnée à Ibrahim Molla, fier, brave & groffier à l'excès. Il n'eft pas inutile de favoir fon hiftoire, afin que l'on connaiffe plus particuliérement tous ces Vicerois de l'Empire Ottoman, dont la fortune de Charles a fi long-tems dépendu.

Il avoit été fimple Matelot à l'avénement du Sultan Achmet III : cet Empereur fe déguifoit fouvent en homme privé, en Iman, ou en Dervis ; il fe gliffoit le foir dans les Caffés de Conftantinople, & dans les lieux publics, pour entendre ce qu'on difoit de lui, & pour recueillir par lui-même les fentimens du peuple. Il entendit un jour de ce que les Vaiffeaux Turcs ne revenoient jamais avec des prifes, & qui juroit que s'il étoit Capitaine de Vaiffeau, il ne rentreroit jamais dans le Port de Conftantinople fans ramener avec lui quelque Bâtiment des Infidèles. Le Grand-Seigneur ordonna dès le lendemain qu'on lui donnât un Vaiffeau à commander, & qu'on l'envoyât en courfe. Le nouveau Capitaine revint quelques jours après avec une Barque Maltoife, & une Galiote de Gênes. Au bout de deux ans on le fit Capitaine-Général de la Mer, & enfin Grand-Vifir. Dès qu'il fut dans ce pofte, il crut pouvoir fe paffer du Favori : & pour fe rendre néceffaire, il projetta de faire la guerre aux Mofcovites ; dans cette intention il fit dreffer une Tente près de l'endroit où demeuroit le Roi de Suéde.

Il invita ce Prince à l'y venir trouver avec le nouveau Kam des Tartares & l'Ambaffadeur de France. Le Roi, d'autant plus altier qu'il étoit malheureux, regardoit comme le plus fenfible des affronts qu'un fujet ofât l'envoyer chercher : il ordonna à fon Chancelier Mullern

lern d'y aller à sa place ; & de peur que les Turcs ne
lui manquaffent de respect, & ne le forçaffent à commettre sa dignité, ce Prince, extrême en tout, se mit au lit,
& résolut de n'en pas sortir tant qu'il seroit à Démotica.
Il resta dix mois couché, feignant d'être malade : le Chancelier Mullern, Grothusen & le Colonel Dubens étoient
les seuls qui mangeaffent avec lui. Ils n'avoient aucune
des commodités dont les Francs se servent : tout avoit été
pillé à l'affaire de Bender ; de sorte qu'il s'en falloit
bien qu'il y eût dans leurs repas de la pompe & de la dé-
licateffe. Ils se servoient eux-mêmes ; & ce fut le Chancelier Mullern qui fit pendant tout ce tems la fonction de
Cuisinier.

Tandis que Charles XII passoit sa vie dans son lit,
il apprit la desolation de toutes ses Provinces situées hors
de la Suéde.

Le Général Steinbock illustre pour avoir chaffé les
Danois de la Scanie, & pour avoir vaincu leurs meilleures troupes avec des païsans, soutint encore quelque tems
la réputation des armes Suédoises. Il défendit autant
qu'il put la Poméranie & Brême, & ce que le Roi posfé-
doit encore en Allemagne ; mais il ne put empêcher les
Saxons & les Danois réünis d'affiéger Stade, ville forte
& confidérable, située près de l'Elbe dans le Duché de
Brême. La ville fut bombardée & réduite en cendres ;
& la Garnison obligée de se rendre à discretion avant que
Steinbock pût s'avancer pour la secourir.

Ce Général, qui avoit environ douze mille hommes, dont la moitié étoit Cavalerie, pourfuivit les ennemis qui étoient une fois plus forts, & les atteignit enfin
dans le Duché de Meckelbourg, près d'un lieu nommé
Gadebush, & d'une petite Riviére qui porte ce nom : il
arriva vis-à-vis des Saxons & des Danois le 20 Décembre
1712 il étoit séparé d'eux par un marais. Les ennemis
campés derriére ce marais étoient appuyés à un bois : ils
avoient

avoient l'avantage du nombre & du terrain ; & on ne pouvoit aller à eux qu'en traversant le marécage sous le feu de leur Artillerie.

Steinbock passe à la tête de ses troupes, arrive en ordre de bataille, & engage un des combats des plus sanglans & des plus acharnés qui se fût encore donné entre ces deux Nations rivales. Après trois heures de cette mêlée si vive, les Danois & les Saxons furent enfoncés, & quittérent le champ de bataille.

Un Fils du Roi Auguste & de la Comtesse de Konigsmark, connu sous le nom du Comte de Saxe, fit dans cette bataille son aprentissage de l'art de la guerre. C'est ce même Comte de Saxe, qui eut depuis l'honneur d'être élu Duc de Courlande, & à qui il n'a manqué que la force pour jouïr du droit le plus incontestable qu'un homme puisse jamais avoir sur une Souveraineté; je veux dire les suffrages unanimes du peuple. C'est lui qui s'est acquis depuis une gloire plus réelle en sauvant la France à la bataille de Fontenoy, en conquerant la Flandre, & en méritant la réputation du plus grand Général de nos jours. Il commandoit un Régiment à Gadebush, & y eut un cheval tué sous lui : je lui ai entendu dire que les Suédois gardérent toujours leurs rangs : & que même après que la victoire fut décidée, les premiéres Lignes de ces braves troupes ayant à leurs pieds leurs ennemis morts, il n'y eut pas un Soldat Suédois qui osât seulement se baisser pour les dépouiller, avant que la priére eût été faite sur le champ de bataille ; tant ils étoient inébranlables dans la discipline sévére à laquelle leur Roi les avoit accoutumés.

Steinbock après cette victoire se souvenant que les Danois avoient mis Stade en cendres, alla s'en vanger sur Altona, qui appartient au Roi de Dannemark. Altona est au-dessous de Hambourg, sur le fleuve de l'Elbe, qui peut apporter dans son Port d'assez gros Vaisseaux. Le Roi de Dannemark favorisoit cette ville de beaucoup

de

de privilèges : son deſſein étoit d'y établir un commerce floriſſant ; déja même l'induſtrie des Altonais, encouragée par les ſages vûës du Roi, commençoit à mettre leur ville au nombre des villes commerçantes & riches. Hambourg en concevoit de la jalouſie, & ne ſouhaitoit rien tant que ſa deſtruction. Dès que Steinbock fut à la vûë d'Altona, il envoya dire par un Trompette aux habitans, qu'ils euſſent à ſe retirer avec ce qu'ils pourroient emporter d'effets, & qu'on alloit détruire leur ville de fond en comble.

Les Magiſtrats vinrent ſe jetter à ſes pieds, & offrirent cent mille écus de rançon. Steinbock en demanda deux cens mille. Les Altonais ſuppliérent, qu'il leur fût permis au moins d'envoyer à Hambourg où étoient leurs correſpondances, & aſſûrérent que le lendemain ils apporteroient cette ſomme ; le Général Suédois répondit qu'il falloit la donner ſur l'heure, ou qu'on alloit embraſer Altona ſans délai.

Ses troupes étoient dans le Fauxbourg le flambeau à la main : une faible porte de bois & un foſſé déja comblé, étoient les ſeules défenſes des Altonais. Ces malheureux furent obligés de quitter leurs maiſons avec précipitation au milieu de la nuit : c'étoit le 9 Janvier 1713; il faiſoit un froid rigoureux, augmenté par un vent de Nord violent, qui ſervit à étendre l'embraſement avec plus de promptitude dans la ville, & à rendre plus inſupportables les extrémités où le peuple fut réduit dans la campagne. Les hommes, les femmes, courbés ſous le fardeau des meubles qu'ils emportoient, ſe refugiérent, en pleurant & en pouſſant des hurlemens, ſur les Côteaux voiſins qui étoient couvert de glace. On voyoit pluſieurs jeunes gens qui portoient ſur leurs épaules des Vieillards paralitiques. Quelques femmes, nouvellement accouchées, emportérent leurs enfans & moururent de froid avec eux ſur la colline, en regardant de loin les flammes

qui

qui confumoient leur Patrie. Tous les habitans n'étoient pas encore fortis de la ville, lorfque les Suédois y mirent le feu. Altona brûla depuis minuit jufqu'à dix heures du matin. Prefque toutes les maifons étoient de bois : tout fut confumé ; & il ne parut pas le lendemain qu'il y eût eu une ville en cet endroit.

Les vieillards, les malades, & les femmes les plus délicates, réfugiés dans les glaces pendant que leurs maifons étoient en feu, fe traînérent aux portes de Hambourg, & fuppliérent qu'on leur ouvrît & qu'on leur fauvât la vie ; mais on refufa de les recevoir, parce qu'il régnoit dans Altona quelques maladies contagieufes ; & les Hamburgeois n'aimoient pas affez les Altonais pour s'expofer en les recueillant, à infecter leur propre ville. Ainfi la plûpart de ces miférables expirérent fous les murs de Hambourg, en prenant le Ciel à témoin de la barbarie des Suédois, & de celle des Hambourgeois qui ne paraiffoit pas moins inhumaine.

Toute l'Allemagne cria contre cette violence: les Miniftres & les Généraux de Pologne & de Dannemark écrivirent au Comte de Steinbock, pour lui reprocher une cruauté fi grande, qui faite fans néceffité & demeurant fans excufe, foulevoit contre lui le Ciel & la Terre.

Steinbock répondit „qu'il ne s'étoit porté à ces ex-
„trémités, que pour apprendre aux ennemis du Roi fon
„Maître à ne plus faire une guerre de barbares, & à re-
„fpecter le Droit des Gens: qu'ils avoient rempli la Po-
„méranie de leurs cruautés, dévafté cette belle Province,
„& vendu près de cent mille habitans aux Turcs : que les
„flambeaux qui avoient mis Altona en cendres, étoient
„les repreffailles des boulets rouges par qui Stade avoit été
„confumée:„

C'étoit avec cette fureur que les Suédois & leurs ennemis fe faifoient la guerre ; fi Charles XII avoit paru alors dans la Poméranie, il eft à croire qu'il eût pû retrou-

trouver fa premiére fortune. Ses Armées quoiqu'éloi-
gnées de fa préfence, étoient encore animées de fon efprit;
mais l'abfence du Chef eft toujours dangereufe aux affaires, & empêche qu'on ne profite des victoires. Steinbock perdit par les détails ce qu'il avoit gagné par des
actions fignalées, qui en un autre tems auroient été déci-
fives.

Tout vainqueur qu'il étoit, il ne put empêcher les
Mofcovites, les Saxons, & les Danois de fe réünir. On
lui enleva des Quartiers : il perdit du monde dans plufieurs efcarmouches : deux mille hommes de fes troupes
fe noyérent en paffant l'Eider, pour aller hyverner dans
le Holftein; toutes ces pertes étoient fans reffource dans
un païs où il étoit entouré de tous côtés d'ennemis puiffans.

Le Holftein avoit alors pour Souverain le jeune
Duc Fréderic âgé de douze ans, Neveu du Roi de Suéde,
& Fils du Duc qui avoit été tué à la bataille de Cliffau :
l'Evêque de Lubeck fon Oncle gouvernoit fous le nom
d'Adminiftrateur ce païs malheureux, que fes Souverains
n'ont prefque jamais poffédé paifiblement : l'Evêque qui
craignoit pour les Etats de fon Pupille, voulut conferver
en apparence la neutralité ; mais il lui étoit impoffible de
refter neutre entre l'Armée d'un Roi de Suéde, dont le
Duc de Holftein pouvoit être l'Héritier, & les Armées
des Alliés prêts à envahir cet Etat.

Le Comte de Steinbock preffé par les ennemis, &
ne pouvant plus conferver fa petite Armée, fomma l'Evêque Adminiftrateur de permettre qu'elle fût reçuë dans
la Fortereffe de Tonningue. L'Evêque fe trouva réduit ou
à perdre entiérement l'Armée du Roi ; ou s'il la fauvoit,
à attirer fur le Holftein la vengeance du Dannemarck.

Il eut recours à la fineffe, reffource dangereufe des
faibles : il ordonna au Colonel Volf, Commandant à
Tonningue, de recevoir les troupes Suédoifes dans la Place.

Mais en même tems il exigea de ce Commandant qu'il ne parlât jamais de cet ordre : & Steinbock de son côté fit serment de tenir la négociation secrette.

Il fallut que Volf prît sur lui de recevoir l'Armée dans sa Place, comme de sa propre autorité, & de paraître infidèle aux ordres de son Souverain. Tout cet artifice ne tourna qu'au malheur du Duc, du païs, & de Steinbock. Le Czar, le Roi de Dannemark & le Roi de Prusse bloquérent Tonningue : les provisions qui dévoient venir à la petite Armée manquérent par une fatalité qui a toujours ruïné dans cette guerre les affaires de la Suéde.

Enfin, Steinbock fut obligé de se rendre prisonnier au Roi de Dannemark avec ses troupes, le 17 Mars 1713. Ainsi fut dissipée sans retour cette Armée qui avoit gagné les deux célèbres batailles d'Helsimbourg & de Gadebush, sous un Général dont on avoit conçû les plus grandes espérances ; & le Roi de Dannemark eut la satisfaction de tenir entre ses mains celui qui avoit arrêté tous ses progrès, & qui avoit mis sa ville d'Altona en cendres. Steinbock en sortant de Tonningue assûra le Roi de Dannemark qu'il n'y étoit entré que par stratagême, & qu'il avoit trompé le Commandant. Cet Officier le jura de même, & aima mieux subir la honte d'avoir été surpris, que de divulguer le secret de son Maître.

Le Duc de Holstein & l'Evêque Administrateur protestérent qu'ils avoient conservé la neutralité : ils implorérent la médiation du Roi de Prusse & de l'Electeur de Hannover : toute cette politique, n'étant point soutenuë par la force, n'empêcha pas que le Roi de Dannemark n'assiégeât Volf dans Tonningue quelque tems après, avec ses troupes & celles du Czar. Ce Commandant se rendit comme Steinbock, & avoua enfin le secret dont les Danois ne se doutoient que trop.

Ce

Ce fut un prétexte au Roi de Dannemark pour s'emparer des Etats du Duc de Holstein, dont on ne lui a rendu encore aujourd'hui qu'une partie. Ce même Roi de Dannemark, qui ravissoit sans scrupule le Duché de Holstein, avoit cependant la générosité de traiter Steinbock avec considération, & faisoit voir que les Rois sont souvent plus occupés de leurs interêts que de leur vengeance. Il laissa l'incendiaire d'Altona libre dans Coppenhague sur sa parole, & affecta de l'accabler de bons traitemens, jusqu'à ce que Steinbock, ayant voulu s'évader, eut le malheur d'être arrêté & d'être convaincu d'avoir manqué à sa parole. Alors il fut étroitement resserré & réduit à demander grace au Roi de Dannemark, qui la lui accorda.

La Poméranie sans défense, à la réserve de Stralsund, de l'Isle de Rugen & de quelques lieux circonvoisins, devint la proye des Alliés : elle fut sequestrée entre les mains du Roi de Prusse. Les Etats de Brême furent remplis de Garnisons Danoises. Au même tems les Moscovites inondoient la Finlande, & y battoient les Suédois que la confiance abandonnoit, & qui, étant inférieurs en nombre, commençoient à n'avoir plus sur leurs ennemis aguerris la supériorité de la valeur.

Pour achever les malheurs de la Suéde, son Roi s'obstinoit à rester à Démotica, & se repaissoit encore de l'espérance de ce secours Turc, sur lequel il ne devoit plus compter.

Ibrahim Molla, ce Visir si fier, qui s'obstinoit à la guerre contre les Moscovites ; malgré les vûës du Favori, fut étranglé entre deux portes.

La place de Visir étoit devenuë si dangereuse que personne n'osoit l'occuper : elle demeura vacante pendant six mois. Enfin, le Favori Ali Coumourgi prit le titre de Grand-Visir. Alors toutes les espérances du Roi de Suéde tombérent. Il connaissoit Coumourgi d'autant

P 2   mieux

mieux qu'il en avoit été fervi, quand les interêts de ce Favori s'accordoient avec les fiens.

Il avoit été onze mois à Démotica enféveli dans l'inaction & dans l'oubli ; cette oifiveté extrême fuccédant tout-à-coup aux plus violens exercices lui avoit donné enfin la maladie qu'il feignoit. On le croyoit mort dans toute l'Europe. Le Confeil de Régence qu'il avoit établi à Stockolm , quand il partit de fa Capitale , n'entendoit plus parler de lui. Le Sénat vint en Corps fupplier la Princeffe Ulrike Eléonore, Sœur du Roi , de fe charger de la Régence , pendant cette longue abfence de fon frere : elle l'accepta ; mais quand elle vit que le Sénat vouloit l'obliger à faire la paix avec le Czar & le Roi de Dannemark, qui attaquoient la Suéde de tous côtés, cette Princeffe jugeant bien que fon frere ne ratifieroit jamais la paix , fe démit de la Régence & envoya en Turquie un long détail de cette affaire.

Le Roi reçût le paquet de fa Sœur à Démotica. Le Defpotifme qu'il avoit fuccé en naiffant lui faifoit oublier qu'autrefois la Suéde avoit été libre, & que le Sénat gouvernoit anciennement le Royaume conjointement avec les Rois.

Il ne regardoit ce corps que comme une troupe de domeftiques, qui vouloient commander dans la Maifon en l'abfence du Maître ; il leur écrivit que s'ils prétendoient gouverner, il leur envoyeroit une de fes bottes, & que ce feroit d'elle dont il faudroit qu'ils priffent les ordres.

Pour prévenir donc ces prétendus attentats en Suede, contre fon autorité, & pour défendre enfin fon païs, n'efpérant plus rien de la Porte Ottomane & ne comptant plus que fur lui feul, il fit fignifier au Grand-Vifir qu'il fouhaitoit partir & s'en retourner par l'Allemagne.

Mr. Defalleurs, Ambaffadeur de France, qui s'étoit chargé des affaires de la Suéde, fit la demande de fa part.
„Hé

„He bien, dit le Vifir au Comte Defalleurs, n'avois-je
„pas bien dit, que l'année ne fe pafferoit pas fans que le
„Roi de Suéde demandât à partir ? Dites-lui qu'il eft à
„fon choix de s'en aller ou de demeurer ; mais qu'il fe
„détermine bien, & qu'il fixe le jour de fon départ, afin
„qu'il ne nous jette pas une feconde fois dans l'embarras
„de Bender. „

Le Comte Defalleurs adoucit au Roi la dureté de ces
paroles. Le jour fut choifi ; mais Charles, avant que
de quitter la Turquie, voulut étaler la pompe d'un grand
Roi, quoique dans la mifére d'un fugitif. Il donna à
Grothufen le titre d'Ambaffadeur Extraordinaire, & l'envoya prendre congé dans les formes à Conftantinople,
fuivi de quatre-vingt perfonnes toutes fuperbement vê-
tuës.

Les refforts fecrets qu'il fallut faire jouer pour amaf-
fer de quoi fournir à cette dépenfe, étoient plus humi-
lians que l'Ambaffade n'étoit pompeufe.

Mr. Defalleurs prêta au Roi quarante mille écus,
Grothufen avoit des Agens à Conftantinople qui emprun-
toient en fon nom, à cinquante pour cent d'interêt, mille écus d'un Juif, deux cens piftoles d'un Marchand
Anglais, mille francs d'un Turc.

On amaffa ainfi de quoi jouër en préfence du Divan
la brillante Comédie de l'Ambaffade Suédoife. Grothufen reçût à Conftantinople tous les honneurs que la Porte fait aux Ambaffadeurs Extraordinaires des Rois le jour
de leur audience : le but de tout ce fracas étoit d'obtenir
de l'argent du Grand-Vifir ; mais ce Miniftre fut inéxorable.

Grothufen propofa d'emprunter un million de la
Porte. Le Vifir repliqua féchement que fon Maître favoit donner quand il vouloit, & qu'il étoit au-deffous
de fa dignité de prêter: qu'on fourniroit au Roi abondamment ce qui étoit néceffaire pour fon voyage, d'une ma-

P 3 niére

niére digne de celui qui le renvoyoit : que peut-être même la Porte lui feroit quelque préfent en or non monnoyé ; mais qu'on n'y devoit pas compter.

Enfin, le premier Octobre 1714 le Roi de Suéde fe mit en route pour quitter la Turquie. Un Capigi Pacha avec fix Chiaoux le vinrent prendre au Château de Demirtash, où ce Prince demeuroit depuis quelques jours : il lui préfenta de la part du Grand-Seigneur une large Tente d'écarlate brodée d'or, un Sabre avec une poignée garnie de pierreries, & huit chevaux Arabes d'une beauté parfaite, avec des felles fuperbes dont les étriers étoient d'argent maffif. Il n'eft pas indigne de l'Hiftoire de dire qu'un Ecuyer Arabe, qui avoit foin de ces chevaux, donna au Roi leur généalogie ; c'eft un ufage établi depuis long-tems chez ces peuples, qui femblent faire beaucoup plus d'attention à la Nobleffe des chevaux qu'à celle des hommes ; ce qui peut-être n'eft pas fi déraifonnable, puifque chez les Animaux les races dont on a foin & qui font fans mêlange ne dégénérent jamais.

Soixante chariots chargés de toutes fortes de provifions, & trois cens chevaux, formoient le Convoi. Le Capigi Pacha fachant que plufieurs Turcs avoient prêté de l'argent aux gens de la fuite du Roi à un gros interêt, lui dit que l'ufure étant contraire à la Loi Mahométane, il fupplioit Sa Majefté de liquider toutes ces dettes, & d'ordonner au Réfident, qu'il laifferoit à Conftantinople, de ne payer que le capital. „Non, dit le Roi, fi mes „domeftiques ont donné des Billets de cent écus, je veux „les payer, quand ils n'en auroient reçû que dix.„

Il fit propofer aux Créanciers de le fuivre, avec l'affûrance d'être payés de leurs frais & de leurs dettes. Plufieurs entreprirent le voyage de Suéde, & Grothufen eut foin qu'ils fuffent payés.

Les Turcs afin de montrer plus de déférence pour leur Hôte, le faifoient voyager à très-petites journées; mais

mais cette lenteur reſpectueuſe gênoit l'impatience du
Roi. Il ſe levoit dans la route, à trois heures du matin,
ſelon ſa coutume. Dès qu'il étoit habillé, il éveilloit lui-
même le Capigi & les Chiaoux, & ordonnoit la marche
au milieu de la nuit noire : la gravité Turque étoit dé-
rangée par cette maniére nouvelle de voyager; mais le
Roi prenoit plaiſir à leur embarras, & diſoit qu'il ſe vangeoit un peu de l'affaire de Bender.

Tandis qu'il gagnoit les Frontiéres des Turcs, Stanislas en ſortoit par un autre chemin, & alloit ſe retirer
en Allemagne dans le Duché de Deux-Ponts, Province
qui confine au Palatinat du Rhin & à l'Alſace, & qui
appartenoit aux Rois de Suéde depuis que Charles X,
Succeſſeur de Chriſtine, avoit joint cet Héritage à la
Couronne. Charles aſſigna à Stanislas le revenu de ce
Duché, eſtimé alors environ ſoixante & dix mille écus;
ce fut-là qu'aboutirent pour lors tant de projets, tant de
guerres, & tant d'eſpérances. Stanislas vouloit & auroit pû faire un Traité avantageux avec le Roi Auguſte;
mais l'indomptable opiniâtreté de Charles XII lui fit perdre ſes Terres & ſes Biens réels en Pologne, pour lui conſerver le titre de Roi.

Ce Prince reſta dans le Duché de Deux-Ponts juſqu'à la mort de Charles; alors cette Province retournant
à un Prince de la Maiſon Palatine, il choiſit ſa retraite
à Veiſſembourg dans l'Alſace Françaiſe. Mr. Sum, Envoyé du Roi Auguſte, en porta ſes plaintes au Duc d'Orléans Régent de France. Le Duc d'Orléans répondit à
Mr. Sum ces paroles remarquables : ,,Monſieur, mandez
,,au Roi votre Maître que la *France* a toujours été l'azyle
,,des Rois malheureux. ,,

Le Roi de Suéde étant arrivé ſur les confins de l'Allemagne, apprit que l'Empereur avoit ordonné qu'on
le reçût dans toutes les Terres de ſon obéiſſance avec une
magnificence convenable. Les villes & les villages où les

Maré-

Maréchaux des Logis avoient par avance marqué fa route, faifoient des préparatifs pour le recevoir ; tous ces Peuples attendoient avec impatience de voir paffer cet homme extraordinaire, dont les victoires & les malheurs, les moindres actions & le repos même, avoit fait tant de bruit en Europe & en Afie. Mais Charles n'avoit nulle envie d'effuyer toute cette pompe, ni de montrer en fpectacle le Prifonnier de Bender ; il avoit réfolu même de ne jamais rentrer dans Stockolm qu'il n'eût auparavant réparé fes malheurs par une meilleure fortune.

Quand il fut à Targowits fur les frontiéres de la Tranfilvanie, après avoir congédié fon Efcorte Turque, il affembla fa fuite dans une grange ; il leur dit à tous de ne fe mettre point en peine de fa perfonne, & de fe trouver le plûtôt qu'ils pourroient à Stralfund en Poméranie fur le bord de la mer Baltique, environ à trois cens lieuës de l'endroit où ils étoient.

Il ne prit avec lui que deux Officiers, Rofen & During, & quitta toute fa fuite gayement, la laiffant dans l'étonnement, dans la crainte & dans la triffeffe. Il prit une perruque noire pour fe déguifer, car il portoit toujours fes cheveux : mit un chapeau bordé d'or, avec un habit gris d'épine & un manteau bleu : prit le nom d'un Officier Allemand ; & courut la pofte à cheval avec ces deux compagnons de voyage.

Il évita dans fa route, autant qu'il le put, les terres de fes ennemis déclarés & fecrets : prit fon chemin par la Hongrie, la Moravie, l'Autriche, la Baviére, le Wirtemberg, le Palatinat, la Weftphalie, & le Meckelbourg ; ainfi il fit prefque le tour de l'Allemagne, & allongea fon chemin de la moitié. A la fin de la première journée, après avoir couru fans relâche, le jeune During, qui n'étoit pas endurci à ces fatigues exceffives, comme le Roi de Suéde, s'évanouït en defcendant de cheval. Le Roi, qui ne vouloit pas s'arrêter un moment fur la route, demanda

manda à During, quand celui-ci fut revenu à lui, combien
il avoit d'argent? During ayant répondu qu'il avoit environ mille écus en or : „Donne m'en la moitié, dit le
„Roi ; je vois bien que tu n'ès pas en état de me fuivre,
„j'achevérai la route tout feul.„   During le fupplia de
daigner fe repofer du moins trois heures, l'affûrant qu'au
bout de ce tems il feroit en état de remonter à cheval &
de fuivre fa Majefté ; il le conjura de penfer à tous les
rifques qu'il alloit courir.   Le Roi inéxorable fe fit donner les cinq cens écus, & demanda des chariots.   Alors
During, effrayé de la réfolution du Roi, s'avifa d'un
ftratagême innocent : il tira à part le Maître de la Pofte,
& lui montrant le Roi de Suéde : Cet homme, lui dit-il,
eft mon coufin ; nous voyageons enfemble pour la même
affaire, il voit que je fuis malade & ne veut pas feulement
m'attendre trois heures ; donnez-lui, je vous prie, le
plus méchant cheval de votre Ecurie, & cherchez-moi
quelque chaife ou quelque chariot de pofte.

Il mit deux ducats dans la main du Maître de la
Pofte, qui fatisfit exactement à toutes fes demandes.   On
donna au Roi un cheval rétif & boiteux : ce Monarque partit feul à dix heures du foir dans cet équipage,
au milieu d'une nuit noire avec le vent, la neige & la
pluye.   Son Compagnon de voyage, après avoir dormi
quelques heures, fe mit en route dans un chariot traîné
par de forts chevaux.   A quelques milles il rencontra au
point du jour le Roi de Suéde, qui ne pouvant plus faire
marcher fa monture ; s'en alloit de fon pied gagner la
Pofte prochaine.

Il fut forcé de fe mettre fur le chariot de During ;
il dormit fur de la paille.   Enfuite ils continuérent leur
route, courant à cheval le jour, & dormant fur une cha-
rette la nuit fans s'arrêter en aucun lieu.

Après feize jours de courfe, non fans danger d'être
arrêtés plus d'une fois, ils arrivérent enfin le 21 Novem-

bre

bre de l'année 1714 aux portes de la ville de Stralfund à une heure après minuit.

Le Roi cria à la fentinelle qu'il étoit un Courier dépêché de Turquie par le Roi de Suéde, qu'il falloit qu'on le fit parler dans le moment au Général Ducker Gouverneur de la place. La fentinelle répondit qu'il étoit tard, que le Gouverneur étoit couché, & qu'il falloit attendre le point du jour.

Le Roi repliqua qu'il venoit pour des affaires importantes, & leur déclara que s'ils n'alloient pas réveiller le Gouverneur fans délai, ils feroient tous punis le lendemain matin. Un Sergent alla enfin réveiller le Gouverneur : Ducker s'imagina que c'étoit peut-être un des Généraux du Roi de Suéde : on fit ouvrir les portes; on introduifit ce Courier dans fa chambre.

Ducker, à moitié endormi, lui demanda des nouvelles du Roi de Suéde : le Roi le prenant par le bras ; Eh quoi! dit-il, Ducker, mes plus fidéles fujets m'ont-ils oublié? Le Général reconnut le Roi: il ne pouvoit croire fes yeux; il fe jette en bas du lit, embraffe les genoux de fon Maître en verfant des larmes de joye. La nouvelle en fut répanduë à l'inftant dans la ville: tout le monde fe leva: les foldats vinrent entourer la maifon du Gouverneur. Les ruës fe remplirent des habitans, qui fe demandoient lès uns aux autres : Eft-il vrai que le Roi eft ici ? On fit des illuminations à toutes les fenêtres : le vin coula dans les ruës à la lumiére de mille flambeaux & au bruit de l'Artillerie.

Cependant on mena le Roi au lit : il y avoit feize jours qu'il ne s'étoit couché : il fallut couper fes bottes fur les jambes, qui s'étoient enflées par l'extrême fatigue. Il n'avoit ni linge, ni habits : on lui fit une Garderobe en hâte de ce qu'on put trouver de plus convenable dans la ville. Quand il eut dormi quelques heures, il ne fe leva que pour aller faire la revûë de fes troupes, & vifiter

les

les Fortifications. Le jour même il envoya par-tout ſes ordres pour recommencer une guerre plus vive que jamais contre tous ſes ennemis. Au reſte toutes ces particularités ſi conformes au caractére extraordinaire de Charles XII m'ont été confirmées par le Comte de Croiſſy, Ambaſſadeur auprès de ce Prince, après m'avoir été apriſes par Mr. Fabrice.

L'Europe étoit alors dans un état bien différent de celui où elle étoit quand Charles la quitta en mille ſept cens neuf.

La guerre qui avoit ſi long-tems déchiré toute la partie Méridionale, c'eſt-à-dire, l'Allemagne, l'Angleterre, la Hollande, la France, l'Eſpagne, le Portugal & l'Italie, étoit éteinte. Cette paix générale avoit été produite par des brouilleries particuliéres arrivées à la Cour d'Angleterre. Le Comte d'Oxford Miniſtre habile, & le Lord Bolingbrooke, un des plus brillans génies & l'homme le plus éloquent de ſon ſiécle, prévalurent contre le fameux Duc de Marlboroug, & engagérent la Reine Anne à faire la paix avec Louïs XIV. La France n'ayant plus l'Angleterre pour ennemie, força bien-tôt les autres Puiſſances à s'acommoder.

Philippe V, petit-fils de Louïs XIV, commençoit à régner paiſiblement ſur les débris de la Monarchie Eſpagnole. L'Empereur d'Allemagne, devenu Maître de Naples & de la Flandre, s'affermiſſoit dans ſes vaſtes Etats; Louïs XIV n'aſpiroit plus qu'à achever en paix ſa longue carriére.

Anne, Reine d'Angleterre, étoit morte le 10 Août 1714 haïe de la moitié de ſa Nation, pour avoir donné la paix à tant d'Etats. Son frere Jacques Stuard, Prince malheureux, exclu du Trône preſque en naiſſant, n'ayant point paru alors en Angleterre, pour tenter de recueillir une ſucceſſion que de nouvelles Loix lui auroient donnée, ſi ſon parti eut prévalu, George I, Electeur de Hannover

fut

fut reconnu unanimement Roi de la Grande-Bretagne.
Le Trône appartenoit à cet Electeur, non en vertu du
sang, quoiqu'il descendît d'une fille de Jacques; mais en
vertu d'Acte du Parlement de la Nation.

George, appellé dans un âge avancé à gouverner
un Peuple dont il n'entendoit point la langue, & chez qui
tout lui étoit étranger, se regardoit comme l'Electeur de
Hannover plûtôt que comme le Roi d'Angleterre. Toute
son ambition étoit d'aggrandir ses Etats d'Allemagne. Il
repassoit presque tous les ans la mer pour revoir des sujets dont il étoit adoré. Au reste, il se plaisoit plus à vivre en homme qu'en Maître. La pompe de la Royauté
étoit pour lui un fardeau pésant. Il vivoit avec un petit
nombre d'anciens Courtisans qu'il admettoit à sa familiarité. Ce n'étoit pas le Roi de l'Europe qui eût le plus
d'éclat; mais il étoit un des plus sages, & le seul qui con-
nût sur le Trône les douceurs de la vie privée & de l'a-
mitié.

Tels étoient les principaux Monarques, & telle la
situation du Midi de l'Europe.

Les changemens arrivés dans le Nord étoient d'une
autre nature. Ses Rois étoient en guerre, & se réünis-
soient contre le Roi de Suéde.

Auguste étoit depuis long-tems remonté sur le Trône de Pologne avec l'aide du Czar, & du consentement
de l'Empereur d'Allemagne, d'Anne d'Angleterre, & des
Etats-Généraux, qui tous garans du Traité d'Altranstad,
quand Charles XII imposoit les Loix, se desistérent de
leur garantie quand il ne fut plus à craindre.

Mais Auguste ne jouïssoit pas d'un pouvoir tranquille. La République de Pologne en reprenant son Roi,
reprit bien-tôt ses craintes du Pouvoir arbitraire : elle é-
toit en armes pour l'obliger à se conformer aux *Pacta
Conventa*, Contrat sacré entre les Peuples & les Rois; &
sembloit n'avoir rappellé son Maître que pour lui déclarer

la

la guerre. Dans les commencemens de ces troubles, on n'entendoit pas prononcer le nom de Stanislas, son Parti sembloit anéanti ; & on ne se ressouvenoit en Pologne du Roi de Suéde, que comme d'un Torrent qui avoit changé le cours de toutes choses pour un tems dans son passage.

Pultava & l'absence de Charles XII en faisant tomber Stanislas, avoient aussi entraîné la chûte du Duc de Holstein, Neveu de Charles, qui venoit d'être dépouillé de ses Etats par le Roi de Dannemark. Le Roi de Suéde avoit aimé tendrement le pere : il étoit pénétré & humilié des malheurs du fils ; de plus, n'ayant rien fait en sa vie que pour la gloire, la chûte des Souverains qu'il avoit faits ou rétablis, fut pour lui aussi sensible que la perte de tant de Provinces.

C'étoit à qui s'enrichiroit de ses pertes : Fréderic Guillaume, depuis peu Roi de Prusse, qui paraissoit avoir autant d'inclination à la guerre que son Pere avoit été pacifique, commença par se faire livrer Stetin & une partie de la Poméranie, sur laquelle il avoit des droits pour quatre cens mille écus payés au Roi de Dannemark & au Czar.

George, Electeur de Hannover devenu Roi d'Angleterre, avoit aussi sequestré entre ses mains le Duché de Brême & de Verden, que le Roi de Dannemark lui avoit mis en dépôt pour soixante mille pistoles. Ainsi on disposoit des dépouilles de Charles XII, & ceux qui les avoient en garde devenoient par leurs interêts des ennemis aussi dangereux que ceux qui les avoient prises.

Quant au Czar, il étoit sans doute le plus à craindre : ses anciennes défaites, ses victoires, ses fautes mêmes, sa persévérance à s'instruire & à montrer à ses sujets ce qu'il avoit appris, ses travaux continuels, en avoient fait un grand Homme en tout genre. Déja Riga étoit pris ; la Livonie, l'Ingrie, la Carelie, la moitié de la Finlande,

de, tant de Provinces qu'avoient conquifes les Rois ancê‐
tres de Charles, étoient fous le joug Mofcovite.

Pierre Alexiowits, qui, vingt ans auparavant, n'a‐
voit pas une Barque dans la Mer Baltique, fe voyoit alors
Maître de cette Mer, à la tête d'une Flotte de trente
grands Vaiffeaux de ligne.

Un de ces vaiffeaux avoit été conftruit de fes pro‐
pres mains ; il étoit le meilleur Charpentier, le meilleur
Amiral, le meilleur Pilote du Nord. Il n'y avoit point
de paffage difficile qu'il n'eût fondé lui‐même depuis le
fond du Golphe de Bothnie jufqu'à l'Océan, ayant joint
le travail d'un Matelot aux expériences d'un Philofophe
& aux deffeins d'un Empereur ; & étant devenu Amiral
par degrés & à force de victoires, comme il avoit voulu
parvenir au Généralat fur Terre.

Tandis que le Prince Gallitfin, Général formé par
lui, & l'un de ceux qui fecondérent le mieux fes entre‐
prifes, achevoit la conquête de la Finlande, prenoit la
ville de Vafa, & battoit les Suédois, cet Empereur fe
mit en Mer pour aller conquérir l'Ile d'Alan, fituée dans
la Mer Baltique, à douze lieuës de Stockolm.

Il partit pour cette Expédition au commencement
de Juillet 1714 pendant que fon Rival Charles XII fe te‐
noit dans fon lit à Démotica. Il s'embarqua au Port de
Cronslot qu'il avoit bâti depuis quelques années, à qua‐
tre milles de Petersbourg. Ce nouveau Port, la Flotte
qu'il contenoit, les Officiers & les Matelots qui la mon‐
toient, tout cela étoit fon ouvrage ; & de quelque côté
qu'il jettât les yeux, il ne voyoit rien qu'il n'eût créé en
quelque forte.

La Flotte Ruffienne fe trouva le quinze Juillet à la
hauteur d'Alan ; elle étoit compofée de trente Vaiffeaux
de ligne, de quatre‐vingt Galéres, & de cent demi‐Ga‐
léres. Elle portoit vingt mille Soldats : l'Amiral Apraxin
la commandoit ; l'Empereur Mofcovite y fervoit en qua‐
lité

lité de Contre-Amiral. La Flotte Suédoise vint le seize à sa rencontre, commandée par le Vice-Amiral Erinchild; elle étoit moins forte des deux tiers, cependant elle se battit pendant trois heures. Le Czar s'attacha au Vaisseau d'Erinchild, & le prit après un combat opiniâtre.

Le jour de la victoire il débarqua seize mille hommes dans Alan; & ayant pris plusieurs Soldats Suédois, qui n'avoient pû encore s'embarquer sur la Flotte d'Erinchild, il les amena prisonniers sur ses Vaisseaux. Il rentra dans son Port de Cronslot avec le grand Vaisseau d'Erinchild, trois autres de moindre grandeur, une Frégate & six Galéres, dont il s'étoit rendu maître dans ce combat.

De Cronslot il arriva dans le Port de Petersbourg, suivi de toute sa Flotte victorieuse & des Vaisseaux pris sur les ennemis. Il fut salué d'une triple décharge de cent cinquante Canons : après quoi il fit une Entrée triomphale qui le flatta encore davantage que celle de Moscov, parce qu'il recevoit ces honneurs dans sa ville favorite, en un lieu où dix ans auparavant il n'y avoit pas une cabane, & où il voyoit alors trente-quatre mille cinq cens naisons; enfin, parce qu'il se trouvoit non seulement à la tête d'une marine victorieuse, mais de la premiére Flotte Russienne qu'on eût jamais vûë dans la Mer Baltique, & au milieu d'une Nation à qui le nom de Flotte n'étoit pas même connu avant lui.

On observa à Petersbourg à peu près les mêmes cérémonies qui avoient décoré le Triomphe à Moscov. Le Vice-Amiral Suédois fut le principal ornement de ce Triomphe nouveau. Pierre Alexiowits y parut en qualité de Contre-Amiral. Un Boyard Russien, nommé Romanodowsky, lequel représentoit le Czar dans des occasions solemnelles, étoit assis sur un Trône, ayant à ses côtés douze Sénateurs. Le Contre-Amiral lui présenta la Relation de sa victoire, & on le déclara Vice-Amiral

en

en confidération de fes fervices ; cérémonie bizare, mais utile dans un païs où la fubordination militaire étoit une des nouveautés que le Czar avoit introduites.

L'Empereur Mofcovite enfin victorieux des Suédois fur mer & fur terre, & ayant aidé à les chaffer de la Pologne, y dominoit à fon tour. Il s'étoit rendu Médiateur entre la République & Augufte ; gloire auffi flatteufe peut-être que d'y avoir fait un Roi. Cet éclat & toute fortune de Charles avoient paffé au Czar : il en jouiffoit même plus utilement que n'avoit fait fon Rival ; car il faifoit fervir tous fes fuccès à l'avantage de fon païs. S'il prenoit une ville, les principaux Artifans alloient porter à Petersbourg leur induftrie : il tranfportoit en Mofcovie les manufactures, les arts, les fciences des Provinces conquifes fur la Suéde : fes Etats s'enrichiffoient par fes victoires ; ce qui de tous les Conquérans le rendoit le plus excufable.

La Suéde au contraire, privée de prefque toutes fes Provinces au-delà de la mer, n'avoit plus ni commerce, ni argent, ni crédit. Ses vieilles troupes fi redoutables avoient péri dans les batailles ou de mifére. Plus de cent mille Suédois étoient efclaves dans les vaftes Etats du Czar, & prefque autant avoient été vendus aux Turcs & aux Tartares. L'efpéce d'hommes manquoit fenfiblement ; mais l'efpérance renaquit dès qu'on fût le Roi à Stralfund.

Les impreffions de refpect & d'admiration pour lui étoient encore fi fortes dans l'efprit de fes fujets, que la jeuneffe descampagnes fe préfenta en foule pour s'enrôler, quoique les terres n'euffent pas affez de mains pour les cultiver.

Fin du feptiéme Livre.

HISTOI-

HISTOIRE
DE
CHARLES XII,
ROI DE SUEDE.

LIVRE HUITIEME.

ARGUMENT.

Charles marie la Princesse sa Sœur au Prince de Hesse : Il est assiégé dans Stralsund & se sauve en Suède : Entreprises du Baron de Görtz son Premier Ministre : Projets d'une réconciliation avec le Czar, & d'une descente en Angleterre : Charles assiège Friderichshal en Norwege : Il est tué : son caractére : Gœrtz est décapité.

Le Roi au milieu de ces préparatifs donna la Sœur qui lui restoit, Ulrique Eléonore, en mariage au Prince Fréderic de Hesse-Cassel.

La Reine douairiére, grand-mere de Charles XII & de la Princesse, âgée de quatre-vingt ans, fit les honneurs de cette Fête le 4. Avril 1715 dans le Palais de Stockolm, & mourut peu de tems après.

Ce mariage ne fut point honoré de la présence du Roi ; il resta dans Stralsund occupé à achever les fortifications de cette Place importante, menacée par les Rois de Dannemark & de Prusse. Il déclara cependant son Beaufrere Généralissime de ses Armées en Suéde. Ce Prince avoit servi les Etats-Généraux dans les guerres contre la France : il étoit regardé comme un bon Général ;

Q quali-

qualité, qui n'avoit pas peu contribué à lui faire époufer une Sœur de Charles XII.

Les mauvais fuccès fe fuivoient alors auffi rapidement qu'autrefois les victoires. Au mois de Juin de cette année 1715 les troupes Allemandes du Roi d'Angleterre, & celles de Dannemark inveftirent la forte ville de Wifmar: les Danois & les Saxons, réünis au nombre de trente-fix mille, marchérent en même tems vers Stralfund pour en former le fiége.　Les Rois de Dannemark & de Pruffe coulérent à fond près de Stralfund cinq vaiffeaux Suédois. Le Czar étoit alors fur la mer Baltique avec vingt grands vaiffeaux de guerre, & cent cinquante de tranfport, fur lefquels il y avoit trente mille hommes.　Il menaçoit la Suéde d'une defcente; tantôt il avançoit jufqu'à la côte d'Helfimbourg, tantôt il fe préfentoit à la hauteur de Stockolm.　Toute la Suéde étoit en armes fur les côtes, & n'attendoit que le moment de cette invafion.　Dans ce même tems fes troupes de terre chaffoient de pofte en pofte les Suédois des places qu'ils poffédoient encore dans la Finlande vers le Golfe de Bothnie; mais le Czar ne pouffa pas plus loin fes entreprifes.

A l'embouchure de l'Oder, fleuve qui partage en deux la Poméranie, & qui après avoir coulé fous Stetin, tombe dans la Mer Baltique, eft la petite Isle d'Ufedom: cette place eft très-importante par fa fituation, qui commande l'Oder à droite & à gauche; celui qui en eft le Maître l'eft auffi de la navigation du fleuve.　Le Roi de Pruffe avoit délogé les Suédois de cette Isle, & s'en étoit faifi auffi-bien que de Stetin qu'il gardoit en fequeftre; le tout, difoit-il, *pour l'amour de la paix.* Les Suédois avoient repris l'Isle d'Ufedom au mois de Mai 1715, ils y avoient deux Forts; l'un étoit le Fort de la *Suine* fur la branche de l'Oder qui porte ce nom, l'autre, de plus de

confé-

conféquence, étoit Pennamonder fur l'autre cours de la riviére. Le Roi de Suéde n'avoit pour garder ces deux Forts & toute l'Isle, que deux cens cinquante foldats Poméraniens, commandés par un viel Officier Suédois, nommé Kuze du Slerp, dont le nom mérite d'être confervé.

Le Roi de Pruffe envoye le 4 Août quinze cens hommes de pied, & huit cens Dragons pour débarquer dans l'Isle : ils arrivent & mettent pied à terre, fans oppofition, du côté du Fort de la Suine. Le Commandant Suédois leur abandonna ce Fort comme le moins important; & ne pouvant partager le peu qu'il avoit de monde, il fe retira dans le château de Pennamonder avec fa petite troupe, réfolu de fe défendre jufqu'à la derniére extrémité.

Il fallut donc l'affiéger dans les formes : on embarque pour cet effet de l'Artillerie à Stetin; on renforce les troupes Pruffiennes de mille Fantaffins, & de quatre cens Cavaliers. Le dix-huit Août on ouvre la tranchée en deux endroits, & la place eft vivement battuë par le canon & par les mortiers. Pendant le fiége, un foldat Suédois, chargé en fecret d'une Lettre de Charles XII, trouva le moyen d'aborder dans l'Isle & de s'introduire dans Pennamonder : il rendit la Lettre au Commandant, elle étoit conçûë en ces termes :

„Ne faites aucun feu que quand les ennemis feront „au bord du foffé : défendez-vous jufqu'à la derniére „goute de votre fang; je vous recommande à votre bon-„ne fortune. CHARLES.„

Du Slerp ayant lu ce billet réfolut d'obéïr; & de mourir comme il lui étoit ordonné pour le fervice de fon
Maître.

Maître. Le vingt-deux, au point du jour, les ennemis donnérent l'assaut : les assiégés n'ayant tiré que quand ils virent les assiégeans au bord du fossé en tuérent un grand nombre : mais le fossé étoit comblé, la brêche large, le nombre des assiégeans trop supérieur : on entra dans le château par deux endroits à la fois ; le Commandant ne songea alors qu'à vendre chérement sa vie, & à obéïr à la Lettre. Il abandonne les brêches par où les ennemis entroient : il retranche près d'un Bastion sa petite troupe qui a l'audace & la fidélité de le suivre ; il la place de façon, qu'elle ne peut être entourée. Les ennemis courent à lui étonnés de ce qu'il ne demande point quartier. Il se bat pendant une heure entiére, & après avoir perdu la moitié de ses soldats, il est tué enfin avec son Lieuténant & son Major. Alors cent soldats, qui restoient avec un seul Officier, démandérent la vie, & furent faits prisonniers ; on trouva dans la poche du Commandant la Lettre de son Maître, qui fut portée au Roi de Prusse.

Pendant que Charles perdoit l'Isle d'Usedom, & les Isles voisines qui furent bien-tôt prises : que Wismar étoit prêt de se rendre, qu'il n'avoit plus de flotte, que la Suéde étoit menacée, il étoit dans la ville de Stralsund ; & cette Place étoit déja assiégée par trente-six mille hommes.

Stralsund, ville devenuë fameuse en Europe par le siége qu'y soutint le Roi de Suéde, est la plus forte Place de la Poméranie. Elle est bâtie entre la Mer Baltique & le Lac de Franken, sur le Détroit de Gella : on n'y peut arriver de terre que sur une Chaussée étroite, défenduë par une Citadelle, & par des Retranchemens qu'on croyoit inaccessibles. Elle avoit une Garnison de près de neuf mille hommes, & de plus le Roi

de

de Suéde lui-même. Les Rois de Dannemark & de Pruffe entreprirent ce fiége avec une Armée de trente-fix mille hommes, compofée de Pruffiens, de Danois & de Saxons.

L'honneur d'affiéger Charles XII étoit un motif fi preffant qu'on paffa par-deffus tous les obftacles, & qu'on ouvrit la tranchée la nuit du 19. au 20. Octobre de cette année 1715.

Le Roi de Suéde, dans le commencement du fiége difoit, qu'il ne comprenoit pas, comment une Place bien fortifiée, & munie d'une Garnifon fuffifante, pouvoit être prife. Ce n'eft pas que dans le cours de fes con-quêtes paffées il n'eût pris plufieurs Places, mais prefque jamais par un fiége régulier : la terreur de fes armes a-voit alors tout emporté ; d'ailleurs il ne jugeoit pas des autres par lui-même, & n'eftimoit pas affez fes ennemis. Les affiégeans prefférent leurs ouvrages avec une activité & des efforts qui furent fecondés par un hazard très-fingulier.

On fait que la Mer Baltique n'a ni flux ni reflux : le Retranchement qui couvroit la ville, & qui étoit ap-puyé, du côté de l'Occident, à un marais impraticable, &, du côté de l'Orient, à la Mer, fembloit hors de toute infulte. Perfonne n'avoit fait attention que lorf-que les vents d'Occident fouffloient avec quelque violen-ce, ils refouloient les eaux de la Mer Baltique vers l'O-rient, & ne leur laiffoient que trois pieds de profondeur vers ce Retranchement qu'on eût cru bordé d'une Mer impraticable. Un foldat s'étant laiffé tomber du haut du Retranchement dans la Mer, fut étonné de trouver fond : il conçut que cette découverte pourroit faire fa for-tune; il deferta & alla au Quartier du Comte de Waker-

Q 3   barth,

barth, Général des troupes Saxonnes, donner avis qu'on pouvoit paſſer la Mer à gué & pénétrer ſans peine au retranchement des Suédois. Le Roi de Pruſſe ne tarda pas à profiter de l'avis.

Le lendemain donc à minuit, le vent d'Occident ſouflant encore, le Liéutenant-Colonel Koppen entra dans l'eau, ſuivi de dix-huit cens hommes: deux mille s'avançoient en même tems ſur la Chauſſée qui conduiſoit à ce retranchement : toute l'Artillerie des Pruſſiens tiroit, & les Pruſſiens & les Danois donnoient l'allarme d'un autre côté.

Les Suédois ſe crurent ſûrs de renverſer ces deux mille hommes qu'ils voyoient venir ſi témérairement en apparence ſur la Chauſſée ; mais tout-à-coup Koppen avec ſes dix-huit cens hommes entre dans le retranchement du côté de la Mer. Les Suédois entourés & ſurpris ne purent réſiſter : le poſte fut enlevé après un grand carnage. Quelques Suédois s'enfuirent vers la ville, les Aſſiégeans les y pourſuivirent : ils entroient pêle-mêle avec les fuïards : deux Officiers & quatre ſoldats Saxons étoient déja ſur le Pont-levis, mais on eut le tems de le lever ; ils furent pris, & la ville fut ſauvée pour cette fois.

On trouva dans ces retranchemens vingt-quatre canons, que l'on tourna contre Stralſund. Le ſiége fut pouſſé avec l'opiniâtreté & la confiance que devoit donner ce premier ſuccès. On canonna & on bombarda la ville preſque ſans relâche.

Vis-à-vis Stralſund dans la Mer Baltique eſt l'Iſle de Rugen, qui ſert de rempart à cette place, & où la Garniſon & les Bourgeois auroient pû ſe retirer, s'ils avoient

avoient eu des barques pour les transporter. Cette Isle étoit d'une conséquence extrême pour Charles: il voyoit bien que, si les ennemis en étoient les maîtres, il se trouveroit assiégé par terre & par mer ; & que selon toutes les apparences, il seroit réduit ou à s'ensevelir sous les ruïnes de Stralsund, ou à se voir prisonnier de ces mêmes ennemis, qu'il avoit si long-tems méprisés , & auxquels il avoit imposé des loix si dures. Cependant le malheureux état de ses affaires ne lui avoit pas permis de mettre dans Rugen une Garnison suffisante ; il n'y avoit pas plus de deux mille hommes de troupes.

Ses ennemis faisoient depuis trois mois toutes les dispositions nécessaires pour descendre dans cette Isle, dont l'abord est très-difficile ; enfin, ayant fait construire des barques, le Prince d'Anhalt, à l'aide d'un tems favorable, débarqua dans Rügen le 15. Novembre avec douze mille hommes.

Le Roi présent par-tout étoit dans cette Isle, il avoit joint ses deux mille soldats, qui étoient retranchés près d'un petit port, à trois lieuës de l'endroit, où l'ennemi avoit abordé ; il se met à leur tête & marche au milieu de la nuit dans un silence profond. Le Prince d'Anhalt avoit déja retranché ses troupes par une précaution, qui sembloit inutile. Les Officiers, qui commandoient sous lui, ne s'attendoient pas d'être attaqués la nuit même, & croyoient Charles XII à Stralsund ; mais le Prince d'Anhalt, qui savoit de quoi Charles étoit capable, avoit fait creuser un fossé profond, bordé de chevaux de frise, & prenoit toutes ses sûretés, comme s'il eût eu une Armée supérieure en nombre à combattre.

A deux heures du matin Charles arrive aux ennemis sans faire le moindre bruit. Ses soldats se disoient

les

les uns aux autres : *Arrachez les chevaux de frife*. Ces
paroles furent entenduës des fentinelles : l'allarme eft
donnée auffi-tôt dans le camp : les ennemis fe mettent
fous les armes : le Roi ayant ôté les cheveaux de frife,
vit devant lui un large foffé ; *Ah*, dit-il, *eft-il poffible, je
ne m'y attendois pas*. Cette furprife ne le découragea
point : il ne favoit pas combien de troupes étoient dé-
barquées : fes ennemis ignoroient de leur côté à quel petit nombre ils avoient affaire. L'obfcurité de la nuit
fembloit favorable à Charles : il prend fon parti fur le
champ : il fe jette dans le foffé accompagné des plus hardis, & fuivi en un inftant de tout le refte ; les chevaux
de frife arrachés , la terre éboulée, les troncs & les
branches d'arbre qu'on put trouver, les foldats tués par
les coups de moufquet tirés au hazard fervirent de fafcines. Le Roi, les Généraux, qu'il avoit avec lui, les
Officiers & les foldats les plus intrépides, montent fur
l'épaule les uns des autres comme à un affaut. Le combat s'engage dans le camp ennemi. L'impétuofité Suédoife mit d'abord le defordre parmi les Danois & les
Pruffiens, mais le nombre étoit trop inégal : les Suédois
furent repouffés après un quart d'heure de combat ; &
repafférent le foffé. Le Prince d'Anhalt les pourfuivit
alors dans la plaine ; il ne favoit pas que dans ce moment
c'étoit Charles XII lui-même qui fuyoit devant lui. Ce
Roi malheureux rallia fa troupe en plein champ, & le
combat recommença avec une opiniâtreté égale de part
& d'autre. Grothufen le Favori du Roi, & le Général
Dardof, tombérent morts auprès de lui. Charles en
combattant paffa fur le corps de ce dernier qui refpiroit
encore. During, qui l'avoit feul accompagné dans fon
voyage de Turquie à Stralfund, fut tué à fes yeux.

Au milieu de cette mêlée un Lieutenant Danois,
dont je n'ai jamais pû favoir le nom, reconnut Charles,
& lui

& lui saisissant d'une main son épée, & de l'autre le tirant avec force par les cheveux, rendez-vous, Sire, lui dit-il, ou je vous tuë. Charles avoit à sa ceinture un pistolet : il le tira de la main gauche sur cet Officier, qui en mourut le lendemain matin. Le nom du Roi Charles, qu'avoit prononcé ce Danois, attira en un instant une foule d'ennemis. Le Roi fut entouré. Il reçût un coup de fusil au-dessous de la mammelle gauche. Le coup, qu'il appelloit une contusion, enfonçoit de deux doigts. Le Roi étoit à pied, & prêt d'être tué ou pris. Le Comte Poniatovski combattoit dans ce moment auprès de sa personne. Il lui avoit sauvé la vie à Pultava, il eut le bonheur de la lui sauver encore dans ce combat de Rugen & le remit à cheval.

Les Suédois se retirérent vers un endroit de l'Isle nommé *Alteferre*, où il y avoit un Fort dont ils étoient encore maîtres. De-là le Roi repassa à Stralsund, obligé d'abandonner les braves troupes qui l'avoient si bien secondé dans cette entreprise ; elles furent faites prisonniéres de guerre deux jours après.

Parmi ces prisonniers se trouva ce malheureux Régiment Français, composé des débris de la bataille d'Hochsted, qui avoit passé au service du Roi Auguste, & delà à celui du Roi de Suéde : la plûpart des Soldats furent incorporés dans un nouveau Régiment d'un Fils du Prince d'Anhalt, qui fut leur quatrième Maître. Celui qui commandoit dans Rugen ce Régiment errant, étoit alors ce même Comte de Villelongue, qui avoit si généreusement exposé sa vie à Andrinople pour le service de Charles XII. Il fut pris avec sa troupe, & ne fut ensuite que très-mal récompensé de tant de services, de fatigues, & de malheurs.

Q 5

Le

Le Roi après tous ſes prodiges de valeur qui ne ſervoient qu'à affaiblir ſes forces, renfermé dans Stralſund
& près d'y être forcé, étoit tel qu'on l'avoit vû à Bender.
Il ne s'étonnoit de rien : le jour il faiſoit faire des cou-
pures & des retranchemens derriére les murailles : la nuit
il faiſoit des ſorties ſur l'ennemi : cependant Stralſund
étoit battu en bréche : les bombes pleuvoient ſur les maiſons : la moitié de la ville étoit en cendres ; les Bourgeois
loin de murmurer, pleins d'admiration pour leur Maître,
dont les fatigues, la ſobrieté & le courage les étonnoient,
étoient tous devenus Soldats ſous lui.   Ils l'accompa-
gnoient dans les ſorties ; ils étoient pour lui une ſeconde
Garniſon.

Un jour que le Roi dictoit des Lettres pour la Suéde à un Secrétaire, une bombe tomba ſur la maiſon, perça le toit & vint éclater près de la chambre même du
Roi.   La moitié du plancher tomba en pièces : le Cabinet, où le Roi dictoit, étant pratiqué en partie dans une
groſſe muraille, ne ſouffrit point de l'ébranlement ; & par
un bonheur étonnant nul des éclats qui ſautoient en l'air,
n'entra dans ce Cabinet dont la porte étoit ouverte.   Au
bruit de la bombe & au fracas de la maiſon qui ſembloit
tomber, la plume échappa des mains du Secrétaire. Qu'y
a-t-il donc ? lui dit le Roi d'un air tranquille ; pourquoi
n'écrivez-vous pas ?   Celui-ci ne put répondre que ces
mots : Eh ! Sire, la Bombe ! Eh bien ! reprit le Roi,
qu'a de commun la Bombe avec la Lettre que je vous di-
cte ? continuez.

Il y avoit alors dans Stralſund un Ambaſſadeur de
France enfermé avec le Roi de Suéde.   C'étoit un Colbert, Comte de Croiſſy, Lieutenant-Général des Armées
de France, frere du Marquis de Torcy, célèbre Miniſtre
d'Etat, & parent de ce fameux Colbert dont le nom doit
être

être immortel en France. Envoyer un homme à la tranchée, ou en Ambassade auprès de Charles XII c'étoit presque la même chose. Le Roi entretenoit Croissy des heures entiéres dans les endroits les plus exposés, pendant que le Canon & les Bombes tuoient du monde à côté & derriére eux, sans que le Roi s'apperçût du danger, ni que l'Ambassadeur voulût lui faire seulement soupçonner qu'il y avoit des endroits plus convenables pour parler d'affaires. Ce Ministre fit ce qu'il put avant le siège, pour ménager un accommodement entre les Rois de Suéde & de Prusse ; mais celui-ci demandoit trop, & Charles XII ne vouloit rien céder. Le Comte de Croissy n'eut donc dans son Ambassade d'autre satisfaction, que celle de jouïr de la familiarité de cet homme singulier. Il couchoit souvent auprès de lui sur le même manteau : il avoit, en partageant ses dangers & ses fatigues, acquis le droit de lui parler avec liberté. Charles encourageoit cette hardiesse dans ceux qu'il aimoit : il disoit quelquefois au Comte de Croissy : *Veni, maledicamus de Rege*, Allons, disons un peu de mal de Charles XII.

Croissy resta jusqu'au 13 Novembre dans la ville ; & enfin ayant obtenu des Ennemis permission de sortir avec ses bagages, il prit congé du Roi de Suéde qu'il laissa au milieu des ruïnes de Stralsund avec une Garnison dépérie des deux tiers, résolu de soutenir un assaut.

En effet, on en donna un deux jours après à l'ouvrage à corne. Les Ennemis s'en emparérent deux fois & en furent deux fois chassés. Le Roi y combattit toujours parmi les Grenadiers : enfin le nombre prévalut ; les assiégeans en demeurérent les maîtres. Charles resta encore deux jours dans la ville, attendant à tout moment un assaut général. Il s'arrêta le 21 jusqu'à minuit sur un petit ravelin tout ruïné par les Bombes & par le Canon :

le

le jour d'après les Officiers principaux le conjurérent de ne plus rester dans une Place qu'il n'étoit plus question de défendre ; mais la retraite étoit devenuë aussi dangereuse que la Place même. La Mer Baltique étoit couverte de Vaisseaux Moscovites & Danois. On n'avoit dans le Port de Stralsund qu'une petite Barque à voiles & à rames. Tant de périls qui rendoient cette retraite glorieuse, y déterminérent Charles. Il s'embarqua la nuit du 20 Décembre 1715 avec dix personnes seulement. Il fallut casser la glace dont la Mer étoit couverte dans le Port ; ce travail pénible dura plusieurs heures avant que la Barque pût voguer librement. Les Amiraux ennemis avoient des ordres précis de ne point laisser sortir Charles de Stralsund, & de le prendre mort ou vif. Heureusement ils étoient sous le vent & ne purent l'aborder : il courut un danger encore plus grand en passant à la vûë de l'Isle de Rugen, près d'un endroit nommé la *Babette*, où les Danois avoient élevé une Batterie de douze Canons. Ils tirérent sur le Roi : les Matelots faisoient force de voiles & de rames pour s'éloigner ; un coup de Canon tua deux hommes à côté de Charles, un autre fracassa le mât de la Barque. Au milieu de ces dangers le Roi arriva vers deux de ses Vaisseaux qui croisoient dans la Mer Baltique : dès le lendemain Stralsund se rendit ; la Garnison fut faite prisonniére de guerre & Charles aborda à Isted en Scanie, & delà se rendit à Carelscroon dans un état bien autre que quand il en partit quinze ans auparavant sur un Vaisseau de cent vingt Canons pour aller donner les loix au Nord.

Si près de sa Capitale, on s'attendoit qu'il la reverroit après cette longue absence ; mais son dessein n'étoit d'y rentrer qu'après des victoires. Il ne pouvoit se résoudre d'ailleurs à revoir des peuples qui l'aimoient & qu'il étoit forcé d'opprimer pour se défendre contre ses enne-

ennemis. Il voulut feulement voir fa Sœur: il lui donna rendez-vous fur le bord du Lac Weter en Oftrogothie; il s'y rendit en pofte; fuivi d'un feul domeftique, & s'en retourna après avoir refté un jour avec elle.

De Carelscroon, où il féjourna l'Hyver, il ordonna de nouvelles levées d'hommes dans fon Royaume. Il croyoit que tous fes fujets n'étoient nés que pour le fuivre à la guerre, & il les avoit accoutumés à le croire auffi.

On enrôloit de jeunes gens de quinze ans : il ne refta dans plufieurs villages que des vieillards, des enfans & des femmes; on voyoit même en beaucoup d'endroits les femmes feules labourer la terre.

Il étoit encore plus difficile d'avoir une Flotte : pour y fuppléer on donna des commiffions à des Armateurs, qui moyennant des priviléges exceffifs & ruïneux pour le païs, équippérent quelques Vaiffeaux; ces efforts étoient les derniéres reffources de la Suéde. Pour fubvenir à tant de frais, il fallut prendre la fubftance des peuples. Il n'y eut point d'extorfion que l'on n'inventât fous le nom de Taxe & d'Impôt. On fit la vifite dans toutes les maifons, & on en tira la moitié des provifions pour être mifes dans les Magafins du Roi; on acheta pour fon compte tout le fer qui étoit dans le Royaume, que le Gouvernement paya en Billets, & qu'il vendit en argent. Tous ceux qui portoient des habits où il entroit de la foye, qui avoient des perruques, & des épées dorées, furent taxés. On mit un Impôt exceffif fur les cheminées. Le peuple accablé de tant d'exactions fe fut révolté fous tout autre Roi, mais le païfan le plus malheureux de la Suéde favoit que fon Maître menoit une vie encore plus dure & plus frugale que lui; ainfi tout fe foumettoit fans murmure à des rigueurs que le Roi enduroit le premier.

Le

Le danger public fit même oublier les miféres particuliéres : on s'attendoit à tout moment à voir les Mofcovites, les Danois, les Pruffiens, les Saxons, les Anglais même defcendre en Suéde ; cette crainte étoit fi bien fondée & fi forte, que ceux qui avoient de l'argent ou des meubles précieux, les enfouiffoient dans la terre.

En effet, une Flotte Anglaife avoit déja paru dans la Mer Baltique, fans qu'on fût quels étoient fes ordres; & le Roi de Dannemark avoit la parole du Czar, que les Mofcovites joints aux Danois fondroient en Suéde au Printems de 1716.

Ce fut une furprife extrême pour toute l'Europe attentive à la fortune de Charles XII, quand au lieu de défendre fon païs menacé par tant de Princes, il paffa en Norwege au mois de Mars 1716 avec vingt mille hommes.

Depuis Hannibal, on n'avoit point encore vû de Général, qui, ne pouvant fe foutenir chez lui-même contre fes ennemis, fût allé leur faire la guerre au cœur de leurs Etats. Le Prince de Heffe fon Beaufrere l'accompagna dans cette Expédition.

On ne peut aller de Suéde en Norwege que par des défilés affez dangereux : & quand on les a paffés, on rencontre, de diftance en diftance, des flaques d'eau que la Mer y forme entre des rochers ; il falloit faire des ponts chaque jour. Un petit nombre de Danois auroit pû arrêter l'Armée Suédoife ; mais on n'avoit pas prévû cette invafion fubite. L'Europe fut encore plus étonnée, que le Czar demeurât tranquile au milieu de ces événemens, & ne fit pas une defcente en Suéde, comme il en étoit convenu avec fes Alliés.

La

La raison de cette inaction étoit un deſſein des plus grands ; mais en même tems des plus difficiles à exécuter qu'ait jamais formé l'imagination humaine.

Le Baron Henri de Görtz, né en Franconie, & Baron immédiat de l'Empire, ayant rendu des ſervices importans au Roi de Suéde pendant le ſéjour de ce Monarque à Bender, étoit depuis devenu ſon favori & ſon premier Miniſtre.

Jamais homme ne fut ſi ſouple & ſi audacieux à la fois, ſi plein de reſſources dans les diſgraces, ſi vaſte dans ſes deſſeins, ni ſi actif dans ſes démarches : nul projet ne l'effrayoit, nul moyen ne lui coûtoit ; il prodiguoit les dons, les promeſſes, les ſermens, la vérité & le menſonge.

Il alloit de Suéde en France, en Angleterre, en Hollande eſſayer lui-même les reſſorts qu'il vouloit faire joüer. Il eût été capable d'ébranler l'Europe ; & il en avoit conçû l'idée. Ce que ſon Maître étoit à la tête d'une Armée, il l'étoit dans le Cabinet ; auſſi prit-il ſur Charles XII un aſcendant qu'aucun Miniſtre n'avoit eu avant lui.

Ce Roi, qui à l'âge de vingt ans n'avoit donné que des ordres au Comte Piper, recevoit alors des leçons du Baron de Görtz : d'autant plus ſoumis à ce Miniſtre, que le malheur le mettoit dans la néceſſité d'écouter des conſeils ; & que Görtz ne lui en donnoit que de conformes à ſon courage. Il remarqua que de tant de Princes réünis contre la Suéde, George Electeur de Hannover, Roi d'Angleterre, étoit celui contre lequel Charles étoit le plus piqué, parce que c'étoit le ſeul que Charles n'eût point offenſé ; que George étoit entré dans la querelle ſous prétexte de l'appaiſer, & uniquement pour garder
Brême

Brême & Verden , auxquels il sembloit n'avoir d'autre droit que de les avoir achetés à vil prix du Roi de Dannemark, à qui ils n'appartenoient pas.

Il entrevit aussi de bonne heure que le Czar étoit secrettement mécontent des Alliés, qui tous l'avoient empêché d'avoir un Etablissement dans l'Empire d'Allemagne, où ce Monarque, devenu trop dangereux, n'aspiroit qu'à mettre le pied. Wismar, la seule ville qui restât encore aux Suédois sur les côtes d'Allemagne , venoit enfin de se rendre aux Prussiens & aux Danois le 14 Février 1716. Ceux-ci ne voulurent pas seulement souffrir que les troupes Moscovites, qui étoient dans le Meckelbourg, parussent à ce siége. De pareilles défiances réitérées depuis deux ans avoient aliéné l'esprit du Czar, & avoient peut-être empêché la ruïne de la Suéde. Il y a beaucoup d'exemples d'Etats alliés conquis par une seule Puissance : & il y en a bien peu d'un grand Empire conquis par plusieurs Alliés. Si leurs forces réünies l'abattent, leurs divisions le relevent bien-tôt.

Dès l'année 1714 le Czar eut pû faire une descente en Suéde ; mais soit qu'il ne s'accordât pas avec les Rois de Pologne , d'Angleterre , de Dannemark & de Prusse, Alliés justement jaloux , soit qu'il ne crût pas encore ses troupes assez aguerries pour attaquer sur ses propres foyers cette même Nation , dont les seuls païsans avoient vaincu l'élite des troupes Danoises, il recula toujours cette entreprise.

Ce qui l'avoit arrêté encore étoit le besoin d'argent. Le Czar étoit un des plus puissans Monarques du Monde, mais un des moins riches : ses revenuës ne montoient pas alors à plus de vingt-quatre millions de nos Livres : il avoit découvert des Mines d'or , d'argent, de fer , de cuivre;

cuivre; mais le profit en étoit encore incertain, & le travail ruïneux. Il établissoit un grand commerce; mais les commencemens ne lui apportoient que des espérances; ses Provinces nouvellement conquises augmentoient sa puissance & sa gloire, sans accroître encore ses revenus. Il falloit du tems pour fermer les playes de la Livonie, païs abondant, mais desolé par quinze ans de guerre, par le fer, par le feu & par la contagion, vuide d'habitans, & qui étoit alors à charge à son vainqueur. Les Flottes qu'il entretenoit, les nouvelles entreprises qu'il faisoit tous les jours, épuisoient ses Finances. Il avoit été réduit à la mauvaise ressource de hausser les Monnoyes, remede qui ne guérit jamais les maux d'un Etat, & qui est sur-tout préjudiciable à un païs qui reçoit des Etrangers plus de Marchandises qu'il ne leur en fournit.

Voilà en partie les fondemens sur lesquels Görtz bâtit le dessein d'une révolution. Il osa proposer au Roi de Suéde d'acheter la paix de l'Empereur Moscovite à quelque prix que ce pût être, lui faisant envisager le Czar irrité contre les Rois de Pologne & d'Angleterre; & lui donnant à entendre que Pierre Alexiowits & Charles XII réünis, pourroient faire trembler le reste de l'Europe.

Il n'y avoit pas moyen de faire la paix avec le Czar, sans céder une grande partie des Provinces qui sont à l'Orient & au Nord de la Mer Baltique; mais il lui fit considérer, qu'en cédant ces Provinces que le Czar possédoit déja, & qu'on ne pouvoit reprendre, le Roi pourroit avoir la gloire de remettre à la fois Stanislas sur le Trône de Pologne, de replacer le Fils de Jaques II sur celui d'Angleterre, & de rétablir le Duc de Holstein dans ses Etats.

Charles flatté de ces grandes idées, sans pourtant y compter beaucoup, donna Carte blanche à son Ministre:

Görtz partit de Suéde muni d'un Plein-pouvoir qui l'autorifoit à tout fans reftriction, & le rendoit Plénipotentiaire auprès de tous les Princes avec qui il jugeroit à propos de négocier. Il fit d'abord fonder la Cour de Mofcov par le moyen d'un Ecoffois nommé Areskins, premier Médecin du Czar, dévoué au Parti du Prétendant, ainfi que l'étoient prefque tous les Ecoffois qui ne fubfiftoient pas des faveurs de la Cour de Londres.

Ce Médecin fit valoir au Prince Menzikoff l'importance & la grandeur du projet, avec toute la vivacité d'un homme qui y étoit intereffé. Le Prince Menzikoff goûta fes ouvertures, le Czar les approuva. Au lieu de defcendre en Suéde comme il en étoit convenu avec les Alliés, il fit hyverner fes troupes dans le Mecklenbourg, & il y vint lui-même fous prétexte de terminer les querelles qui commençoient à naître entre le Duc de Mecklenbourg, & la Nobleffe de ce païs; mais pourfuivant en effet fon deffein favori d'avoir une Principauté en Allemagne, & comptant engager le Duc de Mecklenbourg à lui vendre fa Souveraineté.

Les Alliés furent irrités de cette démarche; ils ne vouloient point d'un voifin fi terrible, qui ayant une fois des Terres en Allemagne, pourroit un jour s'en faire élire Empereur, & en opprimer les Souverains. Plus ils étoient irrités, plus le grand projet du Baron de Görtz s'avançoit vers le fuccès. Il négocioit cependant avec tous les Princes confédérés, pour mieux cacher fes intrigues fecrettes. Le Czar les amufoit tous auffi par des efpérances. Charles XII cependant étoit en Norwege avec fon Beaufrere le Prince de Heffe; à la tête de vingt mille hommes; la Province n'étoit gardée que par onze mille Danois divifés en plufieurs corps, que le Roi & le Prince de Heffe pafférent au fil de l'épée.

Char-

Charles avança jufqu'à Chriftiania, Capitale de Royaume : la fortune recommençoit à lui devenir favorable
dans ce coin du Monde ; mais jamais le Roi ne prit affez
de précautions pour faire fubfifter fes troupes.   Une Armée & une Flotte Danoife approchoient pour défendre
la Norwege ; Charles qui manquoit de vivres fe retira en
Suéde, attendant l'iffuë des vaftes entreprifes de fon Miniftre.

Cet ouvrage demandoit un profond fecret & des
préparatifs immenfes, deux chofes affez incompatibles.
Görtz fit chercher jufque dans les Mers de l'Afie un fecours, qui, tout odieux qu'il paraiffoit, n'en eût pas
été moins utile pour une defcente en Ecoffe, & qui du
moins eût apporté en Suéde de l'argent, des hommes &
des vaiffeaux.

Il y avoit long-tems que des Pirates de toutes Nations, & particuliérement des Anglais, ayant fait entr'eux
une Affociation, infeftoient les Mers de l'Europe & de
l'Amérique.   Pourfuivis par-tout fans quartier, ils venoient de fe retirer fur les Côtes de Madagafcar, grande
Ifle à l'Orient de l'Afrique.   C'étoient des hommes defefpérés, prefque tous connus par des actions auxquelles
il ne manquoit que de la juftice pour être héroïques.   Ils
cherchoient un Prince qui voulût les recevoir fous fa protection ; mais les Loix des Nations leur fermoient tous
les Ports du Monde.

Dès qu'ils furent que Charles XII étoit retourné en
Suéde, ils efpérérent que ce Prince paffionné pour la
guerre, obligé de la faire, & manquant de Flotte & de
Soldats, leur feroit une bonne compofition ; ils lui en-
voyérent un Député, qui vint en Europe fur un Vaiffeau
Hollandois, & qui alla propofer au Baron de Görtz de

les

les recevoir dans le Port de Gottembourg , où ils s'offroient de se rendre avec soixante Vaisseaux chargés de richesses.

Le Baron fit agréer au Roi la proposition ; on envoya même l'année suivante deux Gentilshommes Suédois, l'un nommé Kromstrom & l'autre Mendal , pour consommer la Négociation avec ces Corsaires de Madagascar.

On trouva depuis un secours plus noble & plus important dans le Cardinal Alberoni, puissant Génie, qui a gouverné l'Espagne assez long-tems pour sa gloire, & trop peu pour la grandeur de cet Etat.

Il entra avec ardeur dans le projet de mettre le Fils de Jaques II sur le Trône d'Angleterre. Cependant comme il ne venoit que de mettre le pied dans le Ministère, & qu'il avoit l'Espagne à rétablir avant que de songer à bouleverser d'autres Royaumes, il sembloit qu'il ne pouvoit de plusieurs années mettre la main à cette grande Machine ; mais en moins de deux ans on le vit changer la face de l'Espagne, lui rendre son crédit dans l'Europe, engager, à ce qu'on prétend, les Turcs à attaquer l'Empereur d'Allemagne, & tenter en même tems d'ôter la Régence de France au Duc d'Orléans, & la Couronne de la Grande-Bretagne au Roi George ; tant un seul homme est dangereux , quand il est absolu dans un puissant Etat, & qu'il a de la grandeur & du courage dans l'esprit.

Görtz ayant ainsi dispersé à la Cour de Moscovie & à celle d'Espagne les premiéres étincelles de l'embrasement qu'il méditoit, alla secrettement en France, & delà en Hollande où il vit les adhérans du Prétendant.

Il

Il s'informa plus particuliérement de leurs forces, du nombre & de la difpofition des Mécontens d'Angleterre, de l'argent qu'ils pouvoient fournir & des troupes qu'ils pouvoient mettre fur pied. Les Mécontens ne demandoient qu'un fecours de dix mille hommes, & faifoient envifager une révolution fûre avec l'aide de ces troupes.

Le Comte de Gillembourg, Ambaffadeur de Suéde en Angleterre, inftruit par le Baron de Görtz, eut plufieurs conférences à Londres avec les principaux Mécontens : il les encouragea & leur promit tout ce qu'ils voulurent ; le Parti du Prétendant alla jufqu'à fournir des fommes confidérables que Görtz toucha en Hollande. Il négocia l'achat de quelques Vaiffeaux, & en acheta fix en Bretagne avec des armes de toute efpèce.

Il envoya alors fecrettement en France plufieurs Officiers, entr'autres le Chevalier de Folard, qui ayant fait trente Campagnes dans les Armées Françaifes, & y ayant fait peu de fortune, avoit été depuis peu offrir fes fervices au Roi de Suéde, moins par des vûës intereffées que par le defir de fervir fous un Roi qui avoit une réputation fi étonnante. Le Chevalier de Folard efpéroit d'ailleurs faire goûter à ce Prince les nouvelles idées qu'il avoit fur la guerre ; il avoit étudié toute fa vie cet Art en Philofophe, & il a depuis communiqué fes découvertes au Public dans fes Commentaires fur Polybe. Ses vûës furent goûtées de Charles XII, qui lui-même avoit fait la guerre d'une maniére nouvelle, & qui ne fe laiffoit conduire en rien par la coutume ; il deftina le Chevalier de Folard à être un des Inftrumens dont il vouloit fe fervir dans la defcente projettée en Ecoffe. Ce Gentilhomme exécuta en France les ordres fecrets du Baron de Görtz. Beaucoup d'Officiers Français, un plus grand

nom-

nombre d'Irlandais entrérent dans cette conjuration d'une
espéce nouvelle, qui se tramoit en même tems en Angleterre, en France, en Moscovie, & dont les branches
s'étendoient secrettement d'un bout de l'Europe à l'autre.

Ces préparatifs étoient encore peu de chose pour le
Baron de Görtz ; mais c'étoit beaucoup d'avoir commencé. Le point le plus important & sans lequel rien ne
pouvoit réüssir, étoit d'achever la paix entre le Czar &
Charles ; il restoit beaucoup de difficultés à applanir. Le
Baron Osterman, Ministre d'Etat en Moscovie, ne s'é-
toit point laissé entraîner d'abord aux vûës de Görtz ; il
étoit aussi circonspect que le Ministre de Charles étoit entreprenant. Sa politique lente & mesurée vouloit laisser
tout meurir, le génie impatient de l'autre prétendoit recueillir immédiatement après avoir semé. Osterman craignoit que l'Empereur son Maître, ébloui par l'éclat de
cette entreprise, n'accordât à la Suéde une paix trop avantageuse ; il retardoit par ses longueurs & par ses obstacles
la conclusion de cette affaire.

Heureusement pour le Baron de Görtz, le Czar lui-
même vint en Hollande au commencement de 1717. Son
dessein étoit de passer ensuite en France : il lui manquoit
d'avoir vû cette Nation célèbre, qui est depuis plus de
cent ans censurée, enviée, & imitée par tous ses voisins;
il vouloit y satisfaire sa curiosité insatiable de voir & d'apprendre, & exercer en même tems sa politique.

Görtz vit deux fois à la Haye cet Empereur, il avança plus dans ces deux conférences qu'il n'eût fait en six
mois avec des Plénipotentiaires. Tout prenoit un tour
favorable : ses grands desseins paraissoient couverts d'un
secret impénétrable ; il se flattoit que l'Europe ne les ap-
prendroit que par l'exécution. Il ne parloit cependant à la
Haye

Haye que de paix : il difoit hautement qu'il vouloit re-garder le Roi d'Angleterre comme le Pacificateur du Nord ; il preffoit même en apparence la tenuë d'un Con-grès à Brunfwick, où les interêts de la Suéde & de fes ennemis devoient être décidés à l'amiable.

Le premier qui découvrit ces intrigues fut le Duc d'Orléans Régent de France ; il avoit des Efpions dans toute l'Europe. Ce genre d'hommes, dont le métier eft de vendre le fecret de leurs amis , & qui fubfifte de déla-tions & fouvent même de calomnies, s'étoient tellement multiplié en France fous fon Gouvernement, que la moi-tié de la Nation étoit devenuë l'Efpion de l'autre. Le Duc d'Orléans , lié avec le Roi d'Angleterre par des en-gagemens perfonnels, lui découvrit les menées qui fe tra-moient contre lui.

Dans le même tems les Hollandais qui prenoient des ombrages de la conduite de Görtz , communiquérent leurs foupçons au Miniftre Anglais. Görtz & Gillem-bourg pourfuivoient leurs deffeins avec chaleur, lorfqu'ils furent arrêtés tous deux, l'un à Deventer en Gueldre, & l'autre à Londres.

Comme Gillembourg, Ambaffadeur de Suéde, avoit violé le Droit des Gens, en confpirant contre le Prince auprès duquel il étoit envoyé, on viola fans fcrupule le même Droit en fa perfonne. Mais on s'étonna que les Etats - Généraux , par une complaifance inouïe pour le Roi d'Angleterre, miffent en prifon le Baron de Görtz. Ils chargérent même le Comte de Welderen de l'interro-ger. Cette formalité ne fut qu'un outrage de plus, le-quel devenant inutile , ne tourna qu'à leur confufion. Görtz demanda au Comte de Welderen, s'il étoit connu de lui? Oui, Monfieur , répondit le Hollandais. „Hé

„bien,

„ bien , *dit le Baron de Görtz* , ſi vous me connaiſſez ,
„ vous devez ſavoir que je ne dis que ce que je veux. „
L'Interrogatoire ne fut guére pouſſé plus loin ; tous les
Ambaſſadeurs , mais particuliérement le Marquis de Mon-
teléon Miniſtre d'Eſpagné en Angleterre , proteſtérent
contre l'attentat commis envers la perſonne de Görtz &
de Gillembourg. Les Hollandois étoient ſans excuſe : ils
avoient non ſeulement violé un Droit ſacré en arrêtant le
Premier Miniſtre du Roi de Suéde, qui n'avoit rien ma-
chiné contre eux ; mais ils agiſſoient directement contre
les principes de cette liberté précieuſe qui a attiré chez
eux tant d'Etrangers , & qui a été le fondement de leur
Grandeur.

A l'égard du Roi d'Angleterre, il n'avoit rien fait
que de juſte en arrêtant priſonnier un ennemi. Il fit pour
ſa juſtification imprimer les Lettres du Baron de Görtz &
du Comte de Gillembourg, trouvées dans les Papiers du
dernier. Le Roi de Suéde étoit alors dans la Province de
Scanie ; on lui apporta ces Lettres imprimées avec la nouvelle de l'enlévement de ſes deux Miniſtres. Il demanda
en ſouriant ſi on n'avoit pas auſſi imprimé les ſiennes ? Il
ordonna auſſi - tôt qu'on arrêtât à Stockolm le Réſidént
Anglais avec toute ſa famille & ſes domeſtiques ; il défendit ſa Cour au Réſident Hollandais qu'il fit garder à vûe.
Cependant il n'avoua ni ne deſavoua le Baron de Görtz ;
trop fier pour nier une entrepriſe qu'il avoit approuvée, &
trop ſage pour convenir d'un deſſein éventé preſque dans
ſa naiſſance ; il ſe tint dans un ſilence dédaigneux avec
l'Angleterre & la Hollande.

Le Czar prit tout un autre parti. Comme il n'étoit
point nommé , mais obſcurement impliqué dans les Lettres de Gillembourg & de Görtz ; il écrivit au Roi d'Angleterre une longue lettre pleine de complimens ſur
la conſpiration , & d'aſſûrance d'une amitié ſincère ;

le

le Roi George reçut ses protestations sans les croire, & feignit de se laisser tromper. Une conspiration tramée par des particuliers, quand elle est découverte, est anéantie ; mais une conspiration de Rois n'en prend que de nouvelles forces. Le Czar arriva à Paris au mois de Mai de la même année 1717 ; il ne s'y occupa pas uniquement à voir les beautés de l'Art & de la Nature, à visiter les Académies, les Bibliothéques publiques, les Cabinets des Curieux, les Maisons Royales ; il proposa au Duc d'Orléans, Régent de France, un Traité, dont l'acceptation eût pû mettre le comble à la grandeur Moscovite. Son dessein étoit de se réünir avec le Roi de Suéde qui lui cédoit de grandes Provinces, d'ôter entiérement aux Danois l'Empire de la Mer Baltique, d'affaiblir les Anglais par une guerre civile, & d'attirer à la Moscovie tout le commerce du Nord. Il ne s'éloignoit pas même de remettre le Roi Stanislas aux prises avec le Roi Auguste, afin que le feu étant allumé de tous côtés, il pût courir pour l'attiser ou pour l'éteindre, selon qu'il y trouveroit ses avantages. Dans ces vûës, il proposa au Régent de France la médiation entre la Suéde & la Moscovie, & de plus une Alliance offensive & défensive avec ces Couronnes & celle d'Espagne. Ce Traité qui paraissoit si naturel, si utile à ces Nations, & qui mettoit dans leurs mains la balance de l'Europe, ne fut cependant pas accepté du Duc d'Orléans. Il prenoit précisément dans ce tems des engagemens tout contraires ; il se liguoit avec l'Empereur d'Allemagne & George Roi d'Angleterre. La raison d'Etat changeoit alors dans l'esprit de tous les Princes au point, que le Czar étoit prêt de se déclarer contre son ancien Allié le Roi Auguste, & d'embrasser les querelles de Charles son mortel ennemi ; pendant que la France alloit en faveur des Allemands & des Anglais faire la guerre au Petit-fils de Louïs XIV, après l'avoir soutenu si long-tems contre ces mêmes ennemis aux dé-

pens

pens de tant de trefors & de fang. Tout ce que le
Czar obtint par des voyes indirectes, fut que le Régent
interposât fes bons offices pour l'élargiffement du Baron
de Görtz & du Comte de Gillembourg. Il s'en retourna
dans fes Etats à la fin de Juin, après avoir donné à la
France le fpectacle rare d'un Empereur, qui voyageoit
pour s'inftruire; mais trop de Français ne virent en lui
que les dehors groffiers que fa mauvaife éducation lui a-
voit laiffés; & le Législateur, le Créateur d'une Nation
nouvelle, le grand Homme, leur échappa.

Ce qu'il cherchoit dans le Duc d'Orléans, il le trouva bien-tôt dans le Cardinal Alberoni, devenu tout-puif-
fant en Efpagne. Alberoni ne fouhaitoit rien tant que
le rétabliffement du Prétendant, & comme Miniftre de
l'Efpagne que l'Angleterre avoit fi maltraitée, & comme
ennemi perfonnel du Duc d'Orléans, lié avec l'Angleterre contre l'Efpagne, & enfin comme Prêtre d'une E-
glife pour laquelle le Pere du Prétendant avoit fi mal-à-
propos perdu fa Couronne.

Le Duc d'Ormond auffi aimé en Angleterre que le
Duc de Marlborough y étoit admiré, avoit quitté fon
païs à l'avénement du Roi George, & s'étoit alors retiré
à Madrid; il alla muni de Pleins-pouvoirs du Roi d'Efpagne & du Prétendant trouver le Czar fur fon paffage à
Mittau en Courlande, accompagné d'Irnegan autre Anglais, homme habile & entreprenant. Il demanda la
Princeffe Anne Petrona, Fille du Czar, en mariage pour
le Fils de Jacques II*, efpérant que cette Alliance attache-
roit plus étroitement le Czar aux interêts de ce Prince
malheureux. Mais cette propofition faillit à reculer les
affaires

* Le Cardinal Alberoni lui-même a certifié la vérité de tous ces ré-
cits dans une Lettre de remerciment à l'Auteur. Au refte My.
Norberg auffi mal inftruit des affaires de l'Europe que mauvais
Ecri-

affaires pour un tems au lieu de les avancer. Le Baron de Görtz avoit dans fes projets deftiné depuis long-tems cette Princeffe au Duc de Holftein, qui en effet l'a époufée depuis. Dès qu'il fut cette propofition du Duc d'Ormond, il en fut jaloux & s'appliqua à la traverfer. Il fortit de prifon au mois d'Août, auffi-bien que le Comte de Gillembourg, fans que le Roi de Suéde eût daigné faire la moindre excufe au Roi d'Angleterre, ni montrer le plus leger mécontentement de la conduite de fon Miniftre.

En même tems on élargit à Stockolm le Réfident Anglais & toute fa famille, qui avoit été traitée avec beaucoup plus de févérité que Gillembourg ne l'avoit été à Londres.

Görtz en liberté fut un ennemi dechaîné, qui outre les puiffans motifs qui l'agitoient, eut encore celui de la vengeance. Il fe rendit en pofte auprès du Czar ; & fes infinuations prévalurent plus que jamais auprès de ce Prince. D'abord il l'affûra qu'en moins de trois mois il leveroit avec un feul Plénipotentiaire de Mofcovie tous les obftacles qui retardoient la conclufion de la paix avec la Suéde : il prit entre fes mains une carte géographique que le Czar avoit deffinée lui-même : & tirant une ligne depuis Wibourg jufqu'à la Mer Glaciale, en paffant par le Lac Ladoga, il fe fit fort de porter fon Maître à céder ce qui étoit à l'Orient de cette ligne, auffi-bien que la Carelie, l'Ingrie & la Livonie : enfuite il jetta des propofitions de mariage entre la Fille de fa Majefté Czarienne & le Duc de Holftein, le flattant que Duc lui pourroit céder fes Etats moyennant un équivalent ; que par-là il feroit Membre de l'Empire, lui montrant de loin la

Cou-

Ecrivain prétend que le Duc d'Ormond ne quitta pas l'Angleterre à l'avénement du Roi George I, mais immédiatement après la mort de la Reine Anne. Comme fi George I n'avoit pas été le Succeffeur immediat de cette Reine.

Couronne Impériale, foit pour quelqu'un de fes defcendans, foit pour lui-même. Il flattoit ainfi les vûës ambitieufes du Monarque Mofcovite, ôtoit au Prétendant la
Princeffe Czarienne, en même tems qu'il lui ouvroit le
chemin de l'Angleterre ; & il rempliffoit toutes fes vûës
à la fois.

Le Czar nomma l'Isle d'Alan pour les conférences
que fon Miniftre d'Etat Ofterman devoit avoir avec le
Baron de Görtz. On pria le Duc d'Ormond de s'en retourner pour ne pas donner de trop violens ombrages à
l'Angleterre, avec laquelle le Czar ne vouloit rompre,
que fur le point de l'invafion ; on retint feulement à
Petersbourg Irnegan, le Confident du Duc d'Ormond,
qui fut chargé des intrigues, & qui logea dans la ville
avec tant de précaution, qu'il ne fortoit que de nuit, &
ne voyoit jamais les Miniftres du Czar, que déguifé tantôt en païfan, tantôt en Tartare.

Dès que le Duc d'Ormond fut parti, le Czar fit
valoir au Roi d'Angleterre fa complaifance d'avoir renvoyé le plus grand Partifan du Prétendant ; & le Baron de
Görtz plein d'efpérance retourna en Suéde.

Il retrouva fon Maître à la tête de trente-cinq mille
hommes de troupes réglées, & les Côtes bordées de Milices. Il ne manquoit au Roi que de l'argent : le crédit
étoit épuifé en dedans & en dehors du Royaume. La
France, qui lui avoit fourni quelques fubfides dans les
derniéres années de Louïs XIV, n'en donnoit plus fous
la Régence du Duc d'Orléans, qui fe conduifoit par des
vûës toutes contraires. L'Efpagne en promettoit; mais
elle n'étoit pas encore en état d'en fournir beaucoup. Le
Baron de Görtz donna alors une libre étenduë à un projet qu'il avoit déja effayé avant d'aller en France & en
Hol-

Hollande. C'étoit de donner au cuivre la même valeur
qu'à l'argent, de forte qu'une pièce de cuivre, dont la
valeur intrinféque eft un demi fol, paffoit pour quarante
fols, avec la marque du Prince; à peu près comme dans
une ville affiégée les Gouverneurs ont fouvent payé les
foldats & les bourgeois avec de la monnoye de cuir, en
attendant qu'on pût avoir des efpéces réelles. Ces monnoyes fictrices, inventées par la néceffité, & auxquelles
la bonne foi feule peut donner un crédit durable, font
comme des billets de change, dont la valeur imaginaire
peut excéder aifément les fonds qui font dans un Etat.

Ces reffources font d'un excellent ufage dans un
païs libre : elles ont quelquefois fauvé une République;
mais elles ruïnent prefque fûrement une Monarchie. Car
les Peuples manquant bien-tôt de confiance, le Miniftre
eft réduit à manquer de bonne foi; les monnoyes idéales
fe multiplient avec excès, les particuliers enfouiffent leur
argent, & la machine fe détruit avec une confufion ac-
compagnée fouvent des plus grands malheurs. C'eft ce
qui arriva au Royaume de Suéde.

Le Baron de Görtz ayant d'abord répandu avec discrétion dans le Public les nouvelles Efpéces, fut entraîné
en peu de tems au-delà de fes mefures par la rapidité du
mouvement qu'il ne pouvoit plus conduire. Toutes les
marchandifes & toutes les denrées ayant monté à un prix
exceffif, il fut forcé d'augmenter le nombre des efpéces
de cuivre. Plus elles fe multiplièrent, plus elles furent
décréditées; la Suéde inondée de cette fauffe monnoye
ne forma qu'un cri contre le Baron de Görtz. Les peuples toujours pleins de vénération pour Charles XII n'o-
foient prefque le haïr, & faifoient tomber le poids de
leur averfion fur un Miniftre, qui comme étranger, &
comme gouvernant les Finances, étoit doublement affûré
de la haine publique.

Un

Un impôt, qu'il voulut mettre fur le Clergé acheva de le rendre exécrable à la Nation ; les Prêtres, qui trop fouvent joignent leur caufe à celle de Dieu, l'appellérent publiquement Athée, parcequ'il leur demandoit de l'argent. Les nouvelles efpéces de cuivre avoient l'empreinte de quelques Dieux de l'antiquité, on en prit occafion d'appeller ces pièces de monnoye, les Dieux du Baron de Görtz.

A la haine publique contre lui fe joignit la jaloufie des Miniftres, implacable à mefure qu'elle étoit alors impuiffante. La Sœur du Roi & le Prince fon mari le craignoient comme un homme attaché par fa naiffance au Duc de Holftein, & capable de lui mettre un jour la Couronne de Suéde fur la tête. Il n'avoit plu dans le Royaume qu'à Charles XII ; mais cette averfion générale ne fervoit qu'à confirmer l'amitié du Roi, dont les fentimens s'affermiffoient toujours par les contradictions. Il marqua alors au Baron une confiance qui alloit jufqu'à la foumiffion : il lui laiffa un pouvoir abfolu dans le Gouvernement intérieur du Royaume, & s'en remit à lui fans réferve fur tout ce qui regardoit les Négociations avec le Czar ; il lui recommanda fur-tout de preffer les Conférences de l'Isle d'Alan.

En effet, dès que Görtz eut achevé à Stockolm les arrangemens des Finances qui demandoient fa préfence, il partit pour aller confommer avec le Miniftre du Czar le grand ouvrage qu'il avoit entamé.

Voici les conditions préliminaires de cette Alliance, qui devoit changer la face de l'Europe, telles qu'elles furent trouvées dans les papiers de Görtz après fa mort.

Le

Le Czar retenant pour lui toute la Livonie, & une partie de l'Ingrie & de la Carelie, rendoit à la Suéde tout le reste ; il s'unissoit avec Charles XII dans le dessein de rétablir le Roi Stanislas sur le Trône de Pologne, & s'engageoit à rentrer dans ce païs avec quatre-vingt mille Moscovites, pour détrôner ce même Roi Auguste, en faveur duquel il avoit fait dix ans la guerre. Il fournissoit au Roi de Suéde les vaisseaux nécessaires pour transporter dix mille Suédois en Angleterre, & trente mille en Allemagne : les forces réünies de Pierre & de Charles devoient attaquer le Roi d'Angleterre dans ses Etats de Hannover, & sur-tout dans Brême & Verden ; les mêmes troupes auroient servi à rétablir le Duc de Holstein ; & forcé le Roi de Prusse à accepter un Traité, par lequel on lui ôtoit une partie de ce qu'il avoit pris. Charles en usa dès lors comme si ses Armées victorieuses, renforcées de celles du Czar, avoient déja exécuté tout ce qu'on méditoit. Il fit demander hautement à l'Empereur d'Allemagne l'exécution du Traité d'Altranstad. A peine la Cour de Vienne daigna-t-elle répondre à la proposition d'un Prince, dont elle croyoit n'avoir rien à craindre.

Le Roi de Pologne eut moins de securité ; il vit l'orage qui grossissoit de tous les côtés. La Noblesse Polonaise étoit confédérée contre lui ; & depuis son rétablissement, il lui falloit toujours ou combattre ses sujets, ou traiter avec eux. Le Czar, Médiateur à craindre, avoit cent Galéres auprès de Dantzik, & quatre-vingt mille hommes sur les Frontiéres de Pologne. Tout le Nord étoit en jalousies & en allarmes. Flemming, le plus défiant de tous les hommes, & celui dont les Puissances voisines devoient le plus se défier, soupçonna le premier les desseins du Czar, & ceux du Roi de Suéde en faveur de Stanislas. Il voulut le faire enlever dans le Duché de Deux-Ponts, comme on avoit saisi Jacques
Sobiesky

Sobiesky en Siléfie.   Saiffan, un de ces Français entre-
prenans & inquiets, qui vont tenter la fortune dans les
païs étrangers, avoit amené depuis peu quelques Partifans, Français comme lui, au fervice du Roi de Pologne.
Il communiqua au Miniftre Flemming un projet, par lequel il répondoit d'aller avec trente Officiers Français dé-
terminés enlever Stanislas dans fon Palais, & l'amener
prifonnier à Drefde.   Le projet fut approuvé.   Ces entreprifes étoient alors affez communes.   Quelques-uns de
ceux, qu'en Italie on appelle Braves, avoient fait des coups
pareils dans le Milanais durant la derniére guerre entre
l'Allemagne & la France.   Depuis même, plufieurs Français réfugiés en Hollande avoient ofé pénétrer jufqu'à
Verfailles, dans le deffein d'enlever le Dauphin, & s'é-
toient faifis de la perfonne du Premier Ecuyer, prefque
fous les fenêtres du château de Louïs XIV.

Saiffan difpofa donc fes hommes & fes relais pour
furprendre & pour enlever Stanislas.   L'entreprife fut
découverte la veille de l'exécution.   Plufieurs fe fauvérent, quelques-uns furent pris.   Ils ne devoient point
s'attendre à être traités comme des prifonniers de guerre,
mais comme des bandits.   Stanislas au lieu de les punir,
fe contenta de leur faire quelques reproches pleins de
bonté.   Il leur donna même de l'argent pour fe conduire, & montra par cette bonté généreufe, qu'en effet Augufte fon rival avoit raifon de le craindre*.

Cependant Charles partit une feconde fois pour la
conquête de la Norwége au mois d'Octobre 1718 : il avoit
fi bien pris toutes fes mefures, qu'il efpéroit fe rendre
maître en fix mois de ce Royaume.   Il aime mieux aller
con-

* Voilà ce que Norberg appelle manquer de refpect aux têtes couronnées, comme fi ce récit véritable contenoit une injure & comme
fi on devoit aux Rois qui font morts autre chofe que la vérité.

conquérir des rochers au milieu des neiges & des glaces, dans l'âpreté de l'hyver, qui tuë les animaux en Suéde même, où l'air est moins rigoureux, que d'aller reprendre ses belles Provinces d'Allemagne des mains de ses ennemis. C'est qu'il espéroit que sa nouvelle Alliance avec le Czar le mettroit bien-tôt en état de ressaisir toutes ces Provinces; bien plus, sa gloire étoit flattée d'enlever un Royaume à son ennemi victorieux.

A l'embouchure du fleuve Tistendall, près de la Manche de Dannemark, entre les villes de Bahus & d'Anslo, est située Frederickshall, place forte & importante qu'on regardoit comme la clef du Royaume. Charles en forma le siége au mois de Décembre. Le soldat transi de froid, pouvoit à peine remuer la terre endurcie sous la glace; c'étoit ouvrir la tranchée dans une espéce de Roc; mais les Suédois ne pouvoient se rebuter en voyant à leur tête un Roi qui partageoit leurs fatigues. Jamais Charles n'en essuya de plus grandes. Sa constitution éprouvée par dix-huit ans de travaux pénibles s'étoit fortifiée au point, qu'il dormoit en plein champ en Norwége au cœur de l'hyver sur de la paille, ou sur une planche, enveloppé seulement d'un manteau, sans que sa santé en fût altérée. Plusieurs de ses soldats tomboient morts de froid dans leurs postes; & les autres presque gelés, voyant leur Roi qui souffroit comme eux, n'osoient proférer une plainte. Ce fut quelque tems avant cette Expédition, qu'ayant entendu parler en Scanie d'une femme nommée Johns Dotter, qui avoit vécu plusieurs mois sans prendre d'autre nourriture que de l'eau; lui, qui s'étoit étudié toute sa vie à supporter les plus extrêmes rigueurs que la nature humaine peut soutenir, voulut essayer encore combien de tems il pourroit supporter la faim sans en être abattu. Il passa cinq jours entiers sans manger ni boire; le sixième au matin il courut deux lieuës à cheval,

& defcendit chez le Prince de Heffe fon Beaufrere, où il mangea beaucoup, fans que ni une abftinence de cinq jours l'eût abattu, ni qu'un grand repas à la fuite d'un fi long jeune l'incommodât*.

Avec ce corps de fer gouverné par une ame fi hardie & fi inébranlable, dans quelque état qu'il pût être réduit, il n'avoit point de voifin auquel il ne fût rédoutable.

Le 11 Décembre, jour de Saint André, il alla fur les neuf heures du foir vifiter la tranchée, & ne trouvant pas la paralléle affez avancée à fon gré, il parut très-mécontent. Mr. Megret, Ingénieur Français, qui conduifoit le fiége, l'affûra que la place feroit prife dans huit jours; nous verrons, dit le Roi, & continua de vifiter les ouvrages avec l'Ingénieur. Il s'arrêta dans un endroit où le boyau faifoit un angle avec la paralléle; il fe mit à genoux fur le talus intérieur, & appuyant fes coudes fur le parapet, refta quelque tems à confidérer les travailleurs qui continuoient les tranchées à la lueur des étoiles.

Les moindres circonftances deviennent effentielles, quand il s'agit de la mort d'un homme tel que Charles XII; ainfi je dois avertir que toute la converfation que tant d'Ecrivains ont rapportée entre le Roi & l'Ingénieur Megret, eft abfolument fauffe. Voici ce que je fai de véritable fur cet événement.

Le Roi étoit expofé prefqu'à demi-corps à une batterie de canon, pointée vis-à-vis l'angle où il étoit; il n'y avoit alors auprès de fa perfonne que deux Français: l'un étoit
Mr. Si-

---

* Norberg prétend que ce fut pour fe guerir d'un mal de poitrine que Charles XII effaya cette étrange abftinence. Le Confeffeur Norberg eft affûrément un mauvais Médecin.

Mr. Siquier, fon Aide de Camp, homme de tête & d'exécution, qui s'étoit mis à fon fervice en Turquie, & qui étoit particuliérement attaché au Prince de Heffe; l'autre étoit cet Ingénieur. Le canon tiroit fur eux à cartouche; mais le Roi qui fe découvroit davantage étoit le plus expofé. A quelques pas derriére étoit le Comte Swerin, qui commandoit la tranchée. Le Comte Poffe Capitaine aux Gardes, & un Aide de Camp, nommé Kulbert, recevoient des ordres de lui. Siquier & Megret virent dans ce moment le Roi de Suéde qui tomboit fur le parapet en faifant un grand foupir; ils s'approchérent, il étoit déja mort. Une balle pefant une demi-livre l'avoit atteint à la temple droite, & avoit fait un trou dans lequel on pouvoit enfoncer trois doigts; fa tête étoit renverfée fur le parapet, l'œil gauche étoit enfoncé, & le droit entiérement hors de fon orbite. L'inftant de fa bleffure avoit été celui de fa mort; cependant il avoit eu la force en expirant d'une maniére fi fubite, de mettre par un mouvement naturel la main fur la garde de fon épée, & étoit encore dans cette attitude. A ce fpectacle Megret, homme fingulier & indifférent, ne dit autre chofe finon: Voilà la Pièce finie, allons-nous-en. Siquier court fur le champ avertir le Comte Swerin. Ils réfolurent enfemble de dérober la connaiffance de cette mort aux foldats, jufqu'à ce que le Prince de Heffe en pût être informé? On enveloppa le corps d'un manteau gris: Siquier mit fa peruque & fon chapeau fur la tête du Roi; en cet état on tranfporta Charles fous le nom du Capitaine Carlsberg, au travers des troupes qui voyoient paffer leur Roi mort, fans fe douter que ce fût lui.

Le Prince ordonna à l'inftant que perfonne ne fortît du camp, & fit garder tous les chemins de la Suéde, afin d'avoir le tems de prendre fes mefures pour faire tomber la Couronne fur la tête de fa femme, & pour en exclure le Duc de Holftein qui pouvoit y prétendre.

S 2   Ainfi

Ainſi périt à l'âge de trente-ſix ans & demi Charles XII Roi de Suéde, après avoir éprouvé ce que la proſpérité a de plus grand, & ce que l'adverſité a de plus cruel, ſans avoir été amolli par l'une ni ébranlé un moment par l'autre. Preſque toutes ſes actions, juſqu'à celles de ſa vie privée & unie, ont été bien loin au-delà du vraiſemblable. C'eſt peut-être le ſeul de tous les hommes, & juſqu'ici le ſeul de tous les Rois, qui ait vécu ſans faibleſſe; il a porté toutes les vertus des Héros à un excès où elles ſont auſſi dangereuſes que les vices oppoſés. Sa fermeté devenuë opiniâtreté fit ſes malheurs dans l'Ukraine, & le retint cinq ans en Turquie: ſa libéralité dégénerant en profuſion a ruïné la Suéde: ſon courage pouſſé juſqu'à la témérité a cauſé ſa mort: ſa juſtice a été quelquefois juſqu'à la cruauté; & dans les derniéres années le maintien de ſon autorité approchoit de la tyrannie. Ses grandes qualités, dont une ſeule eût pû immortaliſer un autre Prince, ont fait le malheur de ſon païs. Il n'attaqua jamais perſonne; mais il ne fut pas auſſi prudent qu'implacable dans ſes vangeances. Il a été le premier qui ait eu l'ambition d'être Conquérant, ſans avoir l'envie d'agrandir ſes Etats; il vouloit gagner des Empires pour les donner. Sa paſſion pour la gloire, pour la guerre, & pour la vangeance l'empêcha d'être bon politique, qualité ſans laquelle on n'a jamais vû de Conquérant. Avant la bataille, & après la victoire, il n'avoit que de la modeſtie, après la défaite que de la fermeté: dur pour les autres comme pour lui-même, comptant pour rien la peine & la vie de ſes ſujets, auſſi-bien que la ſienne; homme unique plûtôt que grand-homme, & admirable plûtôt qu'à imiter. Sa vie doit apprendre aux Rois combien un Gouvernement pacifique & heureux eſt au-deſſus de tant de gloire.

Char-

Charles XII étoit d'une taille avantageuse & noble, il avoit un très-beau front, de grands yeux bleus remplis de douceur, un nez bien formé ; mais le bas du visage desagréable, trop souvent défiguré par un rire fréquent qui ne partoit que des lèvres, presque point de barbe ni de cheveux. Il parloit très-peu, & ne répondoit souvent que par ce rire dont il avoit pris l'habitude. On observoit à sa table un silence profond. Il avoit conservé dans l'inflexibilité de son caractère, cette timidité qu'on nomme mauvaise honte. Il eût été embarrassé dans une conversation, parce que s'étant donné tout entier aux travaux & à la guerre, il n'avoit jamais connu la societé. Il n'avoit lu jusqu'à son loisir chez les Turcs que les Commentaires de César & l'Histoire d'Aléxandre ; mais il avoit écrit quelques réflexions sur la Guerre & sur ses Campagnes depuis 1700 jusqu'à 1709. Il l'avoua au Chevalier de Folard, & lui dit que ce Manuscrit avoit été perdu à la malheureuse Journée de Pultava. Quelques personnes ont voulu faire passer ce Prince pour un bon Mathématicien, il avoit sans doute beaucoup de pénétration dans l'esprit ; mais la preuve que l'on donne de ses connaissances en Mathématique n'est pas bien concluante, il vouloit étranger la maniere de compter par dixaine, & il proposoit à la place le nombre 64 parceque ce nombre contenoit à la fois un cube & un carré, & qu'étant divisé par deux il étoit enfin réductible a l'unité. Cette idée prouvoit seulement qu'il aimoit en tout l'extraordinaire & le difficile.

A l'égard de sa Religion, quoique les sentimens d'un Prince ne doivent pas influer sur les autres hommes, & que l'opinion d'un Monarque, aussi peu instruit que Charles, ne soit d'aucun poids dans ces matiéres, cependant il faut satisfaire sur ce point comme sur le reste la curiosité des hommes, qui ont eu les yeux ouverts sur

tout

tout ce qui regarde ce Prince. Je sai de celui qui m'a confié les principaux Mémoires de cette Histoire, que Charles XII fut Luthérien de bonne foi jusqu'à l'année 1707. Il vit alors à Leipsik le fameux Philosophe Mr. Leibnitz, qui pensoit & parloit librement, & qui avoit déja inspiré ses sentimens libres à plus d'un Prince. Je ne crois pas que Charles XII puisa comme on me l'avoit dit, de l'indifference pour le Luthéranisme dans la conversation de ce Philosophe qui n'eut jamais l'honneur de l'entretenir qu'un quart d'heure, mais Mr. Fabrice qui aprocha de lui familierement sept années de suite, m'a dit que dans son loisir chez les Turcs ayant vû plus de diverses Réligions il étendit plus loin son indifférence. La Mottraye même dans ses voyages confirme cette idée. Le Comte de Croissy pense de même, & m'a dit plusieurs fois que ce Prince ne conserva de ses premiers principes que celui d'une Prédestination absoluë, Dogme qui favorisoit son courage, & qui justifioit ses témérités. Le Czar avoit les mêmes sentimens que lui sur la Religion & sur la Destinée, mais il en parloit plus souvent ; car il s'entretenoit familiérement de tout avec ses Favoris, & avoit par-dessus Charles l'étude de la Philosophie, & le don de l'Eloquence.

Je ne puis me défendre de parler ici d'une calomnie renouvellée trop souvent à la mort des Princes, que les hommes malins & crédules prétendent toujours avoir été empoisonnés ou assassinés. Le bruit se répandit alors en Allemagne, que c'étoit Mr. Siquier lui-même qui avoit tué le Roi de Suède. Ce brave Officier fut long-tems desespéré de cette calomnie : un jour en m'en parlant, il me dit ces propres paroles : *J'aurois pû tuer le Roi de Suéde ; mais tel étoit mon respect pour ce Héros, que si je l'avois voulu, je n'aurois pas osé.*

Je

Je fais bien que Siquier lui-même avoit donné lieu à cette fatale accusation qu'une partie de la Suéde croit encore ; il m'avoua lui-même qu'à Stockolm dans une fiévre chaude, il s'étoit écrié qu'il avoit tué le Roi de Suéde, que même il avoit dans son accès ouvert sa fenêtre & demandé publiquement pardon de ce paricide. Lorsque dans sa guerison il eut appris ce qu'il avoit dit dans sa maladie, il fut sur le point de mourir de douleur. Je n'ai point voulu revéler cette anecdote pendant sa vie. Je le vis quelque tems avant sa mort, & je peux assûrer que loin d'avoir tué Charles XII il se seroit fait tuer pour lui mille fois. S'il avoit été coupable d'un tel crime ce ne pouvoit être que pour servir quelque puissance qui l'en auroit sans doute bien recompensé, il est mort très-pauvre en France ; & même il y a eu bésoin de mes secours ; si ces raisons ne suffisent pas, que l'on considere que la balle qui frappa Charles XII ne pouvoit entrer dans un pistolet, & que Siquier n'auroit pû faire ce coup détestable qu'avec un pistolet caché sous son habit.

Après la mort du Roi on leva le siège de Frederickshall tout changea dans un moment, les Suédois plus accablés que flattés de la gloire de leur Prince, ne songérent qu'à faire la paix avec leurs ennemis, & à réprimer chez eux la puissance absoluë dont le Baron de Görtz leur avoit fait éprouver l'excès. Les Etats élurent librement pour leur Reine la Princesse Sœur de Charles XII & l'obligérent solemnellement de renoncer à tout droit héréditaire sur la Couronne, afin qu'elle ne la tînt que des suffrages de la Nation. Elle promit par des sermens réïtérés qu'elle ne tenteroit jamais de rétablir le Pouvoir arbitraire : elle sacrifia depuis la jalousie de la Royauté à la tendresse conjugale, en cédant la Couronne à son Mari ; & elle engagea les Etats à élire ce Prince qui monta sur le Trône aux mêmes conditions qu'elle.

Le

Le Baron de Görtz arrêté immédiatement après la mort de Charles, fut condamné par le Sénat de Stockolm à avoir la tête tranchée au pied de la potence de la ville; exemple de vangeance, peut-être encore plus que de justice, & affront cruel à la Mémoire d'un Roi que la Suéde admire encore.

Fin du huitiéme & dernier Livre.

TABLE

TABLE DES MATIERES
CONTINUES DANS L'HISTOIRE
DE
CHARLES XII.

✻ ✻ ✻ ✻ ✻ ✻ ✻ ✻ ✻ ✻ ✻ ✻ ✻ ✻ ✻ ✻

A

Achmet III, fait Empereur de Turquie à la place de Mouſtapha 145 ſa maniere de gouverner. *ibid. ſq.* ſa lettre à Charles XII, 182 il déclare la guerre au Czar 185 il établit ſa Cour à Andrinople pour ce ſujet 186 ſa lettre au Pacha de Bender 190 ſon diſcours au Divan concernant le départ de Charles 194

Alan, l'iſle, nommée pour les conférences entre la Suéde & la Moſcovie 268

Alberoni, le Cardinal, ſes entrepriſes 260 il entre dans les vûes du Czar & du Baron de Görtz 266

Alexandre Sobieski, refuſe de monter ſur le Trône de Pologne 74

Ali Coumourgi, voyez *Coumourgi.*

Allemagne, (la) prend ombrage de la guerre Suédoiſe, qui doit être transferé en Allemagne 157 *ſq.*

Altona, brûlée par les Suédois 272 *ſq.*

Altranſtad, Charles XII choiſit ſon camp en cet endroit-là 93 la paix d'Altranſtad 95 *ſqq.*

Ambaſſade de la République Polonaiſe au Roi de Suéde, ſa reception & audience 61 celle du Roi & de la République de Pologne aux Turcs eſt arrêtée 186

Andrinople, ſes plaines ſont le rendez-vous pour des Armées Turques 167

Anglais, (les) leur amitié nouvelle avec le Czar 182

Areskins, un Médecin Ecoſſois, travaille à la Cour de Moſcov pour Charles XII & le Prétendant 258

Auguſte, Roi de Pologne, ſon élection 15 ſon caractére & ſa Cour *ibid. ſq.* il attaque le Roi de Suéde en Livonie 16, 17 il aſſiége Riga 36 léve le ſiége 38 ſe ligue avec le Czar à Birzen 45 *ſq.* le commencement de ſon regne fait les Polonais mécontens 54 il convoque la diéte malgré lui-même 56 ſe détermine à demander la paix au Roi de Suéde 59 ſes propoſitions refuſées par le Sénat 60 un de ſes Chambellans envoyé au Roi de Suéde eſt fait priſonnier

nier 61 presque tous les Sénateurs l'abandonnent 62 ses occupations après cela 63 il cherche le Roi de Suéde pour le combattre 65 perd la bataille à Clissau *ib.* convoque une diéte à Mariembourg & à Lublin 66 *sq.* il se retire dans Thorn & de-là dans les Palatinats 68 *sq.* est en danger d'être pris 73 il chasse Stanislas de Varsovie & prend la ville 80 son premier avantage contre les Suédois 81 il se rétire en Saxe 84 renouvelle l'Ordre de l'Aigle-Blanc 89 il arrête Patkul *ib.* son malheur après la bataille de Frawenstad 92 *sqq.* il écrit une lettre à Charles XII & envoye Imhof & Fingsten vers lui en Saxe 95 remporte la victoire des Suédois dans la bataille à Calish 96 *sq.* cette victoire lui est malheureuse 97 il signe la paix qui lui ôte la Couronne 97 part en Saxe *ibid.* sa conversation premiére avec Charles XII, 98 sa lettre de félicitation à Stanislas 99 il quitte le titre du Roi de Pologne *ibid.* élargit les Sobiesky *ibid.* est contraint de livrer Patkul à Charles XII, *ibid.* il fait rassembler les membres de Patkul coupés en quartiers 101 il remonte sur son Trône 155 il est troublé par ses sujets 236 *sq.* 271 sa crainte de part du Czar & du Roi de Suéde 271

B

Balta, ce qui signifie ce mot 164
Baltagi Mehemet, fait Grand-Visir pour la seconde fois 164 ses fatalités & changemens de fortune *ib.* il est commandé de combattre les Moscovites *ib. sq.* il assemble l'armée près d'Andrinople 167 son expédition contre le Czar 169 *sqq.* il traite avec les Russes de paix 174 *sq.* elle est concluë 175 il demande à Vienne un passage par les terres Autriches pour Charles XII 177 *sq.* signifie à Charles XII de quitter les terres Turques 178 qu'il craint & pour cela lui retranche son Thaïm 179 il est relegué 180 se conforme aux intentions de Coumourgi 187
Baltagis, ce qu'ils sont 164
Bender, Charles XII est conduit à cette ville-là 147 *sq.* comme aussi Stanislas 214
Birzen, la conférence du Czar & du Roi Auguste dans cette ville 45 *sq.* Charles XII y conçoit le dessein de détrôner Auguste 48
Brême, ces états sont remplis de garnisons Danoises 227

C

Calish, la bataille à Calish gagné par Auguste 96 *sq.*
Calmoucks (les) & leur païs 119
Cantemir, Prince de la Moldavie 168 prend le parti du Czar contre les Turcs *ibid. sq.*
Catherine, païsanne devenuë Imperatrice, son histoire 172 *sq.*

fa prudence pour fauver le Czar avec fon armée au Pruth 173 *fq.*

Charles XI, Roi de Suéde, fon caractére 8 fon époufe 9 fa mort 11 fa diffimulation envers Patkul, lequel il condamne après à la mort 16

Charles XII, Roi de Suéde, fa naiffance & fes qualités 9 fon enfance, fes premieres études & exercices, *ibid. fqq.* fon caractere *ibid. & 276 fqq.* mis en comparaifon au Czar 132, 157 perd fa mere & la caufe de fa mort 16 *fq.* fon avénement au Trône 11 ôte la régence à fa grand-mere & tutrice 12 *fq.* il fait fon entrée dans Stockolm 13 fe couronne lui-même *ibid.* fes occupations en premiers tems de fon gouvernement 14 fes ennemis *ib.* il change fon caractére & fe réfout d'humilier fes ennemis 29 *fq.* il prête fecours au Duc de Holftein 31 fa chaffe des ours extraordinaire *ibid. fq.* il part pour fa première campagne 32 fait une defcente pour affiéger Coppenhague *ibid. fq.* force les rétranchemens des Danois 34 affiége Coppenhague *ibid.* qui rachete par des députés le bombardement 35 fa difcipline militaire *ib.* finit la guerre Danoife en moins de fix femaines par la paix de Travendal 36 il marche contre le Czar 37, 39 *fq.* attaque avec huit mille hom-

mes, quatre vingt mille Ruffes dans fes rétranchemens 40 *fq.* qui font forcés 41 remit les prifonniers dans fon païs 41, 42 *fq.* rend les épées & d'argent aux Généraux & autres Officiers, 43 la rélation de cette victoire à Stockolm & une monnoye frappée fur elle *ibid.* fa reflexion fur le captif Czarafis Artfchelou 44. il paffe la riviere de Duna par ftratagême 46. *fq.* obtient la victoire contre le Maréchal de Stenau 47. *fq.* la Courlande fe rend à lui 48 il paffe en Lithuanie 48 fon manifefte à la republique de Pologne 62 il entre Varfovie, & fa condüite envers les habitans 63 gagne la bataille à Cliffau & pourfuit le Roi Augufte 65 prend Cracovie 65. *fq.* il fracaffe la cuiffe 66 fait convoquer une diéte à Varfovie contre celle de Lublin 67 fait fuir l'Armée Saxonne fous le Général Stenau 68 met toute l'Europe dans confternation 70 affiége Thorn 71 refufe la propofition de Piper de fe faire Roi de Pologne 73. *fq.* fait élire Stanislas Roi de Pologne 77 prend Léopold par affaut 78 fes avantages continus dans Pologne 81, 84 contre les Mofcovites 90 *fq.* il entre en Saxe 92 choifit fon camp à Altranftad 93 il régle les contributions & établit
une

une nouvelle police pour les soldats Suédois *ib. sq.* il les contient sur une discipline sevére 94 il propose les conditions de la paix aux plénipotentiaires d'Auguste 95 fait exécuter le plus cruel supplice à Patkul 100 *sq.* reçoit des Ambassadeurs de presque tous les Princes chrétiens 105 sa conversation avec le Duc de Marlborough 107 ses étranges demandes à l'Empereur d'Allemagne 108 *sq.* il force l'Empereur à accorder des libertés & à rendre les eglises ravies aux Protestans Silesiens 109, *sq.* sa jalousie contre l'Empereur & le Pape 110 ses occupations quotidiens en Saxe *ibid. sq.* il se prépare de partir hors de la Saxe 110 *sq.* va seul à Dresde voir Auguste avant de partir 111 *sq.* il quitte la Saxe 113 reçoit un Ambassadeur Turc en marchant contre le Czar 114 il laisse Stanislas en Pologne 115 poursuit le Czar *ibid. sqq.* il passe la riviére de Berezine 116 *sq.* il s'enfonce dans l'Ukranie 120 *sq.* ses pertes 124 *sqq.* 126 *sq.* il assiége Pultava 129 il est blessé 130 perd la bataille à Pultava 135 est sauvé par Poniatovski 136 les fatalités pendant sa fuite *ib. sq.* comment il ait passé le fleuve Boristhéne 138 il est reduit de fuir en Turquie 142 *sq.* il cherche un azyle chez l'Empereur des Turcs 146 conçoit le dessein

d'armer l'Empire Ottoman contre le Czar *ibid. sq.* il est conduit à Bender 147 son séjour & ses occupations auprès de Bender 148 l'opinion respectueuse des Turcs de lui 149 il prend du goût pour la lecture *ibid.* il refuse de parler Français 150 ses intrigues à la Porte Ottomanne & ses desseins *ibid. sqq.* beaucoup de Princes se réünissent contre lui 157 ses partisans à la Cour de Constantinople 164 il part de Bender au Pruth 170 où il vit le Czar échappé de la perte moyennant la paix 175 *sq.* sa conversation avec le Grand-Visir 176 il s'établit à Varnitza 177 sa conversation avec trois Pachas & le Seraskier de Bender envoyés à lui par le Grand-Visir 178 perd son Thaïm par les intrigues du Grand-Visir 179 il emprunte d'argent *ib.* presse la Porte Ottomanne de le renvoyer par la Pologne 182, 184 la résolution de la Porte pour le faire partir 187 *sq.* il demande une Armée qui le convoye 188 ses conférences sur la correspondance de Flemming avec le Kam de Tartarie & le Seraskier de Bender 188 *sq.* il demande une grande somme, pour gagner du tems, qui lui est accordée 189 *sqq.* se détermine à ne point partir 191 il s'obstine contre l'ordre de partir 195, 197 *sq.* ordonne de tuer vingt de beaux

beaux chevaux, préfent du Sultan 195 il fe retranche contre un affaut des Turcs & des Tartares 196 fes préparatifs à la défenfe 199 il eſt appellé des Turcs Tête de fer 200 il émeut les Janiffaires de ne point l'attaquer *ibid.* il n'écoute ni les Janiffaires, ni Fabrice, ni confeil de Poniatovski 200 *ſq.* il fe défend avec quarante domeftiques contre l'armée des Turcs & des Tartares 203 *ſqq.* il eſt pris & traité en prifonnier 207 *ſq.* fon opiniâtreté ne ceffe point 214 fa converfation avec le Pacha de Bender 209 fes Officiers rachetés par Fabrice, Jeffreys & un Français 210 *ſq.* il eſt transferé à Demirtash 219 & après à Demotica *ibid.* fon Thaïm nouveau *ibid.* fa conduite à Demotica 221 il s'obftine à refter à Demotica 227 fon mandement fier aux Sénateurs de la Suéde 228 il fouhaite partir de la Turquie *ibid. ſq.* fes préparatifs au départ 229 il part 230 fa marche par la Tranſilvanie & l'Allemagne 232 *ſq.* fon arrivée à Stralfund 234 fes disgraces 237 il marie fa fœur au Prince de Heffe 241 il eſt affiégé dans Stralfund 244 fon combat malheureux contre les Pruffiens à l'isle de Rugen 247 *ſqq.* fon danger d'être pris ou tué dans ce combat 249 il repaffe de l'isle de Rugen à Stralfund *ib.* il fe fauve de Stralfund & arrive en Scanie 252 voit fa fœur en Oftrogothie 253 il féjourne l'hyver à Carelscroon *ibid.* il paffe en Norwege pour faire la guerre 254 d'où il fe retire en Suéde 259 fa conduite au fujet de la prifon de Gœrtz & Gillembourg 264 il demande à l'Empereur l'exécution du traité d'Altranſtad 271 il part une feconde fois pour la conquête de la Norwege 272 *ſq.* affiége Frederickshall 273 fon abſtinence miraculeufe *ibid. ſq.* eſt tué d'une balle de Canon 275 raifonnement de fa réligion 277 *ſq.*

Charles-Guſtave, Roi de Suéde après l'abdication de Chriſtine. 8 fes entreprifes & conquêtes *ibid.*

Chevaux, les Turcs confervent leur généalogie 230

Chourlouli, Ali Pacha, Grand-Vifir promet d'aider Charles XII, 150 mais corrompu d'argent il prend le parti du Czar 151 eſt dépofé & exilé 154 il perd la vie 189

Chriſtiern II, tyrannife la Suéde 5

Chriſtine, Reine de Suéde, renonce à l'empire & fe fait Catholique 7 fon caractére *ib.*

Clement XI, Pape, fe déclare contre Stanislas 85

Cliſſau, la bataille à cette ville 65

Conférence (la) entre le Czar & Roi Augufte à Birzen 45 à Grodno 89

Conſtan-

Conſtantin Sobiesky, enlevé & conduit à Leipſik 72 *ſq.* élargi 99

Conſtantinople, le centre des negociations pendant le ſéjour de Charles XII à Bender 181

Coppenhague, la ſituation de cette Capitale 33

Coumour, Coumourgi, ce qui ſignifient ces mets 153

Coumourgi, Ali - Pacha, favori du Sultan, après Grand - Viſir 153 ſert Charles XII contre ſon gré 154 il éleve Juſſuf au poſte de Grand - Viſir 181 ſes intrigues concernant la guerre contre les Moſcovites & pour ſe faire Grand - Viſir 186 *ſq.* il prend le titre du Grand - Viſir 127

Couprougly, voyez *Numan Couprougly*.

Courlande (la) ſe rend à Charles XII 48

Croiſſy, ſon ambaſſade dangereuſe auprès de Charles XII, 250 *ſq.* il ſort de Stralſund 251

Czar, Czaraſis, ce que ſignifient ces mots 43

Czaraſis Artſchelou, fait priſonnier & envoyé en laSuéde 43 *ſq.*

D

Dalecarlie (la) les païſans de cette province s'offrent à délivrer leur Roi des ennemis 162 *ſq.*

Dannemark, (la) ſource des querelles entre les Rois de Dannemark & les Ducs de Holſtein 14 *ſq.* ſe réünit à laRuſſie & à la Pologne contre la Suéde 28 le Roi fait une deſcente en Suéde 160

Danois, battus par Steinbóck ſe retirent de la Suéde 162

Dantzick, la deſcription & les fatalités de cette ville 71 elle paye cher ſon imprudence envers le Roi de Suéde 70 *ſq.*

Dardof, dégage Charles du péril dans la bataille à Smolensko 120 eſt tué au combat dans l'Isle de Rugen 248

Deux - Ponts, la deſcription de ce Duché 231 le revenu de cette Province aſſigné à Stanislas *ib.* où il reſte juſqu'à la mort de Charles XII, *ib.*

Divan, concluë de faire partir Charles par force 194

During, compagnon du voyage au Roi de Suéde, ſa ruſe 233 tué au combat dans l'isle de Rugen 248

E

Edwig - Eleonore, Grand - Mere & Tutrice de Charles XII, 11 *ſq.* ſon ambition 12 perd le gouvernement 12 *ſq.* ſa mort 241

Elbing, balance à donner paſſage aux Suédois, & elle en eſt punie 71 *ſq.*

Enlevement des hommes de qualité fort connu dans quelque tems 272

Europe (la) le changement de l'état de cette partie du monde de pendant que Charles XII l'avoit quitté 235 *sq.*

F

Fabrice (le Baron) engage Charles XII à la lecture 149 il se rend médiateur entre les Turcs & le Roi de Suéde 196 *sq.* procure des provisions à Charles 198 sa conversation avec Charles fait prisonnier 210

Fetfa, ce qu'il signifie ce mot 194 *sq.*

Fierville, le grand service, qu'il a rendu au Roi de Suéde à Andrinople 215 *sqq.*

Fingsten, envoyé à Charles XII pour faire la paix 95 son audience *ib.* ses conférences avec le Comte Piper 96

Finlande (la) inondée des Moscovites 227

Flemming, Premier-Ministre du Roi Auguste, ramene la Noblesse Polonaise à son Maître 156 sa correspondance avec le Kam de Tartarie & Seraskier de Bender 188 son dessein de faire enlever Stanislas 271 *sq.*

Folard, Chevalier de, entre les services du Roi de Suéde 261 sa negociation en France pour le servir *ib. sq.*

Fonseca, Juif Portugais, sert Charles XII à la Porte Ottomanne 147

Fort (le) excite le Czar à raffiner son empire de la barbarie 20

Français, les fatalités d'un regiment de Français. 92. 249

Frawenstad, la bataille près de cette ville 91

Fréderic, Prince de Hesse-Cassel, épouse Ulrike Eléonore, la sœur de Charles XII. 241 est déclaré Généralissime des Armées en Suéde *ib.* son ordonnance après la mort de Charles 275 il monte sur le Trône Suédois 279

Fréderickshall, assiégée par Charles XII, 273 qui est tué ici 275 & le siége levé après sa mort 279

Frederic-Auguste, Roi de Pologne, & Electeur de Saxe, ennemi de Charles XII, 14 voïez Auguste Roi de Pologne.

Frederic IV, Roi de Dannemarck, ennemi de Charles XII, 14 fait la guerre au Duc de Holstein 15

Funk, Envoyé de Charles auprès du Sultan, mis en prison 193

G

George I, son avénement au Trône de Grande Bretagne 236

Gillembourg, Ambassadeur de Suéde en Angleterre, traite avec les mécontens 261 il est arrêté 263 il sort de prison 267

Görtz, le Baron de, son caractére 255 ses entreprises 255 *sqq.* son traité avec les Corsares de Madagascar 259 *sq.* ses négociations à la Cour Moscovite

vite 258 *fq.* avec le Cardinal Alberoni 260 en France & en Hollande *ib. fqq.* ses conférences avec le Czar en Hollande 262 il est arrêté 263 ne répond pas à l'interrogatoire *ib. fq.* il sort de prison 267 sa jaloufie contre le Duc d'Ormond *ib.* ses négociations avec le Czar réüffiffent *ib. fq.* il retourne en Suéde 268 ses remedes dangereufes pour fecourir au difette de Charles 269 il est haï de toute la Suéde excepté le Roi 270 ses propofitions au Miniftre du Czar pour faire la paix & l'alliance 271 il est décapité 280

Grand-Vifir, il est d'ordinaire de baffe naiffance 150

Grodno 61 conférence entre le Czar & le Roi Augufte dans cette ville 89 les Ruffes y font vaincus par Charles 115 *fq.*

Grothufen, tréforier de Charles XII à Bender 148 *fq.* son addreffe pour tirer de l'argent du Pacha de Bender 192 envoyé en Ambaffadeur à Conftantinople 229 il est tué dans le combat à l'isle de Rugen 246

Guftave Adolphe, Roi de Suéde, fes entreprifes & conquêtes 7 est tué avant la bataille de Lutzen *ib.* emporte le nom de Grand 8

Guftave Vafa, son caractére & fes fatalités 6 il fauve la Suéde de la tirannie des Danois & devient Roi *ib.* rend la Suéde Luthérienne 7

H

Han, voyez Kam.

Hiftoire (la) contient beaucoup de chofes incredules, *Préface.* celle de Charles XII mérite la créance *ibid.* a 4 les fources de celle de Mr. Voltaire *ib.* & *difc.*

Hollandais, (les) leur amitié nouvelles avec le Czar 182

Hollufin, la bataille glorieufe pour Charles XII, près de cette ville 117 *fq.* une médaille fur cette victoire 118

Holftein, la fource des querelles entre les Rois de Dannemark & les Ducs de Holftein 14 *fq.* est attaqué par le Roi de Dannemark 31 ravi par le Roi de Dannemark 227

Holftein, (le Duc) est tué dans la bataille à Cliffau 65 son fils est depouillé de fes états 237

Hoorn, (le Comte de) fe rend prifonnier à Varfovie 81

I

Jacques Sobiesky est enlevé & conduit à Leipfik 72 *fq.* élargi 99

Janiffaires (les) refufent d'attaquer Charles 200 leur propofition à Charles, qui la rejette 201 *fq.* ils vont à l'affaut avec les Turcs 202 *fq.*

Ibrahim Molla, fait Grand-Vifir 220 son hiftoire *ibid.* il est étranglé 227

Jeffreys, Envoyé d'Angleterre, auprès de Charles fe rend médiateur entre les Turcs & le Roi

Roi de Suéde 196 *fq.* il fe retire de Charles 198

Imhof (le Baron) eft envoyé à Charles XII pour faire la paix 95 fon audience *ibid.* fes conférences avec le Comte Piper 96

Jofeph, (l'Empereur) eft contraint à confentir aux demandes étranges de Charles XII, 109 *fqq.* à accorder des libertés & à rendre les eglifes ravies aux Proteftans Siléfiens 109

Irnegan, (le Confident du Duc d'Ormond,) fa maniére d'agir dans l'abfence de ce lui avec la Cour de Mofcovie 268

Ifmaël Pacha,(Seraskier de Bender,) fa converfation avec le Roi de Suéde 178 il veut forcer Charles de partir 192 *fq.* 195 comme il traita Charles fait prifonnier 209 *fq.* il eft relegué 218

Juffuf, eft élevé au pofte du Grand-Vifir 181 dépofé 219

K.

Kam, (le Prince des Tartares de Crimée), eft commandé par le Turc de fe tenir prêt à la guerre contre les Ruffes 165 fa condition *ib. fq.* il s'oppofe en vain au traité entre les Turcs & les Ruffes 175 il veut forcer Charles de partir 195 il eft exilé 218 nouveau, le frere de l'exilé *ib. fq.*

Königsmark, (la Comteffe) fon caractére & efprit 59 *fq.* eft

envoyée par Augufte pour demander la paix au Roi de Suéde *ibid.* fes efforts inutiles dans cette affaire 60

Kuze du S'erp, fa bravoure & mort glorieufe 243 *fq.*

L.

Léopold, capitale du Palatinat de Ruffie, prife par Charles XII, 78 l'affemblée convoquée du Czar à cette ville 103 peu s'en fallut qu'on n'y élût le Roi troifiéme de Pologne 103 *fq.* eft empêchée de prendre la réfolution 104

Levenhaupt, perd fes troupes & les provifions, qu'il doit apporter au Roi de Suéde, dans cinq combats 124 *fqq.* il fe fauve avec les débris de l'armée Suédoife & arrive au Roi 137 eft fait prifonnier avec les débris de l'armée Suédoife par le Prince Menzikoff 139

Lieven, (Général) tué d'un coup de Canon 69

Lithuanie, (la) divifée en deux partis 55 l'état de l'armée Lithuanienne 55

Livonie (la), comme elle eft cédée à la Suéde 16 les païfans de cette province n'apprennent ni à lire ni à écrire 172 *fq.* *

Livoniens (les), leur tractement par Charles XI 16

Lublin, l'affemblée de Léopold transferée à cette ville 104

M.

Marguerite de Valdemar conquiert la Suéde   5

Marlborough, (le Duc de) Ambaſſadeur au camp du Roi de Suéde 106 ſon addreſſe dans des affaires differentes *ibid.* ſa converſation avec le Roi de Suéde 107 de quelle façon il penétra les deſſeins de Charles XII, *ibid.* il n'a pas donné d'argent au Comte Piper   108

Mazeppa, ſa fatalité dans la jeuneſſe 121 il eſt fait Prince de l'Ukraine *ibid.* il irrite le Czar contre lui *ibid. ſq.* il ſe ligue avec le Roi de Suéde 122 les Moſcovites préviennent ſes deſſeins 123 dans quel état il parait au Roi de Suéde *ibid.* il fait ſeul ſubſiſter le reſte de l'Armée Suédoiſe   128

Menzikoff, (le Prince) ſon manœuvre dans la bataille à Pultava 134 il pourſuit les débris de l'Armée Suédoiſe, & les fait priſonniers avec Levenhaupt 139 ſes viciſſitudes de la fortune   172

Moldaves (les) favoriſent les Turcs contre les Moſcovites   169

Moſcov, l'épouvante de cette ville après la défaite des Ruſſes près Narva 44 *ſq.* elle ordonne à ce ſujet des Priéres publiques au St. Nicolas 45

Moſcovie, voyez *Ruſſie.*

Moſcovites, voyez *Ruſſes.*

Mouphti (le), eſclave des volontés du Favori Coumourgi 187 il eſt depoſé   218

Mouſtapha (le Sultan) dépoſé 145

N.

Narva, aſſiégée par le Czar 38 defenduë par le Baron de Hoorn 39 quelle victoire le Roi de Suéde a remporté auprès de lui 41 *ſqq.* elle eſt priſe par le Czar   87

Nonce du Pape demande l'Evêque de Poſnanie comme juſticiable à la Cour de Rome 80

Norberg, raiſonnement de ſon hiſtoire de Charles XII. *Préf.*

Numan Couprougly, eſt élu Grand-Viſir 154 ſon caractere *ibid.* ce qu'il conſeille de la part du Czar & du Roi de Suéde *ibid. ſq.* il eſt depoſé   163

O.

Oczakov, la reception de Charles XII dans cette ville 142 *ſqq.*

Oginsky, ſon parti eſt preſque anéanti   55

l'Ordre de l'Aigle Blanc renouvellé par le Roi Auguſte   89

Orléans, (le Duc Régent de France) découvre au Roi d'Angleterre les menées qui ſe trament contre lui 263 il n'entre pas dans les interêts du Czar 265 ſes alliances & vûës   *ibid. ſq.*

Ormond,

Ormond, (le Duc d') s'en va au Czar 266 demande la Princesse Anne Petrowna en mariage pour le Prétendant *ibid.* ce que le Baron de Görtz empêche 267 il s'en retourne 268

Ofman Aga, gagné par un présent considérable, fait que le Czar est sauvé de perte au Pruth 174 *sq.* ce qu'il lui coute la vie 180

Oferman, Ministre d'Etat en Moscovie, sa maniére de traiter avec le Baron Görtz 262

Ostiaques (les), sauvages 19

Ottomane Porte, voyez *Porte Ottomane.*

P

Pacha, ce que signifie ce mot 143

Paikel, condamné à perdre la tête, ne peut pas obtenir grace de Charles XII par son art secret de faire de l'or 101 *sq.*

Pape (le), il a augmenté son pouvoir temporel de sa Cour en Pologne 80

Patkul, Député des Livoniens, fait ses plaintes à Charles XI 16 est condamné à la mort & s'enfuit *ibid. sq.* il s'attache au Roi Auguste 17 Ambassadeur du Czar près du Roi Auguste 89 il est arrêté par Auguste, *ibid. sq.* livré au Roi de Suéde 99 *sq.* condamné au supplice cruel 100 exécution de ce supplice *ib. sq.* les raisonnemens de ce supplice 101 ses membres coupés en quartiers sont rassemblés par ordre d'Auguste *ibid.*

Petersbourg, ville fondée & peuplée par le Czar Pierre Alexiowits 88 *sq.*

Pierre Alexiowits, (Czar de Russie,) son caractére 17 son éducation 20 il est excité par le Fort à corriger les mœurs barbares de ses sujets *ibid.* son voyage en Hollande & Angleterre 21 il reforme à son retour la Moscovie *ibid. sqq.* & l'état de milice 23 *sq.* il excelle dans beaucoup d'arts en particulier dans ce de la navigation & des bâtimens de vaisseaux 24 ses finances *ib. sq.* il établit le commerce 25 *sq.* ses voyages utiles par ses états 26 ses bâtimens *ib. sq.* il érige une Académie des sciences 27 force la jeune Noblesse à voyager *ibid.* il manque de l'humanité *ibid.* se réünit à la Pologne & au Dannemark contre le Roi de Suéde 28 fait guerre au Roi de Suéde en l'Ingrie 36 son manifeste *ibid.* assiége Narva dans l'hyver 38 il n'ose pas attaquer un petit corps des Suédois avec quarante mille Russes 44 mais poursuit le dessein à discipliner ses troupes *ib.* il se ligue avec Auguste à Birzen 45 *sq.* il se fait grand homme de guerre 87 prend Narva par assaut *ib*

il

il fonde la ville de Peters-bourg 88 *sq*. il fait éclater ses plaintes dans toutes les Cours d'Europe pour l'affaire de Patkul, mais sans succès 102 *sq*. il rentre en Pologne & se saisit de ce Royaume 103 fait convoquer une Assemblée à Léopold *ib*. il obtient des Officiers Allemands 104 il se retire en Lithuanie & établit des Magazins 105 ses entreprises en Pologne pendant le séjour de Charles en Saxe 114 *sq*. il fait quelques propositions pour la paix à Charles 118 il combat le corps de Levenhaupt heureusement 124 *sq*. son stratagême pour défaire l'Armée Suédoise dans l'Ukraine 128 il gagne la bataille decisive près de Pultava 131 *sqq*. mis en comparaison à Charles XII, 132, 157 il invite les Généraux Suédois, prisonniers, à sa table 141 sa conversation avec Renchild à la table *ib*. il rend les épées aux Généraux *ib.sq*. son expedition dans la Carelie & la Finlande 156 il triomphe à la mode des anciens Romains 159 *sq*. il assiège Riga & s'empare du reste de la Livonie & d'une partie de la Finlande 160 ses Ambassadeurs à la Cour de Constantinople mis au château des sept Tours 165, 185 sa faute commise à la guerre Turque 168, 169 *sq*. ses inquiétudes & sa résolution au

Pruth 171 il échappe de la perte moyennant la paix faite 175 il ne remplit pas les articles de la paix 180, 184 *sq*. est tiré de nouvelle guerre des Turcs 187 ses succès sur les Suédois 237 *sqq*. son triomphe dans Petersbourg 239 *sq*. il jouït avantageusement de ses conquêtes 240 ses entreprises dissimulées dans la mer Baltique 242, 254 *sq*. la jalousie avec ses Alliées 256, 258 ses revenus sont de nulle importance *ib. sq*. il veut engager le Duc de Mecklenbourg à lui vendre son Duché 258 ses protestations au Roi d'Angleterre de ne s'avoir mêlée de la conspiration contre lui 264 *sq*. 268 il arrive à Paris & sa conférence avec le Duc Régent   265

Piper, déclaré Premier-Ministre & Comte par Charles XII, 13 propose à son Maître de se faire Roi de Pologne 73 ses conférences avec les députés Saxons 96 soutient la dignité de son Maître dans les dehors magnifiques 114 est fait prisonnier à Pultava 135 son tractement dans la prison 140 étant mort, Charles XII fait transferer son corps à Stockolm & lui ordonne des obséques magnifiques   108

Pologne (la) se réünit à la Russie & au Dannemark contre la Suéde 28 la description de de ce Royaume, & de son gouvernement 48 *sqq.* la qualité de son Roi 50 ses diétes & leurs ordres 51 ses confederations *ib. sq.* elle ne permet pas de bâtir des forteresses 52 son Etat militaire *ib. sqq.* 55 *sq.* divisée en deux factions sur le Roi Auguste 73 a deux Rois & deux Primats 103 toute devastée par les Moscovites & les partis de Sapieha & d'Oginski 104 *sq.*

Polonais (les), mécontens de la guerre Livonienne 54 *sq.* leur diéte assemblée a. 1701, 56 les intrigues de cette diéte 58 elle se sépare 59

Poméranie (la) faite théatre de guerre 157 devient la proye des Alliées 227

Poniatovski sauve le Roi de Suéde à Pultava 136 il s'en va à Constantinople pour servir le Roi de Suéde 147 il présente un memoire au Sultan 151 *sq.* ses intrigues entamées contre le Grand-Visir 152 *sq.* peu s'en fallut qu'il n'eût été empoisonné 155 son Conseil au Grand-Visir contre les Moscovites 170 il s'oppose en vain au traité entre les Turcs & les Moscovites 175 sa relation de la campagne du Pruth 180 il s'en va à Constantinople pour former des intrigues contre le Grand-Visir *ibid.* il sauve Charles du danger d'étre pris ou tué dans l'Isle de Rugen 249

Porte Ottomane (la), son état 145 *sq.* sa maniere de commencer la guerre 165 les intrigues à la Porte au tems du Grand-Visir Baltagi Mehemet 180 *sqq.* sa mauvaise Politique concernant les Ambassadeurs 184 *sq.*

Posnanie (l'Evêque de), préside à la diéte pour l'élection de Stanislas à la place du Primat 78 sa punition par Auguste 81

Pospolite, ce qu'elle est 52 quand elle est à cheval 53

Princes, diversité de leurs histoires. *Disc.*

Pruth, l'affaire du Czar avec les Turcs sur ce fleuve 170 *sq.*

Pultava, assiégée par Charles XII, 129 Menzikoff jette du secours dans la ville 130 la bataille décisive près de cette ville 131 *sqq.* l'idée de cette bataille 132 les suites d'icelle 136 *sqq.*

R

Radjuski, Cardinal & Primat du Royaume de Pologne, son caractére & ses intrigues 56 *sq.* son arrivement à Auguste à Cracovie 64 sa conférence avec Charles XII, *ib.* il déclare Auguste inhabile à porter la Couronne de Pologne 72 il s'oppose en vain à l'élection de Stanislas 77 est contraint à lui rendre hommage 78 refuse de sacrer Stanislas 80 il meurt *ibid.*

Ren-

Renchild, Grand-Maréchal des Suédois, gagne la bataille de Frawenstad 91 est fait prisonnier dans la bataille à Pultava 135

Riga, affiégée par le Roi de Pologne 36 delivrée du fiége 37 affiégée par le Czar 156

Robel, Gouverneur de Thorn, est forcé de la rendre à discretion 71 l'honneur, que lui a fait le Roi de Suéde *ibid.*

Rugen, les actions entre les Suédois & les Pruffiens dans cette isle 247 *fq.*

Ruffes (les), leur caractére groffier 17 *fq.* leur ére 18 leur ignorance, *ibid.* leur Réligion & fuperftition 18 *fq.* l'auctorité de fon Patriarche *ibid.* leurs difputes pour la Réligion 19 ils n'étoient pas aguerris autre fois 38 *fq.* font forcés dans fes retranchemens par huit mille Suédois 41 leurs Généraux fe rendent au Roi de Suéde, *ib.* & 42 devaftent la Pologne & la Lithuanie au lieu de l'aider 58 leur cruauté envers les partifans de Stanislas 90 font battus & chaffés par les Suédois, *ibid.* prifonniers maffacrés par les Suédois à la bataille de Frawenstad 92 font vaincus par Charles XII, 115 *fqq.* voyez auffi *Czar.*

Ruffie (la), fa defcription & fon étenduë 17 elle n'eft pas nombreufe 25

S

Saiffan, gagné par le Comte de Flemming pour enlever Stanislas 272 comme Stanislas le traita *ibid.*

Samoyedes (les), fauvages 19

Sapieha (les Princes) s'attachent au Roi de Suéde 55 un d'eux le quitte 189

Saxe (la), l'entrée du Roi de Suéde dans cet Electorat &c. 92 *fqq.*

Saxe (le Comte de) fon hiftoire 222

Schulembourg, (le Comte de) commande l'Armée Saxonne & fa prudence militaire 81 *fq.* il fauve l'Armée de pourfuite des Suédois 83 *fqq.* préfente une bataille au Général Renchild 91 il la perd, *ibid.*

Selictar - Aga 154

Sequier excufé de la calomnie d'avoir tué Charles XII, 278 l'occafion de cette calomnie 279 il meurt en pauvreté *ib.*

Seraskier, ce que fignifie ce mot 143

Sibérie (la), defcription de cette province 140 y font difperfés les prifonniers Suédois *ibid.*

Sibériens (les), fauvages 19

Siniavski, Grand-Général de la Couronne, tente en vain, de fe faire élire Roi 105 il fe fait Chef de Parti contraire à Augufte & à Stanislas, *ibid.* il rentre dans le parti d'Augufte 156

Slerp, (du) voyez *Kuze du Slerp.*

Smo-

TABLE DES MATIERES.

Smolensko, la bataille entre les Suédois & les Russes près de cette ville   119 *sq.*

Soliman Pacha, élu Grand-Visir 219 deposé   220

Stade, prise & réduite en cendres   221

Stanislas, son caractére 75, 76 il s'insinuë dans l'amitié de Charles XII, *ibid.* son naturel doux 76, 77 il est élu Roi de Pologne 77 *sq.* le Cardinal Primat & d'autres qui lui avoient été contraires, lui rendent hommage 78 il est contraint de quitter Varsovie en fuyant 79, *sq.* sacré avec sa femme 86 il part d'Altranstad en Pologne, où il est reçu paisiblement 105 il est reconnu Roi par tous les Princes de l'Europe, excepté le Pape 114 est pris par les Turcs 211, 213 ses occupations pendant le sejour de Charles en Bessarabie 211 *sqq.* sa reception à Bender 214 il part de la Turquie dans le Duché de Deux - Ponts 231 il choisit sa rétraite à Veissembourg après la mort de Charles, *ibid.* il doit être enlevé, ce qu'il ne réussit point 271 comme il traita les ravisseurs   *ib.*

Steinbock fait Gouverneur de Cracovie 66 Général des troupes Suédoises 161 defait les Danois 162 il gagne la bataille près de Gadebush, 221 *sq.* brûle Altona, *ib. sq.* sa défense pour ce sujet 224 ses malheurs 225 auxquelles conditions il est reçu dans Tonningue avec son Armée 225 *sq.* il est obligé de se rendre prisonnier au Roi de Dannemark 226 son traitement à la prison   227

Stralheim, Envoyé de Suède à Vienne, sa querelle avec le Comte de Zobor   108

Stralsund, l'arrivée du Roi de Suéde dans cette ville 234 elle est assiégée 244 *sq.* le retranchement du côté de la mer est emporté   246

Suéde (la), l'histoire de ce Royaume 3 *sqq.* la forme de l'ancien gouvernement 5 les changemens du gouvernement *ibid.* les loix Suédoises de la majorité de leurs Rois 11, la descente du Roi de Dannemark fait cesser les jalousies entre les Sénateurs & la Régence 160 elle est épuisée de troupes *ibid. sq.* l'état de ce Royaume à l'arrivée du Roi à Stralsund 240 & après 253, 254, 268 *sqq.*

Suédois (les), leur caractére 4 prisonniers dispersés dans les états du Czar 140 leurs paisans sont libres 161 ils se joignent aux troupes anciennes *ib.* leur courage contre les Danois   162

T

Tartares (les), sujets au Czar de la Russie, Mahométans 19 description & le génie de ceux de Crimée   166

Thaïm

Thaïm, ce que fignifie ce mot 179

Thorn, affiegée par le Roi de Suéde, prife & condamnée à une très-grande contribution 71

Tonningue, bloquée 226. affiégée & renduë *ibid.*

Traité fingulier au regard de la guerre Suédoife qui doit être transferé en Allemagne 158

Travendal, la paix de Travendal 36

Turcs (les) ne connaiffent pas la nobleffe 150 la maniére de préfenter les mémoires au Sultan 151 leur état & difcipline militaire d'aujourd'hui 167 leur exactitude fur leurs paroles 174

V

Valaques (les) montrent l'affection pour les Turcs 169

Valide, Sultane, prend le parti du Roi de Suéde à la Porte Ottomanne 147

Varnitza, l'établiffement de Charles XII près de cette ville 177

Varfovie, la diéte de Polonais mécontens convoquée à cette ville 56 elle fe fépare 59

Villelongue, fon adreffe pour préfenter une lettre à la faveur de Charles XII au Sultan 216 *fq.* il eft mis en prifon 217 fa conference avec le Sultan 218 fait prifonnier à l'isle de Rugen 249

Vifir, voyez *Grand-Vifir.*

Ukraine (l'), fa fituation & fon gouvernement 120 *fq.*

Ulrike Eléonore, Sœur du Roi de Suéde, reçoit la régence de Royaume & fe demet d'elle 278 elle eft mariée au Prince de Heffe 241 eft éluë Reine de Suéde & céde la Couronne a fon mari 279

Vofko-Jéfuites, fanatique, condamné à être brûlé 19

Upfal, l'Archevêque tyrannife la Suéde 5

Ufedom, (l'isle) affiégée & emportée par les Pruffiens 242 *fq.*

W

Wirtemberg (le Prince de) eft fait prifonnier dans la bataille à Pultava 135

Wifmar, les troupes du Roi d'Angleterre infeftent cette ville 242 elle fe rend 256

Z

Zaporaviens, leur génie & conduite 128

Zobor (le Comte de), la querelle avec le Baron de Stralheim lui coûte cher 108 *fq.*

Fin du Tome feptiéme.

Fautes à corriger.

Page 10 ligne 19 marqueroient *lifez* marquoient. *p.*13 *l.* 20 voir *lif.* avoir *p.*58 *l.*21 Polognais *lif.* Polonais *p.* 76 *l.*1 fait *lif.* fait *p.*102 *l.*3 Patkul *lif.* Paikel *p.*159 *l.*11 etaler *lif.* à etaler *p.* 160 *l.* 18 La Blocus *lif.* Le Blocus *p.*219 *l.* 23 Le Porre *lif.* La Porte *p.*222 *l.* 2 narecage *lif.* Maracage *p.*231 *l.*30 toujors *lif.* toujours.

www.ingramcontent.com/pod-product-compliance
Lightning Source LLC
Chambersburg PA
CBHW070205030726
47505CB00006B/1578